伯爵夫人のお悩み相談②

前略、駆け落ちしてもいいですか?

メアリー・ウィンターズ　村山美雪 訳

Murder in Masquerade

by Mary Winters

コージーブックス

MURDER IN MASQUERADE
by
Mary Winters

This edition published by arrangement with Berkley,
an imprint of Penguin Publishing Group,
a division of Penguin Random House LLC
through Tuttle-Mori Agency, Inc., Tokyo

挿画／末山りん

いちばん必要なときに寄り添ってくれた姉ペニーに

前略、駆け落ちしてもいいですか？

主な登場人物

アミリア・エイムズベリー……伯爵未亡人。筆名レディ・アガニ
エドガー・エイムズベリー……アミリアの亡き夫。伯爵
ウィニフレッド……エドガーの姪
タビサ……エドガーのおば
サイモン・ベインブリッジ……エドガーの友人。侯爵
マリエール・ベインブリッジ……サイモンの妹
クリストファー・ベインブリッジ……サイモンとマリエールの父。公爵
ミス・ピム……マリエールの付添人
キティ・ハムステッド……アミリアの親友
オリヴァー・ハムステッド……キティの夫。子爵の長男
レディ・ハムステッド……オリヴァーの母
ジョージ・デイヴィス……馬の調教師
ミスター・フーパー……ベインブリッジ家の隣人
カンバーランド卿……ジョージの友人
サミュエル・ウェルズ……競走馬の馬主
レディ・ジェイン・マーシュ……ジョージの友人
サディアス・キング……競馬倶楽部の賭元
フランシス・レイニア……花売り
ビアトリス……ウィニフレッドの友人
グレイ卿……ビアトリスの父
グレイディ・アームストロング……週刊誌の編集者。アミリアの幼なじみ

1

親愛なる　レディ・アガニ

わたしは父にけっして許してはもらえない男性と恋に落ちてしまいました。父は結婚について名家ならではのきわめて厳格な考えを持っています。でも、わたしの心はわたしだけのものです。愛していない男性には嫁げません。ですから、わたしたちはすぐにグレトナグリーンに旅立たなければならないのです。ほかに選択肢は見つかりません。そうではありませんか？

かしこ

グレトナグリーンへ旅立つ娘　より

親愛なる　グレトナグリーンへ旅立つ娘　様

グレトナグリーンというと、青やかな草原を逃避行した末に永遠の幸せをつかみとる場所であるかのように思われがちです。とはいえ、わたしに言わせれば、そのような空想はまやかしに過ぎず、そうした行動でよりよい人生を送る機会をふいにした若い女性たちもおそらくは多くいることでしょう。逃げても問題の解決にはなりません。むしろ、よけいに問題を増やすだけです。あなたはご自分の一族に望まれない男性と恋に落ちてしまったとのこと。なぜご家族がそのお相手に反対なさるのか、ご自分に問いかけてみたことはありますか？　自分では気づけない点もいちばん身近な人々には見えている可能性があります。あなたの場合には、まずご家族から反対される理由をよく考えてみなくてはいけません。そうしなければ、グレトナグリーンへの旅立ちが悲惨な結末をもたらしかねないからです。危険をはらんだ旅ですし、ぶじにたどり着けたとしても、そこで挙式が認められるまで三週間も待たなくてはなりません。そのあいだに、あなたの評判は地に落ちてしまうでしょう。思いとどまることを切にご忠告いたします。

秘密の友人　レディ・アガニ

アミリアは、サイモン・ベインブリッジの妹マリエールへの回答としてレディ・アガニの筆名で雑誌社に届けていた自分の助言を読み返した。いま目にしているのは印刷された回答だ。あとはもう、この助言が受け入れられるのかどうかの結果を待つだけ。

使い慣れた机の椅子に背をもたせかけた。図書室は午後の明るい陽射しに満ち、片隅のテーブルにあるリキュールグラスに反射して生みだされたごく小さな虹をただ眺めていれば、ひとりの女性の未来が危ぶまれていることすら忘れてしまいそうに思える。でも、ただのひとりの女性ではないとアミリアはあらためて考えた。サイモンの妹なのだから。

　この一週間、サイモンは餌を待つサメのごとくエイムズベリー邸を何度も訪れていた。アミリアが飼育係で、彼に与える餌は助言だ。サイモンはかつて自分の屋敷で馬丁頭として働いていたジョージ・デイヴィスに妹を連れ去られてなるものかと意気込んでいた。サイモンによれば、その男性はろくでもないギャンブル好きの野心家なのだという。残念ながら、人の意気込みは報われることのほうがまれだ。逆効果となってしまう場合すらある。妹がお悩み相談欄に寄せた手紙への回答がついに雑誌に掲載され、サイモンの関心はマリエールに旅立つ気配がないかを注意深く見守るほうに移っていた。そんなわけで、ミスター・デイヴィスが誉れ高いバートン卿夫妻のボックス席に招かれてマリエールとオペラを観に出かけるというので、当然ながら、サイモンもアミリアとそこへ向かうこととなった。アミリアがその計画を告げられたのは二十四時間ほどまえに遡る。正確にはこう言われた。「あす、『リゴレット』（ヴェルディの中期三大歌劇の一作）を観にいこう。黒は着ないでくれ」

　アミリアは自分のドレスに目を落とし、そのくすんだ薔薇色の布地をじっくりと眺めて、微笑んだ。流行にはまるで関心がないとはいえ、また服の色を選べるようになったのはやはりうれしい。喪服を着ていたのがはるか昔のことのように感じられるけれど、まだあれからほんの一カ月しか経っていない。二年以上ものあいだ、結婚からわずか二カ月でこの世を去った夫、エイムズベリー伯爵エドガーの喪に服して、黒とグレーだけを身に着けていた。でも、わずか二カ月のあいだに、ふたりはどこの患者と看護人にも負けないくらい親密な時間を過ごした。エドガーの変性疾患は瞬く間に進行し、そのかけがえのない苦難の日々に、アミリアが人生について学んだことはそれまで生きてきた年月に得たもの以上に多かった。人が生涯を閉じるのを目の当たりにして、まだ二十五歳とはいえ、実年齢以上に成熟している。

エドガーはいなくなってしまったが、アミリアはひとりではない。当主の逝去により、エイムズベリー伯爵家の莫大な資産、彼の最愛の姪ウィニフレッド、恐るべきタビサおばがアミリアにゆだねられた。そのなかでも、三つ目の老女には手こずらされている。

アミリアは二階まである図書室の天井へ目をやった。頭上の部屋でトン、トン、トンとタビサが杖をつく音が時を刻むように響いた。桜材の書棚で、ノルマン人によるイングランド征服について書かれた革装の歴史書が小刻みに揺れている。その音は誰かがなにか失敗をしたしるしで、今回それはここにいる自分ではない。なにかしくじったのはたぶん執事かタビサの信頼が厚い侍女パティ・アディントンだろうとアミリアは考えて、いたずらっぽく笑った。いいえ、タビサとアディントン夫人は一心同体なのだから、意見の相違がそうそうあるとは思えない。

杖をつく音が下りてくるのにアミリアは気づいて笑みを消した。一回、二回、三回。まさか。もし自分がなにかしくじったのだとすれば、いったいなにをしたというの？　足音が近づいてきて、アミリアはおばと相対する心積もりをした。雑誌を閉じて、机の椅子から腰をあげる。誰にも――タビサおばにはとくに――秘密の筆名を知られるわけにはいかない。秘密の仕事について知っているのは、サイモンと親友のキティ・ハムステッド、それに雑誌編集者のグレイディ・アームストロングだけで、これ以上は誰にも知られないようにしないと。

　紙代が安くなり、郵便料金が引き下げられて、雑誌はますます人々の手に取られやすくなり、レディ・アガニの助言も人気が高まっていた。グレイディによれば、雑誌の発行部数は五十万部近くにのぼるといい、アミリアはその数字に納得した。週刊誌の印刷に間に合わせるために毎日お悩み相談の回答を書くのに追われ、ほかの手紙を書く暇もない。衣装、礼儀作法、恋愛問題と、押し寄せるお悩み相談の内容は多岐に及ぶ。けれど回答者についての質問もますます増えていた。レディ・アガニとは何者で、なぜレディを名乗れる（実際に伯爵夫人だからなのだけれど）女性が安価な週刊誌のお悩み相談の回答者をしているのか？　さいわいにも、いまのところはまだ読者の誰にも正体は気づかれていないようだ。

　ドアが力強く押し開かれ、タビサが勝利の女神ニケのごとく現れたが、勝利の花冠を投げる代わりにこの老女は杖をふるう。いまだ愛する亡き甥エドガーの喪に服し、堅苦しいグレーのドレスをまとっている。でもタビサの場合には、エイムズベリー家ならではの澄んだ青い瞳のおかげでそのドレスの色が薄紫色に見える。これもまた一族の特質である高い頬骨が疲れのせいか、いらだちのせいで赤らんでいる。どちらのせいなのかはもうすぐわかることだ。

「なにかが起きてるわ」タビサが高らかに告げた。

「それほど短くて雄弁な言葉もありませんわ」アミリアは笑顔で部屋の中央まで進みでた。

　タビサはほんのわずかに頭を傾けたものの、長身に変わりはない。アミリアよりもだいぶ高くそびえ立っている。「いいえ、アミリア、どこが雄弁なものですか。ウィニフレッドがわたしになにか隠しているのよ。それがなにかを知りたいの」

アミリアは緑色の革張りのソファを身ぶりで勧めた。

タビサは縞模様の椅子に腰をおろした。

「ウィニフレッドは隠しごとなんてしていません」アミリアはつい険のある口ぶりになった。血の繋がりはないとはいえ、ウィニフレッドを実の娘だと思っているし、非難がましい言葉には親鳥のようにいきり立ってしまう。

タビサが杖の上で両手を組み合わせた。関節炎による衰えは強靭な上半身と完璧な姿勢でじゅうぶんに補われている。「訂正するわ。ウィニフレッドはこれまでは隠しごとをするような子ではなかった。でももう十一歳になる。子供は変わるものなのよ」

アミリアも最近の変化にはじつのところ気づいていた。ウィニフレッドは子供部屋で過ごす時間が減り、異性に関心を抱きはじめている。通りで近隣の男の子と顔を合わせるたび、くすくす笑っているのだから。「どのようにでしょうか」アミリアはソファの上質な革張りのクッションに腰を沈めた。

タビサは尋ねられると、杖に寄りかかるように身を乗りだした。「わたしに気づくと、ウィニフレッドがなにかをやめてしまったことが何度かあったの。なにかを隠したのよ。なにかはわからないのだけれど」

「きっと個人的なことなんですわ」アミリアはきっぱりと言ったが、家族でも立ち入ってはいけないことがあるとはタビサが考えていないのはわかっていた。なにしろこの老女は一家の最年長者で、エイムズベリー一族の象徴のような存在だ。その責務を誇り高く担っている。

タビサの澄んだ青い瞳が冷ややかに翳った。「まだ子供よ。個人的なことなんてなにもないでしょう」

「でも、時は移り変わるとおっしゃいましたよね」

「わたしは、子供は変わると言ったの。それに、このように変わることを認めたわけではないわ」タビサは認めたわけではないと言うのと同時に強調するように杖を床についた。「あの子の母親として、あなたが対処しなければ」

たとえタビサがいらだたしげに発した言葉でも、アミリアは胸が熱くなった。タビサおばも、自分をウィニフレッドの母親だと認めてくれている。自分がしてきたことは間違っていないという証しでもある。なにしろ、アミリアもタビサも子育ての経験はない。タビサは結婚したことがないし、アミリアも育児にいちばん近しいことと言えば、妹のマーガレットにあれこれ指図していた程度にすぎない。それでもタビサはあきらかにアミリア以上にウィニフレッドの成長にとまどっている。「時は巻き戻せませんわ、おばさま。それに、たとえ巻き戻せたとしても、わたしはそんなことはしたくない。ウィニフレッドが大人の女性に成長していくのが楽しみなんです」

タビサが唇をすぼめ、鼻の下のやわな皮膚に皺が寄った。

「とはいえ、その件については確かめてみます。心配するようなことはなにもないとわかるはずですわ」

その言葉でタビサのいらだちはなだめられたらしい。いずれにしても、椅子に深く坐りなおしてもらえる程度には。「それと、今夜サイモン・ベインブリッジと出かける件だけれど、付添人なしでオペラを観にいくのはいかがなものかしら」

「ばからしい」アミリアはぴんと背筋を伸ばした。「なにをおっしゃってるんです？　わたしは未亡人なのに」

タビサは杖の先を向けた。「エイムズベリー家の名誉のためよ。それと、船乗りみたいな悪態をつくのはおやめなさい」

ちっとも船乗りみたいなんかじゃないわ、とアミリアは内心で思った。でもたしかに自分は、メルズの村はずれにあってロンドンへの旅人が多く立ち寄る賑やかな宿屋〈羽毛の巣〉で育った娘だ。宿泊客が眠る代わりにおいしいワインと食事と余興にふける晩には、家族みんなで一緒に楽しんでいたし、荒っぽい騒ぎも起こりやすく、実際に起こることもあった。父がテーブルをすべて部屋の端に押しやり、姉のサラがピアノを弾き、アミリアとペネロピとマーガレットは歌っていた。

けれどいまのアミリアはエイムズベリー伯爵未亡人で、その呼称がすべてを物語っている。伯爵未亡人の務めに肉体労働は含まれていない。働くことに慣れていたので、そのような仕事もできればいいのにとたまに考えてしまう。週刊誌でお悩み相談の回答者を務めていなかったなら、いま頃は抜け殻のようになっていただろう。「タビサおばさま、わたしは小娘ではないんです。社交界に登場したばかりの令嬢たちのようにつきまとわれる心配もありません。サイモンは家族ぐるみの友人ですし」

「あなたはあの人にいたく関心を抱いているわよね」

「そんなことはありません！」

タビサが銀色の眉を上げると、額に三本の皺がうっすら刻まれた。「あの人の気を引こうとするだけ無駄よ、アミリア。あの人に熱をあげる女性たちは大勢いても、誰ひとり報われてはいない。あなたにあの人の気を引こうとされては、当家の沽券にかかわるわ」

「あの人の気を引こうとなんてしていません」アミリアは否定した。「ただの友人なんですから」

「殿方とご婦人に友情は成立しない」

アミリアも週刊誌のお悩み相談の回答者を務めるようになってからそのとおりだとわかってきた。男性と女性との関わりではほとんどの場合に恋愛感情が生じる。友人、従業員、雇用主。善意からであっても、異性のこととなると好奇心が先に立つ。とはいえ、グレイディとは友人関係で、アミリアにとってはとても大切な友人だ。タビサおばにはそのような友人関係はまれだと言われてしまうだろうけれど。「それに今夜は、サイモンの妹さんのレディ・マリエールも来られるんです。ですから、基本的に、というかほとんど……わたしたちは彼女の付添人のようなものですわ」そう、ほんとうにそのとおり。「付添人に付添人は必要ありませんよね？　道理が通らないもの」

タビサがすぼめていた唇をぼんやりと開き、アミリアは言い負かせたと確信した。未亡人は――それも十二分に資産のある未亡人ならなおのこと――例外を認められる。エドガーは一八六〇年に未亡人として生きる女性に最強のふたつの武器、自立できる身分と富を遺してくれた。アミリアはこの特権をふいにするような愚かなまねをするつもりはなかった。サイモンも同じ思いに違いない。

「あなたがレディ・マリエールに付き添うなんて知らなかったわ」タビサは椅子の肘掛けに杖を立て掛けて停戦を示した。美しい杖を何本も持っているが、これはそのうちの一本ではない。黒檀の長い柄の上部に黒いカラスの彫り物が止まっていて、タビサが強く握るうちに羽の部分がすり減っている。アミリアは魔術を信じてはいないけれど、タビサがその気になれば、あのカラスに誰かの目をついばませるのも不可能ではないように思えた。

「レディ・マリエールは引く手あまたでしょう。今年が初めての社交シーズンですもの」タビサがそう言葉を継いだ。「スマイス家の舞踏会で初登場（デビュー）したときのことはいまだに社交界のあちこちで話題にのぼっているわ。サイモンから妹さんの花婿候補の殿方について、どなたかのお名前を聞いていない？」

毎日欠かさず、聞かされている。

サイモンによれば、ジョージ・デイヴィスはギャンブル好きで、ろくでなしで、信用ならない男だという。真実なのか、それとも過保護な兄が大げさに言っているだけ？　事情通と呼べる人物がいるとすれば、このタビサだ。ロンドンの誰からも敬意を抱かれている。アミリアは尋ねてみることにした。「ミスター・ジョージ・デイヴィスという方についてお聞きしています。以前はベインブリッジ家の馬丁頭で、調教師になってからダービー競馬で、ベインブリッジ家の馬や、ほかにも何頭も優勝させて、人生を一変させたとか。いまではつねにみなさんから助言を求められているそうですわ」

タビサが鼻息を吐いた。「ミスター・デイヴィス？　ありえないわね。サイモンが許すはずがないわ」

「サイモンはレディ・マリエールのほうも彼に好意を寄せていることを快く思っていません。教師にあこがれる女生徒のようだと。実際に、ミスター・デイヴィスが彼女に乗馬を教えたそうです。ベインブリッジ家の競走馬を調教するようになる何年もまえに」

「サイモンは正しいわ」タビサが言う。「ミスター・デイヴィスにはいっさい手を引いてもらうのが得策ね。そのような男性といるところを見られたら、望ましくない関心を呼ぶことになるのだから」

アミリアは鼻に皺を寄せた。ロンドンの社交界は人目にどう映るかといったことに関わる考え方がやけに古臭い。ロンドン以外ではそれほど慣習にきびしくはない。どうして、多様な人々が大勢いる都会のほうがかえって窮屈になるのだろう？　マリエールにろくでなしと駆け落ちしてほしいわけではないけれど、このような態度を目の当たりにすると、逃げる以外に選択肢がないと考えてしまう気持ちもアミリアには理解できた。「ミスター・デイヴィスにはいっさい手を引いてもらうというのはどういうことですか？　ちょっとよくわからないのですが」

タビサが立ちあがろうと杖をつかんだ。アミリアは手助けしようとしたが、タビサはそれを払いのけてカラスの長いくちばしのほうを選んだ。

「ベインブリッジ家には歓迎されていないのを本人にわからせるということでしょう」タビサはドレスの皺を伸ばした。「追い払うのよ」

「エドガーが結婚してからわたしを連れてこなければ、わたしも同じことをされていたのでしょうか？」アミリアは不信感を隠しきれなかった。「わたしを追い払っていたと？」田舎では名士であっても、このロンドンでは無名の一家の娘だ。それでも爵位があって裕福なエドガーの妻となったおかげで、ロンドンではどこの豪華な客間にも快く受け入れられている。

「気を悪くしないでね。それが世の習いというものでしょう」

アミリアはつんと顎を上げ、タビサと目を合わせた。「そんなことはないと思いますけど」

タビサはすたすたとドアのほうへ向かった。ドアノブに手をかけて立ちどまり、振り返って杖の先を向けた。「アミリア、あなたに付添人役がまともに務まるとは思えないわ」

「もっとひどい言われようにも慣れてますので」

そうしてアミリアはそこにひとり残され、タビサが杖をつく音が廊下の向こうへと遠ざかっていった。

2

親愛なる　レディ・アガニ

オペラを観に出かけるのは、洒落た場所にいるところを見られたいだけのことなのだと夫は申します。劇場などというものは低俗な人々が誘い込まれるところなので、行く気になれないそうです。でも、わたしはお芝居が好きですし、友人たちも観に出かけています。わたしも同じように楽しんではいけないのでしょうか？　夫婦間に摩擦を生じさせたくありません。

楽しいことの愛好者　より

かしこ

親愛なる　楽しいことの愛好者　様

わたしも楽しいことの愛好者で、あなたのご亭主のお考えは理解しかねます。あなたのお手紙をわたしが正しく読めているならば、ご亭主がオペラを観にお出かけになる理由はただひとつ、人目です。要するに、気にかけておられるのはご自身の体裁のみと言えるでしょう。そうだとするなら、ご亭主には気の合うお仲間と自宅にとどまっていただき、あなたはご友人がたと劇場に出かけられてはいかがでしょう。摩擦は火を熾（おこ）しますが、ぬくもりもまた生みだします。あなたのご亭主には後者がいくらか必要なのかもしれません。

秘密の友人　レディ・アガニ

「じろじろ見すぎだ、レディ・エイムズベリー」

アミリアははっとサイモンのほうに目を移した。上演まえから小型の望遠鏡を覗きこんでいる男性がよく言えたものだ。「じろじろなんて見てないわ。観察しているのよ」

「ならば、ほかのところを観察してくれ」サイモンがつぶやいた。

「あなたの妹さんに目を光らせていてほしいと言ったのはあなたよ。わたしは言われたとおりにしてるだけ」

サイモンが双眼鏡をおろした。額が広く、鼻筋がとおっていて、彫りが深く、ギリシア人と見まがうような顔立ちだ。ただし鮮やかな緑色の瞳はいかにもいたずらっぽい。その目が彫像ではなく生身の人間であるなによりのしるしで、アミリアの亡き夫エドガーとともに英国海軍で過ごした日々を物語る日焼けによる皺もはっきりと見てとれる。「それも、誰の目にもわかるようにな」

アミリアは指を向けた。「あなただって妹さんを観察しているのよね」

サイモンがアミリアの手を押さえて、膝の上に戻させた。襟ぐりと袖まわりに黒い襞飾りが付いた厚いサテン地の赤紫色のドレスをじろりと眺める。「それは違うな。ぼくが観察しているのは彼のほうだ。それと、そのドレスはとてもすてきだ」

サイモンの手の感触が手袋を通してたちまち腕を這いあがった。病を患った男性の妻として二カ月、さらに未亡人となって二年を経て、こうしてサイモンにちょっと触れられただけでも必ずぞくりとしてしまう。「ミスター・デイヴィスはほんとうにそれほどよくない人なの？」

「よくないどころじゃない」

「爵位や財産がないから？」タビサとの会話が頭によみがえり、挑むような口ぶりで訊いた。

サイモンがアミリアの顔にさっと目を上げた。「卑劣な男だからだ、アミリア。きみにもわかるだろう。ぼくの妹をグレトナグリーンに連れ去って無理やり結婚しようとしていた。まともな男がそんなことをするだろうか？」

追いつめられたらするでしょうとアミリアは思いながらも、口には出さなかった。「あちらを見ずに、どうやって見張れというの？」

「あからさまに見るなということだ。それに、自分に向けられている目にも気を配るべきだ」

アミリアはベインブリッジ家のボックス席の左右を見やった。こちらをぼんやり見ていたらしく自分と目が合ってしまった人々は十人どころではない。オペラを観に訪れる目的は、人を見て、人に見られること。上演されるものはたいして大事ではない。初演の晩ともなれば、上流社会の人々が大挙して訪れる。アミリアは椅子に深く坐りなおし、振る舞いを見られないよう厚いビロードのカーテンの陰に身を沈めた。

自分自身やサイモン本人の問題ではないとしても、今回の仕事への意気込みは隠しきれなかった。一緒にいて自分らしくいられる男性とオペラを観に来られただけでもアミリアは心が浮き立っていた。サイモンにはレディ・アガニという秘密の自分の顔を隠す必要もない。ふたりのあいだには気さくで率直な友情が育まれ、互いが大切にしているものや誰かに危険が及ぶとなれば、ぶつかり合うこともある。いまはその人物がレディ・マリエールというわけだ。

アミリアはドレスのサイモンの手が触れたところをなにげないそぶりでまっすぐに整えた。ロンドンに来てからずっと訪れてみたかった有名なドルリー・レーン劇場のような場所で慎ましくしているのはむずかしい。冒険みたいなつもりで故郷のメルズの村を出てあこがれのロンドンにやってきたけれど、エドガーがこの世を去り、まだたいして街を見てまわれていなかった。出かけられるようになって生き返ったみたいに胸がわくわくしている。それでも熱意は抑えなければと気をつけて、誉れ高い男爵夫妻、バートン卿とレディ・バートンのボックス席に目をやると、レディ・マリエールとミスター・デイヴィスが数人の友人たちとそこにいた。

サイモンの話によれば、ジョージ・デイヴィスはバートン卿の馬を調教してチェルトナム・ゴールド・カップで優勝させたことから気に入られているそうで、こうしてオペラにも招かれて見るからに楽しそうにしている。男爵夫人のほうはそうでもないらしく、ミスター・デイヴィスが友人の冗談にやや大きすぎる笑い声をあげるや鋭い視線を投げかけた。ミスター・デイヴィスは赤褐色の頬ひげと同じくらい赤く頬を染め、唇を引き結んで笑いをこらえた。仕立てのよい夜会服を身に着けているものの前が少し開いたままで、留め忘れていたらしいボタンを口を閉じたのと同じくらい即座に留めた。かたや、マリエールは控えめに開いた襟ぐりにクリーム色の襞飾りがあしらわれた頬紅色のドレスをそつなくまとっている。衣装にじっくりと目を凝らすまでもなく、不釣り合いなカップルなのはあきらかだ。それでもマリエールは頭をのけぞらせて笑っている。おかげでふたりのちぐはぐさもほとんど掻き消されていた。

マリエールは見るからにサイモンの妹だった。同じように艶やかな黒い髪に、エメラルド色の瞳で、見る人をどきりとさせる魅力がある。勇敢な女性なのはまず間違いない。いざとなれば駆け落ちするしかないと書いてきた手紙の送り主だ。

だからこそ、追いつめてはいけない。そう考えてアミリアがちらりと隣を見やると、サイモンが熱のこもった吐息をついた。とはいえ、いまにも火を吐きかねないドラゴンと化したこの男性をどうすれば説得できるというのか……。

ふと新たな動きを目の端にとらえて、アミリアはマリエールたちのほうに視線を戻した。ボックス席にまたひとり加わった。出入りがあるのは意外なことではない。ほとんどの観客が人に見られるために訪れているのだから、上演の前後や最中にもほかの観客と交流するし、今夜の上演はそうした人々の熱気のせいでもう丸三十分も開始が遅れている。アミリアの目を引いたのは、現れた人物が親しげにではなく、いきなりジョージ・デイヴィスの腕をつかんだからだ。ジョージは笑って腕を引き戻したものの、ボックス席の人々は会話をやめた。サイモンがいまにも立ちあがらんばかりに肘掛けに両手をかけた。

アミリアはサイモンの気をまぎらわせようとした。「あれはどなた?」

「そんなことは知るものか。どうせミスター・デイヴィスが競馬場で知り合ったお仲間といったところだろう」

ジョージ・デイヴィスが正体不明の人物となにか言い合いを始めて、顔をこわばらせている。アミリアは双眼鏡を覗いて、ジョージの首が筋張っているのに気づいた。身長も横幅も体格では相手の男にとうてい敵わない。ジョージは穏やかに応対しているのに、相手の男はぶっきらぼうで感じが悪く、迫り寄っている。誰かが後ろによろけて、アミリアは最初それがジョージだと思ったのだが、すぐにマリエールだったとわかった。

すかさずサイモンが王と国家に名乗り出るかのように豪華な座席から身を乗りだして立ちあがった。その大柄な身体に舞台の幕が下りたかのように照明が遮られた。彼が主演俳優だったなら、これほど人目を引く立ちまわりもないだろう。

「我慢も限界かしら」アミリアはつぶやいた。けれどそのそれとない警告が功を奏した。謎の男は立ちあがったサイモンに気づいて態度をやわらげ、友人らしくジョージに別れの挨拶をして、混み合ったボックス席からじりじりと引きさがっていった。いっぽうでマリエールの目つきはまるでやわらいではいない。憤っているというほうがふさわしい。

両手のこぶしを腰にあて、兄のサイモンを睨みつけている。

サイモンは手を振った。

さらに向こうのボックス席から誰かが手を振り返した。アミリアはまたオペラグラスを覗いて確かめた。キティ・ハムステッドがにっこり笑いかけていた。付き添っているのは夫のオリヴァーと、彼の両親で社交界の有力者である子爵夫妻だ。

アミリアは懸命に手を振り返した。「キティだわ」

「ハムステッド家も今夜の上演を観に来ていたとは知らなかった」妹の身の安全が確かめられて、サイモンは座席に腰を戻した。

アミリアはオペラグラスをおろした。「レディ・ハムステッドはオペラを欠かさず観てらっしゃるし、きょうはオリヴァーの誕生日なのよ。キティは子爵夫妻から息子を驚かせる贈り物を用意していると言われたんですって」

「オリヴァーのことだから図書室で留守番をさせてもらうほうがありがたい贈り物だっただろうがな。観劇のあとでその望みが叶えられることを祈ろう」

アミリアは鼻先で笑って、上演の開始に備えて椅子に背を戻した。オリヴァーはできることなら山積みの本に囲まれて暮らしていたいのかもしれないけれど、キティは非の打ちどころのない容姿と優雅な物腰を兼ね備えた社交界の主役だ。今夜も襟ぐりが大きく開いたエメラルド色のドレスに涙の粒のようなダイヤモンドのネックレスを合わせ、装いの美しさはきわだっている。金色の髪にはダイヤモンドとエメラルドが鏤められた翼形の櫛（くし）を飾り、横顔がいっそう輝いて見える。

もし自分があのような櫛を挿したら、家を出たとたんに赤褐色の髪に絡まるか、重みで鳩の折れた翼のように垂れさがってしまうだろうとアミリアは想像した。流行を追うより実用的な装いが好みだ。必需品は歩きやすいブーツと頼りになる日傘（パラソル）で、櫛や髪留めではない。けれど今夜は数十歩も歩きつづけられそうにない華奢なピンクの靴を履いている。ネックレスとイヤリングと羽織のケープに合わせて、銀色の薔薇飾りが鏤められている靴だ。

音楽が鳴りはじめ、アミリアはブーツや華奢な靴についても、ほとんどなにもかもを忘れた。ひとりの道化師、さらには金色のドレスに金めっきの仮面をつけた人々が踊りながら続々と現れた舞台に目を奪われた。それは舞踏の宴の場面で、公爵が華々しく登場し、その指図を受けてほかの人々が舞台を出たり入ったりしている。

公爵が招待客に囲まれて楽しんでいるが、彼の目はただひとり、若い既婚婦人のみに向けられていた。その女性がダンスのお相手に選ばれ、当然ながら彼女の夫は口惜しそうで、それでも公爵は女性をくるくるまわして踊りはじめた。ステップを踏み、まわって、立ち位置を入れ替わりつつ、ふたりは舞台から姿を消した。

その後の成り行きは観るまでもなかった。アミリアは四年まえにメルズの夏祭りで家族と『リゴレット』を演じていた——誰もオペラは歌わなくてもいいように脚色して——からだ。

女性の夫は権力のある公爵に立ち向かうことはできなかったが、父親が勇敢にも娘を誘惑したと公爵を非難する。すると道化師がその役柄にふさわしく父親をあざ笑い、逆に呪いの文句を浴びせられてしまう。道化師がその呪いを頭から振り払えないまま急ぎ家に帰ると、なんと自分の娘が夜も更けてからあの公爵にさらわれるはめとなる。なにが切ないかと言えば、道化師がみずからそうなるように仕向けてしまったということだ。

照明がついて、アミリアはすっかりオペラに夢中になっていたことに気づいた。それくらい第一幕はあっという間に終わっていた。

サイモンは物語に胸を痛めているそぶりもなく幕間に席を立った。「自分の庭の塀に梯子(はしご)を掛けておくなんて、まぬけだよな？　道化師とはいえ、自分の娘がさらわれる手伝いをしてしまうとは」

「目くらましに遭ったということよね」アミリアは説明した。「父親の呪いによって、道化師はよけいに罪深くなってしまったんだわ」

「まあ、ともかく、呪いをかけられたうえに目くらましに遭うなんてことだけは、ご免こうむる。シャンパンをいかがかな？」

「ええ、お願い」アミリアはサイモンが飲み物を持ってきてくれるあいだにほっとひと息ついた。「ちなみにこれこそが、創作物には〝懐疑心をみずから停止して〟鑑賞すると定義されていることなのよね？」

「レディ・エイムズベリー、ぼくの場合は、なんであれ、機知についてはなおさら〝停止〟

させるのはきわめてむずかしい」

真の芸術愛好者とでも呼べばいいのかしらとアミリアは思ったものの、シャンパンのグラスを手に沈黙を守ってサイモンのあとに続いてバートン家のボックス席へ向かった。サイモンの妹とその友人たちとおしゃべりできる時間が十五分程度はある。レディ・アガニ宛てに手紙をくれた女性といよいよ対面できるのがアミリアにはうれしかった。

大勢のなかにいても、マリエールはたやすく見つけられた。装いというよりその佇まいが、兄と同じように人目を引きつける。艶やかな黒い髪を手袋をした手で後ろに撫でつけただけでも観客席の男性たちの大半を振り返らせるほどに。愛らしく、しかも自己主張できるという資質をこの年頃の女性にしてはめずらしく兼ね備えている。マリエールは関心のあるふりはしない。関心を示すか、示さないかのどちらかだ。しかもそのどちらなのかをあきらかにすることをためらわない。アミリアは即座に好感を抱いた。

「たまたま目に入ったので来てみた」サイモンの深みのある声がバートン家のボックス席でのおしゃべりを切り裂くように響いた。「芝居は楽しめているかな？」

「たまたま目に入ったですって？」マリエールがつんと顎を上げた。「わたしを見張っていたというほうが正確よね」

兄と妹の視線がかち合い、ジョージ・デイヴィスはそのやりとりをにこやかに見守っている。おそらく、ふたりの険悪な状況は聞かされているのだろう。

アミリアはどちらかが先に瞬きをするまで待ってはいられなかった。みずからレディ・マリエールとミスター・デイヴィスに名乗り出て挨拶をした。

マリエールは礼儀を取り戻し、兄に向かって突きだしていた顎を引いて笑みを浮かべた。

「レディ・エイムズベリー。兄の友人とお目にかかれてうれしいですわ。兄の友人になってくださる方なんて、ごくまれですもの」

この女性が男性たちから好かれるのも当然だとアミリアは納得した。マリエールに笑いかけられると、ここに自分だけしかいないような気分になる。目の前にいる相手にだけしっかりと意識を向けてくれるからだ。この社交シーズンは彼女の気を引こうと紳士たちが競い合うことになるだろう。むろん名家の令嬢で裕福だし、それでいて気どりがない。サイモンと同じようにさっぱりとした気質だ。そのようなところは心から好ましく感じられる。

「レディ・エイムズベリー――あのエイムズベリー家の資産を受け継がれた？」ジョージ・デイヴィスが言葉を差し挟んだ。

そこまであからさまに裕福な身の上に言及されたのはアミリアにとって初めてのことだった。気分を害しても当然なのかもしれないけれど、唇を噛んで笑いをこらえた。きっと自分と初対面の人々がみなまずは同じように思っているのだろう。ついにはっきりと口に出してもらって聞けたのがアミリアには愉快だった。

サイモンが手を差しだした。「ミスター・デイヴィス。あなたにはいつも驚かされている。ここで、それもわが妹を連れたあなたとお目にかかるとはびっくりだ。お元気でしたか？」

ジョージはサイモンの手を熱っぽくつかんで握手した。「ベインブリッジ卿。これ以上には望めないくらいに元気です。お気遣い、ありがとうございます」

「馬のお仕事は順調のようですね？」

「はい、おかげさまで」ジョージの口ぶりは熱を帯びた。「私が調教した男爵どのの馬がチェルトナム・ゴールド・カップで優勝したんです。あなたもお聞き及びでは。今年私が調教した馬が優勝したのはこれで五戦目です」

その声は得意げでありながら気負いも感じとれた。ミスター・デイヴィスは友人にただ挨拶しているのではなく、信頼してもらおうと自分を売りこんでいるつもりなのかもしれない。競馬場で生き残るためには精神力と才能、それに言うまでもなく野心が必要だ。バートン家のボックス席にいるような紳士たちに、もしくはサイモンにだけでも、受け入れられるには、いったいどれくらいの馬を勝たせなければならないのだろうとアミリアは思いめぐらせた。

サイモンはちらりとバートン卿を見やったが、夫人ともどもボックス席に入ってきたべつの男女と話しこんでいる様子だった。「それはおめでとう」

「ありがとうございます」ジョージは褒められて目を瞬き、水中の魚のように灰色がかった青い瞳をきらめかせた。

「ええ、おめでとうございます」アミリアも称えた。「あなたも競馬に出場されているのですか？」

「いいえ」ジョージが言う。「この歳ではもう無理です」

アミリアからすれば、それほどの歳には見えなかった。夜会服の腹まわりはぴんと張っているとはいえ、ジョージは筋肉質で、騎手でもふしぎはない体軀の持ち主だ。逞しい肩は来る日も来る日も馬を相手に働いている証し。日に焼けて赤らんだ肌も屋外にいる時間の長さを物語っている。

マリエールがジョージの腕に手をかけた。「あなたはそれだけお忙しいということよね。ロンドンであなたほど乗馬の上手な方はいない」兄のサイモンを見据えた。「イングランドでと言ってもいいくらい」さっとアミリアに視線を戻した。「彼の調教プログラムに匹敵するものはないくらいなんです」

「先月はスコットランドまで出かけて、王子に献上される去勢馬の訓練を行ないました」少し得意げにそう語ったジョージにそばを通りかかったご婦人がちらりと目を留めた。その若い貴婦人は彼の気さくな男っぽい風貌に色めき立ち、ジョージもちらっと笑みを返した。

「すばらしい馬ですよ」

貴婦人とのやりとりに気づいたサイモンが、ぐっと息を吸いこんだ。その憤りが言葉に変換されるまえにアミリアはすぐさま行動に出た。見るとジョージのシャンパングラスは空になっている。どうやら機会が与えられると調子に乗りやすい男性らしく、気がまわらなくなっているのだろう。アミリアは自分のグラスからシャンパンをいっきに飲み干した。「ミスター・デイヴィス、よろしければ、シャンパンのお替わりを取ってきてくださいませんか。なんだか蒸し暑くて」

ジョージが深く頭を垂れた。「かしこまりました、奥さま」

サイモンはジョージがその場を離れたとたんにマリエールに指を突きつけた。「エリー、もうミスター・デイヴィスと会うのはやめろ、これで最後だ」

マリエールが自分に向けられた兄の指先を見つめた。「いったいなにを聞いていたの？ 指を差すなんて失礼ね」

「では、ミスター・デイヴィスが礼儀作法の鑑（かがみ）だとでも言うのか？　あの男がレディ・エイムズベリーに言ったことを聞いてなかったのか？」

マリエールがアミリアのほうを向いた。「兄の振る舞いをお詫びします。たまにひどく野蛮になることがあって。たぶん、船で過ごしていた頃の名残（なごり）なんですわ。もうアメリカから帰ってこないのかと思えば、いきなり戻ってきて。しかもこんなふうにすっかりすてきなお兄さま気どり。まったく、わたしは幸運な妹だこと」

「わたしには兄や弟はいませんが、姉妹が三人いて、やはり時どき助言を……押しつけられることがあって」アミリアはマリエールにちらりと笑いかけた。「わたしが言いたいことはおわかりよね」

マリエールがくすっと笑った。

「笑いごとではない」サイモンが身を乗りだして恐ろしく静かな声で言った。「ミスター・デイヴィスになれなれしくされると、噂が立ってしまう。憶測を呼ぶ」

マリエールが真顔に戻り、顎をこわばらせた。サイモンに似て、たちまちとんでもなく頑固者になる気質らしい。「いつから、噂話を少しでも気にかけるようになったのかしら？」

サイモンが沈黙した。返す言葉がないようだ。

「気にかけてなんていない」マリエールがみずから答えた。「そうよね。わたしもそう。お兄さま、わたしはこれからも彼と会うわ。わたしの社交シーズンなんだから。お兄さまや、お父さまや、ほかの誰になんと言われようとかまわない」

サイモンが口もとをぴくりと引き攣らせた。「それなら、やむをえまい」

「脅してるの？」マリエールがうんざりした思いを隠しきれずに尋ねた。

「わからないのか、エリー？　あの男はペテン師だ。おまえの富と称号が目当てなんだ。兄の言葉を信じてくれ」サイモンの口ぶりは懇願しているかのようで、自分のつらい過去を呼び起こしているのではないかとアミリアは思った。サイモンはかつて感情より爵位が目当ての女性の標的にされた。サイモンがどこまで過去に気持ちの区切りをつけてマリエールの将来を考えられているのか、アミリアには見きわめようがなかった。

「あら、お兄さまの誠実さなんてあてになるものですか」マリエールは確信に満ちた声で続けた。「あの方はわたしたちの家で育ったようなものなのよ、お兄さま、あの厩で。まさか、忘れたの？」

「できることなら忘れたい」サイモンが語気鋭く言い返した。「できることなら、おまえがあの男と馬に乗っていた日々を一日残らず消し去りたい。のちのたくらみの下準備をさせないように。当時からすでに巧妙に仕組まれていたんだ。おまえに照準を定めて、ついにこのときを迎えた」

マリエールは眉をひそめ、ほんとうに哀しそうな表情を浮かべた。兄の嫌みな言葉が子供時代の繊細な心の痛みを呼び起こしたのはあきらかだ。ふたりの母親は不慮の列車事故で死んだ。少女だったマリエールにとって、教え導いてくれる人々がどれほど大切な存在だったのかはアミリアにも容易に想像できた。ジョージ・デイヴィスもそうした人々のひとりだったのだろう。

アミリアはサイモンの言葉が与えた衝撃をやわらげようとした。「お兄さんは妹のあなたのことが心配で仕方がないのよ。そうおっしゃりたかったのよね」ちらりとサイモンを見やった。「言い方はよくなかったけど」マリエールのほうに目を戻す。「お兄さんはあなたを愛しているから、幸せになることを願ってる。それを危うくするようなことは、ミスター・デイヴィスでも、誰であろうと、許さないということ」

マリエールが目を瞬き、泣きだすのではないかとアミリアはとっさに思った。けれどマリエールは鼻息を吐いて、肩をいからせた。「いったいどうして、あなたのようにすてきな方が、わたしの兄のように不愉快な人とオペラを観にいらしたのかしら？」

「ボックス席に坐れるからかしら？」

マリエールがほがらかな笑い声をあげ、張りつめた空気が少しだけやわらいだ。さらにそこにひとりの紳士が近づいてくると、兄も妹もその男性を知っているようだったので、アミリアはほっと胸をなでおろした。

「フーパー」サイモンが呼びかけた。「遠慮は無用。元気にしているかい？」

呼びかけられて、紳士が歩み寄った。腕も肘もほっそりとした男性で、足より先に肩からボックス席に入ってきた。「ベインブリッジ卿」礼儀正しく頭を垂れた。「レディ・マリエール」

「ミスター・フーパー！」マリエールは快く迎えた。「あなたもオペラの愛好者だったなんて知らなかったわ」

サイモンが男性の背中をぽんと叩いた。「オペラの愛好者なんてほんとうにいるのか？」その冗談めかした言葉で、ミスター・フーパーは気がやわらいだようで、サイモンが紹介の労をとった。

「ミスター・フーパーはぼくたちの隣人で」サイモンが説明した。「彼のお父上はフーパー船長だ。きみも、かの船長が海賊船を捕らえた有名な逸話は耳にしているだろう。真の英雄だ」

アミリアは眉根を寄せて、フーパー船長とやらの武勇伝を思い起こそうとした。

「三十年以上もまえの話です、レディ・エイムズベリー」ミスター・フーパーが微笑んで、さして特徴のない顔を輝かせた。「英国海軍の関係者でもないかぎり、ご存じなくても当然ですよ」

「お名前に憶えがないわけだわ」アミリアはミスター・フーパーの謙虚さを好ましく感じた。だからこそ、ベインブリッジ家の兄と妹とも親しい間柄なのだろう。隙あらば自身や父親の武勇伝を何時間も誇らしく語りつづける男性たちもいるが、ミスター・フーパーはそうではない。アミリアが知らなくても気にせずにすむよう、さりげない心配りができる。

「お邪魔するつもりはなかったのですが」ミスター・フーパーが言う。「せめて、ご挨拶だけでもと思いまして」

「邪魔になどならないわ」マリエールがきれいに揃った白い歯を見せてにこやかに笑った。「なにせもう、ずうっとまえからのお付き合いですもの。料理人たちがお互いの厨房からどれだけの食材を補い合っていることか」

「相当な量になるだろうな」

マリエールがふとほかのところへ気を取られ、ミスター・フーパーもその視線の先を追って、遠くの人物を見やった。

アミリアもそちらに目を向けた。ミスター・デイヴィス。

「一緒に観ないか？」サイモンが誘った。「ぜひ同席してくれ、そうだよな、マリエール？」

「もちろんだわ」マリエールはそう答えたものの、こちらに戻ってくるミスター・デイヴィスと友人らしき人々のほうを見ていた。

サイモンがベインブリッジ家とバートン家のどちらのボックス席に誘ったつもりなのかはアミリアには判然としなかったものの、どちらでも同じことだった。すでにミスター・フーパーは断わりを入れてその場を離れようとしていた。

「またの機会にぜひ」それ以上勧めるのは気が咎めるほど丁寧に頭を垂れた。「では、よい晩を。このあとの上演も楽しんでください」

マリエールが顔をこちらに戻して応じた。「あなたも」

サイモンが眉をひそめ、そうしたくなる気持ちはアミリアにもよくわかった。

ミスター・フーパーは帽子に軽く触れて歩き去っていき、ジョージ・デイヴィスから妹の気をそらしたかったサイモンの思惑は潰えた。

3

親愛なる　レディ・アガニ

やっかいなきょうだいに手を焼いています。姉妹はわたしの衣類を勝手に使いますし、兄はわたしの友人たちを怖がらせています。わたしは今年社交界に登場したというのに、いまだに子供扱いされているのです。つい先日も、ある紳士と話すためにこっそり庭の門から抜けださなければなりませんでした。このような状態では、どうすればすてきな結婚相手を見つけられるのでしょう？

かしこ

社交界に登場したばかりでもうくじけそうな娘　より

親愛なる　社交界に登場したばかりでもうくじけそうな娘　様

きょうだいとはやっかいなものですが、それでも家族であり、残念ながら古い格言どおり、血は水より濃く、しかも今回の場合には粘り強い。いまのあなたにとって、きょうだいは迷惑な存在でしょうが、いつか（わたし自身もその日を待っています）

その困難を笑って振り返れる日が来るはずです。あなたがすてきな結婚相手を見つけられさえすれば。そうでなければ、あなたは生涯、きょうだいを恨みつづけることになるでしょう。

秘密の友人　レディ・アガニ

ジョージがシャンパンとともに、男性ふたりと女性ひとりの合わせて三人の友人を連れて戻ってきた。金色の髪で細身の女性は猫背ぎみのせいでいくぶん小柄に見える。その女性を導いているのは、ほっそりとした鼻に用心深そうな小さい目をした長身の男性だ。もうひとりの男性はクロークにあずけたくなかったのか、洒落た赤いマント式の外套をまとっていた。近づくにつれ、男性たちが馬について話しているのが聞こえてきた。ジョージは本領発揮とばかりに晴れやかでなめらかな身ごなしだ。先ほどまでのどことなく不安げな口ぶりとはまるで違う。そうさせていたのはサイモンだったのだとアミリアは思い返した。ジョージはサイモンやマリエールによく思われたかったのだろう。ベインブリッジ家の兄と妹はなにしろ手強い。

ふたりとも容姿端麗なうえに、言うまでもなく爵位を有する裕福な名家に生まれた。でも、なにより態度にも行動にも自信が満ちている。サイモンとマリエールは、ほかの人々が天候について話すように機知を戦わせている。ふたりの皮肉の応酬から、マリエールも兄そっくりで賢く、頑固で、慣習にとらわれない気質であるのが見てとれた。サイモンが心配するのも無理はない。マリエールなら思いどおりに行動し、兄が気に入らない男性とでも駆け落ちしかねない。サイモンが理屈で妹を説得できると考えているとすれば、大きな間違いだ。

マリエールはサイモンとアミリアに友人たちを紹介した。ほっそりとした鼻の端整な顔立ちの男性はカンバーランド卿で、もうひとりのほうがミスター・ウェルズ。女性はレディ・ジェイン・マーシュで、その名前にはアミリアも聞き覚えがあった。マーシュ家は、ロンドンに来てほんの二年余りのアミリアですら聞き及んでいるくらいよく知られている。

「今回の歌劇はとても楽しめているわ。こちらの劇場も」マリエールが片手を少しだけ上げて、クリスタルガラスのシャンデリアを示した。「ここは改築されて生まれ変わった。そうなのでしょう？」

レディ・ジェインは手にしているデザートを見下ろして眉をひそめた。「美しく改築されたけれど、このアイスクリームは――」鼻に皺を寄せる。「――努力が必要ね」ストロベリーとミルクが混じり合ったものがレディ・ジェインのスプーンからカップのなかに滑り落ち、友人たちは笑い合った。

「この建物の改築については興味深い話を聞いた」サイモンの深みのある声が笑いを鎮めた。「建築業者の作業員たちが壁を壊したら、灰色のぼろをまとった骸骨が出てきたというんだ。その胸にはナイフが突き刺さっていたと」最後のひと言は興味津々にうなずいていた男性たちに向けて発せられた。

「ぞっとするわ！」レディ・ジェインが声をあげて、剝きだしの腕をさすった。肌と同じようにドレスも青白いけれど、髪に結んだリボンと合わせた明るい赤紫色の飾り帯(サッシュ)が付いている。その色彩が若さを引き立てていた。それとも、新たな話題に女学生のようにふるえだしたせいでそう見えるだけだろうか。

マリエールが腕組みをした。こちらはふるえていない。「ぞっとするのは、わたしの兄のほうだわ」

「まじめな話だ」サイモンが言い返した。

「どうしてその男は殺されたんだろう？　わかっているんですか？」ジョージは見るからに興味をそそられていた。

「一説には、その男は若い娘たちをもてあそんでいた悪党だったとも言われている」サイモンが肩をすくめた。「とうとう選ぶ娘を間違えたんだろうな。彼女の家族が復讐したのだとか」

ジョージがのけぞって口笛を吹いた。

アミリアもその骸骨の話は耳にしていたけれど、若い娘たちがもてあそばれていたとか、女性の家族がそのように恐ろしい罪を犯したといったことは聞いた覚えがなかった。サイモンはジョージに遠まわしに脅しをかけているつもりなのだろうが、伝わっているようには思えない。でもマリエールには伝わっている。その黒い巻き毛が怒りにふるえていた。

「ちなみに、先ほどボックス席にやってきた男は何者なんだ？」サイモンが続けた。「ご機嫌が悪そうだったが」

「ものは言いようだな」ミスター・ウェルズの声はその洒落た赤いマントと同じくらいに明るく、しかもやや甲高い。会話に加わり、しかも人々の注意を引けたのがいかにもうれしそうだ。「あの男の礼儀作法は見るに堪えない」

「サディアス・キング」カンバーランド卿が答えた。

「サディアス・キング」サイモンが繰り返した。「どこかで聞いた名前だな?」

「名前はともかく、評判はよく知られている」ミスター・ウェルズが説明を加えた。「新しい競馬倶楽部の賭元(ブックメーカー)だ。ダービー競馬やアスコット競馬であなたも耳にしているのでは。あなたのお父上は何度も参加されているのだから」

サイモンがはたと思い起こした表情を浮かべた。「なるほど。それでなんとなく聞き覚えがあったのか」

「ロトン・ロウ(ロンドンのハイドパークの乗馬道)で自分の雌の仔馬について冗談を飛ばした男を撃ったのだとか」ミスター・ウェルズは薄い唇をいたずらっぽくめくりあげるようにして身を乗りだし、言葉を継いだ。「ともかく、いらだたせてはまずい男だ」

レディ・ジェインが小さな悲鳴を洩らした。ずいぶんと気弱なのか、男性たちにそう思われたがっているのかのどちらかなのだろう。カンバーランド卿はレディ・ジェインにしなだれかかられて、すぐさまその女性らしい繊細さを気遣って咳ばらいで話題を変えるよう示唆した。

だがサイモンはかまわず続けた。「ミスター・デイヴィス、あなたは先月のダービー競馬で顔を合わせていたのでは？」

ジョージは先ほどもそばを通りかかった若い婦人のほうに気を取られていたものの、会話に引き戻された。いつでも笑っているかのように陽気な目をしていて、サディアス・キングの話題が出てからもその表情に変化は見られない。「ええ、お会いしてます。そういったところでは、ミスター・キングと顔を合わせずにいるほうがむずかしい。あのレースでは大勢が賭けていました」

「運に恵まれれば、来年のレースではうちのダンサーが勝てるかな」ミスター・ウェルズがジョージにあてつけがましい目を向けた。

ミスター・デイヴィスは顔を曇らせたが、ほんの束の間だった。すぐに明るく胸を張ってミスター・ウェルズに応じた。「可能性はじゅうぶんにある。私が請け合います。もう少し訓練すれば、大丈夫。今年は残念な結果になりましたが」

マリエールがアミリアに身を近づけて説明した。「ミスター・ウェルズの競走馬のダンサー号はレースまえに負傷してしまったの」

アミリアはマリエールの髪から漂う午後の雨の匂いに気づいた。屋外で長い時間を過ごしていたのに違いない。サイモンが海の香りを匂わせているとすれば、妹のほうは豊かな大地と草の香りがする。ミスター・デイヴィスに彼女が心惹かれるのもふしぎはない。マリエールからすればとても魅力的な職業の男性なのだろう。

「ベインブリッジ卿、あなたのお父上はどうなんです？」ミスター・ウェルズが尋ねた。

「来年はやはりいずれかのサラブレッドを出走させるのでは?」

「いや残念ながら」サイモンは煩わしい羽虫でも払いのけるようにその問いかけを退けた。「公爵は今春のレースで幕を引きました。いまはもっと大事な仕事があるので」

サイモンがマリエールを見据え、自分たちの関心はいまや彼女の社交シーズン、不相応な交際相手のジョージ・デイヴィス、つまりその両方だと言いたいのだろうとアミリアは察した。

「それは非常に残念だ」カンバーランド卿が言う。「お父上の馬が優勝されるのをいつも楽しみにしていた」

「私はなおのこと」ジョージが眉間に皺を寄せ、落胆をあらわにして、心痛らしきものもほのめかした。「ダービーでも、アスコットでも、勝ちましたからね。どうしてもうやめてしまわれるのかわからないな」

「まったくだ」尋ねられたわけでもないのに、サイモンはそんなこともわからないのかといわんばかりにジョージに語気を強めて答えた。サイモンの父である公爵は、娘と恋仲であると知って自分がまずジョージとの付き合いを断ったのかもしれない。ジョージもそのほかの人々もそうした事情には気づいていないようだけれど。

「頂点を目指すべし」ミスター・ウェルズが告げた。「父の口癖なんです。賢明な助言ではないかな」笑いまじりに言う。「そうすればともかく誰でも勝利をつかむ可能性は高まる」

男性たちは笑い声をあげた。

上演の再開を告げる鐘が鳴り、アミリアとサイモンはすぐに別れの挨拶をして歩きだした。声が届かないところまで来ると、サイモンがジョージとサディアス・キングとの関わりに不満を口にした。「ミスター・ウェルズの話を聞いていただろう。キングは危険な男で、先ほど、ぼくの妹からほんの数歩のところまで歩み寄っていた」

「気持ちはわかるけど、妹さんはなにも危害を加えられていないわ」アミリアはひと組の男女をよけた。「大事なのはそこでしょう」

サイモンが手を振って道をあけさせた。「また会うことになる。間違いない。ミスター・デイヴィスは大なり小なりレースに賭ける。そうやってここまでのしあがってきた」

「人は生計を立てなければいけないのよ」

サイモンが足をとめた。「ギャンブルなんだぞ、アミリア」語気を強め、黒っぽい髪の房がふわりと片方の眉にかかった。

「どういうものなのかはわかってるわ」じつを言えば、アミリアがいま考えていたのはギャンブルについてではないのだけれど。侯爵の目が翳り、その色の変化に気を取られていた。緑色だった瞳がいまではビャクシン、それともギンバイカみたいな青緑色に変わっている。愛と美の女神アフロディーテが植物のなかでもギンバイカを愛でた理由がよくわかる。ほんとうにこんな色をしているのなら、どれほど強靭な心の持ち主でも虜にしてしまう魅力がある。

サイモンが目をしばたたかせ、魔法はとけた。「紳士の倶楽部では多くの男性たちがカードゲームでギャンブルをしているのよね？」アミリアは尋ねた。「あなたもそうなんでしょう？」

「それはまたべつの話だ」サイモンはまた歩きだした。

「どうして？」説明してもらえないので、アミリアは続けた。「それに、そもそもギャンブルをしたからといって悪人になったり危険なことをしたりするわけではないでしょう。ただしグレトナグリーンへ旅立つのはまたべつの話で、問題だし、危険だけれど」

「だから阻止しなければならない」サイモンが言い添えた。

あとはふたりとも黙って歩いた。大勢の人がいて、座席に向かうあいだにはサイモンが知人から何度か声をかけられもしたので、内密な話は続けられなかった。彼がアメリカから戻ってまだ会えていなかった友人たちもいた。社交シーズンはたけなわで、今年は妹のマリエールが初登場したとあって、みないっそうサイモンに会いたがっていた。社交界の人々や、元婚約者の美女フェリシティ・ファーンズワースを避けられるはずもない。

アミリアは観客席を眺めて、近くのボックス席にその姿を見つけて眉をひそめた。ファーンズワース家は有力な一族で、サイモンを罠にかけた末に破談したあとも、フェリシティはなお敬意を払われている。彼女が罠にかけたことは誰も知らないわけだけれど。本物の紳士であるサイモンはその仕打ちを明かさず、フェリシティに婚約を破棄されたということにしていた。いぶかしむ声があったとしても、人気の高い乗馬用の所領も付けられた多額の花嫁持参金のおかげで打ち消されている。貴族たちの予測が正しければ、しかもたいがいは正しいのだけれど、フェリシティは今シーズン中に嫁ぐことになる。群がっている男性たちは大勢いるようなので、あのなかの誰かが花婿になるのだろう。

アミリアは座席に腰を落ち着けて、音楽と俳優たちが戻ってきたことを喜んだ。フェリシティには取り巻きの男性たちが必要なのかもしれないが、アミリアは劇場に来られただけでうれしくてたまらなかった。幼い頃から姉妹で、〈フェザード・ネスト〉を訪れた客たちに寸劇を披露していた。オペラはむろん、本物の劇場とはとうてい比べられるようなものではなかったけれど、メルズではなくてはならない余興だった。

目を閉じれば、父が椅子を部屋の片端に寄せて、姉のサラがピアノの前に坐り、家族のなかでいちばん歌が上手な妹のマーガレットがアリアを歌いあげる光景がいまでもありありと浮かんでくる。その思い出に顔がほころんだ。アミリアとグレイディはたいがい動物か悪役か台詞（せりふ）のないような取るに足らない役回りばかりだった。それでもふたりとも、疲れた旅人たちにしばしの休息をもたらし、いやなことを忘れさせるために、宿屋のなごやかな雰囲気作りには欠かせない役目を楽しんでいた。

さいわいにも、ジョージ・デイヴィスのほうに気を煩わされることはもうなかった。その後はボックス席に立ち寄る人もいないようで、アミリアはしばしジョージのことはすっかり忘れ、最終幕と呪われた不運な道化師の芝居に見入った。知らぬ間に自分の娘がさらわれる手助けをしてしまった道化師は、やはり娘を誘惑されたべつの父親に公爵への復讐を誓い、次に扉から入ってきたのが公爵だと思いこんで発砲する。運悪く、その銃弾を受けたのはわが娘で、もくろみは水の泡と化し、遠くから公爵の歌声が聞こえてくる。

幕が下りて、アミリアはため息をついた。「悲劇ね」

サイモンがケープを着せかけてくれた。「雑誌で達者な助言を与えているわりに、じつはロマンチストなんだな」

「若いお嬢さんが銃弾を受けたのよ」アミリアはボタンを留めた。「哀しくなるのは当然だわ」

「ほんとうに死んだわけでもないのに？」

アミリアは手提げ袋（レティキュール）でぱしりと侯爵をぶった。サイモンが身をこわばらせ、アミリアは一瞬、痛みを与えてしまったのだろうかと思った。それからすぐにそうではなくて彼がなにかを睨みつけているのに気づいた。ほとんど人がいなくなったバートン卿のボックス席。ジョージ・デイヴィスは友人たちとともに姿を消していた。

「彼らの退席は例のミスター・キングと関わりがあるような気がする」サイモンはクラヴァットを背後に放った。「ここで待っていてくれ。すぐに戻る」

「なんですって？　どこへ行くの？　どうしてわたしは行ってはだめなの？」

「ここにいるんだ」サイモンは肩越しにちらりと振り返って言い、さっさと歩きだした。

「ここにじっとしてなんていられないわ」アミリアは空席に向かってつぶやいた。「せめて、キティに会いたい」ハムステッド家もすでにボックス席を出ていたが、急げば、三階席（グランド・サークル）付近でまだ追いつけるかもしれない。

通路は観客で混雑していて、思うように進めなかった。アミリアは爪先を踏み鳴らして、頼りになる日傘を持ってくればよかったと悔やんだ。日傘は物も人も押しのけるのに役に立つ。けれどタビサに家に置いていくようにと諭された。正確には「そのドレスにはまるでそぐわないわ」と言われた。でも、あれがないと、自分が誰からも見えていないように感じられる。

目の前の男性の幅の広い肩を見上げた。誰からも見えていないわけではない。自分の背丈が低いだけで。赤紫色のドレスのおかげで横幅はじゅうぶんに確保できている。アミリアからすれば、この十年で婦人のドレスは横幅がとんでもなく無駄に広がったと思う。男性の黒い燕尾服ほど無駄に長いものはないにしても。階段に近づいて、ようやく人波が見渡せるようになった。

「キティ！」友人はすぐに目に留まった。キティは唯一無二のドレス探しに苦心していて、今夜は緑のターラタン地に精緻な黒い葉の模様があしらわれて黒いビロードに縁どられた、オリーブ色にもエメラルド色にも見えるドレスをまとっている。

その色彩だけではまだ足りないとでもいうようにキティはダイヤモンドのネックレスをシャンデリアの光にきらめかせ、目を上げて、アミリアの笑顔を見るとにっこり笑った。彼女の夫の母レディ・ハムステッドもひと粒がアプリコット大のダイヤモンドのネックレスをつけている。けれどこちらのご婦人はにこりともしなかった。たぶん、アミリアがキティを呼び捨てにしたせいで、顔をしかめている。

いまさら取り消せないし、とアミリアは思いつつ階段を下りていった。気が高ぶっていたり急いでいたりしてつい言葉をほとばしらせたときに必ず慌てずにはいられない相手と言えば、この子爵夫人、レディ・ハムステッドだ。こちらもキティと同じように社交界の人気者ではあるけれど、ふたりの共通点はそれだけだ。レディ・ハムステッドは息子オリヴァーのために最上を望み、その願いはキティを花嫁に迎えることによって叶えられた。キティの美貌と気品に敵う女性はほかにいない。でも、見栄えがよいだけではない。わが親友はほんとうにすてきな女性だ。アミリアがメイフェアに越してきて最初に友人になったのがキティで、高慢な人々も目につく高級住宅街で自分を温かく迎え入れてくれた。以来、ともに楽しい時間を長く過ごし、お悩み相談欄に寄せられる手紙に関わる冒険にも幾度となく一緒に出かけている。キティはどんなことでも信頼して相談できる友人だ。

「こんばんは、キ――ハムステッド夫人、ミスター・ハムステッド。お誕生日おめでとうございます」アミリアはキティの手をつかんだ。彼女の義理の母のほうを向く。「またお目にかかれて光栄です、レディ・ハムステッド」

レディ・ハムステッドは顎を引き、薄青い目をほんの一瞬つむった。「レディ・エイムズベリー」

「ベインブリッジ卿はどちらに?」本の虫であるのは隠しきれない夜会服姿のオリヴァーが尋ねた。おきまりの黒と白の装いなのに、本を読みながらそこに顎をのせていたかのように首に巻いたクラヴァットがつぶれている。細縁の眼鏡は彼の顔に大きすぎるし、片方のレンズには汚れも見てとれる。本に夢中になってしまうと汚れを拭く時間も惜しくなるのだろう。

「なにか確かめに行ったわ」アミリアは周りにざっと目を走らせた。サイモンの姿は見当たらない。「ボックス席で待っていることになっていたんだけど」

「それでここに来たわけか」オリヴァー・ハムステッドが苦笑した。

アミリアは微笑んだ。オリヴァーとは必ずしもそりが合うわけではないけれど、互いにキティのことが大好きだ。自分もいつかこのふたりのような結婚ができたらと思ってしまう。

キティがアミリアの手を握った。「ずいぶん長く話せていない気がするわ」

「たった二日だけどな」オリヴァーがにやりと笑った。

「記録してくださっているなんて」アミリアは言った。「ご親切に」

キティが明るい青紫色の愛らしい目をちらりと夫に向けた。「最高の旦那さまだものね？」

オリヴァーがとろけるように口もとを緩ませて笑った。

アミリアは瞳をぐるりと動かしたいのをこらえた。そんなふうにキティに見られただけでオリヴァーはうぶな少年に戻ってしまったかのような顔を見せる。

「やはりハムステッド家のところに来ていたのか」背後からサイモンの声がした。一転してにこやかにオリヴァーの両親に向き合った。「こんばんは」

レディ・ハムステッドがあらためて会話の輪に加わった。「こんばんは、侯爵さま」ほっそりとした首の下のくぼみにダイヤモンドがあるのを確かめるかのように手をやった。

「ベインブリッジ！」オリヴァーが呼びかけて握手をした。

「誕生日おめでとう」サイモンが言う。「ハムステッド夫人、ご機嫌いかがですか?」

「おかげさまで」キティは答えた。「ありがとうございます、侯爵さま」

「あなたの妹さんはほんとうにピンクがお似合いだわ」子爵夫人がめずらしく褒める口調で言葉を挟んだ。「今シーズンはあなたもお忙しくなりそうね」

サイモンは子爵夫人の視線の先にある階下の両開きの扉を見やった。そこでマリエールがレディ・バートンに別れの挨拶をしていた。妹を目にして、サイモンはほっとしたように表情をやわらげた。「そのようですね。現にさっそくどうやら仕事にかからなければならないようだ」軽く頭をさげた。「これで失礼します」

アミリアも急いで別れの挨拶をして、サイモンを追った。

マリエールのところにたどり着くと、思いがけない言葉を投げかけられた。「あの方はどこ?」

「ミスター・デイヴィスのことかな」サイモンは玄関広間に目を走らせた。「こっちも同じことを考えていたところだ」

「あの方はお兄さまの船の乗組員ではないのよ」マリエールはきつく言い返した。「わたしが言うことをきかないからって、あの方を船から海に放りだすなんてことはさせないわ」

「自分の船の乗組員を船外へ放りだしなどするものか」サイモンが食いしばった歯の隙間から吐きだすように言った。「ただしあの男が自分の船に乗っていたら、ああたしかに、そうしたくもなるかもな。ご婦人を置き去りにするような男だ」

「わたしは置き去りになんてされてません」

「それなら、あの男はどこへ行ったんだ？」サイモンは訊いた。

こちらに向けられた数人の視線を感じて、アミリアはそれとなくふたりを先へ進ませようとした。「話は外に出てからにしましょうか。ミスター・デイヴィスを見つけたら、みんなで同じ馬車で帰れるでしょうし」

サイモンが人混みを縫ってアミリアと妹を導いて進んだ。「ここで待っていてくれ」玄関扉までたどり着くと言った。「馬車を呼んでくる」

「ここは暑い」マリエールがきつい声で返した。「外に出て待つわ」

「だいぶ暖かいわね」アミリアは兄と妹の仲立ちを務めようとした。「新鮮な空気を吸えば楽になるかも」

サイモンがもうなにも言おうとしないので、アミリアとマリエールも一緒に外に出ると、そこはロンドンの美しい装飾品の展示場と化していた。ビーズが鏤められたケープ、レースのハンカチ、カシミヤの手袋。さらにはもちろん凛々（りり）しい御者や、従僕や、馬たち。優美な四輪馬車と一頭立ての二輪馬車（ハンサム）の列は建物を取り巻くように連なっている。

サイモンが腕組みをした。「わが家のオルセンはどの辺りにいるのやら」

「最後尾じゃない？」マリエールが口角をわずかに上げてちらっと笑みを浮かべた。

その瞬間に張りつめた空気が消え、アミリアは、これほどぴりぴりしている兄と妹だけれど昔からこうだったわけではないのだと察した。

サイモンがこちらを向いた。「オルセンは年寄りで、ほかの年寄りとのおしゃべりも含めて、古めかしい楽しみはなんでも得意としている。遅れるのはいつものことなんだ」

アミリアは肩をすくめた。「それなら待つより、こちらから行けばいいのよね？」

「名案ね」マリエールが賛成した。「ただでさえ、ずいぶん長く坐っていたんだもの。むしろ歩きたいわ」

サイモンを先頭にラッセル・ストリートをドルリー・レーンのほうへ歩きだし、進むにつれ優美な夜会服姿の人影は少なくなっていった。見通しのきかない路地や小径から露天商が亡霊のごとく浮かびあがって現れる。街並みの変化に気づいて、アミリアたちは身を寄せ合うようにして進んだ。

いきなり道なりの扉が開いて、酒場から男性が放りだされた。マリエールが甲走った声をあげ、アミリアはその手をつかんだ。酔っぱらいが放りだされた男をまたいでさまよい歩き、アミリアのように健啖な胃袋の持ち主ですら胸の悪くなるアルコールの臭いを撒き散らした。

アミリアはそんな臭いは振り払って、危険な予兆はないか濃霧のなかに目を凝らした。ガス灯の下に花売りの女性がいる。顔は土で汚れ、目には疲れと空腹らしきものが表れているものの、ボタンの穴に挿した花と同じくらい明るく笑っている。

マリエールもその表情に気づいたらしく、つと足をとめた。「ええと、ひと束くださいな」

「わたしにも」アミリアは言い添えた。「菫（すみれ）が好きなの」

「どうもありがとうございます」女性はかごから花束をふたつ取りだした。

サイモンがいらだたしげに代金を払った。「急ごう。次の角にオルセンがいる」

「足もとにお気をつけて」女性が声をかけた。「それとそちらの路地には入らずに」

サイモンがマリエールを引き寄せて進んだが、アミリアは女性の言葉にとまどい、肩越しにちらりと振り返った。どういう意味だったのだろう？

「よかった、あそこにオルセンが」マリエールがくすりと笑った。「従僕の帽子をいじってるけど、曲がっていたのかしら？」アミリアに言う。「ものすごく几帳面な人なの」

「手袋が汚れたからと、走りだして十五分後に引き返させてくれと言っていたくらいだからな――危ない！」サイモンが立ちどまってマリエールを引き戻した。

アミリアはなおも花売りの女性に気を取られて右側を歩いていて、路地から突きだしていた手脚につまずき、いつの間にか牡蠣（かき）の荷車にぶつかっていた。

4

親愛なる　レディ・アガニ

愛する人が病気になり、わたしは脅えています。彼がいなくなってしまったら、わたしはどうすればよいのかわかりません。心の持ちようを教えてください。

かしこ

さよならを言うために　より

親愛なる　さよならを言うために　様

お別れについてわたしに言えるのは、心構えなどできようがないということです。最期が近づいていると頭では理解できても、心はそうはいきません。身体の一部を修復するには時間がかかりますし、たとえ修復されても、胸につかえる傷が残るでしょう。そうだとしても、無理はなさらずに。親愛なる読者さま、どうかご自愛ください。そして、わたしがここにいることをお忘れなく。

秘密の友人　レディ・アガニ

牡蠣売りの男性は前歯が一本ぽっかり欠けている口をあけて笑った。「お安くしときますよ、ご婦人」

「いえ、けっこうよ」アミリアは牡蠣の荷台から身を起こし、ケープを整えてから振り返り、サイモンが路地に倒れている男性のそばにかがんでいるのを目にした。泥酔しているの？　酔って気絶したとか？　すぐそばに酒場があり、道に面した窓からお祭り騒ぎのような音楽が洩れ聞こえてくる。その店で酔いつぶれてしまったのかもしれない。

とはいうものの。

マリエールは叫び声をこらえているのか手袋をした手を口にあてている。月光のように青白い顔で、いまにも気を失ってしまいそうに見えた。恐ろしげな光景だ。

やはりどうもおかしい。

もう一歩踏みだして、アミリアはその理由を知った。倒れているのはただの男性ではなかった。ジョージ・デイヴィス。酔っぱらいでもない。ジョージは死んでいた。胸にナイフが突き刺さり、白いシャツが赤い血で染まっている。

アミリアは自分の目が信じられずに瞬きをした。ジョージはとても元気そうだった。まったく動かなくなってしまったなんてありえないように思えた。青い瞳も、赤らんだ肌も、赤褐色の頰ひげも、すっかり生気を失っている。

アミリアはまえにもすでに人の魂が抜けたあとに肉体がどのようになるのかを間近で目に

していた。信じられないくらいに萎(しぼ)んでしまう。今回もそれは同じだった。自然と自分の記憶がよみがえり、喉のつかえを呑みこんだ。自分の過去を振り返っている場合ではない。マリエールには自分が必要だ。

いますぐ。

アミリアはマリエールに近づいて、抱きかかえた。マリエールが息をひくつかせて顔を肩に埋めてきた。マリエールが倒れこむまえにベインブリッジ家の馬車に連れていこうとアミリアは考えて足を踏みだしたが、マリエールは動こうとしなかった。

「お兄さま、彼を助けて」マリエールが懇願した。「それを……彼から抜きとって」

サイモンは妹ではなくアミリアと目を合わせた。「すぐに行くんだ。頼む、アミリア。ここはぼくにまかせてくれ」

アミリアはマリエールをここから連れださなければいけないのはわかっていたので、うなずいた。殺人犯がそばに、もしかしたらこの通りか、そこの路地にまだいるかもしれない。今度はマリエールが襲われないともかぎらない。さりげなくせきたてた。

「いや！」マリエールが叫んだ。「この人を助けてくれるまで、わたしはここを離れない」

「エリー、もう助けられない」サイモンは静かな声ながらも断言した。「残念だ。彼は死んでしまった。ぼくは現場をこのまま保たなければいけない。巡査にきちんと調べてもらえるように」

マリエールが確認するように顔を向けたので、アミリアはうなずきを返した。肩をふるわせてむせび泣きはじめたマリエールが砕け散ってしまわないようにしっかりと抱きかかえた。そうして、彼女をこれ以上苦しめないように盾となって視界を遮りつつ、死体を調べるサイモンを観察した。観察と言うには不似合いな場面だけれど、こんなにも近くで事件現場を見る機会はそうあるものではないし、犯罪には格別な感心を抱いている。アミリアは夜闇に目を凝らし、できるかぎり詳細に記憶にとどめようとした。

ここからでも、やけに大きなナイフであるのが見てとれる。そんなものが胸の下のほうに刺さっている。ジョージ・デイヴィスはそこで殺人犯と向き合っていたということだ。でも、その人物がいったい誰なのかはまるでわからない。

サイモンはジョージの服と落ちていたシルクハットを調べ、おかしなところがないかを探している。ジョージの上着のふくらんだ左ポケットの上で手がとまり、アミリアもすばやくそこに目を向けた。サイモンがそのポケットから紙幣の束を取りだした。

アミリアは動じないようにこらえたので、驚きはマリエールには気づかれていない。ジョージ・デイヴィスはいったいなんのためにあんな大金を持ち歩いていたのだろう？　裕福だったとしても、理由もなく持ち歩きはしないはず。富裕な人々ほどつけで買い物をするし、ロンドンでもとりわけ裕福な婦人のひとりであるアミリアもめったに現金は持ち歩かなかった。さらに言うなら、わずかな日銭を稼ごうと必死の物売りや物乞いがいるこの界隈で、どうしてポケットのなかのお金が持ち去られていないの？　あれほどの大金がそっくり手つかずで残されているなんて。

ミスター・デイヴィスは競馬に賭けていた。お金目当てで殺されたのだろうか。でも、そうだとするなら、犯人はあのお金を持ち去っていたはず。ただし、邪魔が入れば話はべつだ。往来の多い通りなら、邪魔が入ってもふしぎはない。

サイモンが紙幣の束をジョージの上着に戻し、ほかのポケットも調べている。あとはなにも入っていないことがわかり、最後にもう一度死体をざっと眺めて、きらりと光る小さなものに目を留めた。それはジョージの手首のそばに落ちていた。アミリアは目を狭めて見つめた。カフスボタン？　イヤリング？　暗くて見分けられない。サイモンが立ちあがったので、たいしたものではなかったのだろう――ところが、その光るものが死体のそばから消えていた。アミリアは息を呑んだ。サイモンがあれを取った！

マリエールがアミリアの驚きを感じとり、肩に埋めていた顔を上げた。手で涙をぬぐって振り返る。「お兄さまのせいだわ」

「声を落とせ」サイモンが忠告した。「自分がなにを言ってるかわかってるのか」

アミリアがなだめようとすると、マリエールは手で払いのけた。「ええ、わかってますとも。お兄さまはわたしたちの交際に反対していた。今夜そう言ったものね。そしてこうなった」マリエールはジョージのほうを身ぶりで示した。「ナイフで胸を刺されたのよ――幕間にお兄さまが話していた人と同じように」

これ以上にない不運な偶然だとアミリアは思った。

「ちょっと待て、マリエール」サイモンがふるえる息を吸いこみ、アミリアにはその声に切迫した思いが滲んでいるのが聞きとれた。「あの話とはなんの関係もない。彼とおまえとの交際に反対していたとしても、彼に危害が及ぶことを望むわけがない。誓って言える」

マリエールは納得したようには見えなかった。

「旦那さま」若い男性が少し息を切らして呼びかけた。ベインブリッジ家の馬車の従僕だ。

「ありがたい」サイモンが言った。「レディ・マリエールとレディ・エイムズベリーを送り届けてほしい。事故が起きたんだ」

若い従僕はジョージの胸に刺さったナイフを見つめた。

「できれば、すぐに」サイモンがせかした。

従僕はたじろいだ。「かしこまりました」マリエールに腕を差しだした。

「彼をひとりにはできないわ」マリエールがきっぱりと言った。「間違ってるわよ」

アミリアは彼女の肘に手をかけた。「行ったほうがいいわ。ここにいてもわたしたちにできることはもうなにもないし、身体にさわるから。あなたはふるえているもの」

「頼む、エリー――」

兄には言葉を返さず、マリエールは従僕の腕を取り、通りの向こうへ導かれていった。

アミリアはいったん足をとめた。「妹さんは動揺しているのよ。それでまともに考えられなくなってる」

「きみはマリエールをよく知らない」サイモンが首を振った。「妹は本心ではないことは言わないんだ」

「わたしからも話してみるわ」アミリアは言った。「あなたのせいではないことはわかってもらえるはず」

サイモンは集まりはじめていた野次馬を見まわした。通りの先に現れた巡査がこちらに来る途中で足をとめ、放浪者のような人物に話しかけている。サイモンが声をひそめた。「妹のことはよくわかってる。ぼくが彼女の側にいることを納得してもらうためにやれることはひとつだけだ」

アミリアは身を乗りだした。

「殺人犯を捕まえなければ」

その言葉で、気分は一変した。またも彼と謎解きに乗りだすのだと思うと、アミリアの鼓動が高鳴りだした。尋ね歩いて、推理して、容疑者を探りだす。犯罪が起きようとも、アミリアはこの街が大好きで、ジョージ・デイヴィスが殺された事件を調べるのは悪を正すことになる。自分たちは悪事に対して無力ではない。殺人犯に裁きを受けさせることができる。

ふたりでなら。

アミリアはサイモンと目を合わせた。「やるしかないわね」

5

親愛なる　レディ・アガニ

わたしは田舎が嫌いなのですが、このところ泊まりがけのパーティへの招待状が続々と届いていて、応じなければいけないものかと気が重くなっています。装いに埃（ほこり）や汚れがつきまとうのはもちろんのこと、田舎ならではのあの匂いが苦手なのです。それに退屈なのも！　屋外でのゲーム以外にやることがないし、そのなかに一ゲームでもブーツを汚さずにできるものがどれだけあることか。とはいえ、どうすれば逃れられるのでしょう？　それこそが難問です。あなたならその答えをご存じなのでは。

かしこ

都会の娘　より

親愛なる　都会の娘　様

わたしも田舎にさほど魅力を感じなくなっているので、あなたが嘆かれるお気持ちはよくわかります。社交シーズンは短く、古めかしい屋敷の庭をぶらつくような無為な時間を少しでも過ごしたくはありません。では、どうすれば逃れられるのか？　ご招待をお断わりすればよいだけのことです。女性たちがいやなことをきっぱりと断わる。信じてください。そのように言える人が増えるほど、断わりやすくなるはずです。

秘密の友人　レディ・アガニ

翌朝、アミリアはハイド・パークへ日課の早歩きの散歩に出かけた。歩くといつも頭が冴えて、世の中に立ち向かえそうな気がしてくる。新たな殺人事件を解決するには、必要なことだった。世の中とまではいかなくても、せめてジョージ・デイヴィスを殺した犯人に立ち向かえるようにならなくては。

さいわいにも、きのうの帰りの馬車ではジョージの死体を発見したときの衝撃はいくらか落ち着いて、マリエールは兄のサイモンに必要以上にきつくあたってしまったことを反省していた。だからといって、ジョージとの仲を引き裂こうとした兄への怒りが収まったわけではない。マリエールはジョージともっとずっと一緒にいたかったと繰り返した。もう二度と叶えられない願いだ。

ベインブリッジ家の兄と妹はあきらかに互いを思いやっている。マリエールはアミリアに母を亡くしてからサイモンと互いの存在をなぐさめに哀しみをともに乗り越えたのだと話してくれた。ふたりの父親である公爵は屋敷にほとんど姿を見せなかった。サイモンが海軍に入ると、マリエールは見捨てられたように感じた。家のなかでひとり思い出に浸っていることに耐えられず、できるかぎり外に出て馬と過ごしていたという。そんな日々の支えとなったのが、ジョージ・デイヴィスだった。マリエールにとってかけがえのない友人となったジョージまでもが、いまはもういなくなってしまった。

そのように話すうちにマリエールの目からまた涙があふれだし、アミリアは殺人事件を解決するだけでなく、兄と妹の絆を修復させるためにも、自分にできるかぎりのことをしようと胸に誓った。サイモンもマリエールも父親とは結びつきが強いようには思えず、兄と妹の絆が壊れてしまったら、つらいときに頼れる相手がいなくなってしまうだろう。そのようなことに陥らせてはいけない。

アミリアは進路に落ちていた石を拾って、歩道の脇に放った。日中はひどく混雑することで知られるロトン・ロウなので、あとで足首をくじかずにすんだことに、それもおそらくは貴族の誰かに感謝してもらえるだろう。数時間後には、流行の装いや、乗馬の腕前や、愛馬を見せびらかしに貴族がここに集まってくる。

でもいまは早朝で、先ほどまで降っていた雨はやんだけれど、滴をまとった木々や草がきれいな緑色にきらめいている。アミリアはひとたび足をとめて、街が活気づいていく音に耳を澄ました。まだいまのところは、ふいに木々の合間から響く鳥のさえずりや、池の白鳥が立てる水音も聞こえてくるくらいに静かだ。けれど早くもオックスフォード・ストリートからは呼び売りの声がする！

夜明けとともにジョージ・デイヴィスの死の報がこの街に広まる。通りすがりの暴漢に襲われて命を落としたように思われるかもしれないが、そうではないことをアミリアは確信していた。馬車のなかでマリエールから、昨夜ミスター・キングが突然ボックス席に現れて、どういうわけでそこに坐っているのかとジョージを問いつめていたと聞いた。キングはジョージにそんなご身分ではないだろうと言いたかったらしい。だが特別な席には特別の理由がある。その社交シーズンを通して確保されている席だからだ。たとえミスター・デイヴィスが手に入れようとしたところで購入することはできなかっただろう。たぶんバートン家が何年にもわたり確保しているボックス席に違いない。けれどその会話はジョージとキングの関わりを示唆している。ジョージにそれだけの金銭的な余裕があるのなら、キングに払わなければいけないものを負っているということ。そうだとすれば、キングはいまのところ容疑者リストの一番手に挙げられる。

きょうはきっとまた、そのリストに新たな名前が加わることになるだろう。

アミリアはハイド・パークの門を通り抜けて家へ引き返そうと歩きだした。

家。メイフェアにある屋敷を家と呼ぶ日がこようとは思ってもみなかった。豊かさを絵に描いたような屋敷だけれど、たしかに自分の家だ。そこでエドガーを最期の日まで看病した。いまはタビサおばと可愛いウィニフレッドとともにそこに住んでいる。ここに暮らしはじめて、親友のキティとも出会えた。そうした恩恵を思い起こし、アミリアは歩く速度をあげた。

一ブロックにまたがった三階建てで、そびえ立つような煉瓦造りの住まいまであと少しのところで、丁寧に刈り込まれた前庭の生垣をウィニフレッドが駆け抜けていくのが見えた。

白いフリルと青い飾り帯（サッシュ）付きのドレスが庭のなかへ消え、アミリアは微笑んだ。ウィニフレッドはもうあまり駆けたりしなくなった。はしゃぐより、おしゃべりしているときのほうが多い。

タビサに言われたことがアミリアの頭によみがえった。なにか間違いをおかしているとは思えないけれど、ウィニフレッドの母親代わりとして、確かめておかなくてはいけない。ウィニフレッドは好奇心が強く、活発な少女だ。幼い頃に哀しい出来事を乗り越えたので、年齢よりも大人びている。両親と祖父母を同じ船の転覆事故で亡くし、叔父のエドガーにあずけられ、その叔父の亡きあとはアミリアにゆだねられた。エドガーは変性疾患が遺伝するのを心配して子を望まなかったけれど、アミリアはこうしてこれ以上は望みようがないくらいの娘を得た。

ただし、たまには様子を確かめておくのも不要なこととは言いきれない。

アミリアは日傘で生垣を掻き分けて通り抜けた。

ウィニフレッドが驚いてきゃっと声をあげた。その脇でけらけらと笑っているのは、そばかす顔で前髪をまっすぐに切り揃えた素朴な感じの少女だ。こましゃくれた笑い声からすると、ウィニフレッドよりふたつくらい年上なのだろう。

「ごめんなさい」アミリアは詫びた。「お散歩から帰ってきたところで、ちょうどあなたを見かけたから。お友達が来ているなんて知らなかった」

「アミリア——驚かせないで」ウィニフレッドはお尻の下になにかを隠した。「こちらは、ビアトリス」

「お会いできてうれしいわ、ビアトリス」アミリアは手を差しだした。

「ビーと呼んでください」ビアトリスはチョコレートを口に放りこんでから、アミリアと握手をした。

「承知したわ、ビー」少女の手はチョコレートでべとついていて、笑うべきか食べつづけてよいものか迷っているように口もとをゆがめている。「お菓子を食べるにはちょっと時間が早すぎるわ。外でいったいなにをしているの？　チョコレートの盗み食い？」

「いいえ」ウィニフレッドがすばやく答えた。

「それならここでなにをしているの？」

ビアトリスがチョコレートをごくりと飲みこんだ。「おしゃべり」

少女たちがくすくす笑いだし、アミリアはかちんときて、母親ならではのいらだちを覚えた。でもいまはすがすがしい夏の日で、メイフェアの美しい邸宅の庭にいるのだと思い返した。自分もこれくらいの年齢でこっそりチョコレートを持ちだせたなら、やはりこうしてくすくす笑っていただろう。「用がすんだら、なかに入って朝食にしましょう。お菓子よりも力のつくものを摂らないと」

ふたりはあとからすぐに来ると約束したので、アミリアがそのまま朝食用の部屋へ行くと、食器台に散歩帰りの女主人が楽しめる朝食がずらりと用意されていた。お茶、パン、ジャム、チーズ、肉料理、卵料理、果物。料理人がこしらえたポーチドエッグは絶品で、アミリアはもうひとつ卵を取ろうとして、耳に入った音に手をとめた。母親代わりになってから、自然と不穏な物音を敏感に察知する癖がついた。肩越しに見やると、直感どおり、ドアロにキティが姿を現した。

ところが、いつものキティらしくなかった。ブロンドの巻き髪は片側が垂れさがっていて、くすんだグレーのドレスが雨滴に濡れているし——スカートに付いているのは泥だろうか？アミリアが手にしていた取り分け挟みから二個目の卵が床に滑り落ちた。「キティ！いったいどうしたの？」

救出に駆けつける妖精のお姉さん——いえ、お兄さんと言うべきか——のように従僕が現れ、アミリアが手を出す間もなく、こぼれ落ちた卵を片づけた。ベイリーは肩幅が広く、引き締まった身体つきで、機敏な褐色の目をした堂々たる若者だ。人前で目を配りながらもきわめて感じよく仕事をこなすのはどこの従僕も同じだけれど、彼の行動の迅速さにおいては屋敷じゅうの誰もが認めるところだ。問題が生じたときにいちばん先に現れるのはほぼいつもベイリーだった。

キティがテーブルに手提げ袋を放り落とした。「最悪のことが起こったの」

アミリアは食器台に皿を置いて、友人のもとへ向かった。キティの両手をつかむ。「どんなことでも、一緒に乗り越えられるわ」

キティの青い瞳から涙がこぼれ落ちた。「そこが問題なのよ。今回だけは一緒には乗り越えられない」キティは首を振り、さらにまた巻き髪がひと房、ピンからはずれて垂れた。

「わたしはロンドンを出ることになる！」

「なんですって？　いったいなんの話をしているの？　あなたはロンドンが大好きなのに」キティは答えずに大きな声で泣きだし、アミリアは友人を胸に抱いて、説明してもらえるのを辛抱強く待った。

「ハムステッド夫人」ドア口でタビサが杖を三回床に打ちつけた。「この泣き声はあなただったのね」

キティが洟をすすり、アミリアは友人を手放した。

タビサがベイリーを呼んだ。「お茶とトーストをお願い」椅子に腰かける。「わたしが若い頃には、女性が朝食用の部屋に押しかけてむやみに泣くようなことはしなかったわ。それもまだ正午にもなっていないというのに」キティを頭から足まで眺めおろした。「髪を整えてもいないなんてもってのほかよ」

キティはタビサの向かいの椅子にへたりこんだ。「すみません。でも、とんでもないお話なんです。ただもう恐ろしくて」

タビサが片手を上げて、その先の説明をとどめた。「お茶を」

アミリアは皿を脇に寄せて、キティの隣の椅子に腰をおろし、思いやり深く見守りながら、従僕がタビサの朝食を運んでくるのをじっと待った。

ベイリーが朝食を並べ終えると、タビサは礼の言葉をかけて、従僕をさがらせた。キティのほうに向きなおる。「さてと、ハムステッド夫人、あなたが身繕いを怠るほどとはどんなお話なのかしら？　さぞ、とんでもないことなのでしょうね」

「恐ろしい大事件ですわ」キティはいつになく取り乱していた。「オリヴァーの誕生日に、子爵夫妻がわたしたち夫婦に田舎屋敷を贈ってくださったんです、ノーフォークの！　ただちにそこを引き継いでほしいと」キティはテーブルの上で両腕を組んで、そこに頭を埋めた。「わたしにどうしろというんです？」テーブルクロスで声がくぐもった。

「ノーフォーク？」アミリアは訊き返した。ノーフォークはロンドンの北に位置する農村地帯で、キティにはとうてい似つかわしくない土地だ。

「地獄だわね」タビサがぼそりと言った。

アミリアはびくりと顎を引いた。タビサおばはいまなんて――

タビサはお茶をひと口飲んでから、また口を開いた。「まずは泣くのをやめることね。涙ではレディ・ハムステッドの心は動かせない」

キティはレティキュールからレースに縁どられたハンカチを取りだし、目をぬぐった。

「でも、わたしは田舎が嫌いなんです。牛を育てるなんていや」

牛を育てる？　キティが田舎暮らしに耐えられるはずがないし、自分も親友がいなくてはとても耐えられないとアミリアは思った。言うまでもなく、お悩み相談欄にとっても損失だ。キティの助言と力添えはなくてはならないものなのだから。ふたりは協力してロンドンの不正を暴いている。相棒を失うわけにはいかない。「オリヴァーはなんて言ってるの？」

「夕べ、ジョージ・デイヴィスの事件があっただけに、すばらしい考えだと思ってるわ。あの人によれば、わたしたちも危ういところを命拾いしたと言うの。危険の多いロンドンから離れるのがわたしにとって安全だと――それにあの人も、もっと静かなところで読書と執筆ができるようになると」またもキティがすすり泣いて肩をふるわせた。

アミリアは友人の手に自分の手を重ねた。「ああ、キティ」

「ばかばかしい」タビサが言い放った。おばはアミリアが知るかぎり誰より同情を示さない女性だけれど、このように時としてあらわにする逞しさには勇気づけられる。問題とは解決できるものであるはずだ。ただしその方法を見つけるのがむずかしい。

「あなたの夫はすでに静かな時間をじゅうぶん過ごせているでしょうに」タビサが続けた。「それに彼が所領民たちと気さくに付き合えるとでも思う？」一拍おいた。「いいえ、無理だわ。そうだとすれば、人々の悪辣な言動を招くことになる。あなたのきれいな衣装と彼の美しい言葉遣いが揶揄されるでしょうね」

アミリアはすくみあがった。おばは逞しさを発揮しすぎるきらいがある。キティのほうを向く。「オリヴァーに行きたくないと言わなかったの？　あの人はつねにあなたの意向を気にかけているはずよね」

キティが洟をかんだ。「オリヴァーは一人息子で、彼の誕生日の贈り物として提案されたことなんだもの。簡単に突き返せるようなものではないわ」

タビサがキティのハンカチを見やって目を狭めた。朝食用の部屋でハンカチで洟をかむなんてキティらしくない。「あらもう、しっかりなさい」

「失礼しました」キティはハンカチをしまった。

「おばさま、キティはどうすればいいと思われますか？」アミリアは訊いた。

「レディ・ハムステッドに息子の妻はそのような暮らしに向いていないことを納得させるのね。むずかしいことではないわ」

アミリアはその考えに共感して顎を指で打った。「ノーフォークに越したら大変な事態になるとレディ・ハムステッドに納得させればいいのよね」オリヴァーとキティが田舎暮らしをすればどんな失敗を繰り広げるのかを考えた。すぐにいくつも思いつけた。「最後には、レディ・ハムステッドがあなたにどうかロンドンに残ってと懇願するくらいに」

「どうやって？」とキティ。

「あなたがその土地で暮らすのがいかに無理なのかを子爵夫人にわからせるのよ」お腹が鳴り、アミリアは絶品のポーチドエッグに切り込みを入れ、そこにトーストを浸けた。ひと口食べる。至福のおいしさ。次はベーコンね。

「方法はいくらでもあるけれど……」タビサが唸るように言い添えた。

「アミリア、どうしてこんなときにそんなふうに食べられるの？」

「彼女はいつでも食べられるのよ」タビサが説明した。「わたしたちがここに坐ってからのあいだだけでもすでに卵二個とソーセージとデニッシュパンをたいらげているわ」

「大げさですわ」アミリアはじろりとタビサのほうを見た。「朝食は一日の食事のなかでもいちばん大切です。キティ、あなたもなにかちゃんと食べておいたほうがいいわ」

「帽子でも食べるほうがまし」キティが言う。「それくらい胃がむかむかしてるの」

タビサがティーカップを持ちあげた。「うちの料理人のポリッジならいけるわよ」

「こう考えてはどうかしら。たとえハムステッド子爵夫妻を説得できなかったとしても、オリヴァーならきっと説得できる」アミリアはより力強く確信に満ちた声で告げた。歩くのと同じで、食べ物もいつも気分を鼓舞してくれる。「あの人はあなたの魅力にまいりやすいんだから」

「それはそうなんだけど」キティが認めた。

「理性を取り戻せてきたということかしら？」タビサが言葉を挟んだ。「さあ、涙を拭いて、アミリアの言うようにしてみなさい。計画を練って、うまくやるのよ」

「それでうまくいかなかったら？」

タビサがトーストを嚙み砕きながら考えこんだ。「これからは日除け用のお帽子（サンボンネット）をかぶらないとかしらね？」

キティは反抗的に腕組みをした。「いやだわ！　わたしにとってお帽子がどれほど大切なものかおわかりのはずなのに」

そのとおり。キティが帽子店で縁どりがレースの帽子と花飾りの帽子のどちらを選ぶかに一時間近くも費やしているのはアミリアもよく知っていた。パーティと同じように、衣装はキティにとって創造力をぞんぶんに生かせるものだ。シルク、モスリン、タフタ。あらゆる生地と色彩からキティが選別して仕立てるドレスはどれも見惚れてしまうくらい美しい。洗練された装いどころか、もはや芸術だ。

アミリアは自分の普段用の青いドレスを見下ろした。好きな色で、オリーブ色の肌がよく映えるし、丈も気持ちよく歩ける長さだ。それだけでじゅうぶん満足している。流行りの装いでは、スカートをものすごく広げて、コルセットをきつく締めつけなければならない。アミリアがドレスになにより求めるのは動きやすさで、その方針を変えるつもりはない。

廊下から慌ただしい足音が聞こえてきた。「ウィニフレッド？」アミリアは呼びかけた。

「ウィニフレッドの新しい友人にはお会いになりました？」タビサに問いかけた。「今朝、お散歩から戻ってきたときに会ったんです。ビアトリス——ビーという愛称の」

タビサはティーカップを受け皿に戻し、唇を閉じたままでにんまりとほっそりした顔に笑みを浮かべた。

したり顔だとアミリアは見てとった。子供がほかの子をからかうようにおばは自分をあざ笑っている。わたしはあなたより知っているのよ、と。とはいえ、タビサはいったいなにを知っていて、いつ自分はそれを知ることができるのだろう？　尋ねても答えてもらわなければわからない問題で、答えるときを決めるのはタビサだ。

「わたしを呼んだ？」ウィニフレッドが朝食用の部屋に顔を覗かせた。

アミリアは部屋に入るよう手招きした。キティの苦境について話し合っていたところで、溌溂（はつらつ）とした少女の顔を見るとほっとする。金色の髪に青い瞳のほんのり赤く頬を染めた少女が入ってくると、部屋は十倍も明るくなった。子供から大人に成長するあいだの不安定な年齢に差しかかっているけれど、部屋に入ってくる姿はアミリアがつい膝に乗せたくなってしまうほどまだ小柄だ。「ええ、呼んだわ。ちょうどいま、タビサおばさまとあなたの新しい友人のビアトリスのことを話していたの」

ビアトリスもウィニフレッドの後ろから部屋に入ってきた。「どうも」

「あら、ええ、わたしはレディ・ビアトリスにはもうお目にかかってるわ」タビサがいたずらっぽい目をアミリアに向けた。「レディ・エイムズベリー、あなたも彼女のお父さまはご存じのはずよ。グレイ卿だもの」

6

親愛なる　レディ・アガニ

わたしは本欄のあなたの回答を興味深く拝読していますが、ほかのお悩み相談欄の回答者たちは破廉恥だと見なしています。あなたの助言にしたがう読者は間違いなく恥をさらし、上流社会から追放されてしまうと言うのです。そのような見方は理が通るとお思いですか？　あなたの回答を読んで身を落とすなどということがありうるのでしょうか？

かしこ

怖いもの知らずの読者　より

親愛なる　怖いもの知らずの読者　様

読んだせいでどなたかが身を落としたとすれば、前代未聞の出来事でしょう。読むことは、わたしがこれまでに知り得たなかでもっとも安全でかつすばらしい時間の過ごし方です。わたしの助言にしたがうのは安全とは言いきれないことは認めます。ですが、選択するのは読者のみなさまです。すでにある道が知られているのには理由があります。まだ知られていない道は岩だらけかもしれませんが、その先には未知の世界が広がっているのです。筆者とその読者たちがどちらに時間を費やすのがお好みなのかは、あなたもご存じなのでは。

秘密の友人　レディ・アガニ

グレイ卿？　その人がビアトリスの父親だとすれば、アミリアは当然ながら知っていた。鼻持ちならない男性だ。一分の隙もなく仕立てられた燕尾服でかっちりと襟を立て、気どった口もとの下には堅苦しいクラヴァットを結んで、このエイムズベリー邸の玄関広間に立っていた姿がすぐにも呼び起こせた。晩餐の席で児童労働規制法について議論となり、アミリアはけっして引きさがらなかった。グレイ卿はご婦人にはやはりその法律が国家に与える影響が理解しきれないのだとのたまった。マーサ・アップルトン――織物工場で気を失い、大人が付き添っていなかった機械に左手を巻きこまれて指をすべて失った少女――の事件の記憶はまだ生々しく、アミリアはその席でほんとうに理解できているのは自分だけではないかと言い返した。グレイ卿は即座に席を立ち、言いわけを述べて去ったが、事実に向き合う勇気のない臆病者だとアミリアは見定めた。炭鉱も織物工場も子供たちの居場所ではない。

そのときのことは頭から振り払って、アミリアはどうにか笑みを浮かべた。「もちろん、グレイ卿は存じています。どうりで見覚えがあるような気がしたのよ」

ビーが辛子色のドレスの裾を揺らすほどに驚いてみせた。丸顔にちらっと作り笑いのようなものを浮かべた。「わたしは父にまったく似てません、レディ・エイムズベリー。でも、そう言ってくださってありがとうございます。父は大変な洒落者ですので」

「そうですわね」アミリアはそう言葉を絞りだした。娘本人が言うように、見た目には似ていない。一分の隙もない父親とは正反対にビーはまるで飾り気がないし、笑いか皮肉をこらえているかのように口もとをひくつかせている。この少女が内心ではなにを思っているのかは想像しようもない。

思いがけずビーがさらに言い添えた。「だけど、父の考え方はものすごく古臭いの」

グレイ卿は娘に自分との意見の対立について話したのだろうかとアミリアは考えた。そんなことをするのは娘への忠告のため以外に考えようがない。腹立たしい人！　娘が成長しても父親に口答えさせないためだ。「残念ながら、娘はだいたいみんなそんなふうに感じるものではないかしら」

ビアトリスが、どこかのおじいさんやスコティッシュ・テリア犬のほうが似合いそうな濃い眉を上げた。

その会話の間隙を縫って、ウィニフレッドがアミリアのそばに来て頬にキスをした。「それでは！」

「待って、どこへ行くの？　練習は？」

「聞いてないの？　ミス・ウォルターズが風邪で寝こんでしまったの」ウィニフレッドはビ

ーの手を取った。「きょうはお休みってこと！」そう告げると、はずんだ足どりで廊下へと姿を消した。

このように慌ただしく消えてしまうのはウィニフレッドらしくない。音楽は彼女にとってなにより大事なもののはずで、練習を怠りはしなかった。アミリアはソーセージにナイフを突き刺した。もしあのビーという少女が愛するウィニフレッドに好ましくない影響をもたらしているとしたら、父親と同じようにお引き取り願わなければいけない。エイムズベリー家の晩餐会の招待客を揺るがせた父親のように、ビアトリスにウィニフレッドをぐらつかせたりさせないように。

「あの子を好きではないのね」キティがささやいた。

「そんなことは言ってないわ」アミリアはささやき返した。

タビサがティーカップの縁越しに目を狭めて見ている。「言うまでもないことだわ。あなたの朝食のお肉を見れば一目瞭然よ」

アミリアは小さく切り分けたソーセージをじっと見下ろした。たちまち食欲が失せた。ナプキンを皿の上に置き、話題を変えた。「レディ・ハムステッドへの計画はいつ決行する？」

「あすはどう？」キティが提案した。「クロッケーの大会で」

「クロッケーの大会」アミリアは繰り返した。「提案してくれてよかったわ、キティ。もう少しで忘れるところだった。昨年は優勝したというのに、なんてこと。憶えてらっしゃいますか、おばさま？」

「そこまでもうろくしていないわ」タビサが顎を上げた。
「なにしろ歴史に残る偉業ですもの」キティがつぶやいた。
「まだ根に持っているわけではないわよね？」アミリアは問いかけた。ゲームとなると、アミリアとタビサは俄然、闘志が駆り立てられる。主催者の子爵夫人が勝つに値する賞品を用意しているとなればなおさらに。昨年、レディ・ハムステッドは勝者への賞品にフランスのボルドーへの旅から持ち帰った十二本のヴィンテージワインを用意した。アミリアはそれを目にしたとたんに試合に勝つと決意した。つねに年齢にそぐわぬ活躍を見せるタビサにも励ましの言葉は無用だった。

昨年は子爵夫人の母でタビサとはかつて好敵手の間柄だったキャサリン・コリンズも出席していた。タビサによれば、これまでの生涯で唯一愛した男性をキャサリン・コリンズに奪われたのだという。アミリアはそれでもどうしてほかの男性ではだめだったのかと尋ねた。いまでさえタビサは印象的な青い瞳を持つ美しい顔立ちの魅力的な女性だ。自分は物覚えがよいのだとタビサは説明した。男性とは移り気な生き物であるのを学ぶには、たった一度の教訓でじゅうぶんだったのだと。以来タビサは兄弟の家族にその身を捧げ、誰より頼りにされてきた。

とはいえ恨みを忘れたわけではなく、昨年の最終戦ではその執念がいかんなく発揮された。タビサはキャサリンの球を首尾よく生垣へ退けて打ち負かし、アミリアとともに優勝をものにした。ふたりとも家に帰るまでは上等なワインで祝杯をあげるのは我慢したけれど、結果は同じ。どちらも救いようのない自信家でうぬぼれ屋の競技者だとの評判を得た。

「そんなんじゃないわ」キティがとりすまして目を瞬いた。「どうしてわたしが根に持つの？　あなたたちがオリヴァーのおばあさまの球を消えてなくなりそうなくらいに打ち飛ばしただけのことで」

タビサが口もとをぬぐって、そのナプキンをそっとテーブルに置いた。それから椅子の背にもたれて、袖口のレースの縁どりを直した。「自分の力とは計り知れないものなのよね。めったにあのような不作法はしないのだけれど」

アミリアは笑みを噛み殺した。「今年はきっとその埋め合わせができますわ、おばさま」

「じつは、それは無理なの」キティがブロンドの眉を上げた。「おばあさまは来られないわ。この二週間ほど、頭痛に悩まされているとかで」

「頭痛」タビサがそっけなく言い、朝食の席を立った。「ふん。わたしなら温めた少しのブランデーとお水でいつも治ってしまうけれど。教えてさしあげて」

キティも席を立った。「お伝えしておきます」

「キティ、ではまたあす」アミリアは玄関広間まで友人を送ろうと歩きだした。「どうにかレディ・ハムステッドを説得しましょう。大丈夫」

「楽しみにしてるわ――できるだけ」

アミリアは手を振った。「わたしとおばさまは恐れられているのよね」

「おてやわらかにね」キティはアミリアのほうに指を立てて警告し、玄関扉から出ていった。

ええ、自重するわ。勝てる程度には。

ベイリーが小包を手に屋敷に入ってきた。

きょうのお便りね！

「ベイリー、それはわたしが持っていくわ。ありがとう」アミリアは編集者で友人のグレイディ・アームストロングからの小包を受けとって、まっすぐ図書室へ行き、ドアを閉めた。どきどきしながら机に向かう。これがわたしの秘密の仕事、もうひとつの秘密の自分。仕事があるのはなんてすてきなことだろう！

小包を開いた。今回は四通の手紙が入っていたので、アミリアはインクの匂いを吸いこんでから、封書を机に置いた。インクが滲んで、染みがつき、皺が寄っている。そう、いまはロンドンの社交シーズンがたけなわで、恋愛のお悩みをかかえている女性たちも多い。

アミリアがお悩み相談の回答者を務めはじめた当初は、安価な週刊誌に掲載される劇作や物語を楽しみにしている庶民の娘や、店や工場で働く女性たちからの手紙がほとんどだった。いかに華々しく工夫を凝らした見出しを付けても、つまるところ、そうした人々がおもな購読者の雑誌だったからだ。ところが、回答者が自分たちと同じ上流社会の一員だと知るや、富裕な女性たちがお悩みを記した手紙がしだいに多く寄せられるようになってきた。

アミリアは母から十六歳の誕生日に贈られた美しい象牙の柄のナイフで手紙の封を切る。喜びと哀しみは誰もが持ちうる感情だ。人の悩みは様々でも、胸に抱く感情に違いはない。アミリアは送り主の地位や身分にかかわらず、どの手紙にも同じように真摯に向き合う。

ずいぶんと皺だらけの手紙を開こうとして、ノックの音に手をとめた。その手紙を脇に置いて新聞を載せて隠した。「どうぞ」

ジョーンズが、どうしても額にきちんとおりていてくれない褐色の薄い前髪を撫でつけた。それから誇り高く胸を張ると、恰幅は隠しきれず、ダブルの黒いベストがアボカドっぽくふくらんだ。「奥さま、ベインブリッジ卿がお見えです」

アミリアは新聞の下から少し覗いている手紙の束にちらりと目をやった。すぐには読めそうにない。「どうぞ、お通しして」

かすかに舌打ちの音が聞こえたけれど、アミリアは気にしなかった。執事が正式な客間に訪問者を通したがっているのはわかっている。ジョーンズにはそういった気難しいところがある。でも、訪問者はサイモンで、子供の頃にはこの屋敷で長い時間を過ごしていた男性なので、自分と同じくらい家のなかのことをよく知っている。たぶん、自分以上に。サイモンが堅苦しい礼儀を求めていないのは確かで、それはアミリアも同じだった。

ジョーンズが来客を連れて戻ってきた。

アミリアは立ちあがった。「ありがとう、ジョーンズ。おはようございます、侯爵さま」

「おはよう」ジョーンズがドアを閉めて立ち去ると、サイモンは机のほうに大股で歩いてきた。新聞の下のほうに目をやる。「このよく晴れた夏の日にちまちまと手紙書きか。ぼくのことはおかまいなく。先週の食べ残しのパンみたいに人生が砕けかけているだけなので」

アミリアはため息をつき、手紙を封筒のなかに入れた。これではとても仕事にならない。

ほかの封書も揃えて、小包のなかに戻す。

「妹に嫌われている」サイモンが続けた。「ジョージ・デイヴィスを殺した犯人を全力で捜そうとしていることをどうにかしてわかってもらわなくては」

アミリアは小包を机の抽斗にしまい、鍵を掛けた。

「家を出てくるときに妹がなんと言ったと思う？」サイモンはアミリアの返答を待たずに続けた。「その大きな足でつまずいてしまえばいいんだわ、と言ったんだ」完璧に磨きあげられた靴を履いた足を持ちあげた。「ぼくの足は大きくない」

アミリアはその足を見つめた。「たしかに、大きいわ」

「アミリア」サイモンがおどけた態度にはそぐわない深刻そうな声で言う。「ぼくの話を聞いているのか？」

サイモンがどれだけ妹を大切に想い、その妹に嫌われてひどく落ち込んでいるのかが、じつを言えば微笑ましかった。お悩み相談の手紙をくれる多くの人たちと同じような調子なのだから、ここまで人は変わるものなのだろうかと思うと興味深い。ふだんのサイモンの考え方からすれば、マリエールは哀しみを乗り越えるしかないとわかりそうなものなのに。

「もちろん、聞いてるわ。あなたが自分の足は大きくないと言ったから、わたしはあなたの足は大きいと言ったのよ」

サイモンが緑色の目を短剣さながら鋭く狭めた。

焦らすのはこのくらいにしておこう。アミリアは机から離れた。「そろそろ、ミスター・

デイヴィスを殺した犯人を捜しに出かけましょうか？」

サイモンが晴れやかな顔になって、ふうと息をついた。「もうそのつもりはないのかと思ったよ」

7

親愛なる　レディ・アガニ

わが家には庭園があり、わたしはそこで過ごすのが大好きです。なによりも花を育てるのが楽しみなのですが、母から、もっとしっかりしなさいと言われます。母の若い頃には、花などに時間を無駄遣いしなかったと。絵を学び、詩を読み、ピアノを練習して、花婿探しに備えていたそうです。わたしは時間を無駄遣いしているのでしょうか？　浮ついた娘とは思われたくありません。

かしこ

人より花が好き　より

親愛なる　人より花が好き　様

あなたが時間の無駄遣いをしているとは思いません。みなそれぞれに好きなものがあり、あなたは花が好きなのです。あなたのお母さまが絵や詩や音楽をお好きだとすれば、あなたを悩ませるのではなく、ご自身がそうしたものを楽しまれればよいのです。わたしがそう書いていたとどうぞお伝えください。

秘密の友人　レディ・アガニ

その午後は雲が垂れこめてじめついていたけれど、アミリアとサイモンはちょうどたまたまどんよりとした空の隙間から射した陽に浴して、ベインブリッジ家の馬車に乗りこんだ。おかげでサイモンの下顎の黒っぽい無精ひげがきわだち、ひげを剃っていないのが見てとれた。帽子を脱ぐと、艶やかな黒い髪の生えぎわも目についた。ウェーブのかかった髪が後ろに撫でつけられていて、午前中はほとんどずっと髪を掻きあげながらマリエールのためにどうしたらよいのかと悩んでいたサイモンの姿がアミリアには目に浮かぶようだった。彼にはこれまでわからなかった傷つきやすい一面があることを痛感させられた。意外だったし――心を動かされた。見方ががらりと変わった。

サイモンがじっと見られているのに気づき、アミリアは顔をそむけて好奇心の強すぎる猫のような気分になった。眺めているうちに、あらぬところへ行き着いてしまう癖は、メルズの狭すぎる村で過ごした子供時代から変わらない。故郷では風景を見るより人の往来のほうがもの珍しかった。サイモンとはなんの関係もない。

いいえ、やはり関係はあるのだろう。サイモンと出会って、アミリアはエドガーとともに死んでしまったと思っていた感情がよみがえったような気がしていた。死んだのではなく、眠っていただけだったのかどうかも定かでないけれど、外科医や魔法使いみたいに、サイモンが感情をよみがえらせてくれた。

　そんな思いは頭から払いのけて、殺人事件に頭を切り替えようとした。いまサイモンにふしぎな力があるようだと言ったところでなんの役にも立たない。「あなたはジョージ・デイヴィスの死体を調べて、ポケットからお金を見つけた。それはいくらで、なぜそんな大金を彼は持っていたの？」

「片方の質問になら答えられる」サイモンは声を落とした。「きっかり千ポンドだった」

　アミリアは小さく口笛を吹いた。大金なのはわかっていたけれど、そこまでとは思わなかった。腕利きの法廷弁護士の年収に値する。「ミスター・キングはそれが目当てで、いきなりボックス席に現れたのかしら」

「そうだとすれば、その金を見つけられなかったわけだな。誰も。信じがたいが、この界隈の人々ですら」サイモンはさっと通りに目を向けた。ぼろをまとった子供がりんごを盗んで駆けだし、盗まれた男がすぐにそのあとを追った。

「ほかになにかなかった？」アミリアは訊いた。ジョージの死体のそばから小さな光るものを自分のポケットに入れたことを打ち明けやすいようにきっかけを差しだした。

　サイモンは差しだされたものを受けとろうとはしなかった。「札束だけだ。競馬の賭け金だったのかもしれない」

　競馬では大金がやりとりされていて、ジョージはその分野の専門家だった。そうだとすれば、賭け金の取引のせいで命を奪われたのだろうか。「その金銭のやりとりを見ていた人はいないのかしら。あの辺りは物売りはもちろんだけど、劇場から帰る人たちでごった返していたでしょう。わたしたちが菫を買った花売りから話を聞きたいわ。あの女性は殺人現場から一ブロックと離れていないところにいたんだもの」

「それに、あの酒場でもなにか聞けるかもしれない」鼻梁（びりょう）をつまんだサイモンの目の下には暗紫色の隈ができている。ろくに眠れず、早く目覚めても、日課すら怠ってしまったのだろう。海軍で、海が荒れた晩に部下たちを気遣いつつ優れた技能で船の舵取りをした翌朝もこのような姿だったのかもしれない。妹のこともそれだけ深く思いやっているということだ。でも、今回の嵐はすぐには過ぎ去ってくれそうにない。ジョージ・デイヴィスが殺された事件の真相を探りだすには何日かかることか。

「だが、花売りのほうはどうだろう？」サイモンが言葉を継いだ。「彼女がなにを知っているというんだ？」

「わたしたちが花を買ったとき、彼女が言ってたことが気になってて」アミリアはその言葉をはっきりと憶えていた。「路地には入らないようにと言ったの。そこでジョージ・デイヴィスが死んでいたことを考えると、とても妙だわ」

「路地には入らないように、か」サイモンが考えこんだ。「つまり、彼女はそこでジョージ・デイヴィスが死んでいるのを知っていたときみは言いたいのか？」

「たぶん」

「それなのに通報しなかったのか？」そう問いかけるなり、サイモンはみずから否定した。

「そんなことをするはずがないよな。あの辺りで商売を続けたいのなら」

「目立たないのがいちばん」アミリアは言い添えた。「面倒に巻きこまれたり巡査に質問されたりするような危険はおかせない。でも、あの酒場でなら聞けると？」

サイモンが馬車の窓の外を見やった。「きみが言うように、あの辺りは人でごった返していたし、ミスター・デイヴィスは酒好きだった。あの店にいた誰かが彼を見ていた可能性はある」

アミリアがサイモンの視線の先を追うと、馬車はちょうどドルリー・レーン劇場の前を通りかかっていた。キャサリン・ストリートに面した屋根付きの柱廊はがらんとしていて、人けのない劇場の白い外観は簡素に見える。それでも通りは夕べと変わりないくらいに賑わっている。

馬車が停まり、アミリアは日傘をついて踏み台を下りた。昨今の若い令嬢たちが手にしている房飾りに縁どられた薄い木綿の優美な日傘ではなく、濃紺の地に金色の蓮華模様があしらわれ、頑丈な金色の柄が付いている。だから重みがあり、男性をひざまずかせる程度の打撃は与えられる。アミリアはひとりで歩くときにはもちろん、出かけるときには必ずこの日傘を手にしていた。いつスリに襲われて振りおろさなければいけないときがこないともかぎらない。

ドルリー・レーンの裏手に位置する密集した貧民街に陽光はほとんど届かず、パンやわずかばかりのチーズを求めて花や、マッチや、前日の新聞を売る人々にとってはむしろ照らされるのは喜ばしいことではない。昨夜、フリルだらけのドレスをまとったご婦人がたや、畝織の帯を巻いたシルクハットをかぶった紳士たちが劇場に流れこんでいくあいだにも、ロンドンの勤労者たちは上流層ならたやすく手に入る生活必需品を得るためにたゆまぬ努力で日銭を稼ごうとしていた。

昼間のせわしない人通りのなかでも、夕べ出会った花売りはすぐに見つけられた。売りものの花束は巧みに美しくまとめられていて、たいがいは前かがみで人目を盗むような身ごなしの物売りたちとは違って、その女性は姿勢よく凛として立っていた。薄いグレーのドレスをまとっていても、華奢な身体つきや、ひもじさでやつれた青白い顔をやわらげる明るい瞳が見てとれる。

アミリアたちが近づいてくるのに気づくと、女性は立ち去ろうとするかのように花束を片づけはじめた。

「よろしければ、ちょっとお時間をいただけないかしら」アミリアは雑踏のなかでも聞こえるように大きな声で呼びとめたが、この界隈ではやむことのない喧騒に掻き消されてしまった。

「引きとめる手はあれしかないな」サイモンがつぶやいた。

アミリアが日傘を突きだすと、花売りの女性は花束を片づけるのをやめた。「役に立ったわね」

サイモンが片手でゆっくりと日傘をおろさせた。「とりあえず武器は引っこめてくれ。あちらのご婦人に逃げ隠れされては困る」

そばに寄ると、花売りの女性がさっと手を差しだした。「菫、それともそちらの紳士には薔薇がよろしいかしら?」

サイモンの返答にアミリアは驚かされた。「ああ、頼む」そして一ポンド金貨を女性の手のひらにしっかりと置いた。

女性は金貨を見つめた。「でしたら、もっとたくさん薔薇をお渡しできます。代金を間違えてますわ」呆気にとられたように金貨を突き返した。

「昨夜のことについて、あなたにいくつかお尋ねしたい」サイモンがあらためて言った。

「まさにこの場所で、われわれはあなたと言葉を交わした。レディ・エイムズベリーがあなたから菫の花束を買ったんだ」

「わたしは一日じゅう夜遅くまで、ご婦人がたに菫を売っています」女性の声は淡々として、深海の砂にひそむ二枚貝並みに冷ややかだった。「すべてのお客さまを憶えていられませんわ」

サイモンの聞きこみが行き詰まり、アミリアは手を替えてみた。「そうよね。あらためてご挨拶させてください。先ほど彼が言いましたが、わたしはレディ・エイムズベリーで、こちらはベインブリッジ卿です。夕べはもうひとり若い女性が一緒にいて、彼女も花束を買いました」アミリアは微笑んだ。「とても見事な花束だったわ」

「それを伺って、思いだしましたわ」女性が目を大きく開き、売っている花束と同じくらい美しい紫色の虹彩が見てとれた。小さな花束を除けばそれが彼女がまとっている唯一の彩りだ。皺だらけの帽子のなかにひっつめた髪はドレスと同じように生気がなく、耳の上に年齢には早すぎる白いものが交じっている。

「それならよかった」アミリアは言った。「昨夜起こったことについて、なにかご存じなら教えていただけるとありがたいのだけれど。わたしたちの友人のミスター・デイヴィスが殺されたの。もう誰にもそのようなことが起こらないように、彼になにがあったのかを知りたいだけなのよ」

女性がアミリアからサイモンに視線を泳がせ、またアミリアに目を戻した。たぶん、自分があのとき口にした言葉を思い起こしたのだろう。

アミリアは即座に言葉を継いだ。「ご存じのように、ただでさえ気をつけなければいけない界隈なのに、殺人犯が野放しになっているなんて、そうでしょう、ミス……？」

「ミス・レイニアです」女性が名乗った。「フランシス・レイニア。ご友人のことはお気の毒ですわ」

アミリアはうなずきを返した。「夕べ、あなたに言われたことが印象に残ってるの。わたしたちに路地には入らないようにと言ったわよね。なにか、それとも誰かを見たから、わたしたちに忠告してくれたの？」

ミス・レイニアは帽子を代金入れにした新聞売りの裸足の少年が通りすぎるのを待って答えた。「わたしはご婦人をお助けしたかっただけのことです。深い意味はありませんでした」

「ご婦人」アミリアはその言葉に引っかかりを覚えた。「どのようなご婦人だったのかしら？」

「あなたのようにきれいで、上等な赤紫色のマントをまとっていました。髪が見たこともないくらい鮮やかな美しい赤毛で」レイニアは思い返して目を見開いた。「思わず息を呑んでしまうほど」瞬きをする。「男性に追いつこうと急いでました」厭わしそうに顔をゆがめた。

「みなさん急いでらしたけれど。上演初日の晩ですものね。わたしの花につまずいた男性もおられましたし」

「それでその女性が追いつこうとしていた男性とは？」サイモンが先をせかした。

「同じように急いでました」ミス・レイニアは話す意欲が湧きはじめたらしく、声に抑揚が出てきた。「お察しいただけると思いますが、その角を入った路地はちょうど内緒話をしやすい場所なんです。それで、あなたがたに入らないようにと申しあげたんです。まだそこにおふたりがいるかもしれないと思ったので」

「女性は貴婦人で、男性は紳士だったのね？」アミリアは尋ねた。

ミス・レイニアは雲から言葉をつまみだそうとでもするように灰色の空を見上げた。「男性は上等な装いにシルクハットできちんとなさってました」額に皺を寄せた。「上機嫌で笑ってらした。お祭りのときみたいに。それがなんだか妙でした」

ひとりの男性が通りかかり、レイニアのほうに芝居がかったしぐさで帽子をちょこっと上げた。「こんにちは、ロンドン一お美しい花売り娘さん。いや、失礼、イングランド一だったかな」

レイニアはしかめ面をして、言葉を継いだ。「それでも、この界隈の男たちほどではありませんけど」

サイモンがアミリアのほうに眉を上げてみせた。「それがミスター・デイヴィスだったのではないかな」

「殺された方ですか？」ミス・レイニアが訊いた。「あれがその方だったと？」

「ああ」サイモンが答えた。「その女性は彼が死んだこととなにか関わりがあるようには見えなかっただろうか？」

「女性がそんなさもしいことはしないわ」ミス・レイニアの声は非難に満ちていた。「女性にそのようなことができるはずがありませんから」

「できないとはかぎらないわ」アミリアは反論した。「もし身の危険を感じたとすれば――」

ミス・レイニアがその仮説を撥ねつけた。「あの男性はあそこにいるチップとかいう男ほどの脅しもかけられそうには見えませんでした」先ほど通りすがりに声をかけてきた男性のほうを顎で示した。当の男性はいまクレソン売りの女性をからかっている。

「そのご婦人の名前は聞こえなかっただろうか？」サイモンが訊いた。

「聞いてません。見たことのない方でしたし。わたしは顔が広いんですけど」ミス・レイニアは得意げに顎を上げた。「うちの一家は三世代にわたって、この界隈で花売りをしてきたんです」

サイモンはその説明にうなずきで応じた。「りっぱなご家業だ」

「ほんとうに」アミリアはレティキュールから名刺を取りだした。「ミス・レイニア、とても参考になったわ。もしほかにもなにか思いだしたら、どうか連絡して」

「ああ、どうもありがとう」サイモンが言い添えた。「話を聞かせてくれて感謝申しあげる」

「どういたしまして」ミス・レイニアはにっこり笑って一本の花に手を伸ばした。「でしたらどうぞこの薔薇を……」

8

親愛なる　レディ・アガニ

お酒はそもそも毒なのでしょうか？　ご婦人がたはみなそう言いますが、あなたはほかのご婦人がたとは違います。わたしはワインを飲むのが好きで、あなたもそうではないかと思うので、ぜひご意見を伺いたいのです。葡萄のすばらしい味わい方について、どのようにお考えですか？

かしこ

ワイン、ウイスキー、なんでもござれ　より

親愛なる　ワイン、ウイスキー、なんでもござれ　様

ご署名からして、あなたはアルコール飲料をえり好みされない方ではと拝察いたします。そしてそれは好ましいことです。飲みたい気分のときに小うるさいのは興醒めですから。殿方がウイスキーを手に居間へ去るのなら、わたしたちはグラスを手に客間へ向かいましょう。ワインは楽しい気分にさせてくれますし、あなたがそれとなく

示唆してくださったように果物からできています。ガンジス川の流れのごとくいただけば、愉快な時間を過ごせることでしょう。
秘密の友人　レディ・アガニ

ミス・レイニアからさらに薔薇の花を一本買い、アミリアはサイモンとともにそばの酒場へ向かった。店の前で、サイモンがあたりまえのように外で待てと言うので、アミリアはなんの権利があってそのように命じるのかと言い返し、口論となった。だいたい、なんのためにここに来たの？　店の外にいて、どんな手助けができるというのだろう？

「女性だからと気遣ってくださっているのなら、心配ご無用よ。酔っぱらいのあしらいなら心得ているから。〈フェザード・ネスト〉ではそういった人たちを容赦しなかった。わたしには日傘（パラソル）の一突きがあるし。言いたいことはおわかりよね」アミリアは念を押すように日傘で地面をついた。「まかせておいて」

「なにを言ってるんだ、アミリア。ここは〈フェザード・ネスト〉ではない」サイモンが店を身ぶりで示した。「化粧漆喰の薔薇飾りと安物の鏡でうわべをとりつくろったロンドンの酒好きのたまり場だ。きみにもみな考えなしに近づいてくる」

アミリアは奥歯を噛みしめて引きさがらなかった。

サイモンが馬車のほうへさっと目をやり、アミリアは一瞬、かつぎあげられてじたばたと叫びながら御者に引き渡されてしまうのではないかと思った。実力行使を要する場合に備えて日傘を握りしめた。

「わかった。だが、もしなにかまずいことが起こっても、ぼくに救ってもらおうなんて期待するなよ」

「あなたのほうこそ」アミリアは言い返した。

サイモンの緑色の目が狭まった。

アミリアは侯爵を酒場のドアへと追い立てた。

店内に一歩入っただけでジンとエールビールの臭いが交互に鼻をついた。サイモンの言葉に納得がいった。ここは〈フェザード・ネスト〉とは違う。けれどこの界隈のなかでは、きらめく鏡が並び、装飾の施された家具や、緑色や金色の巨大な酒樽があり、光が満ちていて華やかだ。バー・カウンターの内側には両耳の上に編みこんだ髪を大きく丸め上げた女性が立ち、おもねるようなしぐさで伏し目がちに、格子縞のズボンの裾がブーツまでだいぶ寸足らずの男性に酒をこしらえていた。たぶん、常連客なのだろう。女性がその男性のほうに身をかがめるようにして話しかけると、前夜も酷使されて繰り返し磨かれていたのに違いないマホガニーのカウンターに長いネックレスが擦れた。

給仕係の女性がサイモンに気づいた。というよりも気づいたからドレスの襟ぐりを直したのだろうとアミリアは思った。女性が唇を舐めて、問いかけた。「ジンになさいます？」

「ああ、頼む」

アミリアは飲み物を尋ねられなかったので、声を張りあげて言い足した。「それとよろしければ、わたしはそこのビスケットをいただきたいわ」つまみ食いされないように蓋が付いたバスケットを指差した。

給仕係の女性が舌打ちした。

ビスケットを取ってくれるのか拒まれたのか、アミリアには見きわめられなかった。

がっしりとした男性が背後に現れた。「真っ先に飲み物をお尋ねしなくてはだめだろう、ルーシー。誰もきみのおしゃべりを聞きに来てるわけじゃないんだからな」もったいをつけたそぶりで帽子の縁に触れた。「失礼いたしました」

「おかまいなく」サイモンはジンをいっきに飲み干し、給仕係の女性が注ぎ足した。それが店主とおぼしき男性に喜ばれたらしい。

アミリアは喜べなかった。まだビスケットを食べられていない。

「夕べはこの通りでやっかいごとがあったとか」サイモンが続けた。「男が胸にナイフを刺されて倒れていたとは、いったいなにがあったんだろう？」

「わたしがあてずっぽうで言ったところで死んでたってことだけはわかるわよね」ルーシーが言った。格子縞のズボンの男がその冗談に笑い声をあげた。

店主が言葉を差し挟んだ。「なんとも言いようがありませんな。通りを行き交う人々をいちいち気にしてはいられない。そんなことをしていたら、自分が胸にナイフを食らいかねない」

「なにがあったかなら知ってるわよ」ルーシーが勢いこんで言った。クリスマスの朝の子供みたいな顔つきだ。ツリーの下に自分へのプレゼントを見つけたかのように褐色の目を見開いている。「きのう、その人を見たの。おまわりさんにも話したわ」

「口は慎んで、酒を注ぐほうに精を出せ」店主はバー・カウンターの端で酒のお替わりを待っている男性の二人組のほうにルーシーを軽く押しやった。「あの娘の口は肥溜めと変わらん。ろくでもないことしか聞けたためしがない」

アミリアはとたんにビスケットのことは忘れ、給仕係の女性を擁護しようと身構えた。けれどすかさずサイモンに腕をつかまれ、握られて、もくろみを暗に告げられた。サイモンはルーシーからさらに話を聞くために店主を追い払おうとしている。ここで反論などしていてはそのもくろみが先延ばしになってしまう。

運よく、たいして待たずにすんだ。洒落た身なりの若者がちょうど大きな声で呼びかけたからだ。「友人たちにジンを頼む！」店主は新たな儲けを見込んでその男性たちを特等席に案内すべく、いそいそとそちらへ向かった。

サイモンはジンを飲み干して、グラスをカウンターに音を立てて置いた。ルーシーが客の意図を酌んですぐさまグラスを満たしにやってきた。だが今回は黙りこくっている。

「それで、その男になにがあったんだ？」サイモンが訊いた。「きみは知ってるんだよな」

「ええ、知ってるけど、しゃべると店の旦那に叱られるから」ルーシーはわずかにこぼれたジンを布巾で拭いた。

「彼はここに来たの？」アミリアは訊いた。「あなたは彼と話したの？」

「ここに来たけど、わたしは話してない」ルーシーはアミリアのほうには親指を向けただけで、サイモンを見やった。「わたしはいかにも上流ぶってる人たちとはふだん話さないし、その男の連れがそういう人だった。だからお酒を出したけど、それだけのこと」

アミリアは肩越しにちらりと見やった。まさか自分へのあてつけとは考えがたかった。なにしろサイモンは侯爵さまだ。上流ぶっているのがどちらなのかと言えば、侯爵さまのほうに決まっている。

サイモンはアミリアの不満顔にはそしらぬふりで、ルーシーとの会話を続けた。「どうしてその男の連れが上流ぶっていると思ったんだ?」

「金髪で、手がきれいだった。赤ん坊みたいにやわな肌で」ルーシーはかぶりを振った。「一日も働いたことはないって感じ。それに、半クラウン銀貨のチップをくれたのよ。わたしもちゃんとそのぶんくらいは働いたわけだけど」

「ふたりは揉めていたのかな?」サイモンが訊いた。

「殺されたほうの男は陽気で、揉めるような人ではなかったけど、上流ぶった男のほうは無愛想だったわね。軽口も叩かせないって感じ」

「つまりその連れの男が――」アミリアは言葉を挟んだ。

「その人が殺したなんて言ってないでしょ。だいたいお金持ちがそんなことをするはずがないし。でも自分が手を汚さなくても誰かに頼むことならできるわよね? 本人が望めばだけど」

「ええ、でもどうしてその人がそんなことを望むのかしら？」アミリアはまたも会話に割り込んだ。

「お金持ちの人がどんなことを望むのかなんて知るわけないでしょ？」ルーシーは言い捨てた。「知ったふうな口を利くつもりもないし。わたしはただ見たことを話してるだけ。わたしが知ってるのはそれだけ」

「話を聞かせてくれてありがとう」サイモンが言った。

ルーシーはウインクを返して、バー・カウンターの端にいる男たちのほうに戻っていった。

アミリアは空咳をした。「わたしのビスケットは？」

ルーシーがビスケットをひったくるようにつかんでアミリアの前に置き、床に菓子屑が少しこぼれ落ちた。

「ありがとう」アミリアは大きな声で礼を言い、いまの会話をじっくりと思い返した。ジョージが死んだ晩に会っていた男性や女性を突きとめられれば、殺人事件を解決できるかもしれない。まず思い浮かんだのはサディアス・キングだ。劇場で厚かましくジョージに詰め寄っていたのだから、ここでさらになにか話をつけようとした可能性もある。でも、いま聞いた話とは辻褄が合わない。ルーシーはその客を一日も働いたことがなさそうなお金持ちの上流ぶった男だと表現していた。アミリアはサディアス・キングを間近で目にしたわけではないものの、離れたところからでもそのような姿にはとても見えなかった。態度はぶっきらぼうで世慣れているふうだった。それに、口止め目的でもないかぎり、キングが半クラウン銀貨をチップに渡すだろうか。ずいぶんと無駄な投資だ。

サイモンが支払いをすませるとすぐにふたりは店を出たが、そこにちょうど通りかかったグレイ卿の先を越すには遅かった。「レディ・エイムズベリー！　奇遇ですな」

たまたま出くわす相手ならいくらでもいそうなものなのに、よりにもよってグレイ卿だなんて。悪運が強いとしか言いようがない。アミリアは口を開くまえに十数えて、そのあいだに適切な返事を捻りだそうとした。好ましくない相手に好ましくないことを言ってしまう残念な癖があり、グレイ卿は好ましくない相手に違いないからだ。その池みたいに波ひとつ立たない穏やかな顔、きちんと整えられた頰ひげ、引き結ばれた唇を目にすると、アミリアはつい黙っていられずに言うべきこととは正反対のことを口にしてしまう。

「グレイ卿」アミリアは挨拶を返した。「こちらはベインブリッジ卿です。ご面識はおありかしら？」

「まだお目にかかっていませんでしたね」

サイモンはそう言うと固い握手をした。

「いったいどうして……」グレイ卿が笑みを浮かべて酒場のほうを見た。「こちらに？」

アミリアはまだ陽が高いうちに酒場にいた言いわけをひとつも思いつけず、とっさに頭に浮かんだひと言が口をついた。「お酒」

グレイ卿が薄い唇をわずかに開いてしまうほどにたじろいだ。

サイモンが含み笑いをして、蜂蜜のようになめらかな声で助け船を出した。「レディ・エイムズベリーは神秘世界の精霊のことをおっしゃったんでしょう。昨夜オペラを観に来て、この辺りにさまよう灰色の亡霊について話が出たんです。公園に行く途中で立ち寄ってみようということになりまして」サイモンは困惑顔をしてみせた。「あなたのことではありませんよね、グレイ卿？」

「ええ、残念ながら」グレイ卿はふっと笑って答えた。「私はこれから煙草店に寄るところでして」サイモンのほうに身を近づけた。「あなたもご興味があるのでは。まさに壁穴みたいな狭い店なんですが、このロンドンでも最上の煙草が揃っています。キューバの煙草もあるし、ヴィラノヴァデガイア産のポートワインも。こちらはポルトガルですがね」

「ええ、ぼくもたしなんでいますよ」サイモンの声はいらだちを帯び、グレイ卿が期待していたほど興味を引かれていないのが聞きとれた。

「男ならぜひとも手に入れておきたいものですよね」グレイ卿が瞼を半開きにするお気に入りのしぐさをすると、鼻がよけいに長くとがって見えた。「どんな仕事をしていても手にできるものと思いあがっている使用人もいるが」

「思いあがっている？」アミリアは苦笑した。「思っている、だけでじゅうぶんでは。煙草を買うくらいはまじめに働いている人々にはなおさら、大変なことではないでしょうけど。大変なことと言えば、今朝、あなたのお嬢さんのビアトリスと会いました。ほんとうに……活発なお嬢さんですわね」

「なるほど」グレイ卿は考えこむふうに言った。「そういえば帰ってきたときにあの子の顎にチョコレートが付いていたような。あんな時間におかしいと思ったんです」上着のボタンを留め直す。「どんな時間になにをするかは家により様々なものですな。ともあれ、そろそろ行かなくては。またお会いできてよかった、レディ・エイムズベリー。ベインブリッジ卿」

アミリアは内心で煮えくり返っていた。チョコレートをお好きなのはあなたの娘さんでしょう。うちの娘ではないわ。

「グレイ卿」サイモンが別れの挨拶に帽子のつばに手を添えた。

アミリアは罵詈雑言が口からこぼれ出ないようにうっすらと笑いをこしらえた。

グレイ卿が立ち去ると、サイモンがからかうふうに言った。「きみにとってもっとも腹立たしい男の称号を競い合える相手がいたとは知らなかった。どうして教えてくれなかったんだ？」

「あの、あの……人！」アミリアはふつふつと余計な一語だけはこらえて言った。「いまなら、あの人に比べればあなたのほうが二倍は好きだと言えるわ。三倍かも」

サイモンが馬車のほうへ導いた。「どういうわけか、そう言われてもあまりうれしくない」

「仕方ないわね」アミリアは力強い足どりで進んだ。「あの人は恥知らずで、ろくでなしなんだから。わたしに向かってなんて言ったか聞いてた？」

「ぼくもそこにいたからな」

アミリアは馬車に乗りこんでから、もっとも腹立たしい点をぶちまけた。「わたしの家を非難したのよ」

サイモンが見るからに困惑して目を狭めた。「娘の顎にチョコレートが付いていたと言ったことがか？」

「ええ、まさに顎にチョコレートが付いていたと言ったことよ。ほかになにがあるっていうの？」

サイモンは向かいの座席に腰を落ち着けると、馬車の屋根を軽く打って御者に出発するよう合図した。「それできみは母親として気分を害しているということだろうか」

サイモンの言うとおり。そういうことなのだとアミリアは自覚して、座席に沈みこんだ。ビアトリスとグレイ卿とのやりとりにより、自分に備わっているとは思わなかった母性本能が引きだされていた。ただの親心ではなく、過保護な親心だ。しかも少しばかり攻撃的ですらある。

自分も世間によくいる母親たちのひとりだったとは。わが子は悪いことをするはずがないと雑誌のお悩み相談欄に手紙を書き送ってくる母親たちとなにも変わらない。誰もがわが子は悪魔たちに囲まれた天使だと思いこんでいる。自分も世間にそんなふうに見られているのだろうかとアミリアは目を上げた。ほっとした。そこにいるのはサイモンだけ。さいわいにも自分が頭の古臭い母親みたいな行動をとってしまったことはまだほかの誰にも知られていない。

グレイ卿がエイムズベリー家を侮辱したいのなら、させておけばいい。むしろ、あの人に好まれるような家で暮らしたいとは思わない。好まれなくてけっこう。グレイ卿の娘だけでなく、少女たちにはメイフェアのエイムズベリー家がひと息つける場所に感じられるのだろう。ほかの家——たとえばグレイ卿のお宅とか——にあるばかげた慣習は自分の屋敷には存在しない。少女たちにとって自分らしく過ごせる、すばらしく快適な場所なのだから。

アミリアはその結論に納得してうなずいた。ちらりと目を上げてみると、サイモンは含み笑いをしていた。「どうしたの？」

「ちょっとひと言よろしいだろうか」

「言ってみて」

「ポーカーをしようと誘われたら、断わってくれ」

「どうして？」アミリアは不機嫌に訊き返した。

「きみの顔は鏡みたいだからさ。持ってるカードがすべてばれてしまう」

9

親愛なる　レディ・アガニ

あなたは女性が激しい競技に参加するべきだと思われますか？　健康とはいえかなり高齢の女性から、驚くべきことに芝地でのテニスに参加したとの話を聞きました。芝地に倒れこんでしまったのではと思いきや、最後まで楽しめたので、また試合をしたいとのこと。彼女の場合にはその年齢でも可能だったとしても、ほかの女性たちはどうなのでしょう？　試合をするのは賢明なことなのでしょうか？

球技をする女性はもってのほか　より

かしこ

親愛なる　球技をする女性はもってのほか　様

あなたの署名を訂正させてください。球技をする女性はとびきり幸せ者、です。わたしは活発に身体を動かすのがなにより好きですし、そのように感じられない女性たちがいるとは信じがたいことです。あなたのお手紙によれば、くだんの女性は最後まで楽しめたとのことで、それならばなにが問題なのでしょう？　身体を動かせば動きつづけられます。健康を保つためにこれ以上によい手はありません。わたしは芝地でのテニスをしたことがありませんが、ネットとラケットを使う競技でしたら、男性よりも上手に、ひょっとしたらもっとうまくできる自信があります。あなたとすべての女性に助言を送ります。試合を続けましょう。

秘密の友人　レディ・アガニ

翌日、アミリアは灰緑色のドレスと淡い青紫色のドレスとで迷った末に、フリルが少なくて動きやすい灰緑色のドレスのほうに決めた。頭からかぶって身に着けると、散歩用のドレスと同じようにちょうどくるぶしの上までの丈だったのでうれしくなった。クロッケーは好きな競技なので、楽しいひと時の妨げになるドレスは好ましくない。もちろん、きょうの目的はキティが田舎暮らしには向かないことを子爵夫人に納得させることだけれど、せっかくクロッケーができるのなら腕を磨くのにまたとないよい機会だ。

アミリアは鏡の前に立って、木槌（マレット）を振るまねをした。「ええ、これならうまくやれそうだわ」

「奥さま、わたしもこちらのほうがすてきだと思います」侍女でよき友人のレティーが言った。「その色はとてもお似合いです」

アミリアはドレスの色と揃いの太い緑色のリボンが付いた婦人帽(ボンネット)をかぶった。「ありがとう、レティー。あなたにそう言ってもらえるとうれしいわ。だけど、わたしは装いを披露するためではなくて、クロッケーをしに行くのよ」

レティーがリボンを整えようと手を伸ばした。「ですが、その両方をなさってはどうしていけないんです？」

アミリアはじっとしてリボンを整えてもらった。侍女のほうが自分よりもはるかに衣装が好きで、女主人が二年も喪服をまとっていたので、そのあいだは衣装合わせを楽しめずにいた。喪が明けていちばんよかったと思うのは、まだきれいで流行遅れでもないお下がりをレティーにあげられることだ。侍女の鑑と言うべきパティ・アディントンの娘であるレティーはアミリアよりふたつ年上でしかないのに装いについては年齢にそぐわない豊富な知識を蓄えている。いつもアミリアを美しく整えてすばらしい気分にさせてくれるし、本人もアーモンド形の目と薔薇色の肌が愛らしい率直で信頼できる女性だ。

「気をつけてくださいね……張りきりすぎないように」レティーがアミリアの髪をピンで留めた。「いいですか、たかがゲームなんですから」

「張りきりすぎないようにって、どういう意味？」

「レディ・アンドルーのお宅での失敗をお忘れではありませんよね？」レティーが控えめに念を押した。

「あれは完全に彼女のしくじりだわ」アミリアは言いつのった。「彼女が球を動かすのをこの目で見たんだから」

「残念ながら、多くの淑女たちがそういったことをなさいます」

「だめでしょう」アミリアは断言した。「ずるだもの」

「そうなのかもしれませんが、目撃しても口をつぐんでおくのがよろしいかと」レティーはさらにピンを留めた。

「いたたっ――平気よ。でも、わたしが黙っていたら、そういった球技が衰退してしまうわ」

レティーが目を上げた。「奥さまの評判が落ちるよりはましです」

アミリアは感心した面持ちでレティーと目を合わせた。「一本取られたわね」

三十分後、アミリアはタビサとともにレディ・ハムステッドの住まいとして名高いグローヴナー・ストリートの広壮な屋敷に到着した。馬車の列に加わると、タビサは競争相手を見定めるかのようにじっくりと目を走らせた。グレーのドレスに白い手袋、鳩色の帽子を身に着けたこの老婦人は優雅だけれど強敵だ。その紫がかった青い瞳から意気込みは読みとりづらいかもしれないが、剃刀(かみそり)並みに鋭く狙いを定めているのがアミリアにはよくわかっていた。

ウィニフレッドも同じようにエイムズベリー一族ならではの集中力を備えている。いったんなにかに心を定めると、あとはなにをさしおいてでも、そのことに打ち込む。アミリアはウィニフレッドの年頃には、もう少しいいかげんだった。愛馬のマーマレードに乗り、グレイディ・アームストロングをすぐ後ろにしたがえて、地元の田園を思いのままに駆けまわるのをなにより楽しんでいた。グレイディは〈フェザード・ネスト〉の厩で働いていて、乗っていた馬は美しくも速くもなかったけれど、乗り手のグレイディと同じように粘り強く、たいがい最後には木々を抜けた野原でアミリアは追いつかれていた。

グレイディと古い新聞を読みあさり、岩を飛び越えて、木登りもした。できるかぎり早くメルズを出ていこうと決めていた。ロンドンへ向かう途中で大勢の旅人が通りかかる小さな村だ。そんなふうに決意するのは当然でしょう？　将来なにかになるとしたら、事務員、商人、新聞記者。劇場で芝居ができるかも！　暖かい午後には夢がどんどん広がって、月明かりのなかでも胸は波立ち、冷えこんできてようやく仕方なく家に帰ったものだ。それから料理、掃除を手伝い、ついている日は宿泊客の誰かとババ抜きをしたり、姉妹で寸劇を演じたり、母の物語詩（バラッド）を聴いたりした。

でもきょうは要塞のごときハムステッド邸の外に集った人々の引き締まった顔つきからして、歌声を聴けそうにはない。アミリアは鼻に皺を寄せた。あのように凝ったドレスをまとったご婦人がたがまともにクロッケーをできたとしたら驚きだ。スカートが襞飾りだらけでふんわりとふくらんでいるご婦人がたもいて、あれでは球に手を伸ばしただけで転んでしまいかねない。

馬車が停まると、アミリアは薄地の手袋をつけた。自分のスカートはふくらんでいないし、丈も短めなので、転びはしない。さいわいにもアミリアのドレスを仕立てた婦人は趣味がよいだけでなく先見の明があった。おかげでこのドレスは楽しいひと時、すなわち礼儀をわきまえた試合の妨げにはならない。
「あなたがしかめ面をするのに飽きたなら、そろそろ行きましょうか」タビサが杖をつかんだ。

アミリアはとびきりの笑みを浮かべた。「ええ、おばさま」

レディ・ハムステッドがふたりを出迎えた。とても細身の婦人で、誰もがまず気づくのはその点だ。それから、淡い色の瞳とその奥の黒いきらめきに視線が向く。状況と人々を即座に見定める能力に長けた目で、だからこそ神秘的な印象を与えるのではないかとアミリアは推察していた。「ご出席くださり、ありがとうございます。いかがお過ごしですか、レディ・タビサ？」

「おかげさまで、とても元気よ。あなたのお母さまが参加されないのは残念だこと」

「ええ」レディ・ハムステッドがネックレスの真珠に手をやり、その宝石のまばゆいばかりの白さが目を引いた。「母は頭痛がひどくて。夏になるとしじゅう悩まされているんです」

「すばらしい賞品を楽しみに戦います」アミリアは賞品のことを忘れかけていたのだけれど、大きなテーブルの上でなにかが柔らかそうな金色の布で覆われているのに気づいた。覗けないものかと中腰になって眺めた。「今年の優勝者への賞品はなにかしら？　時計？　新しいクロッケーの道具？　ひと樽ぶんのチーズとか」

子爵夫人が微笑むと、頬のおしろいがわずかにひびわれた。「ひと樽ぶんのチーズではないわね」

「なんであれ、すてきなものには違いないわ」アミリアはキティと目が合い、言い添えた。「すてきといえば、キティのご登場ね」

「ええ、ほんと」タビサが感慨深げに続けた。「ロンドンの芝地の真ん中で、ハムステッド夫人ほど美しく映える方はほかにいないでしょう」子爵夫人のほうにうなずく。「ご一族のまさに象徴ですわね」

ラベンダー色のチュール生地のドレスに、ラベンダーと白の大きな婦人帽と紫色の華奢なブーツを合わせたキティはロンドンの社交界にたしかによくなじんでいるけれど、そのうちの四分の三の人々を凌駕（りょうが）している。たとえば、きょうの催しでも大事な役目を担いながら、ささいなことまでけっして見逃さない。たとえば、幼い招待客についても。キティはつと足をとめて、ドレスのリボンを直そうとしていた少女を手助けした。大きな蝶結びをこしらえてやっているあいだに、雲の隙間から陽光が射し、虹の先に現れた黄金の壺みたいにキティを輝かせた。それを言うなら、キティとの友情は黄金の壺の十倍は価値あるものだとアミリアは思った。キティが田舎に越してしまったら、自分はどうしたらいいのかわからない。タビサおばと、もっと長い時間を過ごすことになるの？　不安で胸が苦しくなった。きょうの計画がどうかうまくいきますように。

「ありがとうございます」レディ・ハムステッドが顎を上げた。「息子の妻をわたしたちは心から誇りに思っています」

「そうですわよね」アミリアは同調した。「このロンドンで最新の流行については誰より頼りにされていますもの。彼女のお手本がなければ、困ってしまいます」

レディ・ハムステッドがアミリアの地味なドレスとブーツにちらりと目を向けた。「ほんとうに」

アミリアは咳ばらいをした。たしかに自分は不出来な実例かもしれないけれど、ほかのご婦人がたはキティの着こなしをそれぞれの衣装に取り入れている。きょうの催しに訪れたご婦人がたの大半がキティの衣装を真似ているのはあきらかだ。

「来てくれたのね！」キティが声をあげて近づいてきて、アミリアを軽く抱きしめた。

キティはドレスの色だけでなく香りにもラベンダーを取り入れていた。友人が離れると、アミリアはその婦人帽にラベンダーの小枝が飾られているのに気づいた。「もちろんだわ。ハムステッド家のクロッケーの大会にわたしたちが出ないなんてことはありえない。オリヴァーはどちらに？　彼も腕を上げているのではないかしら」

「残念ながら」キティがそばの芝地用の椅子を身ぶりで示した。そこには本を読みふけっているオリヴァーがいた。「新たな歴史があきらかになって、すぐにも調べはじめたいんですって」

子爵夫人が息子を気遣わしげに見ていた。一人息子なので、甘やかしてしまうのも無理はない。けれどアミリアはこれまでの子爵夫人とのたくさんのおしゃべりから知ったことより、その目つきが彼女の心情を雄弁に物語っているように感じられた。そこに思いが表れている。母親として憂う気持ちがアミリアにはよくわかった。自分とタビサもウィニフレッドに同じような感情を抱いている。

「あの子には新鮮な空気と身体を動かすことが必要なのよ」レディ・ハムステッドがはっきりと言った。「今朝もあの椅子からまったく動こうとしないのだから」肩をいからせた。「わたしが引っぱりだすわ」タビサのほうにさっとうなずいた。「楽しんでらしてね、レディ・タビサ、レディ・エイムズベリー」

「ありがとうございます」声を揃えて答えた。

子爵夫人はまっすぐオリヴァーのもとへ向かい、平穏に読書をしていた息子に声をかけた。オリヴァーは目をしばたたき、いつの間に招待客が集まっていたのかとでもいうように芝地を見渡した。それから椅子から立ち、伸びあがり、あくびをして、本を小脇にかかえた。

「これでまたも愛する夫は、わたしを閉じこめるための釘を一本打ちつけてくれたわけね」キティはオリヴァーを見やってつぶやいた。それからアミリアとタビサのほうに向きなおる。「このままでは、週末にも田舎に引っ越すことになってしまうわ」

アミリアは友人を慮（おもんぱか）った。子爵夫人の気持ちを変えようとするのは無駄な試みなのだろうか。「希望を持ちましょう、キティ。タビサおばさまがすでにあなたのために口添えしてくれたのよ」

キティの声がはずんだ。「レディ・タビサ、義母はあなたのご意見を重んじています」

「そうすべきだもの」タビサが告げた。

子爵夫人がきれいに爪を整えた手を優美に振りあげて、クロッケーのチーム分けを伝えた。

紳士淑女が複雑なパズルのごとく色鮮やかに整然と並び替えた。そのほかの年配者や子供たちは芝地用の椅子か、日除けと軽食を得られる真っ白な天蓋の下から観戦する。晴天に恵まれた賑やかな午後となりそうだった。なにしろ子爵夫人のクロッケー大会は社交シーズンの一大行事だ。

予想どおり、アミリアはタビサとチームを組むこととなった。でも対戦相手が、オペラを観に劇場に出かけたときにジョージ・デイヴィスが連れてきていたレディ・ジェイン・マーシュとカンバーランド卿の組となったのには驚かされた。アミリアはすぐさま振り返って人混みのなかにキティの姿を探した。見つけると、友人はウインクを返した。ありがとう。アミリアは声に出さずに口を動かして伝えた。キティはつねに催しで顔を合わせれば手助けしてくれるし、いまは自分の問題でどっぷりと沈みこんでいるはずなのに、クロッケーの大会中も少しでも事件の調査を進められるように取り計らってくれた。ありがとうでは言い足りない！

「おふたりにまたお目にかかれてうれしいわ」アミリアは挨拶した。「こちらはわたしのおばで、レディ・タビサです。おばさま、こちらはレディ・ジェインとカンバーランド卿ですわ。ベインブリッジ卿と『リゴレット』を観に出かけたときに光栄にもお会いしたんです」

レディ・ジェインのもの憂げな濃い褐色の目には用心深さがひそんでいた。非の打ちどころのない気品あふれる振る舞いは何年も抜かりなく洞察力を働かせてきた賜物なのだろうけれど、そのようなそぶりはおくびにも出さない。タビサにうやうやしく挨拶をした。「レデとった。

「そのようなお褒めの言葉は試合後まで取っておいていただきたいわ」タビサは木槌を選び

と整った鼻がきわだって見えた。「対戦できるとは名誉なことです」

「あなたの腕前はすでに聞き及んでおります」カンバーランド卿が頭を垂れると、ほっそり

イ・タビサ。お目にかかれて光栄です」

カンバーランド卿は軽く笑ったが、社交界の重鎮であるタビサにどうにか取り入ろうとしている。さらに有力な紳士たちも同じように努力する姿をアミリアはこれまでに目にしていた。思わずかぶりを振った。まだ三十まえで花嫁候補にもなりうるわたしより、すでに老婦人の親愛なるおばさまのほうにみな懸命に取り入ろうとするなんて。

「この競技が誕生したばかりの頃、四年まえの第一回大会で、あなたが優勝されたとお聞きしています」カンバーランド卿が続けた。

自分の木槌に問題がないか確かめていたアミリアはその言葉に反応した。「知らなかったわ」

「わたしにだって少しくらい秘密はあるのよ」タビサがささやいた。「秘密めかした女性はなにもあなただけではないのだから」

「わたしは秘密めかしてなど――」アミリアは小声で言い返しかけて、口をつぐんだ。おばの言うとおりかもしれない。

「わたしも選んでいいかしら?」レディ・ジェインが並べられた木槌を指先で軽くなぞった。

その大げさな瞬きが、クロッケーの試合よりカンバーランド卿のほうにはるかに興味を引かれていることを物語っている。

これで警戒すべき対戦相手はひとり減ったわね。

「ぼくが選んでさしあげよう」カンバーランド卿が並んだ木槌に手ぎわよく指をずらしていき、じっくりと見定めた。

「木の棒よ、ダイヤモンドでもあるまいし」タビサがぼやいた。「一本選べばそれで事足りるわ」

カンバーランド卿がちょうど触れていた木槌をつかんだ。

アミリアは笑いを嚙み殺した。ほんとうに愉快な試合になりそうだ。

10

親愛なる　レディ・アガニ

わたしの娘にはきわめて不作法な気性の欠点があります。競争心が強くなりすぎて、一緒にゲームをするのが苦痛になってきました。ババ抜きをすれば、会話もせずに黙々と勝利を画策します。チェッカーのボードゲームでは、対戦相手が悪手を打てば、せせら笑います。チェスにいたっては、ついにわが家では誰もチェス盤に見向きもしなくなりました。誰もあの子と対戦したがらないのです。もうすぐパーティを開かなくてはなりません。わたしはどうすればよいのでしょう。

かしこ

もうゲームを楽しめない　より

親愛なる　もうゲームを楽しめない　様

わたしも一度や二度は勝つためにわれを忘れてしまった経験があるので、あなたのお嬢さんの振る舞いはよくわかります。ゲームとはそもそも競い合うものですが、さほど過熱せずにすむものもあります。あなたが開くパーティでは、二人一組のゲームをされてはいかがでしょう？　どなたかと協力して取り組むとなれば、あなたのお嬢さんの競争心もやわらぐのでは（かえって高まる可能性もありますが）。ぜひ成果をまたお知らせください。

秘密の友人　レディ・アガニ

二人一組で四チームが、ハムステッド邸の広大な芝地に工夫を凝らして——しかも挑戦心を掻き立てるように——設置された六つの球門（フープ）に球をくぐらせて戦い、勝ち抜いた二チームが決勝戦を行なう。

喜ばしくもアミリアはタビサとともに優勢に立っていた。

レディ・ジェインとカンバーランド卿をちらりと見やる。当然の成り行きだ。レディ・ジェインはうまく球をくぐらせることより自分の失敗をくすくす笑うことのほうを楽しんでいた。見るに堪えず、そう思っていたのはアミリアだけではなかった。タビサおばが何度も「ほらさっさと進んで球を打って、けらけら笑うのはおやめなさい！」と戒めた。カンバーランド卿ですら、レディ・ジェインのやる気のなさにはいらだちをつのらせていた。

言うだけ無駄だ。レディ・ジェインは自分の打ち間違いよりドレスのきれいなリボンのほうを気にかけている。丸屋根形のスカートの上部に巧みに蝶の形に結ばれた上質なシルクのリボンは美しく、ほっそりとした腰のくびれをきわだたせている。とはいえ、いいかげんにしてほしい！　クロッケーの試合より見ごたえのある衣類なんてないでしょうに。

それでも、レディ・ジェインの関心を引けそうな話題がひとつだけあった。ジョージ・デイヴィスが殺された事件だ。アミリアはタビサが知人とのおしゃべりに気を取られている隙にその話題を持ちだした。「ジョージ・デイヴィスが亡くなられたのは思いがけない悲劇でしたわ。そう思いません？　わたしたちは一緒にオペラを観ていたのに、あのあとすぐに亡くなられるなんて」

「ほんとうに残念でならない」カンバーランド卿がしゃがんで、球と次の球門までの距離を目測しつつ言った。「ロンドンの路上での犯罪は増加しているので驚くべきことではないのだろうが」

カンバーランド卿には、たいしたことではなくてももっともらしく言える天賦の才がある。何時間話しつづけたとしても、本人の真意はほとんどわからずに終わってしまいそうだ。

「日が暮れると恐ろしい場所だものね」レディ・ジェインが洟をすするように息を吸った。「ミスター・デイヴィスのことはあまりよく存じあげなかったけれど、レディ・マリエールは打ちひしがれておられるのでは。あの方をよく知っていらしたから。ミスター・デイヴィスはとてもご親切なバートン卿夫妻と親しくされていたのよね」レディ・ジェインはさらに大げさに目をしばたたかせた。

「だがもうひとりのお仲間は」カンバーランド卿がすっと立ちあがった。「われわれがいたボックス席にずかずかと入ってきた男はいい感じがしなかった」

アミリアは一歩近づいた。「ミスター・キングのことかしら？」

「ああ」カンバーランド卿がなめらかな眉を片方だけ完璧なアーチ形に吊り上げた。「ご婦人がたの前だというのに、ずいぶんと口汚い言葉を使っていた。だいたい金の話を持ちだすなんて。ぼくに言わせれば、きわめて無礼だ」

タビサが肩越しにちらりと目を向け、試合中に抜け出たことをあきらかに悔やんでいるらしかった。いかにも弁解したそうな顔をしている。アミリアはすぐさま話を進めた。「お金の話？　どんな？」

「ミスター・キングはミスター・デイヴィスにボックス席は過分な贅沢だと言いたいようだった」カンバーランド卿は芝地に目を凝らし、次の球の打ち方を検討しつつ続けた。「あの男になぜそのようなことを言う権利があるんだ？」

まったくない――ミスター・デイヴィスが彼にお金を借りてさえいなければ。

レディ・ジェインが首をかしげると、帽子にすばらしく美しい青緑色の羽根飾りが付いているのが見えた。「レディ・マリエールが、お馬さんとお金は切っても切り離せないものなのだと説明してくれたわ。競馬についてはとんでもなく知識が豊富な方なの」

カンバーランド卿が打ちだす道筋を見定めて、球の後ろに立って素振りをした。「レディ・マリエールは馬に詳しい。ロンドンでもあれほど馬を乗りこなせるご婦人はなかなかいない」

球が打ちだされると、ジェイン・マーシュが唇をすぼめた。「だからミスター・デイヴィスと親しい間柄でしたのね」

〝親しい〟という言葉に力を込めたのはカンバーランド卿へのあてつけだろうとアミリアは察した。レディ・ジェインはマリエールではなく自分を褒めてもらいたがっているらしい。

「愉快な冗談を言える程度で、ミスター・デイヴィスにはほかにご自分を売りこめるところがなかったんだわ。ご婦人がたはみなさん、そう思ってた」レディ・ジェインはカンバーランド卿の球が球門をうまくくぐり抜けるとしとやかに手を叩いた。

アミリアの頭に新たな考えが浮かんだ。もしやミスター・デイヴィスは嫉妬深い男性と恋仲にある女性にうっかり手を出してしまったのでは？

カンバーランド卿が満足そうに頭を垂れ、次に打つアミリアのために芝地を退いた。「ミスター・デイヴィスはにわか紳士なんだ」と言い捨てた。「ああいった男たちはどんなものでもいいから掛かればいいと、大きな網を放つ」

そこにタビサおばが戻ってきて杖でアミリアをせっついた。「あなたの番でしょう」

おばは悪びれもしない。アミリアは会話を中断して最後の球門に集中した。あとちょっと木槌を打ちつけるだけで、タビサとともにまた一歩優勝に近づける。

アミリアは頭をからっぽにして、片目をつむって息を吸った。まっすぐに、焦点を定め、球があの門をくぐり抜けるところを思い浮かべる。

打ちだした球はなめらかに球門をくぐり抜けた。

アミリアは木槌を振りあげた。「やったわ！」

「お見事！」タビサが大きな声で褒めたたえた。

ふたりの喜びようにレディ・ジェインがたじろいでいた。「あら大変」この女性には勝つ醍醐味がわからないの？

カンバーランド卿がタビサに手を差しだした。「心よりお祝い申しあげます」秘密めかして身を乗りだす。「あなたがたは噂にたがわず手強い対戦相手でした」

タビサは称えられて得意げに応じた。「ご丁寧にありがとう」

七十代のご婦人相手であれ、ともかく女性の喜ばせ方がよくわかっている男性だ。

「ええ、おめでとうございます」レディ・ジェインも言い添えた。「楽しかったですわ」

けれど即座にレディ・ジェインはカンバーランド卿のほうを向いたので、ふたりきりになれたほうがもっと楽しめると思っているのがアミリアにはありありとわかった。

「勝利への道をまいりましょう」タビサがアミリアに自分の木槌を渡し、杖をついて歩きだした。

数歩進んだところで、アミリアはつぶやいた。「ひと組み倒したから、残るは三組」

「ふた組のようだわ」タビサが屋外用のテーブルにさがっていた二人組に顎をしゃくった。

「あの女性は足をくじいたのではないかしら」

アミリアが見ると、ひとりの女性が革のブーツの紐をほどき、友人から手当てを受けていた。「お気の毒だわ」

「彼女にとってはね」タビサが白みがかった眉をいたずらっぽく上げた。

アミリアはなんとはなしにカンバーランド卿のほうに目が向いた。レディ・ジェインにレモネードのグラスを手渡している。「レディ・ジェインはちょっとおばかさんだけれど、飛び抜けてきれいだわ」

「きれいでよかったわよ。それだけを頼りにこの社交シーズンを過ごさなければいけないのだから。名家の出ではあるのだけれど」

アミリアは眉をひそめた。「花嫁持参金がないということ?」

「ごくわずかね」タビサは認めた。「彼女の父親は伯爵なのだけれど、賭博場で散財してしまった。ハンプシャーの本邸も人手に渡りかねないとささやかれてるわ。裕福なアメリカ人に娘を娶(めと)ってもらえるならそれがいちばんだわね。このイングランドで今シーズンに彼女に関心を示す殿方がいるとは思えないもの」

「カンバーランド卿でも?」

タビサが含み笑いをした。「カンバーランド卿ならなおのこと。あの方に彼女の称号は必要ないもの。ご自分のでじゅうぶん。欲しいのはお金だけでしょうね」

アミリアは最後にもう一度だけ当のふたりを振り返った。互いの状況が違えば、麗しく、浮世離れした、お似合いのふたりになっていただろう。ふさわしい晩餐会に出席してシャンパンをぞんぶんに味わい、ふさわしい冗談にぞんぶんに笑う。一日の終わりには軽いキスをして別れ、朝食は味気ないトーストと薄いお茶を楽しむ。そんなふうに、ふたりにとってはきっと夢うつつの幸せな暮らしが送れたのだろうに。

「この人波は海よ、アミリア。あなたはまだ爪先をちょっと浸けた程度」タビサがゆっくりと歩を進め、アミリアもそのあとに続いた。「学ぶことがまだまだある。でも、いまではないわ。いまは競技をする時間だから」

次の試合はあっという間に片がついた。対戦相手はアミリアとタビサと同じように意欲にあふれ、「ナイスショット、あなたの番よ、お先にどうぞ」以外にほとんど言葉を発しなかった。一度だけ白熱して、女性がロッケー（自分の球を相手の球に当てる）でアミリアの球を数メートルはじきだした。ルールにより次のショットでもアミリアの球を動かすか揺さぶらなければならず、それはできなかった。それでも女性はできたと言い張り、揺さぶるという言葉の定義をめぐって少しばかり揉めることとなった。アミリアとタビサは〝ふるえさせただけ〟では〝揺さぶった〟ことにはあたらないと主張し（ふるえるのは揺さぶられるという活発な動きではない）ついには女性が自分の失敗を認めて勝敗がついた。

決勝戦の相手がキティとオリヴァーの組となったのはアミリアにはうれしい驚きだった。主催者の家族として賞品をもらうわけにはいかないはずなので、おのずと準優勝でもタビサと自分が受けとることとなる。それに、オリヴァーにメイフェアにとどまらなければいけないことを納得させるにはちょうどいい機会だ。さらには、競技についてのお悩み相談の回答を立証することもできる。

「すこぶる腕が立つかどうかはともかく、すこぶる負けず嫌いなエイムズベリー家のご婦人がたか」オリヴァーが言った。「対戦するような気がしていたんだ」上着に不似合いな帽子なのは、読書をするのに陽射しが邪魔になるとあとから思いついてかぶったものだからだろうか。それに猫背で本を読んでいたせいでベストの腰まわりには皺が寄っている。

「残念ながら、おだてには乗らないわよ、ミスター・ハムステッド」タビサが釘を刺して、指を曲げ伸ばしした。「アミリアとわたしは勝つために戦う」

「おっしゃるとおりです」アミリアも加勢した。

キティが笑った。「ふたりとも頼もしいわね」

けれどアミリアはそのような誉め言葉には惑わされなかった。キティはパーティを催すことだけでなく、クロッケーの達人でもある。とても上手だ。その鮮やかな手並みは五ポンド紙幣を数える銀行員にも劣らない。注意深く、機敏で、対戦相手たちにはなにが起こっているのかわからないうちに勝負がついてしまう。キティがオリヴァーに茶目っ気たっぷりにウインクしたのをアミリアは見逃さなかった。ハムステッド家の栄えある優勝賞品を手にするわけではなくても、今シーズンにもっとも待ち望まれていたクロッケーの大会で第一位の称号を得るため、あのふたりも勝利を目指している。

子爵夫人が決勝戦の始まりを告げ、人々のおしゃべりがやんだ。何人かの観客がレモネードを飲むのを中断し、子供たちも声をひそめた。

レディ・ハムステッドが賞品台へ歩いていく。「それでは、ご友人がた、優勝者に与えられるものをお見せします」金色の布の上に手をおいて、思わせぶりに微笑んで、じゅうぶんに人々の関心を引きつけた。

子爵夫人が布の覆いを取り去ると、アミリアは息がつかえた。チョコレート・ボンボンのそびえ立つような芸術作品だ。白や褐色の糖衣、ピンクの粒砂糖、黄色い砂糖。少なくともアミリアの目にはエジプト人が建てたもの以上に美しいピラミッドに見えた。ほんとうに口のなかが潤ってきて、ウィニフレッドがこれを見たらなんて言うだろうと想像した。いいえ、あの子がこれを見たらではなく、間違いなく見ることになる。タビサとこの試合に勝利したらできるだけすぐに。

キティが一番手で、アミリアの予想どおり、あっさり上手に球を球門の近くに寄せた。次のタビサは正確なひと振りで、半分の年齢の女性にしかできそうにないショットを見せた。アミリアはひとつ目の門をくぐり抜けていく球を見て、おばに畏敬の念を抱いた。古代スパルタ人にも劣らない不屈の精神の持ち主だ。

オリヴァーが口笛を吹いた。「お見事」

タビサはそっけなくうなずいた。

アミリアはオリヴァーに視線を移した。「先ほどお伺いしようと思ったんだけれど、新しい本はいかがです？」そう尋ねたのにはふたつの目的があった。次のショットから気をそぐこと。それにうまくすればキティを田舎へ連れ去らないよう説得する会話に繋げられるのではと思ったからだ。ロンドンで購入された新刊なのでしょう？　ノーフォークではそういったものを手に入れるのにも時間がかかるのでしょうね、と。引っ越しで生じる好ましくない影響はなんでも決断するまえに知っておくべきだ。

「すばらしい本です」オリヴァーは暑さで滑り落ちがちな丸眼鏡を鼻の上に押し戻した。「著者はヘイスティングスの戦いにまったく異なる見解を唱えている。最初の十ページですでに、彼の説では大胆にも……」

アミリアは聞き流した。オリヴァーの読書を愛する心は称賛に値する。これまでに作品を批判する言葉は聞いた覚えがない。読むものすべてを楽しみ、どんなものでも読む。だからといって、ヘイスティングスの戦いについての講義に自分が耐える必要はない。歴史の講義を受けずとも、読後の思いは感じとれる。「興味深いお話ですわね」アミリアは相槌を打った。「田舎の本邸では恋しくなるのでは」

「なにを？」オリヴァーが球のそばで木槌を構えた。

木槌が振りあげられたところで、アミリアは言葉を継いだ。「本を」

打った球は右へそれた。

「オリヴァー！」キティが叱った。

オリヴァーは妻の非難の声にはかまわず続けた。「どうしてぼくが本を恋しくなるんだ？蔵書はそっくり向こうの図書室に移せばいいことだ」

なんてこと。そこまで頭がまわらなかった。「もちろん、古い本なら。でも、書店や図書館に行くには、たしか、キティはなんて言ってたかしら、五時間くらいかかるのよね？」

「六時間よ」キティが正した。「それも天候に恵まれればの話」

「そんなに遠かったかな……」オリヴァーがつぶやいて考えこんだ。

「田舎に帰ったきり、社交シーズンにすら二度と戻ってこなかった方々をわたしは知っているわ」タビサがそれぞれの球の位置を見測りつつ、誰にともなく言った。「みなさん、めっきり帰ってこなくなる」

アミリアはため息をついた。「哀しいことね」

「ぼくたちは毎年帰ってくる」オリヴァーが反論した。

けれどその声から懸念が聞きとれたので、アミリアは手ごたえを得た。キティが田舎暮らしをいやがっているのなら、夫のオリヴァーも乗り気のはずがない。たしかに、オリヴァーは子供時代を田舎の本邸で過ごしたのかもしれないが、それとはまた話がべつだ。いまはもう池で魚釣りをしたいわけではないだろうし、狩りもまったくたしなんでいなかった。キティはまえに銃を手にしたオリヴァーを見たときには、たとえ発砲できたとしても呆然としたまま倒れこんでしまうのではないかと身がすくむ思いをしたそうだ。

アミリアの順番がめぐってきた。チョコレートのピラミッドをちらりと振り返り、球を転がす芝目を見きわめてから、木槌を振る。球は門をくぐり抜け、小さく喜びの声を洩らすと、タビサから視線でたしなめられた。エイムズベリー家の女性たちはぬか喜びをしてはならない。勝利を手にするまで待つ。

キティがレース地の袖を捲(まく)りあげ、首を左右に曲げ伸ばした。そうして打った球は門をくぐり抜け、アミリアの球を芝地のくぼみへ転がした。「これで、わたしはさらに二回打てるってことよね？」

アミリアは不満げに息を吐いた。それでさらに二回打つ権利を友人が得たことはよくわかっている。誰もがそのことを知っていて、手を叩いていた。

キティがまたも球を見事に門の向こう側へくぐらせ、正式に先頭に立った。負けてはいられないとばかりに、タビサも次のショットで二番手につけた。ところが、そのあと、今後何年もクロッケーの大会で語り継がれそうな出来事が起こった。

おそらく先ほどの会話にいまだ気をそがれていたらしく、オリヴァーがのろのろと球のほうへ歩きだしたものの、ろくに足もとに注意を払っていなかった。何人かの観戦者たちがあとずさって道をあけたのだが、まえのひと振りでオリヴァーは窮地に陥っていた。どうにか自分の球を挽回できるところまで戻さなければと気負っていたのだろう。一本の指で眼鏡を押しあげ、距離を目測した。そのときだ。足が球に当たって、わずかにずれた。

ほんのちょっとだけ。

「動いたわ」アミリアは告げた。「足が球に当たったのよ」

「当たってない」オリヴァーが主張した。「どこにも当たってない」

タビサが加わった。「球が動いた。みんな見ていたわ」

キティが目を瞬いた。「わたしはなんにも見てないけど」

アミリアは友人にじろりと咎める目を向けた。

かたやタビサは裁定と審判を然るべき人物にゆだねた。「レディ・ハムステッド?」

芝地が静まり返った。さて子爵夫人はどうするだろう? なにができるというのだろう?

誰より敬愛されている老婦人に呼ばれ、返答しなければならない。いつもながらクロッケーを楽しませることよりもそのルールを尊重し、順守するのか？　それとも溺愛し、甘やかしてきた不器用な息子の肩を持つのか？　彼女自身が催した、子爵夫人の大会だ。ここは彼女の家。なにを言おうと、それがここでの決まりとなる。

子爵夫人は唾を飲みこみ、ごくりとかすかに喉を鳴らした。「レディ・タビサのおっしゃるとおり。その球は動きました。レディ・エイムズベリーの番になります」

アミリアは慎みを保ち、喜んだり、笑ったり、笑みを浮かべたりもしないよう、ほんとうは子爵夫人からそう告げられたときにしたかったことをすべてこらえた。そう、そうしたことをするのはタビサとこの試合に勝ってからだ。ふたりはそれから数分後に難なくその時を迎えた。

11

親愛なる　レディ・アガニ

甘いお菓子はどれでも肌の不調を引き起こすのでしょうか？　チョコレートはどうなのでしょう？　社交シーズンが終わるまではいずれも母から禁じられているのですが、とても我慢できそうにありません。混雑した舞踏場で一時間はデザートが並んだテーブルのそばをうろついています。ほとんどのダンスのお相手よりもそちらのほうが、ともに楽しく時を過ごせるのです。それだけは断言できます。

かしこ　めかし屋の紳士よりお菓子を　より

親愛なる　めかし屋の紳士よりお菓子を　様

たしかに、デザートが並んだテーブルは楽しいひと時をもたらしてくれます。相槌も、笑顔も、お世辞も不要なのですから。お菓子を頻繁に食べていると肌の不調を引き起こすのでしょうか？　あなたのお母さまはそのように信じておられるようですが、わたしはそうは思いません。わたしはチョコレートを山ほど食べていますが、シミや吹き出物はひとつも現れていないからです。それでも、そのように無情な風評が根強く伝えられています。ひと息つきたいときには、デザートのテーブルへ行って味わわれてもよろしいのでは。

秘密の友人　レディ・アガニ

翌日、アミリアは正式な客間に晴れがましく飾られたチョコレートのピラミッドの塔から盗み食いをして勝利の喜びを嚙みしめていた。あとひとつだけ、それで終わりにするわ。渦巻き模様の糖衣があしらわれたボンボンを選びとり、ほんのちょっとだけ、その複雑な模様を眺めてから口に放りこむ。外側がぱりっと割れるとなかの濃厚でなめらかなチョコレートが口のなかでとろけた。なんておいしいの。

「きょうの何個目？　三個目、それとも四個目かしら？」

アミリアはびくりとした。いつもならだいたいタビサおばの杖の音が先に聞こえるはずなのに。きょうは聞こえなかった。チョコレートの味わいにうっとりとして、自分の身に迫っている恐ろしげな気配に勘づけなかったわけだ。慌ててチョコレートを飲みこんだ。「三個目ですわ。だからといってなにか問題でも？　見た目を気遣わなければいけないわけでなし」

そんなことはなかった。自分がもう老嬢と言われかねない年齢に差しかかろうとしているでは」

「アミリア、女性はみな見た目を気遣わなくてはいけないのよ」タビサはチョコレートの塔へ近づいていき、そこから水玉模様の見事な逸品を取り去った。「とりあえず、六十五歳まではわかっている。じつのところ、きわどい状況にある。

アミリアは笑い声を立てた。「きのうのわたしたちは恐るべき二人組でしたわね？」

タビサがじっくりとチョコレートを味わいつつ、ふっと笑みを浮かべた。「ほんとうに」

「たとえオリヴァーが球に触れていなかったとしても、わたしたちが勝ってました」

「間違いないわね」タビサが同意した。「ただ、キティがべつの相手と組んでいたら、結末は変わっていたかもしれないわ」

アミリアはその仮説を退けた。「わたしならいつでも、日曜なら二倍にして、わたしたちの勝利に賭けますわ」ビーズ飾りの付いた手提げ袋をつかんだ。「賭けごとと言えば、これからマリエール・ベインブリッジを訪問しようと思っています」まずい、とアミリアはつい口走ってしまったひと言を悔やんだ。ジョージ・デイヴィスの借金、つまりは彼が殺された事件についてサイモンと調べはじめたことをむろんタビサは知らない。「ベインブリッジ邸を訪問されたことはありますか？　わたしは初めてなので」

「何度もあるわ」タビサは本人と同じようにまっすぐな高い背の付いた薔薇色の椅子に腰をおろした。椅子のクッションに腰を落ち着けると、杖を脇に立て掛ける。「建築物としても見事な邸宅よ。とても広くて、たくさんの使用人たちがいる。公爵さまはほとんどおられないけれど、サイモンならりっぱに留守をあずかれるでしょう。当然ながら、妹のマリエールにも兄として責任感を抱いているでしょうし。妹さんが社交界に登場したからには、目を光らせなくてはいけないものね」

目を光らせるでは控えめな表現だ。

「それに、ミス・ピムもおられるし」タビサの声がめずらしく上擦った。「『リゴレット』でお目にかからなかった?」

「いいえ……」

「残念ね。でも、きょうはきっとお目にかかれるわ」タビサが続ける。「とても聡明で、教養のある方よ。洗練されているし。ベインブリッジ家に来るまえは、キャベンディッシュ家の家庭教師をされていたの。礼儀作法も完璧で、すてきな女性よ」

アミリアは嫉妬心で背筋がちくちくした。自分にもこの家の使用人にも、タビサがそのように褒めちぎる言葉は耳にしたことがなかった。「楽しみですわ」

「ウィニフレッドを社交界に登場させるときには彼女にまかせるのもいいかもしれないわね」

「なんで――なぜです? ウィニフレッドにはわたし――も、おばさまもいるのに」アミリアは慌てて付け加えた。

「ウィニフレッドのように資産家の令嬢の場合には、ミスター・デイヴィスのような財産目当ての輩(やから)を警戒しなくてはいけないわ」タビサの青い瞳が、雲に遮られた青空のように翳った。「それで思いだしたけれど、あなたが早朝にひとりで散歩に出るのもどうかと思うのよ。女性が街なかをひとりで歩くべきではないわ。これからはレティーを連れていきなさい」

ジョーンズが部屋に入ってきて、馬車の用意ができたことを知らせた。

「ジョーンズでもいいし」タビサが言い添えた。

あら……それは無理。

「いってきます、おばさま」アミリアはそそくさと部屋をあとにした。

ベインブリッジ邸はバークリー・スクエアを見渡せる大きな屋敷で、タビサおばの称賛の言葉にアミリアも納得がいった。そびえ立つような白い正面（ファサード）の壁面にアーチ形の窓が並ぶ壮麗な建物だ。はじけるように咲きほこるピンクの薔薇と白っぽい芍薬（しゃくやく）が玄関先を柔らかに彩り、荘厳なだけではない穏やかな優美さを感じさせる。気だるい夏の日のような甘い香りに包まれて、ついもう少し足をとめて眺めていたいような気分になる。

アミリアは客間へ案内されるあいだに、この屋敷じゅうに漂うやさしげな雰囲気に気づいた。客間に入ると、窓ぎわの机に飾られた詩集が、洩れ射す陽光で浮かびあがっているように見えた。読み書きが大好きなアミリアは引き寄せられるように机に歩いていき、シェイクスピアの劇作集の金文字を指でなぞった。この屋敷にはこうしたものを読んでいた人がいた。こうした書物を愛していた人が。

「星が炎であると疑おうとも、太陽が動きめぐるのを疑おうとも、真実が嘘つきであると疑おうとも、わが愛はけっして疑うことなかれ」低い声がした。

アミリアがすばやく振り返ると、ドア口にサイモンが立っていた。「『ハムレット』」

「いや、サイモンだが」ふっと笑って、すぐにその笑みを消した。「母が好きだった一節だ」

アミリアは詩集の上に手をかざした。「お母さまがお読みになっていたものなのね」

「ああ」

「そんな気がしたの」

「そうか」サイモンがふたりのあいだの距離を詰めた。「ぼくはシェイクスピアを読むようには見えなかったわけだな」

「ええ」

サイモンの温かな笑い声がアミリアの胸をさざめかせた。「そのとおりだ。ぼくには詩の才能はない。アミリア、きみの率直さには敬服するよ。出会った日からそうだったが」

そんなふうにサイモンに名を呼ばれると、アミリアは腕の肌が粟立った。もう一度呼んでもらおうと彼の唇をじっと見つめたけれど、叶わなかった。目のほうに視線を上げる。「どんな方だったの？　あなたのお母さまは」

「母は、どこの母親もだいたいそうなんだろうが、信じがたいほどやさしくて辛抱強かった。だが、ちょっと変わったところもあった。音楽家で、芸術家らしい気質と情熱を備えていた。とても多くの人や大義を思いやっていた。きみはぼくの母に似たところがあるんだ、どことなく」サイモンは机の上から華やかな金の額縁に収められた肖像画を取りあげた。

豊かな黒っぽい巻き毛で、なめらかなピンク色がかった肌をして、瞳は濃い苔(こけ)色の女性だ。

そこには画家が永遠にとどめようとした特別ななにかがあるようにアミリアには思えた。洞察力？　知性？　秘密？　肖像画が命を宿しているかのように、その女性には親しみを覚えさせる温かみがある。

「どうしたんだ？」サイモンが尋ねた。「どう見てもなにか言いたそうだ」

「美しいわ」アミリアは考えを口に出すことができず、首を振った。「あなたとマリエールはお母さまにとてもよく似ている。なんていうか……神秘的なのよね」

サイモンが濃い眉の片方を吊り上げた。「ぼくが美しいと？」

「ええ――いえ」アミリアは慌ててまずは爪先がぴくぴくし、それから胸の奥がざわついて、喉がつかえた。

サイモンがまた温かな笑い声を響かせた。「どっちなんだ？」

「お母さまは美しいわ。そして、あなたはお母さまに似ているけれど、あなたの見た目のことではないの。見比べたわけではないし。現に、あなたを見てもいないわよね」アミリア、それ以上言ってはだめ。「わたしにあなたは見えてない」

「わたしもそう」マリエールがそよ風のごとく部屋に入ってきて、さらに愚にもつかないことを言い連ねかけていたアミリアを救った。「お兄さまはここにいないものと思いましょう」マリエールはアミリアの両手を取った。「いらしてくださってありがとう」

サイモンが顔をこわばらせた。「ふたりが会う約束をしていたとは知らなかった」

マリエールは房飾りの付いた長椅子を手ぶりで勧めた。「兄のことはどうか気になさらないで」椅子に腰かける。「なんでも自分に都合のいいように考える悪い癖がある人だから。お茶を頼んでおいたわ」

アミリアは腰をおろした。「ありがとう」

「どういうつもりなんだ、エリー」サイモンは両手をズボンのポケットに突っこんだ。上着を着ておらず、ベストだけだとよけいに肩幅が広く腰が引き締まっているのがよくわかる。

「なにも間違ったことはしていないぞ。おまえを手助けしようとしているだけだ」

マリエールが坐った椅子は菫色と白の更紗の張りぐるみで、黒いドレスがなおさらきわだって見える。明るい部屋のなかで、美しい家具調度に付いたインクの染みのようだ。

マリエールが兄の大柄な身体をじろりと眺めおろした。「手助けするという言葉の意味がわかっていない人がいたなんて信じられないわよね？」

「血を分けた肉親より、レディ・アガニのほうが頼りになるとでも言うのか？」

アミリアは心臓がずしりと沈んだ気がした。やめてよ、サイモン。いま放たれた言葉をつかまえて彼の口に押し戻せたなら、そうしていただろう。

マリエールがはじかれたように立ちあがり、兄を睨みつけた。「どうしてわたしがあの雑誌に手紙を書いたことを知ってるの？」

サイモンが助けを求めてアミリアを見やった。

アミリアは自分の膝の上に目を落とした。

「ああ……むろん……それくらいはお見通しだ」サイモンが咳ばらいをした。「大きなことにもささいなことにも目を配っている。兄としての務めだからな」

「わたしの書簡を盗み読みするのが務めですって？　わたしを見張るのが？」マリエールは黒いドレスにちょうどなじむほどに瞳を不穏に翳らせた。

激しいやりとりを繰り広げる兄と妹をアミリアは交互に見ていた。どちらも黒い髪で、顔をこわばらせ、いきり立った緑色の瞳をしている。まるで双子ね。けれど妹のほうが年下だからなのか、兄のほうが世慣れしているせいで、マリエールのほうがより沸き立っているようだ。編んで結い上げられた髪がいつ崩れて、黒い巻き毛が振り乱されてもふしぎではない。かたやサイモンのほうは自信に満ちた冷ややかな態度をとっている。

「ではどうしろと言うんだ？」サイモンが尋ねた。「おまえがグレトナグリーンへ駆け落ちして、自分の評判とこの家の名誉を地に落とすのをおとなしく見ていろとでも？」

マリエールが蛇に嚙まれたかのようにびくんと怯んだ。「お兄さまは浅ましい。卑劣よ。恐ろしい人。わたしの手紙を読んだのね」

「むろん、読んだとも、エリー。詫びるつもりはない。また同じことをするだろう」サイモンはふるえがちな声で言い、ぐっと唾を飲みこんだ。「ドルリー・レーンで死んでいたのは、おまえだったかもしれないんだぞ！」

ドアが開き、メイドが茶器を運んできた。

「とりあえず、坐りましょうか？」アミリアはすでに坐っていたものの、ふたりに呼びかけた。「とてもおいしそう」お茶も砂糖もクリームもレモンの薄切りも、ロンドンのどこのお屋敷でも供されているものとなんら変わらないように見えるけれど、そんなことはどうでもよかった。ジョージ・デイヴィスを殺した犯人を見つけるのなら、ともかく兄と妹に言い争いをやめて感情を鎮めてもらわなくては。

マリエールが更紗の張りぐるみの椅子に腰を落とした。

サイモンもアミリアの隣にゆったりと腰をおろした。

アミリアはメイドににっこり笑いかけた。「すばらしいわ」

サイモンとマリエールは睨み合いを続けている。

メイドが去ると、アミリアは自分も加われる話題を探した。「レディ・マリエール、あなたはレディ・アガニに助言を求めるお手紙を書いて、回答を得られたのよね。彼女の意見を尊重なさるのでしょう。なんて書かれていたのか伺ってもいいかしら」

「行かないほうがいいと」マリエールはお茶をちょっとだけ口に含み、カップをそのまま唇のそばに持っている。

「それはどうしてだと？」アミリアはさりげなくせかした。

マリエールはカップをがちゃんと受け皿に戻した。「グレトナグリーンへ行くことを名案だと言う人はいないのよ、いくら勇敢なレディ・アガニでも」

勇敢。アミリアはその形容詞に気をよくした。「理由は書かれていた？」

「わたしの家族が、お相手について、わたしが気づいていない問題に懸念を抱いているのではないかと」マリエールは不満げに答えた。

「ほう！」サイモンが声を発した。「ぼくの意見に賛成しているわけだな」

「レディ・アガニが誰に賛成して、誰に異を唱えているかなんて、わかりようがないでしょう」アミリアはアールグレイの紅茶に砂糖をもうひと匙加えた。

サイモンが睫毛をさげて、くすんだ瞳をこちらに向けた。「わかるんじゃないかな」

「レディ・アガニの考えがいちばんわかりそうにないのがお兄さまだわ」マリエールは組んでいた脚をほどき、いまにも立ちあがって兄の腕をぶちかねないそぶりだ。「人でなしなんだから。レディ・アガニは自分なりの意見と考えを持った自立した女性なのよ」

アミリアはマリエールからレディ・アガニを賛美する言葉が聞けるのはうれしかったけれど、このままでは兄と妹がいっこうに和解に至らないのもわかっていた。実際に、サイモンはマリエールの手紙を読んだことを明かすという誤った方向に踏みだしてしまった。「それなら、レディ・アガニの回答にも一理あると仮定してみましょうか。ご家族が懸念するようなことになにか心当たりはなかったかしら？　ミスター・デイヴィスに面倒に巻きこまれているような気配はなかった？」

大きな白い時計の分針が時を刻む音が響いている。

「金銭的な問題はあったのかも」マリエールがようやく認めた。「ミスター・デイヴィスはミスター・キングから、オペラを観に来るお金があるのなら、先に使うべきところがあるだろうというようなことを言われていたわ」

「どこに使えと？」サイモンが尋ねた。

マリエールはアミリアに向かって答えた。「わからない。ミスター・キングにお金を借りていたということではないかしら」

アミリアはミスター・キングが賭元であることを思い起こした。「ミスター・デイヴィスはどちらかの倶楽部に入られていた？」

マリエールは人気の競馬倶楽部の名称を口にした。「どうして？」

「思いついたことがあって」アミリアは紅茶を口に含んだ。「その倶楽部に未払いの負債があったのかもしれない。ともかく、その道筋から調べてみるわ」

「きみが？」サイモンが紅茶を飲んでいた手をとめた。彼の両手に挟まれたティーカップはやけに小さく見える。「その道筋を選ぶとすれば、ぼくが調べなければいけない。紳士の倶楽部にはご婦人がたは入れないのだから」

「ばかげてるわ」アミリアは鋭く言い返した。

「ほんとにおかしいわよ」マリエールが両腕を組んだ。「逃げ場が必要なのは、むしろ女性たちのほうなのに」

サイモンが息を吸いこんだ。「そうだとしても、アミリア、きみにはぼくが必要だ」

アミリアは否定しなかった。たぶんそのとおりであるのはよくわかっていたから。

12

親愛なる　レディ・アガニ

親に嘘をつくのと逆らうのとでは、どちらのほうがより罪は重いのでしょうか？　あなたのご見解をぜひお伺いしたいのです。

かしこ

罪はどれも同じでは　より

親愛なる　罪はどれも同じでは　様

ご存じのとおり、わたしは聖職者ではありません。牧師でもなければ、修道女でもないのです。そうであれば、十戒を説くこともできたでしょう。ただの助言者なので、聖なる十か条で示されている順番をお伝えするのがせいぜいです。父母を敬うことは五か条目に、偽りについての戒めは九か条目に示されています。この順番が重要性を見きわめる指針となるのでは。

秘密の友人　レディ・アガニ

マリエール、サイモン、アミリアが三人ともお茶を飲み終える頃には会話がだいぶなごんでいた。それなのに思いがけず父親の公爵が現れたために、険悪な空気に逆戻りしてしまった。

そもそも、クリストファー・ベインブリッジはアミリアが想像していたような人物ではなかった。息子と同様に長身だけれど、大柄で筋肉質なサイモンに対し、父親の公爵は細身で、巨大な猫さながら部屋のなかを敏捷に動きまわる。硬そうなブロンドの髪は櫛できっちり撫でつけられ、鋼のような青い瞳をしている。息子に挨拶をしたときには優美に整えられた口ひげがぴくりと上がり、サイモンにも共通するいたずらっぽさが垣間見えた。

サイモンが紹介の労をとった。「こちらはレディ・エイムズベリーです」

「お目にかかれて光栄です、公爵さま」

公爵は柔和な笑みを浮かべて応じた。「レディ・エイムズベリー、亡きエドガーの奥さまですね。こちらこそお目にかかれて光栄です。ご主人は軍隊でごりっぱに務めを果たされた。私が知りうるなかでもきわめて有能な船乗りでいらした」

「おそれいります」アミリアは公爵の賛辞に胸が熱くなった。英国海軍に代々尽くしてきた一族の当主からの言葉には大きな意味がある。

公爵がマリエールのほうを向き、眉根を寄せてドレスを眺めた。「なぜそのような装いを？」

アミリアの胸の温かみはいっきに冷めた。

「そのようなとはどういうこと、お父さま?」マリエールはギリシアの戦士のごとく顎を上げた。挑むような口ぶりだ。

「喪服ではないか」

マリエールの口調がドレスと同じくらい暗く沈んだ。「わたしたちの親愛なる友人のミスター・デイヴィスが三日まえの晩に殺されたのよ。一緒にオペラを観劇したその晩に彼がナイフで刺されたのはご存じでしょう」

「それは知っているが、おまえとは——個人的になんの関わりもない。彼は元使用人だった。それだけのことだ」

マリエールが唇をわずかに開き、父の非情な物言いに驚きをあらわにした。「わたしたちはそんなふうに彼に接していなかったわよね。誰よりも、お父さまは。どうしてそんなふうに言えるの?」

「着替えてきなさい」公爵が続けた。「頼むから」

マリエールはギリシアの戦士から父親に叱られてしょげた子供に様変わりした。妹の手を取ろうとしたサイモンを払いのけるようにして、アミリアのほうにだけ軽く膝を曲げて挨拶すると、すねた顔で部屋を出ていった。

妹がいなくなると、サイモンは父を睨むように見やった。「あそこまで言わなくてもよかったのでは?」

「彼のことはおまえもわかっているだろう。私と同じように」公爵はアミリアには真意を読みとりようのない哀しげな目をして娘が出ていったドアを見つめていた。気を取り直そうとするように瞬きをしてからサイモンのほうを向いた。「私としても口にすることさえ心苦しいが、ミスター・デイヴィスは嘘つきで、いかさま師だった。どうしてそのような男を信用してしまったのか、自分でもわからない」

「心苦しいなんてまったく思ってませんよね」サイモンの声には非難が込められていた。「いなくなって、せいせいしているんじゃありませんか」

公爵はポケットから懐中時計を取りだし、文字盤を見つめた。まったくの無表情でなにを考えているのか読みとりがたい。サイモンと同じで、父親も感情を隠すことに長けている。時計をポケットに戻すと、ぼんやりとした顔つきで口を開いた。「もうあの男がおまえの妹につきまとうこともない。それだけで私はほっとしている。おまえも同じ思いではないのか」

「あなたとは通じ合える思いはありません」

アミリアはたじろいだ。公爵にとっては胸にこたえる言葉のはずだけれど、傷ついていたとしても、そのようなそぶりはまるで見せなかった。ただ苦々しげに低く笑った。

「相変わらずの正義感だな」公爵はかぶりを振った。「だが、殺人犯がわれわれ親子に恩恵をもたらしてくれたことを否定できるほど私は善人ではない」息子の目を見つめ、その睨み合いで部屋に稲光が走ったかのように感じられた。

アミリアはぐっと息を吸いこんだ。

「ご婦人の前でのご無礼をお許しください」公爵が言った。「うっかりしていて。あなたのご一族とは何世代にもわたる付き合いがある。それでつい、あなたの前でも率直に話してしまうのかもしれない」

両家に長い付き合いがあるからといって、婦人の前で無遠慮な物言いが許されるわけではないのだから、アミリアには腑に落ちなかった。公爵はかっとしてしまったのか、意外と感情を隠すのが上手ではないのかもしれない。「謝っていただく必要はありませんわ、公爵さま」

「そのような言いぶんが通らないのは、あなたもよくわかっているのでは」サイモンは両脇に垂らした手を握りしめている。

一拍の間があき、公爵の青い目の虹彩が濃紺の輝きを放った。「サイモン、おまえはまだ子供だな。しかも愚かだ」アミリアのほうを向く。「お目にかかれて、ほんとうによかった。失礼ながら、約束があるので、長居はできないのです」公爵はうやうやしく頭を垂れ、アミリアに思いがけず花束を贈られたような気分を抱かせて、部屋をあとにした。

大きな空虚感が漂った。沈黙が言葉にされないことを物語っていた。父と息子のあいだにはあるべきものがなく、痛みだけがある。ふたりの関係はアミリアが思っていた以上に深刻だった。いつから、それにどうして、父と息子の関係は悪化してしまったのだろう。

アミリアはサイモンの肘に触れた。「大丈夫？」

「問題ない」サイモンがこぶしを開いた。「父の態度は申しわけなかった。ぼくへの憎しみは人前でも隠しきれなかったようだ」

「お父さまはあなたを憎んではいないわ」

「きみにはわからない」語気を荒らげ、サイモンはまたも詫びた。「エリーの問題に頭を切り替えよう。いいだろうか？　妹のほうとの関係はまだ修復の見込みがあるかもしれない」

サイモンがうろたえるのも無理はない。うろたえていれば道理に合わない行動も取ってしまうものだろう。アミリアはうなずいた。「マリエールは借金があった可能性について話してたわよね。ミスター・デイヴィスの死体には大金が残されていた。それが殺されたこととなにか関係しているのかもしれない」

サイモンは触れたくない話題からそれてほっとしたように、緑色の瞳を輝かせた。「妹は紳士の倶楽部についても話していた。借金についてなにか知っている倶楽部の会員がいるかもしれない」

「すぐに行くべきだわ」

アミリアはサイモンに導かれて客間を出て、階段を下り、玄関扉の外に出ると、六月の空気が天の恵みのように感じられた。公爵があの部屋に入ってきてからどれほど重苦しい空気に包まれていたのかを思い知らされた。目を閉じて、薔薇の柔らかな香りを吸い、春雨を浴びるようにそのすがすがしい香気に浸った。重苦しさを取り払うにはちょうどいい。

目をあけると、マリエールもべつのドレスに着替えて外に出てきていた。父親の指示にしたがうのは、サイモンと同じように頑固者のマリエールにとっては苦々しい思いだったに違いない。とはいえ、陰気な黒よりも淡いグレーのドレスのほうが愛らしいし、年相応に見える。そのそばにはひとりの女性と見覚えのある男性がいた。

サイモンが紹介しようと口を開くまえに、話に聞いた完璧なミス・ピムに違いないとアミリアは察した。落ち着いたピーチ色のドレスに、卵形の顔の輪郭をきわだたせる濃いオレンジ色の花があしらわれたスプーン形の帽子をかぶった姿は若すぎもせず、年寄り臭くもない。装いのみならず、姿勢も非の打ちどころがなく、口を開けばその声はごきげんようではなく、バイロン卿の詩を朗読しているかのように聞こえた。

「お会いできてうれしいですわ、レディ・エイムズベリー」ミス・ピムは小さく頭を垂れた。

「それから、ミスター・フーパーは憶えているだろう」サイモンが続けた。

「海賊船を捕らえた誉れ高いフーパー船長のご子息ね」アミリアは応じた。

ミスター・フーパーは笑みを返した。

「ご兄弟も従軍されている」サイモンが言い添えた。「光栄にもぼくはお兄さんのトバイアスと丸一年も同じ船に乗っていた。恐れ知らずで、すばらしい功績をあげておられる」

「残念ながら、ぼくは世間で言うところの一家のはみだし者ですが」ミスター・フーパーが言う。「幼少期に肺を患ってから病弱だったので、入隊の機会を逃してしまいまして」その声は静かだけれど揺るぎなく、青灰色の瞳と同じように芯の強さが表れていた。

「おかげでわたしは友人を得る機会に恵まれたわけよね」マリエールに腕を絡められ、ミスター・フーパーが顔をほころばせた。「ミスター・フーパーはいつもご親切に公園での乗馬に付き合ってくださるの。ミス・ピムもわたしの気分転換になるからと勧めてくれるので」

「気持ちを整えるのに新鮮な空気ほど効くものはないもの」アミリアも同意した。

マリエールがうなずいた。「家から出るのがいちばんよね、このような――」

「このようなお天気のときには」ミス・ピムがなめらかに言葉を補った。

「ほんとうに」マリエールがアミリアのほうに片方の眉をきゅっと上げて、言葉に出せない意図を伝えた。父親がいるときには家にいたくないと言いたいのだ。理由は聞くまでもない。

「それ以上に好ましい午後の過ごし方は思いつかない」ミスター・フーパーが隣の自宅をそれとなく示した。「父の意向にしたがうならば、ぼくは家に閉じこもって帳簿とにらめっこしていなければならない」鼻に皺を寄せた。「数字は嫌いなんだよな。それが唯一得意なことでもあるんですが」

マリエールがミスター・フーパーを引っぱりだすように歩きだした。「さあ、お互いの家族から逃れて、ひと息つきに行きましょうよ」

「はみだし者同士で」ミスター・フーパーは肩越しにサイモンにそう言った。「では、レディ・エイムズベリー。またお目にかかれてよかった」

ミス・ピムは歩きだしたふたりを見て口角を上げて微笑んだ。「家の外に出るのがよいのではと思いましたの」

「あなたは最善の策をご存じだ」サイモンが言う。「妹への気遣いには感謝の言葉も見つからない。妹は社交界に登場して、これまで以上にあなたの賢明な助言を必要としています」

レディ・マリエールの社交界への登場は見事に成功していた。スマイス家の舞踏会では若い紳士たちがこぞってマリエールのもとに押し寄せた。とはいえ、みな過保護な兄のほうとは好んで対面したがっていたわけではない。そんなわけでついに、マリエールに群がる紳士たちからサイモンを引き離したのはタビサおばだった。正確にはこう言ってたしなめた。

「お坐んなさい。あなたはやっかい者になっているのよ」アミリアは信じられないくらいに侯爵をおとなしくさせたおばの威力に感嘆した。

「うれしいお言葉ですわ、侯爵さま。わたしにできるかぎりのことはいたします」ミス・ピムは帽子のリボン飾りを整えた。「レディ・マリエールはほんとうに馬がお好きなのよね」吐息をつく。「なんであれ馬に乗れる機会があれば気分がよくなるでしょうし、ミスター・フーパーはとてもほがらかな方ですもの。気持ちのよい午後になりそうですわ」

「ではよい一日を」サイモンは手を振って見送り、ミス・ピムは急ぎ足でマリエールたちのあとを追った。

アミリアはサイモンとともに反対方向へ歩きだし、ベインブリッジ家の馬車に乗りこみ、ジョージ・デイヴィスが入会していた競馬倶楽部へ聞きこみに向かった。といっても聞きこみをするのはサイモンだけだ。自分は入ることさえ許されない。アミリアはいらいらと日傘の柄を指で打ちながら、そのあいだどのように時間をつぶそうかと考えた。なにか考えつければいいのだけれど。

そのまえにまずは、サイモンに父親との会話について尋ねておかなくてはいけない。ずいぶんとぎこちないやりとりだったけれど、気がかりなく殺人事件の調査に取り組むには、公爵の言葉についても解明しておければそれに越したことはない。

「あなたのお父さまは、殺人犯があなたとお父さまの両方に恩恵をもたらしたとおっしゃったわ」アミリアは切りだした。「ある意味では、正しいのよね。マリエールとジョージ・デイヴィスとの問題はこれで解決されたわけだから」

「今回の事件とは関係なく、妹はみずから分別を取り戻していたかもしれないだろう——そのうちに。きっとそうだ」

アミリアにはそうとは思えなかった。マリエールはジョージにずいぶんと入れ込んでいたように見える。「でも、そうではなかったとしたら？　公爵さまがジョージ・デイヴィスを追い払っていたかしら？」

サイモンが身をこわばらせた。

「わたしが思いつくくらいだから、あなたもきっと同じことを思ったはずよね」アミリアは目を合わせた。「酒場の女性が話していた上流ぶった紳士についてはどう？　あなたのお父さまだったとは考えられない？　髪の色は同じ金色だもの」

「アミリア、知ってのとおり、ぼくはいつもきみの率直さに感心させられている。そんなところもエドガーがきみを妻に選んだ理由のひとつだったんだと思う」サイモンは声を落とした。「ただし、そのような考えはほかの人の前では口に出してはいけない。もし公爵の耳に入れば、どのような行動に出てくるか、わかったものではないからな。わが一族の名誉と遺産を守ろうとする父の決意は凄まじい」

「それもさらなる不利な証拠と見なせるわ」アミリアは言い添えた。

「父についてはぼくにまかせてほしい。なにか過ちを犯したのなら、ぼくがまずそれを暴くと約束する」

本心だとしても、アミリアはその言葉を鵜呑(うの)みにはできなかった。サイモン自身もまだ秘密を隠していて、それを明かしてくれないかぎりは。ジョージが死んだ晩に、事件現場でなにかを持ち去ったことを。持ち去ったのはどんなもので、どうしてそれを話してくれないのだろう？　アミリアはサイモンの目をじっと見つめた。森が燃えだしたかのように、エメラルドグリーンの虹彩が琥珀色に縁どられている。いままで気づけなかった。その瞳の奥まで覗けたなら、ほかにもどれくらいたくさんの謎を見つけられるのだろう。

問いただすのはまだやめておこう。でも、証拠を見逃すわけにはいかない。マリエールはまず自分を――正確にはレディ・アガニを――頼ってきた。それなのに、助言を受け入れる以前に、どのような理由で結婚を断念した場合よりも彼女が心を傷つけられる結果となってしまった。犯人に裁きをくだすための道をサイモンが阻んでいるとすれば、その理由を突きとめなければいけない。

13

親愛なる　レディ・アガニ

紳士の倶楽部は大変な盛況ぶりで、わたしの夫は毎日のように足繁く訪れています。夫の母親が言うには、それはわたしの家の取り仕切りがまずいせいで、居心地がよければ、夫はそう頻繁に出かけないはずだそうです。そうなのでしょうか？　もしそれが事実なら、わたしはいったいどのように改善すればよいのでしょう？　部屋の飾りつけには興味が持てませんし、刺繍は退屈です。それでも、できることならひとりでじっと坐っていたくはないのです。

かしこ

刺繍にはうんざり　より

親愛なる　刺繍にはうんざり　様

わたしの助言はあなたの指を痛めるようなことではありませんから、ご安心くださ い。家を居心地よくするものとはなんなのでしょう？　片隅に掛けられた織物、あるいはすてきな壁紙なのでしょうか？　そんなことはありません。大切なのは部屋でともに過ごすひと時であり、お手紙には書かれていませんが、あなたは夫とともに過ごすひと時を楽しまれているのではとお察しします。そうであれば、ご夫婦で率直に話し合われてみてはいかがでしょう。なぜそれほど足繁く紳士の倶楽部へ出かけるのかを尋ねてみてください。夫がどう思っていようとかまわないとおっしゃるのなら、外に出かけられる趣味を見つけましょう。同じようにされたらどのような気持ちになるのかを夫に教えるのも必要なことなのかもしれませんし、あなたがひとりでじっと坐っているのが苦痛だという問題も解決できます。

秘密の友人　レディ・アガニ

アミリアにはそこがそれほどもてはやされている理由がわからなかった。セント・ジェームズ・ストリートにある紳士の倶楽部はほかの建物となにも変わらないように見えた。ただし、人目につくために欠かせない大きな弓形の張りだし窓があり、窓辺に坐っている男性がいれば、彼が有力な人物だということがわかる。この日の午後はカーテンが閉められていたので、なかにいる人は見えなかった。それでも、なかに入るまでもなく、その上質な布の向こう側では紳士たちが煙草を吸ったり、新聞や書物を読んだり、お酒を飲んだり、競技から社会問題まであらゆることに賭けたりしているのはわかっていた。つまるところ、裕福な人々が暇つぶしにお金を使うには手立てが必要だ。

ジョージ・デイヴィスはロンドンの上流階級の一員ではなくても、そうした人々が求めるものを持っていた。知識だ。そして知識は武器になりうる。いずれにしてもミスター・デイヴィスにとっては知識が役立った。馬に関わることについてはなんでも知っていた。飼育、調教、競馬。調教師としての成功がジョージを高みに押し上げた。それでもまだ彼は満足しなかった。上流層の贅沢な暮らしはもとより、手に入るものはなんでもほしがった。

アミリアは親指を肩越しに向けて紳士の倶楽部を示した。「ミスター・デイヴィスは厩からここまで大出世したわけね」

サイモンが馬車の窓越しに倶楽部の建物を眺めた。「ジョージ・デイヴィスは単純明快に金を儲けたかっただけだ。彼の父親は鍛冶屋で、重要な交易に貢献したりっぱな人物だ。ところが、ジョージはうちで働きはじめてすぐに計画を実行に移した」

「どんな計画?」アミリアは訊いた。

サイモンはまたさっと目を合わせた。「わが一族に取り入る計画だ。趣味の乗馬、競走馬、賭け。すべてはぼくの父に恩を売り、妹を誘惑して結婚に持ち込むためだった」

「あなたのお父さまは競馬で勝てて喜んでらしたのよね」爵位を有する多くの紳士たちが一族の名声と栄誉を求めて、競馬に参加する。現に劇場にオペラを観に来ていた紳士も、公爵が身を引いてくれたおかげで来年は勝てる可能性が高まったと話していた。

「ミスター・デイヴィスの助けをかりて、父は二年まえにダービー競馬で勝ち、最上の栄誉を得た。だが、馬と調教にひと財産つぎこんで、勝ったレースより負けたレースのほうが多い。あの男をそばにおいていたせいで、娘と恋仲になっていたと公爵が気づいたのはほんの数カ月まえのことだ。それでこの春のレースを最後に競馬から手を引いた」

それがかえってマリエールの恋する気持ちを煽り、レディ・アガニ宛てに手紙を書かせることとなった。

サイモンが馬車の扉のほうに動いた。「これできみも経緯が把握できただろう」

「ええ」公爵がジョージを調教師に雇わなければ、ベインブリッジ家の屋敷にやってくることはなく、公爵の娘と付き合うこともなかった。もう厩では働いていないのだから、公爵の馬の調教ができなければ、屋敷を頻繁に訪れる理由もない。すべては公爵の行動が引き起こしたことで、その余波に誰もがまだとまどわされている。

アミリアは手袋をはめた。

「いや、だめだ」サイモンがとめた。「きみは来てはいけない。ふたりで行っても、玄関を通してもらえないし、ミスター・デイヴィスについて役に立つ話をなにも聞けなくなってしまう。向こうはともかくきみを追い返そうとするだけだからな。要するにだめだというのがぼくの最終結論だ」

決めつけないで！「そんなつもりはそもそもなかったわ。そうしたければ、抜け道を見つけていたでしょうけど。ご心配なく」

「ぼくが確信できることならいくらでもあるが」サイモンが言い返した。「きみがおとなしく言うことをきくとはとうてい信じがたい」

馬車を降りて紳士の倶楽部へ向かうサイモンの後ろ姿をアミリアは睨みつけた。

首を伸ばして馬車の窓の向こうを眺めた。通りを歩き去っていく人が見える。ふたり。ひとりは長身で筋骨逞しく、首が筋張っている。ミスター・キング！　あの晩オペラを観た劇場でジョージ・デイヴィスがいたボックス席に厚かましく入ってきた人物だ。ミスター・ウェルズの話では、この競馬倶楽部の賭元だと言っていた。アミリアはもっとよく見ようと窓に顔を寄せた。あの人が、酒場の給仕係の女性が話していた金髪の上流ぶった男なの？　それを突きとめる手はひとつだけ。

アミリアはこっそりと馬車を降りて、ふたりのあとを追った。前方を見据えて軽やかな足どりで進む。この位置からでは、男性の髪の色は見分けられない。シルクの帯がぴったりと巻かれた帽子をかぶっている。どうにか見きわめられないものかとアミリアは歩調を速めた。

長身の男性たちは歩幅も大きいが、アミリアは歩きなれているので難なくついていけた。ふたりの低い声での会話に耳をそばだてた。

「かまわないが、ただしさっさと頼む。このあとレースを一本控えているんだ」鋭い口調で言葉を短く切って話しているのはミスター・キングで、足どりは虎みたいに荒々しい。

「二分程度のもんですから、旦那」そう答えたのはべつの男のほうで、もう少し脚が短いぶんだけあきらかに遅れをとっていた。ミスター・キングに追いつこうと小走りになっている。

ふたりは帽子店の前で立ちどまり、アミリアも慌ててとまろうとして、ちょっとよろめいたものの日傘をついて持ちこたえた。ふたりは店のなかに入った。ついてるわ！　ミスター・キングは帽子を脱ぐはずなので、髪の色が見えれば、ここまでついてきた甲斐がある。アミリアは心のなかで自分の肩を叩いてねぎらった。

ミスター・キングが肩越しにちらりと振り返った。アミリアはありもしないドレスの皺を気にしているふりをした。ちょっとびっくりしたせいで、いつものようにさりげないそぶりはできなかったかもしれない。キティとともに誰にも気づかれずに狭い通用門の柵の隙間をくぐり抜けたこともある。いいえ、正しくはキティだけだ。アミリアは腰幅がちょっとだけ大きすぎた。肝心なのは、そうやってふたりで必要な情報を入手し、レディ・アガニがロンドンでもっともたちの悪い婦人服の仕立屋を世の中に知らしめたことだ。それをきっかけに、その仕立屋はお針子たちの給金を倍額にして、彼女たちに快適な寝場所を与えた。

アミリアは店内でミスター・キングではないほうの男性が帽子を脱いだのを目にして、がっかりした。男性が代わりに選んだのは小さな顔には縦長すぎる贅沢なシルクハットだったが、どうやらとても気に入ったらしい。かたやミスター・キングのほうは時間を取られるのがいらだたしそうで、連れの男性をせきたてていた。

アミリアがちらちらと見ていると、偉ぶった態度の二人組はどうやら紳士の倶楽部が立ち並ぶ地区へ引き返すつもりらしかった。ふたりとも意味もなく得意そうな口ぶりだ。生まれつきなのだろうか。もういつミスター・デイヴィスが入会していた紳士の倶楽部からサイモンが出てきてもおかしくないので、あまり時間がない。西風の神ゼピュロスのように風を吹かせることさえできたら、ミスター・キングの帽子を持ちあげられるのに。アミリアは日傘の柄を指で打ちながら考えた。ひらめいた。タビサの杖のように、この日傘に魔力が備わっているとは思えないけれど。

ミスター・キングが店から出てきたところで日傘を開き、うっかりを装って帽子をはじく。そうすれば髪の色がわかるし、言葉を交わせるかもしれない。質問できるかも。

そのもくろみはとてもうまくいった。ただし、アミリアはミスター・キングの顔を日傘で突いてしまったので、帽子ははじき飛ばせなかったものの、彼が後ろにのけぞった拍子に髪が見えて、明るい褐色だとわかった。金髪ではないし、黒みがかった褐色でもない。たいした収穫ではなかった。

「申しわけありません」アミリアは詫びた。「ご無礼をどうかお許しください。陽射しが強くなってきたので、避けなければと思ってしまって」

ミスター・キングは帽子を目深にかぶり直した。やせぎすの顔で、黒い眼光は鋭い。感情を抑えようとしているかのように頬が引き攣っていた。「失礼ながら――」一瞬、瞳が大きく開かれた。「見た顔だな。まえにお会いしている」礼儀を気にする様子はいっさい感じられない口ぶりだ。

アミリアは日傘を片方の肩の後ろに差しかけた。ともかく少しは幸運に恵まれた。話すきっかけを得られたのだから。「えっ？　どちらでだったかしら？　なにか思いだすきっかけがあればいいのだけれど」

「人の顔は忘れない」

「たしかに。忘れませんもんね」友人の男が請け合った。

ミスター・キングが釘を刺すような視線を友人に向け、またアミリアに目を戻した。「サイモン・ベインブリッジとオペラを観に来ていたな」

「ええ、そうですわ」アミリアは驚いたふりをした。「すぐに思いだせなくて失礼しました。あなたは彼の妹さんとミスター・デイヴィスとご一緒だったわ。ほんの少しのあいだだったけれど」

「彼の妹さん」ミスター・キングは友人にちらりとわけありふうの目を向けた。「そういうことか」

「そういうことって?」アミリアは問いかけると同時に友人のほうの男がこちらに踏みだしたのに気づいた。

「ベインブリッジの妹はデイヴィスに入れ込んでいて、デイヴィスはおれに金を借りていた」

アミリアはわざわざ兄妹関係を明かしてしまったことを後悔しつつ、あとずさった。「ジョージ・デイヴィスは亡くなられたわ。あのオペラを観た晩に殺されたんです」

「知っているが、だからといって借金が帳消しになるわけじゃない」ミスター・キングは黒い瞳を狭めてアミリアを見据えた。「どうしておれをつけてきたんだ?」

「そんなことはしてないわ」よく晴れた日の午後に洒落たセント・ジェームズ・ストリートにいるというのに、薄汚れた街の片隅の酒場にでもいるような気分だ。「チーズ屋さんに行くところなんだもの。だから……チーズを買いに」アミリアは咳ばらいをした。「どうしてミスター・デイヴィスはあなたにお金を借りたの？」

「あの男がほかのみんなに金を借りているのと同じ理由だろうよ。あいつは馬から手を引けなかった。自分にそれだけの価値があると思ってたから、借りたんだ」

連れの男が忍び笑いをしている。「金儲けの才能はなかったわけか」

「彼は競馬に賭けていたのね？」

ミスター・キングは顎をしゃくってアミリアを示し、友人に話しかけた。「聞いてりゃ質問ばっかりだ」笑みを消してアミリアのほうに顔を戻す。「お嬢さん、こっちもひとつ質問がある。ベインブリッジとはどういうご関係で？」

ミスター・キングの険しい目つきにアミリアは血の気が失せて、恐ろしい予感で手脚が凍りつきそうだった。「ベインブリッジ卿？　ああ、あの方とは個人的なお付き合いはないわ。昔からの家族ぐるみのお付き合いというだけ。それについてもよくわからないし。わたしはあの方のことはあまりよく知らないの」唾を飲みこんだ。

「そのご返答にはいささかがっかりだ」背後から深みのある声がした。

アミリアはくるりと振り返り、サイモンと向き合って、なんとかとっさに抱きついてしまわずにこらえた。恐怖が少しずつ薄れてきた。「サイ――侯爵さま！」

サイモンは腕組みをして、抱きつける余地をなくしたうえで、ミスター・キングに向かって答えた。「呼ばれたような気がしたんだが。なにかご用でもおありかな？」

「あなたのご友人と共通の知人であるジョージ・デイヴィスについてちょっとおしゃべりしてただけだ」ミスター・キングが低く唸るように言い、アミリアはその声の調子から戦いが幕を開けたのだと悟った。

「彼女が言ったように、ぼくたちは友人関係ではないし、ミスター・デイヴィスとは知り合いでもない」

あら、そこまで言わなくたって。

「それなら、あなたの妹さんの知り合いということか」ミスター・キングが正した。

「あらためてお伺いするが、ご用件はなんだろう？」サイモンはそう尋ねて返答をはぐらかし、妹とミスター・デイヴィスとの関わりに触れるのを避けた。悪辣な脅しをかけられても平然としていられるサイモンにアミリアは感心した。怖がらせようとして脅せる男性ではないということだ。

「あなたの妹さんのお友達はおれに借金があった」ミスター・キングが説明した。「正確に言うと、千ポンドの」

死体のポケットに入っていたのと同じ金額だとアミリアは思った。ジョージ・デイヴィスがキングにお金を返そうとしていたのだとすれば、どうやってそのお金を手に入れたのだろう？　たまたま手に入ったのがぴったり同じ金額だったとは考えづらい。

「つまり千ポンドを妹の代わりに払えとでも？」サイモンが無愛想に返した。

「そんなことは頼んでいない」キングが友人のほうを見てせせら笑った。「紳士にあるまじきことだからな」

友人の男がげらげらと笑った。

「だがデイヴィスは紳士ではなかった。名家ならどこだって、あの男との関係を取りざたされたくはないだろうとも」キングはまた冷ややかな目つきに戻った。恥知らずのうえに、恐れ知らずの男。セント・ジェームズ・ストリートの真ん中で、侯爵を相手に話していようと、なにも気にするそぶりはない。ともかく自分への借金は取り立てる。

サイモンも凄みのある顔つきで答えた。「脅しはよろしくないな。ご婦人の面前ではもってのほかだ」アミリアのほうに腕を差しだした。「お宅までお送りしましょう」

「え、ええ」アミリアは口ごもった。

サイモンとともに馬車のほうに向きを変えた。

「おれが言ったことを憶えておけよ、ベインブリッジ」キングが捨てぜりふを吐いた。

サイモンは答えなかった。

14

親愛なる　レディ・アガニ

ともに独身紳士の私と友人は意見の相違が生じているため、あなたに解決していただけないでしょうか。あなたは既婚者なのか、教えていただけませんか？　友人はあなたが既婚者だと言うのですが、私はそうではないと反論しています。まともに考えられる男があなたと結婚するとはとうてい思えませんので。あなたのご回答よりまずはあなたの首を賭けられればよいのですが。ともかく、教えてください。あなたの正体をどのように公表してくださるのか想像もつきません。

心を込めて

わが妻はなし　より

親愛なる　わが妻はなし　様

不愉快な御仁はどこまで不愉快なことを考えられるのやら。わたしは首を切られたくはないので、そのご回答は差し控えさせていただきます。ただし老婆心ながら、あなたにご忠告申しあげておきます。女性はできることとできないことを決めつけられるのが好きではありません。おしゃべりは控えて、もっとお耳を傾ければ、仮説に愚論をごねているあいだにも、本物の妻を見つけられるかもしれません。

秘密の友人　レディ・アガニ

「わたしが友人であることまで否定するなんて信じられない」アミリアは馬車に乗りこんで扉が閉まるなりサイモンを咎めた。「キングはわたしを殺して立ち去っていたかもしれないのよ。彼にはどうでもいいことなんでしょうから。どうやらあなたにとってもそうみたいだけど」

「きみは向こう見ずだ」サイモンは手袋を脱ぎ捨てた。「きみの情熱まで吸いつくしかねないような連中なんだぞ。まったくきみの言葉を真に受けてしまうところだった。きみは馬車を降りるべきではなかったんだ。そうしないと約束したじゃないか」

「約束したのは、紳士の倶楽部には入らないということだわ」アミリアは指摘した。「キングを見つけたから、追いかけずにはいられなかった。あの人の髪の色を知るにはそうするしかなかったんだもの」

「それでわかったのか？」

アミリアは答えたくなくて口ごもった。

でも、サイモンは辛抱強いので、テムズ川が凍結するまででも返答を待ちつづけかねない。

「褐色」アミリアは答えた。「明るい褐色。金色の毛も少しは交じってたけど」

「なんとも有益な情報だな」

アミリアはくいと顎を上げた。よくもわたしの努力をけなせるものね。あのとき即座に行動を起こさなければそれさえわからなかったのだから、一時間まえに比べれば大きな進歩だ。

サイモンが身を乗りだした。「しかも、きみも見ていたように、キングに追われないよう、ぼくはきみとの友人関係を否定しておいた。きみもキングに追われないよう、平気でご婦人にいやがらせをする男だからな。ぼくに取りつく島もないとみれば、きみを食い物にしようと狙いかねない」

理に適っている。サイモンはいつもそう。「あなたからお金を取り立てるつもりなのかしら？」

「だろうな」

「払うの？」アミリアは訊いた。

「払うものか」サイモンが乗りだしていた身を引いた。「そんなことをすれば、マリエールにやましいところがあると認めるようなものだ。妹に非はない。それに、あの男は千ポンドでは飽き足らないだろう。ぼくと家族からさらに金をむしりとろうとするはずだ」

「だけど、マリエールはどうするの？　あの人は彼女について……噂を流すようなことをほのめかしていたでしょう」アミリアはこんなことを口に出したくはなかったけれど、自分たちがすぐにも行動を起こさなければ、マリエールの評判が穢されかねない。

「そのような風評を広めれば、あの男はその報いを受けることになるだろう」サイモンが奥歯を嚙みしめるようにして言った。「その身に」

兄ならみな妹の名誉を守ろうとする。侯爵ならばなおのこと。ただし、サイモンの場合には慣習にこだわらないし、ミスター・キングもそれは同じだ。そうだとすればさらに危険な状況に陥りかねないということでもある。

アミリアは話題を変えた。「あの紳士の倶楽部はどうだった？　なにかわかったの？」

「ああ」サイモンが満足げに答えた。

アミリアは爪先で床を打った。きょうはサイモンに辛抱強さを試されている。「それで？」

サイモンが深く坐りなおして腕組みをした。「きみがどうして結婚していないのかがわかるような気がする。我慢が得意ではないな。協力し合う関係にはどうしても欠かせないもののはずだ」

「わたしのこと？」アミリアはむっとした。「わたしは結婚していたのよ。それがどうしてこうなったのかはご存じでしょう。かたや、あなたは麗しいフェリシティ・ファーンズワースとの一件以来、女性にキスをしようとすら思わないのよね」アミリアはぐるりと瞳を動かした。「それに正直なところ恋愛なんてご遠慮するわ。だって、あなた以上に身を焦がしてしまった人たちも見てきたけど……」

サイモンがアミリアの手を取って熱弁を遮り、手の甲にしっかりと口づけた。いたずらっぽく緑色の目を向ける。「これでどうかな」

アミリアはまだ彼の唇の感触が残る自分の手に視線を落とした。こんなふうにされて、そうやすやすと逃れさせはしない。

「どうかしら」そうしてアミリアは謎めいたサイモン・ベインブリッジに唇をそっと擦らせるようにキスをした。もうずっと、一カ月以上は解き明かしたくてたまらなかった、謎めいた彼の唇に。

その探索を味わっているあいだは時がとまってしまったかのように思えた。柔らかで、なめらかで、潮風に吹かれたような味がする。海の波みたいに。甘美な味。

サイモンに抱き寄せられ、腰にさりげなく腕をまわされた。アミリアは不意を衝かれて唇を開き、さらに深く口づけた。彼の口のぬくもりが身体の隅々までめぐり、唇が疼きだし、全身がじんわりと温まってきた。いまさらながら、アミリアはどれほど危険なことをサイモンが差し控えていたのかを理解した。しびれるような感覚だ。抑えられていたものがいっきに解き放たれて、もっと求めずにはいられない。このままもっと、サイモンをもっと。そんなことは起こりえないのに。

アミリアは身を引いて、目をあけた。

サイモンがこちらを見つめていた。「これでご満足かな?」

「いいえ」こらえようと考える間もなくアミリアは本心を口走っていた。慌てて口を手で押さえた。この人と一緒にいるとどうしてこうも自制心が働かなくなってしまうのだろう? 慎重な受け答え、正しい行ない、細部まで礼儀の行き届いた振る舞い。タビサから教えこまれたことがすべて彼の暗緑色の瞳といたずらっぽい笑みを目にした瞬間に、頭から吹き飛んでしまう。まるで家に帰ったみたいに思えるのに、新しい家にいるような気がする。ありのままの自分でいられる新たな住まい。

「アミリア、きみはすべてを知らなければいられないのか？」サイモンは心からその答えを聞きたがっているようだ。「どんなことでも、そのままにはしておけないのか？」

「わたしはもともと好奇心が強いのよ」アミリアはべつの誰かのもののように自分の唇に触れた。「でも、あとひとつだけ訊かせて。それでもうこの話はやめるから。約束するわ」

サイモンが目を閉じて、ひと呼吸おいて、うなずいた。

「キスはどれもこんなふうなの？」

サイモンなら適切な返答、筋の通った返答を見つけられるはずだけれど、アミリアはただ正直な考えを聞きたかった。サイモンは自問を繰り返しているような面持ちを見せてから、答えた。「いや」

「いまのはよかったのか、悪かったのかしら？」アミリアはさらに訊いた。

「それではふたつめの質問になる」

実家の宿屋の裏手で男の子たちとこっそりしていたキスよりはよかったけれど、あれはもうはるか昔のことだ。それに、エドガーとのキスはろくに憶えていない。恋人というより友人のようだったから。

サイモンがアミリアに訊き返した。「きみはどう思う？」

アミリアは指で顎を打ちつつ、つい先ほどのいっときを思い返した。「残念ながら、わたしにはそれほど経験がないのよ。結婚した人は病を患っていて、たちまち悪化してしまった。ひんやりした布と煮だしスープで安らいでいたんだもの。恋人同士にふさわしい雰囲気とは言えないわよね」

サイモンはそれを心苦しく受けとめたらしく、表情を一瞬だけ曇らせた。緑色の瞳がくすみ、濃く黒っぽい睫毛に覆い隠された。

「でも、いまのは温かかったわ。甘く感じて……どきどきした」

サイモンはキスの感触を生々しく呼び起こしているかのようにアミリアの唇を見つめた。

「ぼくもそんな感じだったかな」

それでアミリアは質問を打ち切った。これ以上の返答はいらない。ほんとうは聞きたくても、真実を知るための手立てはひとつしかなく、それがもう叶わないのはわかっている。少なくとも、サイモン・ベインブリッジとは。しかもそんな考えを口に出せる相手はサイモンだけだ。エドガーが死んでから、これほど近しく感じられる男性は彼だけ。じつを言えば、それ以前にもそんな人はいなかった。

「それで、例の競馬倶楽部のことだけど」アミリアは咳ばらいをした。「続きを聞かせてくれるのよね」

今度は茶化さずに、サイモンはジョージ・デイヴィスが収入に見合わないほどギャンブルに依存していたことを説明した。紳士の倶楽部に負債があるだけでなく、個人的にも何人かに金を借りていて、そのなかのひとりにはすでにアミリアも顔を合わせていた。サディアス・キング。それでもジョージがなお倶楽部の会員でいられたのは、このまえのダービー競馬で一番人気の馬が勝つとの大方の予想を否定していたからにほかならない。代わりにあまり知られていなかった輝く瞳（ブライト・アイズ）という名の馬に賭け、その馬が優勝を果たしたことで驚きを与え、誰もが彼の幸運に称賛を送った。最有力候補だった馬の所有者サミュエル・ウェルズはべつにして。ウェルズは直前の練習中に自分の馬をジョージがなんらかの方法で負傷させたのではないかとの疑いを抱いていた。

そうだとすると、アミリアが答えを探りだせそうな疑問が少なくともひとつ浮かんだ。

「サミュエル・ウェルズ。ミスター・デイヴィスが殺された晩に彼もオペラを観に来ていたわよね」

「そのとおり。彼はロンドンの南にある田舎屋敷で馬を飼育しているんだが、社交シーズン中はロンドンに滞在している」サイモンは両手の指を尖塔状に合わせた。「彼のご自慢の馬が負け、それと同時に勝てていればもたらされるはずだったものもすべて失った。ジョージの死を望む動機はじゅうぶんにある」顔を上げる。「マリエールに機嫌を直してもらうための突破口になるかもしれない」

「デイヴィスを殺した犯人に裁きを受けさせるためにも」アミリアは言い添えた。「ひとりの男性が殺されたのよ。あなたの個人的な問題ではないことを忘れないで」

「どうして忘れられるというんだ？」サイモンが訊き返した。「事あるごとにきみが思いださせてくれる。あの男がろくでなしだという点については、いくらきみが都合よく目をつむっていてもその証拠が次々に出てくるわけだが。それは認めていただけるよな?」

アミリアにはまだデイヴィスがろくでなしではなかったと信じたい気持ちがあった。いっぽうでサイモンが考えていたとおりだったとしても当然だという思いもある。ジョージ・デイヴィスはロンドンの上流社会に受け入れられていて、それには理由があるはずだ。勤勉さと粘り強い努力の賜物だとしてもふしぎではない。でも、オペラを観に出かけた劇場でのデイヴィスの振る舞いと移り気な目つきがアミリアには印象に残っていた。彼の人となりが見えたような気がした。「ろくでなしなのかどうかはマリエールのためにあきらかにしなければ。彼女が自分で見きわめて、終わらせられるように」

それからメイフェアへ行き着くまでふたりとも押し黙っていた。ところが、サイモンの手をかりて馬車を降りたとき、ミスター・キングが貸し馬車で追ってきていたのに気づいた。無蓋の馬車に乗ったその男の姿にアミリアは吐き気をもよおした。サイモンも同じように思ったらしい。家を秘密にしているわけではなくても、キングに住まいを知られるのは気がかりだ。そちらのほうに大きく何歩か踏みだしたが、貸し馬車の御者がすぐさま馬に角をまわらせて、走り去っていった。

サイモンがアミリアのほうに向きなおった。「われわれを追ってきたんだな」

「気づいていたのね」

サイモンは首を振った。「ぼくに嫌がらせをするつもりなのはわかっていた。きみにまでとは考えなかった」

「家に帰る途中だったのかも」アミリアは冗談で場をなごませようと軽く笑った。

うまくいかなかった。

サイモンはアミリアの腕をつかみ、守るようにして玄関へ導いた。「気をつけるんだ、アミリア。もしきみに万が一のことがあれば――」

「――ないわ」アミリアは日傘を持ちあげた。「安心して。不愉快なミスター・キングにはちゃんと用心するから」

そうはいっても、ミスター・ウェルズについて新たに手に入れた情報をもとにさっそく調べはじめずにはいられない。ロンドンの社交シーズンに馬好きがほぼ確実に現れる場所がひとつある。ハイド・パークのロトン・ロウだ。アミリアはサイモンに別れの挨拶をしつつ早くもそこへ出かける算段をめぐらせていた。ロトン・ロウは五月から七月までロンドンで人々がとりわけ多く見られる場所となる。男性も女性も流行の装いで麗しく着飾ってのんびりと行き来しているハイド・パークの砂地の散歩道だ。馬の愛好家たちもそこで乗馬の腕前から乗馬服まであらゆるものを披露している。ご婦人がたが友人の目新しい装いや、きわだって美しい布地を見つけては仕立屋を紹介してほしいとせがんでいることはアミリアも聞き及んでいた。仕立屋のほうも、すでに長時間労働を強いられているとはいえ、そのように紹介してもらえるのを望んでいる。自分が仕立てたものが評判になれば、それから何年ぶんもの収入が約束されるからだ。

現に、キティが贔屓(ひいき)にしている仕立屋は大変な人気を呼んでいた。

だからこそ、わたしの計画には親友の助けが欠かせないのよ。

キティはレディ・アガニの聞きこみに協力するのが大好きなので、今回もすんなり誘いを受けてくれるだろう。それに、アミリアにもっと〝洗練されたこと〟もしてみるようにと熱心に勧めていた。アミリアが流行にはほとんど興味を示さないからだ。今夜はキティの家でハムステッド子爵夫妻も同席して晩餐をともにすることになっている。申しぶんのない料理、たっぷりのワイン、それに快い会話がアミリアは楽しみだった。


ところが二時間後、その会話はとうてい快いとは言いがたいものになっていた。

オリヴァーがクロッケーの大会でアミリアとタビサの組が優勝したのをいまだ根に持っていて、晩餐が始まってからずっと、ちくちくと嫌みを言いつづけていたからだ。たとえば、オリヴァーがうっかりアミリアのワイングラスに腕をかすめてしまったときにはこう尋ねた。

「しまったな！　これでぼくはデザートを食べる資格なしと判定されてしまうんだろうか？」

アミリアは「ええ、ついでにウイスキーと葉巻も認められないかも」と応じて、いらだちを煽った。

キティはナプキンで笑みを隠し、アミリアも噴きだしそうになるのをこらえた。オリヴァーは敗者として潔くない。そもそもクロッケーにはみじんも興味がなく、野外競技より読書のほうが好きなのだから、どうしてそれほどこだわるのだろう？　オリヴァーは公明正大に負けた。そうでなければ、母親のハムステッド子爵夫人があのように宣言するはずがない。

いつでも正しいご婦人なのだから。

父親のハムステッド子爵も一緒になって笑っていたが、その笑い声が突然咳に変わり、水に手を伸ばした。

「あなた、大丈夫？」レディ・ハムステッドがいつもとは少し違う調子で問いかけた。ふだんの涼しげで鼻にかかった声が上擦っていた。それからすぐに、椅子を後ろに引いた。「オリヴァー！　お父さまを助けて」

子爵は手を伸ばして、大丈夫だと息子に伝えようとした。

「ほんとうに大丈夫ですか？」オリヴァーが尋ねた。

子爵はうなずき、喉を叩いた。

「大丈夫ですよ、母上」オリヴァーが安心させるように言った。「変なところに入ってしまったんでしょう。それだけのことです」

レディ・ハムステッドは夫を見つめている。「大丈夫なの？」

ハムステッド子爵はまたもうなずき、水をひと口飲んだ。

アミリアは子爵夫人がこのように落ち着きを失ったところは見たことがなかった。夫を気遣わしげに見つめる姿には驚かされた。ハムステッド家は名門の貴族だ。子爵夫妻は愛し合っているのだろうけれど、互いへの感情をあらわにはしないし、おおやけの場ではそれがあたりまえでもある。でも、子爵夫人は夫を心配し、すでにいまはもう取り乱してしまったことを恥じているのかもしれないが、その姿がアミリアには微笑ましく感じられた。もう血も涙もない両生類だとか社交界の代弁者といったようにはまるで見えない。彼女もまたひとりの愛情あふれる妻であり、母親だ。

また口を開くまで、少なくとも数分間はそう思えた。

「荷造りは進んでいるの？　手助けが必要なのではないかしら」レディ・ハムステッドは鋭利な目つきでぐるりと部屋のなかを見まわした。

キティがアミリアにちらりと目を向けた。「引っ越しについて伺ったのはほんの数日まえですもの」

「あの屋敷は早急に修繕しなくてはいけないわ」レディ・ハムステッドはワインを口に含んだ。「のんびりしている時間はないのよ」

「屋根がな」ハムステッド卿が言い添えて、咳ばらいをした。「南側の端から雨漏りしている」

オリヴァーが父親に笑いかけた。「昔からあれには手こずらされていますよね」

「そうだったな」父と息子は笑みを交わし、アミリアは思っていた以上にふたりは似ていると気づかされた。「だがしっかりと手入れしていけば、次の百年もまた受け継がれていく」

どうやらこの子爵家にとってはとても重要な意味を持つ地所らしい。それならなおさら、どうして急いで引き継ごうとするのだろう？

晩餐が終わり、女性たちは客間に移動し、途中で子爵夫人が化粧室へ向かった。アミリアはその隙にキティに新たな計画を打ち明けた。

キティは喜んで誘いに乗った。「わたしはロトン・ロウが大好きなのに、あなたはまるで行きたがらないんだもの。ちょうど新しい乗馬服を着てみたくてたまらなかったの。青色のカシミヤで、胴着（バスク）はハンガリー製よ。それに布の裁ち方も——とてもすっきりしてて動きやすいし」アミリアの無関心な顔を見て、ひらりと手を振る。「どうでもいいわね。あすには見せられるんだし」

「あなたが乗り気になってくれてよかった」アミリアは微笑んだ。

キティはアミリアと腕を組んだ。「あなたの調査となれば、わたしに迷う余地はないわ」

15

親愛なる　レディ・アガニ

ロトン・ロウに行ってみたいのですが、誰にも誘ってもらえません。わたしは容姿に恵まれていませんし、装いも流行遅れなのです。このまま運に恵まれなければ、愛馬をあの公園の乗馬道で駆けさせることは叶わないのでしょう。わたしの牡馬は麗しく走れますし、わたしは乗馬が得意なので、とても残念です。どうすれば紳士に誘ってもらえるのでしょう？

かしこ

ロトン・ロウに行けなくて　より

親愛なる　ロトン・ロウに行けなくて　様

あなたはもちろん行くことができます。なにを気になさっているのでしょう？　ご自分の容姿ですか？　わたしが聞いたかぎりでは、馬に乗るのに容姿に恵まれている必要はありません。同伴の紳士も無用です。つまらないことは気になさらず、鞍を付けて出かけましょう。
あなたの乗馬の腕前が紳士の心を虜にするかもしれませんし、そうでなかったとしても大丈夫。それでも楽しい時間を過ごせるはずです。
秘密の友人　レディ・アガニ

翌日は社交シーズンに一度しか恵まれそうにないほどの夏らしい快晴となった。雲ひとつない明るく澄んだ青空が広がり、まばゆい陽射しが燦燦（さんさん）と注いでいた。昼間にロトン・ロウで乗馬をするにはこれ以上にない天候で、アミリアは編集者のグレイディ宛てに手早く短い手紙をしたためた。一応言っておくなら、先日の回答が男性読者の不評をかい、釈明を書かざるをえなかった。

その書付を封筒に入れ、封蠟で閉じた。

大衆誌は男性読者に買ってもらわなくてはならないものとはいえ、お悩み相談欄の読者の大半は男性ではない。アミリアは手ごたえを得ていた。女性たちのお悩みもまた重要で、この雑誌とお悩み相談欄は彼女たちに安らぎのひと時をもたらしている。

「忙しい？」

アミリアが机から目を上げると、最愛のウィニフレッドがドア口に立っていた。「あなたと話せないほど忙しいなんてことはありえないわ」

アミリアはすぐに近づいていって少女を軽く抱きしめ、いつも漂ってくるストロベリーの香りに心地よく浸った。ウィニフレッドは金色の髪に、瞳は透きとおるような青色で睫毛が長く、いかにもエイムズベリー一族らしい容貌だ。エドガーが亡くなるまえに自分が子を授かっていれば、このような娘が生まれていたのかもしれない。それでも、アミリアとウィニフレッドの絆は血縁と同じくらいに強く、実の母と娘のような間柄だ。ウィニフレッドは両親を亡くし、さらに叔父のエドガーまで失い、そのエドガーの未亡人となったアミリアとともに哀しみを乗り越え、ふたりは短い期間で心が通じ合えるようになった。

けれど急にウィニフレッドがアミリアから身を離した。

「どうしたの？　わたしが匂う？　そうでなければいいんだけど。これから十五分後にハムステッド夫人と公園へ乗馬に出かけるのよ。彼女にはいろいろと守るべきこだわりがあるから」

ウィニフレッドがくすくす笑った。「そんなんじゃないわ。わたしはビアトリスとケンジントン公園に出かけるから、ドレスが皺にならないようにと思って」

「公園に行けば皺にならない？」

「わたしたちは遊ぶんじゃないもの」そんなことはもう卒業したと言わんばかりにウィニフレッドが答えた。

「それなら、なにをするの？」

ウィニフレッドは生きいきと目を見開いた。「グレイ卿が帆船模型をあの公園の池（ラウンドポンド）に浮かべるの。上等な最速の帆船なんですって。それでわたしたちも連れていってもらうことになったの」

「そう、わかったわ」でも、グレイ卿の帆船のどこがそんなに特別なのかはわからなかった。「話してなかったかもしれないけど、わたしは船には詳しいのよ。しばらく作ってないけど、あっという間に作れると思うわ」でも上手にこしらえられるかどうかは問題だと、ふと思い返した。物作りが得意なのは妹のマーガレットのほうだった。「買ってもいいし」アミリアは言い添えた。

ウィニフレッドが唇を嚙んだ。笑いをこらえてるの？「また今度。あなたはハムステッド夫人と乗馬に行くんだし、グレイ卿があとでわたしたちにアイスクリームを買ってくれるそうだから」

アミリアは顔をしかめた。帆船レースにアイスクリーム？すっかり取り込まれている。

「かまわないわよね？」ウィニフレッドが訊いた。

「なに言ってるの、もちろんよ。すばらしい日になるように祈ってる。次の機会には、あなたとビアトリスと女性だけの午後を過ごしましょう」

「ほんとうに？」ウィニフレッドが近づいて、声をひそめて言った。「わたしとビーはフリート街に行ってみたいの」

「わたしはビーとよね」アミリアは言い方を正した。「それで、フリート街でなにをするの？」

「文学界の中心地なんでしょう。ビーは本が好きなの」ウィニフレッドはおそらくタビサが通りかかりはしないかと確かめるためにドアのほうを見やった。「スウィーニー・トッド（十九世紀の英国の怪奇小説に登場する連続殺人鬼）、彼の理髪店はフリート街にあるのよね？」

「つまり、あなたは母親に人殺しの――小説の登場人物だけど――理髪店に連れていけと頼んでるの？」

ウィニフレッドは目をぱちくりさせた。「そうだけど？」

アミリアは笑って、少女の頬を軽くつねった。「愛してるわ、ウィニフレッド」

「わたしも愛してる」

執事が咳ばらいでさりげなく注意を引いて告げた。「ハムステッド夫人がお見えです、奥さま」

「ありがとう、ジョーンズ」アミリアはウィニフレッドとともに玄関広間へ向かった。「お行儀よくするのよ」

「わかってる」ウィニフレッドは向きを変え、軽やかに階段を上がり、踊り場に立っていたタビサの脇をすり抜けていった。

「この混雑している時間にロトン・ロウへ？」タビサが鷺のごとく悠然と階段を下りてきた。「お昼を我慢してまでそんなものを眺めたいのかしら？」

「キティ・ハムステッドですもの」アミリアは答えた。「新しい乗馬服を披露したいそうですわ」親友がどのような服だと言っていたのかアミリアはどうにか呼び起こそうとした。

「青いカシミヤで、胴着（バスク）はハンガリー製で――」

タビサが片手を上げた。「あのご婦人は衣装持ちだものね。ミスター・ハムステッドが本を買うお金がまだ少しでも残っているのがふしぎなくらいだわ。万が一ロンドンを離れざるをえなくなる場合に備えて、ぜひとも着ておきたいんでしょう。子爵夫妻の説得については進展はあったのかしら？」

「残念ながら」アミリアは美しい緑色の帽子をつばが額に少しさがるように調整した。帽子の片側には首の前で結ぶ紐と同じ青色の弓形の羽根飾りが付いている。「じつは夕べも、レディ・ハムステッドから荷造りが進んでいない理由を尋ねられていました。引っ越し先の地所は修繕が必要で、この夏にもふたりに仕上げてもらいたいそうで。このままでは、予想以上に早く引っ越しをさせられてしまうかもしれません」

「粘るのよ」タビサはアミリアの帽子を手直しして、つばをわずかに上げさせた。「きょうはともかく楽しんできなさい。ハムステッド夫人がロンドンにいるべき重要性を知らしめる機会でもあるのだから」

「そのとおりですわ！」アミリアは声をはずませた。「ロトン・ロウはキティの乗馬の腕前を見せつけるにはうってつけの場所ですもの。それにわたしも乗馬には自信があるんです。メルズでは一等賞の青リボンを二度も勝ちとりました」

タビサがアミリアの肩に手をかけた。「ロンドンはメルズとは違うわ。それに、マーマレードはロトン・ロウ向きの馬ではないし、緩く駆けるどころか、とっとと駆けてしまうでしょうから。ほかの馬を選んだほうが得策よ」

アミリアはつい怒りが湧いた。マーマレードは友達だ。べつの馬を選ぶなんて、裏切り以外のなにものでもない。「そのようなことはできません」

タビサはかぶりを振った。「頑固なお嬢さんね」

頑固なのはあなたのほうだわ。アミリアは心のなかでだけそう言い返した。声に出したのはこれだけだ。「いってきます、おばさま」

タビサが送りだす言葉をつぶやき、アミリアは玄関扉を出て、馬丁をしたがえて、聞かされていた以上にすてきな乗馬服をまとったキティと落ち合った。それとも、自分がじゅうぶんに説明を聞けていなかっただけだろうか。青いカシミヤはしなやかで、袖は手首ですぼまっているものの腕の真ん中辺りまで切り込みが入っていて、白と黒の内袖が覗いている。帽子にも白と黒の羽根飾りがあしらわれ、明るい瞳が引き立つようにちょうどよい角度につばが上がっていた。アミリアにはどうしてもうまく調整できない角度だ。スペイン生まれの黒い牝馬にまたがったキティはこのうえなく美しい。

「あなたみたいに馬に麗しく乗れたら、毎日乗馬に出かけていたでしょうね」アミリアは馬丁の手をかりて鞍に上がり、温かみのある赤褐色のマーマレードの首を撫でた。あなたもほんとうにすてきよ。恐ろしいタビサおばが言ったことなんて気にしなくていいんだから。

「あなたもエメラルド色がとてもすてきに似合ってる。そんな乗馬服をどこに隠していたの？」

アミリアは秘密めかした笑みを浮かべ、ハイド・パークへ向かって出発した。「新しいものだもの」

キティが眉をひそめた。「わたしを誘わずに買い物に行ったの?」

「怒らないで。仕立屋の窓越しに見つけて、立ち寄らずにはいられなかったの」キティが反論しようとしている気配を察し、アミリアはすぐさま言葉を継いだ。「あなたはいつもわたしにこの色を勧めてくれるから、きっと気に入ってもらえると思って」

キティが少し表情をやわらげた。「あなたの肌の色にぴったりなんですもの」

「昨夜はあのあとどうだったの? オリヴァーのお母さまが壁から肖像画をどんどんはずして、荷造りしはじめたりしなかった?」

「まさにそんな感じね」キティが言った。「社交シーズンのさなかにどうして引っ越しをこれほどせきたてるのか理解できないわ」

引っ越し先の地所はオリヴァーへの贈り物で、それも大きな変化をともなう大がかりな贈り物だ。思慮と計画がなくては実行できることではない。地所には手入れが必要で、その役割を担っているのは使用人たちだ。いったいどうして子爵夫人はすぐにそこへ息子夫妻を転居させようとしているのだろう? 「わたしにもわからないわ、キティ。きょうのロトン・ロウでの乗馬で、あなたはロンドンにとどまる必要があることを子爵夫人にわかってもらえるかもしれない。きょうのあなたの姿をみなさんが目にしたら、ハムステッド家の人気は三倍にも高まるはずよ」

キティが控えめな笑みを浮かべた。「そう願いたいわね」

公園に入ると、そういった話は打ち切った。ロトン・ロウはそこらじゅうに目あり耳ありの場所で、その光景を眺めようと外囲い伝いに人々が寄り集まっている。淑女や紳士が衣装と同じくらいに多様な黒馬や白馬や栗毛の馬を、公園の南側に延びる砂地の乗馬道で華やかにのんびりと歩かせていた。無蓋の二輪馬車も、シルクハットや、麦わら帽子や、ダチョウの羽根飾りの付いた帽子をかぶった人々を晴れぱれしく乗せて、優雅にゆっくりと進んでいく。

アミリアとキティもゆっくりと馬を駆りつつ、ミスター・ウェルズの姿を探した。派手好みの紳士なので、目に留まりやすいはずなのだけれど――なにしろこの混雑だ。めかし屋の紳士たちがこぞって詰めかけている。そびえたつシルクハットに、凝った結び方のクラヴァット、派手やかなベスト。ここでは、ミスター・ウェルズのオペラ用の赤いケープ式の外套すらもさほど目立たないかもしれない。

折悪しく、ゆっくりと進んでいると話しかけられやすくなり、何度かご婦人がたに仕立屋を尋ねられて、足止めをくらった。正確には、キティが贔屓にしている仕立屋を尋ねられて。とはいえ、アミリアも何人かからお褒めの言葉を頂戴した。この二年は喪服しか身に着けられなかったので、衣装を褒められるのは気分がいい。

キティと若い婦人との会話が終わるのを待つあいだに、葉巻とアルコールの臭いがぷんとアミリアの鼻をついた。顔を振り向けると、サディアス・キングがバートン卿とともに馬を駆けさせている姿が目に入った。通りすがりに、ミスター・キングが帽子を軽く上げ、にやりと笑って輝くばかりの金歯をちらりと覗かせた。

「レディ・エイムズベリー」

アミリアは挨拶を返さなかった。マリエールのことのほうが気がかりで自分の身を案じてはいられない。ミスター・キングはバートン卿とどのような関係なのだろう？　ふたりとも競馬の愛好者だ。競馬仲間なのかもしれない。とはいえ、バートン家は途方もない影響力を持っている。ミスター・キングはミスター・デイヴィスとマリエールについてバートン卿になにか吹き込んでいるのだろうか。マリエールの評判を傷つける噂話を広めようとしているのかもしれない。

「どうかしたの？」キティが訊いた。

アミリアは少し先へ進んでから答えた。「あれが、わたしが話していた例のサディアス・キングよ」

キティがちらりとそちらへ目をくれた。「その人がここにいるなんていやな感じね」

「サイモンもそう言うでしょうね」

キティがアミリアに顔を向けた。「あの人がここに来ているのは侯爵さまの妹さんとなにか関係があると思うの？」

「あるかもしれない」

キティが唾を飲みこんだ。「あなたとは？」

アミリアは親友の不安をやわらげようと腕を伸ばし、手袋をしたキティの手を軽く叩いた。

「ないわ」それから手綱を握りなおした。「行きましょう——それと、あまり目立ちすぎないように。まだ先は長いのに、またどなたかにあなたが贔屓にしている仕立屋を尋ねられでもしたら、わたしは悲鳴をあげてしまいそう」

それから数分のあいだ、ふたりは馬に乗っている人々に目を凝らしながら進んだ。長身の人、小柄な人、颯爽とした人、野暮ったい人。乗馬のうまい人、へたな人。いろんな人がいるけれど、ミスター・ウェルズはいったいどこにいるの？　とても古めかしい馬車から、最新の馬車まで、あらゆる馬車に乗っている人にも目を配った。ピクニックにやってきたらしい賑やかな一団とすれ違い、ほんとうに自分はミスター・ウェルズの風貌を憶えているのだろうかと自信が揺らいできた。緑色の帽子をかぶった男性にふと目が留まった。アミリアは目を凝らし、キティにひょっとしてあの人ではないかしらと問いかけた。

「そうよ」キティがそちらに馬の向きを変えさせた。「あの人の声だわ」

アミリアはキティのあとについて進んだ。ミスター・ウェルズの声は耳に快いわけではないけれど甲高く響く特徴がある。ちょっと鼻につく芳烈な白檀のオーデコロンの香りと同じようにその声もまた広く届く。近づいていくと、香りの靄のなかに包みこまれた。

「ハムステッド夫人、レディ・エイムズベリー」ミスター・ウェルズが笑いかけた。「こちらでお目にかかれるとは喜ばしいことです」緑色の上着、片側に寄せて結び目をこしらえた白いクラヴァット、ぴったりとした白い乗馬用のズボン、黄色い仔ヤギ革の手袋という装いで、完璧な佇まいのミスター・ウェルズは肖像画から抜けだしてきたかのようだ。顔の造作も描かれた絵のように鼻筋がとおっていて、輪郭もくっきりとしている。そして彼もまた馬に情熱を傾けている男性だ。

「こちらこそですわ」アミリアは応じた。「すばらしい馬ですわね」

ミスター・ウェルズは白い去勢馬の前脚を軽く跳ねさせた。「ありがとうございます。こちらは五年まえにダービー競馬で勝利した馬なんです」

「では、今年のダービー競馬は？」アミリアは尋ねた。

なめらかだった広い額に困惑の皺が刻まれた。「お聞き及びでは。ええ、ダンサー号に私は願いをかけていました。逞しさと優美さを兼ね備えた、すばらしい馬で。調教にできるかぎりの時間と金を注いで、デビュー戦に備えていたのです。勝つために育てあげた。私がもっと注意を払っていれば、今年優勝できていたのでしょう」

「なにがあったんです？」キティが尋ねた。

「レースの直前に、残念ながら亡くなられたミスター・デイヴィスによって負傷させられたのではと私は疑っています」ミスター・ウェルズはため息をついた。「故人を悪く言いたくはないのですが、彼に愛馬をまかせるべきではなかった。彼の調教法は称賛に値するものとはいえ、ブライト・アイズ号の馬主とずいぶんと親しくされていた。今年のダービー競馬ではその馬が勝ったんです。言わせてもらえば、やけに都合のよいことに」

アミリアは馬をとまらせた。「なにをおっしゃりたいんです？　彼がブライト・アイズ号を勝たせるために、あなたの馬を故意に負傷させたと？」

ミスター・ウェルズも馬をとまらせた。礼儀をわきまえ、自分の馬を先に歩かせないように。「ミスター・デイヴィスは馬を勝たせるためならどのような策も手段もいとわなかった。そうやってあそこまで上りつめたんですよ。ダンサー号を故意に負傷させたのかについては」肩をすくめた。「もうこの世におられないのですから、事実を確かめようがありません。ですが、私は可能性は高いと考えています」

ミスター・ウェルズが見た目ほど冷静なのかはアミリアには確信が持てなかった。ミスター・デイヴィスと同じように勝つことに大きな喜びを感じている男性だ。

「それはそうと、レディ・エイムズベリー、あなたの馬ですが」ミスター・ウェルズが咳ばらいをした。「興味深い牡馬ですね」

アミリアはつんと顎を上げた。「見た目より足が速いんです。過去には二度も一等賞の青リボンを獲得しています」

「十年くらいまえのこと？」キティは笑みを噛み殺すようにして言った。「対戦相手はクライズデール（スコットランドのクライズデール地方原産の馬の品種）ばかりだったとか？」

ミスター・ウェルズも笑い声をあげた。

「クライズデールではなかったわ」アミリアはむっとして言い返した。「あなたがたの愛馬と同じように駿馬と戦ったのよ」

「あなたがマーマレードを愛しているのはわかるけど、もうおじいさんよね。おやつがなければ、あのフェンスまでもたどり着けそうにないわ」キティがマーマレードの馬身を眺めた。

「わたしのゼファーには追いついてこられないでしょう」

「そんなことないわよ」

「失礼」ミスター・ウェルズが言葉を差し挟み、頭を傾けると、とがった顎がよけいにきわだって見えた。「では賭けてみませんか？　私は面白いレースがなによりの好物でして」

「片手を後ろで縛られていたって、勝てるわ」期待されていないときほど競争心を燃え立たされるアミリアは宣言した。「クロッケーのときみたいに」

キティが笑みを消した。「なんですって？」

「聞こえたはずよ」

「受けて立つわ」キティが応じた。「いまだけは速駆けしてもいいことにしましょう」乗馬用の婦人帽の首の下の優美なリボンをしっかりと結び直した。「幅広い教養を誇る家庭教師から、わたしが二年にわたって女性騎手の歴史と馬術を学んだ成果を見せてあげる」茶目っ気たっぷりの目つきになった。「それもグラストンベリー公爵から乗馬を学ぶまえのことよ」

アミリアは思わずぽっかり口をあけた。グラストンベリー公爵はイングランド南部、いいえたぶんイングランド全土で最高峰の馬術家と評されている。彼から教えてもらえたなんて。

アミリアは息を吸いこんだ。でも、こっちだって信頼に足る馬術家から教えを受けた。父から。メルズ育ちの娘がどれほどのものなのかを見せてあげなければ。

「この道の先は少し下り坂になっている」ミスター・ウェルズが忠告した。「折り返すときには気をつけるように。私の緑色の帽子を先にすり抜けたほうが——」帽子を脱いで、旗のように振ってみせた。「――勝ちだ。ご質問は？」

「ないわ」アミリアは答えた。

キティがうなずいた。

ミスター・ウェルズが大きな声でスタートを告げ、ふたりは馬を駆けださせた。アミリアの帽子はリボンが付いていないので、すぐに飛ばされ、さらにヘアピンが飛び散った。いつもレティーから言われていたとおり。髪に、あるいはヘアピンにもっと力を注がなければいけないようだ。赤褐色の髪がギリシア神話のアマゾン族みたいに顔の周りで振り乱れ、キティの姿はよく見えなかった。自分より先に進んでいることだけはわかったけれど。

小柄で軽いキティをアミリアは見くびっていた。華やかな乗馬服をまとっていても、海面を舞うシギのごとく道の上を飛んでいくかのようで、それでも馬の脚は地面に着地してはちゃんと蹴り進んでいる。けれどそのうち、スタート地点への折り返しに差しかかったところでキティには運悪く婦人帽が後ろに傾いてきた。

キティは帽子を取り戻すためなら、土手を下りてテムズ川にも入っていってしまう。帽子が弱点というわけだ。アミリアは潮目が自分に向いてきたのを感じた。

友人が婦人帽を直そうとしてわずかに速度が落ちた隙に、追いつこうと馬を駆り立てた。折り返すや自分がもうどこでなにをしているのかも忘れて、アミリアはキティを追い抜いた。

上体をかがめ、マーマレードの耳にささやきかける。「いい子ね、行くわよ！　あなたならできる！　あなたの力を見せてあげなさい！」

マーマレードは鼻孔から深々と息を吸いこんで、両脇をゆったりとうねらせながら、それに応えた。愛馬の呼吸の音を聞くうちに、何年もまえに村の男の子と馬に乗って競走し、森を駆け抜け、男の子が垂れさがったキイチゴの茂みに引っかかっているあいだに、追い抜いて勝ったときの記憶がよみがえった。男の子はズボンをとげだらけにして、アミリアの馬術に敬意を新たにして帰っていった。

いまや、ふたりの馬は互角に並び、キティの帽子はほとんど頭から脱げて、色鮮やかなリボンでかろうじて繋ぎとめられていた。キティは帽子をつかんで脇の下に挟み込み、その顔は馬術と決意と美貌から成る、まぎれもない芸術品と化していた。その瞬間、アミリアはこれまで以上に親友に感嘆させられた。社交界で随一の人気者というだけではなく、これほどに勇敢な女性が自分の親友で、秘密の仕事の相棒でもある。彼女がロンドンを離れたら、自分はどうしたらいいのかわからない。

そう思うと、胸が痛んで力が抜け、間の悪いことにマーマレードも速度を緩めた。と同時にキティが前に出て、ミスター・ウェルズの羽根飾りの付いた緑色の帽子の下を勢いよく駆け抜けていき、何人かの見物人たちの歓声を浴びた。

アミリアは息を切らしつつ、キティを称えた。「今回は結局、あなたに驚かされっぱなしね。さすがだわ」

キティは賛辞に笑顔で応え、ブロンドの巻き毛を揺らしつつ愛馬をゆっくりととまらせた。ハムステッド家の馬丁の手をかりて馬を降りる。「マーマレードについて誤解していたことは認めるわ。すばらしい馬ね、ほんとうに」キティはマーマレードの大きな頭を撫でた。「ありがとう」

「マーマレード、わたしを許してね」

「許すわ」アミリアは笑って、エイムズベリー家の馬丁の手をかりて馬を降りた。

「すばらしいレースだった」ミスター・ウェルズが帽子をかぶり直し、アミリアはその髪がほとんど金色で少しだけ褐色の毛が交じっていることに気づいた。レースに興奮しきっていて、肝心な点を見逃すところだった。

「ダービー競馬とは比べものにならないけど、マーマレードにとっては久しぶりにちょうどいい運動になったわ」アミリアは髪をねじり上げてまとめようとしたものの、もう直しようがないほど乱れていた。これを整えるにはレティーと五十本のヘアピンが必要だ。

「私の経験からすれば、ダービー競馬は騒がれすぎているし費用もかかる」ミスター・ウェルズは鼻息を吐いた。「今回は六千ポンド以上もつぎこんで負けたのだから、楽しみも半減した」

ダービー競馬の勝者がどれくらいの賞金を得られるのか、アミリアには想像もつかなかった。ミスター・ウェルズの話が事実なら、ジョージ・デイヴィスも相当な大金を費やしていたのだろう。言うまでもなく、名声も喉から手が出るほど求めていたのはあきらかだ。

背後で悲鳴があがり、アミリアは振り返って、身を二つ折りにした友人を目にして初めて、それがキティの声だったと気づいた。すぐにそばに駆け寄った。「キティ！　どうしたの？」

キティは答えない。

「足を」ハムステッド家の馬丁が説明した。「踏み台から足を滑らせたのです」

アミリアはキティが指差したほうに目をやり、すてきな白いブーツがぬかるみに浸かっているのを見つけた。「まあ、大変」

キティは自分の足首から目を上げて、嘆きの声をあげた。「わたしの靴が！」

16

親愛なる　レディ・アガニ

炎は水で消えるかもしれませんが、怒りはどうなのでしょう？　わたしは夫の間(ま)の悪い発言のせいで寝不足に悩まされています。腐ったりんごが木から落ちるように夫の口からそうした言葉がこぼれでるので、わたしの頭はそれをかごに拾い集めて、晩にひっくり返すのです。夫を愛していますが、夫の頭は……たまに口と繋がりが切れてしまうようです。

かしこ

早口のおしゃべり　より

親愛なる　早口のおしゃべり　様

多くの賢妻がそうした難点に辛抱を強いられていますし、同じ悩みを持つ夫たちもいます。ご亭主には十数えてから口を開かせるようにと助言する回答者もおられるでしょう。わたしに言わせれば、百数えたところでそうした欠点を直せない人々もいるのでは。そうした人々は頭と口を繋ぐ経路のどこかが詰まってしまっているのでしょう。それでもわたしは就寝時の苦痛をやわらげる策を知っています。ブランデーです。ほんのひと口で、つらい晩を穏やかな晩に変えられるかもしれません。

秘密の友人　レディ・アガニ

キティの足首はたちまち腫れあがり、ミスター・ウェルズはすぐさま一頭立ての二輪馬車を手配した。ハムステッド邸に着き、メイドが足の手当てをしているあいだ、アミリアはキティに足首がどんな状態になっているのかとしつこく尋ねられても答えられなかった。薄緑がかった青紫色の部分が足裏のほうまで広がっていた。足の指は丸太に吊るされた小さなカボチャみたいだ。アミリアは友人のもう片方の足がまだ入っている白いブーツを眺めた。このブーツで出歩ける日はまだとうぶん先になりそうだ。

「どう見えるのか訊いてるんだけど」キティが繰り返した。

「どう見えるのかと言われても……」アミリアは唾を飲みこんだ。大きなことでもささいなことでも、キティとは嘘はなしの間柄だ。少しでも希望を見出せるように答えるにはどうすればいいのだろう？

「いたたっ」メイドが湿布を冷やし直そうと剝がしたときに、キティが声をあげた。

「その痛みのわりには見た目はまだましかしら？」アミリアはそう言ってみた。これなら嘘にはならない。キティはものすごく痛がっていて、つらそうに顔をゆがめている。

「大丈夫だ、キティ」これまでアミリアへのいらだちをこらえてきたオリヴァーがじろりと目を向けた。「ただし、レディ・エイムズベリーと出かけると必ず危険な目に遭うというのは問題ではないかな。どうしてこのようなことになるんだ？　あなたにはふたつの顔があるんだろうか？　伯爵夫人と、災いの招き手と」

災いの招き手だなんて、詩的な響きだこと。

「足首を捻ったのはわたしの落ち度なのに、アミリアを責めるなんていったいどういう――」そこでキティは上体を起こし、紫色の見るに堪えないものをついに目にした。「なんてこと！　ああ、どうしましょう、助けて」寝椅子のクッションに背を倒した。

一瞬、親友が気を失ったのかとアミリアは思った。

ところがキティはまた上体を起こして、オリヴァーに指を突きつけた。「いっさい、口出し、しないで」

しんと静まり返り、べつのメイドがブランデーのグラスを運んできた。

「さあ、どうぞ」メイドはキティのそばに寄った。「これで痛みがやわらぎます」

キティはグラスを手に取り、いっきに飲み干した。

オリヴァーはしゃべらずとも睨むことはできるので、アミリアはその視線を避けて天井を眺めた。オリヴァーの言うことにも一理あるのだろう。もう幾度となくキティを危険な目に巻きこんでいる気がする。でも今回の一件は、お悩み相談の回答者の仕事とは直接の関わりはない。キティを馬の競走に駆り立てたことについては言いわけできないけれど……。

キティはそのレースに勝ち、しかも美しい戦いぶりを見せた。キティの馬術は社交界の人々のあいだで話題を呼ぶだろう。そうした称賛の声が、一族を褒められるのがなにより好きな子爵夫人の耳にも入ることをアミリアは祈った。キティを田舎に行かせてしまったら、そのような称賛をどうして得られるだろう？　人目から遠ざかれば、キティですらなにをしても気づいてはもらえない。

「もうひとつ枕を取ってこようか？」オリヴァーが尋ねた。

「わたしが取ってまいります、ミスター・ハムステッド」メイドがキティの足の下にふたつめの枕を入れた。「ご心配には及びません」

「そうよ、あなた」キティが目を伏せた。「もう行って。わたしは大丈夫だから。それにあなたにはお仕事があるでしょう」

オリヴァーが叱られた子供のようにしょんぼりと部屋を出ていき、アミリアは気の毒に思わずにはいられなかった。夫妻のどちらも。ふたりはけっしてけんかをしない。つねに互いを思いやっている。熱々ぶりにはたまに呆れるけれど、感心させられてもいた。自分もふたりのように一心に強く愛せる人を見つけられたらと思ってしまう。

メイドがキティの膝に毛布を掛けた。「ほかにご要りようのものはございますか？」

キティは首を振った。「もういいわ」

「裁縫箱を取ってまいりますね」メイドが立ちあがった。「気がまぎれますでしょうから」

メイドが部屋を出ていくとキティは鼻に皺を寄せた。裁縫はぬかるみと同じくらい嫌いだからだ。

アミリアは空のグラスを指差した。「お替わりがほしければ言ってね」

キティが微笑んだ。「大丈夫。ほんとうよ」

「こんなことになってごめんなさい」

「なに言ってるの」キティは手を振って詫びる言葉を退けた。「あなたのせいではないわ。自分でどじを踏んだの。ミスター・ウェルズが事件にどんな関わりがあるのか聞かせて。足をくじいても、せめて新たにわかったことがあれば報われるわ」

アミリアは詳しく話して聞かせた。

「つまり、ジョージ・デイヴィスはあの方の馬の調教をまかされていたわけね？」

「以前は」アミリアはうなずいた。

キティが片肘をついて起きあがった。「ジョージ・デイヴィスがその馬を負傷させたかもしれないんでしょう。大金が賭けられていたのよね。七千ポンド近くも」顔をしかめて背を後ろに戻す。「ああ、もう！　痛いわ」

友人の痛々しい声を合図にアミリアは腰をあげた。「キティ、もう休んで。あとでまた話しましょう」

「ブランデーのおかげで眠くなってきたみたい」キティはすぐに目を閉じた。

アミリアはキティの顎の下まで毛布を引き寄せてやった。「あす、書付を届けさせてね。あなたの足の治り具合を知りたいから」

キティが書付を届けさせると約束し、アミリアは部屋を出た。

少し散歩をしてから、エイムズベリー家の屋敷に戻ってきた。なかには入らずに、厩へ向かった。キティと手配してもらった馬車に乗って公園を出たので、マーマレードは馬丁が連れ帰ってくれた。家に入るまえに愛馬がぶじに馬房に戻っているかを確かめておきたかった。

エイムズベリー家の厩もほとんどの街屋敷の厩と同じで小さめだが、いつでも自由に乗れる愛馬をおいておけるのはとても恵まれているとアミリアは感じていた。ロンドンで馬をおいておけるのは裕福な人々だけで、自分もその上流層の一員だ。

近づくにつれ、漂ってくる臭いで子供の頃に〈フェザード・ネスト〉の厩に通って過ごした夏の記憶がよみがえってきた。そこで求められれば手伝いをしたり、干し草の山の陰でこっそり読書のひと時を楽しんだりしていた。宿屋の賑やかさも好きだったけれど、読書が連れていってくれる静かな冒険も楽しみだった。あの納屋の裏でいったいどれだけたくさんの場所へ旅しただろう？　どれだけたくさんの人生を体験しただろう？　女王、征服者、王妃。読書が唯一の逃げ場でもあった。

アミリアは深呼吸をひとつした。思っていた以上に田舎暮らしが恋しくなっていたのだろうか。メルズへ里帰りしてみるのもいいかもしれない。馬糞の臭いが鼻のなかに流れこみ、アミリアは咳きこんだ。やっぱり、やめておいたほうがいいかも。

その音を聞きつけたらしく、熟練の馬丁のブルックスがすぐさま現れた。帽子を脱ぐと、濃い褐色の髪が汗で頭に張りついていた。「奥さま、いらしていたとは気づきませんで」

「いま来たところだもの」アミリアは柔らかな赤褐色の毛に被われた愛馬に視線を移し、微笑んだ。「マーマレードがぶじに戻っているか確かめたくて」

「ちゃんと戻ってます」ブルックスは干し草のなかに熊手を差しこんだ。「好物のおやつも食べましたし。ハムステッド夫人の馬を相手に善戦したそうですね」

アミリアは得意満面の笑みを浮かべた。「そうよ」眉根を寄せた。「でもどうして知ってるの？」

「あなたが連れていった馬丁から。ミスター・ウェルズもこの老馬の速さに驚かれていたとか」

「マーマレードは老馬ではないわ」アミリアは愛馬をかばい、そばに寄って、毛並みを撫でてやった。「まだせめて初老くらいよね」マーマレードが鼻面をアミリアの手にすり寄せた。

膝が曲がりがちで、手にたこをこしらえた四十代のブルックスはその呼び名が気に入ったらしく、笑いを洩らした。

「ミスター・ウェルズはダービー競馬の常連なのよね」アミリアはマーマレードから目を上げた。「それで今年はダンサー号という馬が優勝候補だったそうなんだけど、直前に負傷してしまったとか」

「どなたかの手落ちで？」ブルックスは額をぬぐってから熊手をつかみなおした。「ご自分でかな？」

「どういうことかしら」

ブルックスは熊手の柄に重心をかけた。「馬を追いこんでしまうとか、動物にそういったことをなさる方々もおられるので――」肩をすくめる。「まあ、お察しください」

「わかるような気がするわ」アミリアは言った。「馬の健康より勝つことを優先するわけよね」

ブルックスはうなずいた。「ダンサー号に必要以上の期待をかけすぎておられたのかもしれません」

ずいぶんと蒸し暑くなってきたので、ブルックスの仕事の邪魔にならないよう立ち去ることにした。「ありがとう、ブルックス。それと、無理はしないように気をつけて。きょうは暑いから」マーマレードの頭を軽く叩いて別れを告げた。

すぐに暑さからも厩の臭いからも遠ざかった。しだいにわかってきたのは意外な事実でもなかった。ミスター・ウェルズにとって勝つのは当然のことだ――たぶんどんな犠牲を払ってでも。

アミリアはロトン・ロウで羽根飾り付きの緑色の帽子をかぶっていたミスター・ウェルズの姿を思い起こした。親切で感じのよい完璧な紳士だった。品位もある。ところが、競馬の話となると様子が一変した。見かけ以上に競馬に入れ込んでしまっているということ？　まだそうだと賭けられるほどの自信はないけれど。

家のなかに入るとさっそくウィニフレッドが帆船模型のレース結果を報告したくてうずうずしながら待ち受けていた。アミリアがお茶を頼むために呼び鈴を鳴らしたところに、ウィニフレッドが頬をピンク色に染めて息を切らし、はずむ足どりで客間のなかに入ってきた。

「グレイ卿が勝ったの！」

「でしょうね」アミリアはいらだちを声に出さないようにして応じた。

「それだけじゃないの」ウィニフレッドはいつにもまして青い目を見開いた。

グレイ卿についてては、ほかにいったいどんなすばらしいことをしたというのか、アミリアは想像する気にもなれなかった。

「ミスター・アームストロングがあなたに小包を届けにきたわ」ウィニフレッドは両手を擦り合わせた。「贈り物ではないと言ってたけど、とても大きいの。それに四角い。図書室に置いておいた」

ウィニフレッドはその中身を見たがっていたが、アミリアには贈り物ではないのはわかっていた。雑誌社に関わるものだろうけれど、いったいなんなのだろう？　そんなに大きなものをグレイディが自分で届けにきた理由がわからない。「ありがとう、ウィニフレッド。すぐに見にいくわ。でもまずは、お茶ね！　一緒にどう？」

ミス・テイバーが銀盆に茶器を載せて運んできた。そこにはアミリアのお気に入りのお菓子、プチフールも含まれていた。バニラ、チョコレート、バタード・ラムの三種類。

空腹を感じてはいなかったのに、たちまち食欲が湧いてきた。お茶を注ぎ、スパイシーな香りを吸いこむと活気づいた。それからウィニフレッドにチョコレートのお菓子を渡し、自分にもひとつ選びとった。

ウィニフレッドがドアのほうをちらりと見やった。「きょうはこれで二個目なの」

アミリアは粉砂糖を払い落とした。「いつも以上にチョコレートが必要な日だってあるわ」

「あなたの考え方が好き」ウィニフレッドがくすくす笑って、ふたりでお菓子を掲げて乾杯の真似をした。

お茶の時間を楽しんでから、アミリアが図書室に向かうと、椅子の上にとても大きな包みが置かれていた。その前をいったん通りすぎて、対戦相手を見定めるように眺めた。中身はひとつしか考えられないけれど、いったいどうしてこんなに大きくなったの？　開封刀（レター・オープナー）を差し入れて、なかを覗きこむ。

一通、二通、数十通どころではない。そのなかには百通以上もの手紙が詰まっていた。アミリアはすぐさま切り込みを閉じた。まずは図書室のドアを閉めてから、あらためて包みを開く。どれもこれも手紙の束ばかり。ぱらぱらと目を通すと、すべてに共通している点があった。どれも男性からの投書だ。

彼らがひどく気に食わないことをわたしがなにか書いてしまったというわけね。じゅうぶんありうることだった。男性たちはとても神経質だ。気に障りやすい。女性の場合、たとえばこれまで出産についてもたくさんの手紙が寄せられているけれど、いかに大変だったかについて書いているものは一通もなかった。だいたいが、わたしの子は大成するでしょうか、どれくらいでわたしは元どおりの身体になるのでしょうといったもので、アミリアがとりわけ愉快に思ったのは、これをまた繰り返さなければいけないのでしょうかという質問だ。かたや、ともかく口を閉じているのをよしとする男性たちが山ほど手紙を送りつけてきたのだから、それだけ自分の回答が反響を呼んでいるのは間違いない。

アミリアはその仮説を確かめるべく最初の手紙を開いた。さらに、二通目、三通目と開く。ため息が出た。この手紙の山を片づけるには回答を書かなければいけない。

包みを床におろし、椅子に腰を落とした。ぜんぶを読めそうにはない。身体を壊してしまいそうだ。言葉が過ぎる、礼儀知らず、常識はずれ、要はすべてレディ・アガニへの批判だった。どう返答しろというの？　アミリアは武器をかまえる戦士のごとく青い羽根ペンを手にした。それでも、反撃の言葉は出てこなかった。

アミリアは待ち、じっと待ち、さらに待った。そのうちに（たぶんお菓子を食べたのと陽光が暖かい毛布のように降り注いでいたおかげで）待つのに飽きて、ちょっとだけ目をつむり、ちょっとだけのつもりがそのまま一時間に及んだ。いずれにしても、サイモン・ベインブリッジの笑い声で起こされたときには時計の針がそれだけ進んでいた。

うたた寝中の頭のなかでは、手紙を書いてきた男性たちが姿を現し、陽気な楽団を結成してこの家を訪れ、自分を笑っていた。けれど瞬きをして眠気を振り払うと、目の前にいたのは愉快げな男性ひとりだけだった。

「失礼」サイモンが詫びた。「ぼくがジョーンズに図書室へはひとりで行けると言ったんだ。きみを起こすつもりはなかった」

アミリアは伸びをした。「ええ、あなたに起こされたわ」

「たしかにそのようだ」サイモンは床に置かれた包みを指差した。「あれはなんだ?」

「男性についての論文」

「読んでもいいだろうか?」サイモンはなおも唇をひくつかせて笑みを浮かべつつ机の向かいの椅子に腰をおろした。

「お勧めしないわね」アミリアはまた伸びをした。うたた寝のおかげで気力を取り戻せた。「ご自分と同性の方々に幻滅してしまうかも」

サイモンが脚を組んだ。「もっと早い時間に一度来たんだが、きみは出かけていた。どこに行ったのかと思っていたら、紳士の倶楽部で噂を耳にした。ハムステッド夫人とロトン・ロウで派手にレースをやらかしたとか。きみが淑女の身なりもかなぐり捨てて勝とうと猛烈に馬を駆り立てて折り返したときには、大西洋の波のごとく髪を振り乱していたと聞いた」

「淑女らしくしていても勝てなくては意味がないでしょう?」アミリアは言った。「マーマレードの誇りを懸けた戦いだったの。髪型なんて気にして勝利を逃すわけにはいかなかったのよ」

サイモンがみじんの乱れもないズボンからありもしない糸くずをつまんだ。「そうだろうとも。マーマレードのためなのはよくわかる。きみの負けず嫌いな気質とはなんの関係もないんだよな」皮肉たっぷりの口ぶりだった。

「そもそも、ジョージ・デイヴィスについて調べるのが目的で出かけたんだもの」サイモンがズボンから目を上げ、アミリアは注意を引けたことに満足して顎を上げた。

「それならそうと、もったいぶらないでくれ」サイモンが机のほうに身を乗りだした。「得られた情報を聞かせてほしい」

アミリアはミスター・ウェルズとダービー競馬についてわかったことと、さらにエイムズベリー家の馬丁との会話を伝えた。サイモンは満足げに耳を傾けていた。公園でミスター・キングと出くわしたことを話すまでは。

サイモンが机をつかんだ。「きみをつけていたんだな」

「それはなんとも言えないわね」アミリアは声を落とした。「あの人はバートン卿と一緒だったの。マリエールの評判が心配だわ」

「キングとはぼくが片をつける。それは約束する」サイモンの目の虹彩を縁どる琥珀色の輪が焚きつけられた炉火のように明るく燃え立っていた。彼の友人や家族を危険にさらすような人々はみな焼きつくしてしまいそうなほどに。

その炎を鎮めようと、アミリアはジョージ・デイヴィスの話題に戻した。「ともかく、ミスター・ウェルズもジョージの死を望んでいたとしてもふしぎはない。見た目以上に愛馬の負傷が身にこたえていたのかも」

「容疑者を増やすのではなく絞っていかなくてはいけない」サイモンがぼやくように言った。「あの男には友人と呼べる相手はいたんだろうか?」

それでアミリアは思いついた。「いいところに気がついたわね。ミスター・デイヴィスをいちばんよく知る人たちを探してみるべきだわ。女性関係についても尋ねてみましょう。ご家族についてはなにか聞いてない？」

「彼の父親は鍛冶屋だ。長年うちの馬の蹄鉄をこしらえていた。それで息子さんも雇うことになったんだ。コヴェント・ガーデンの近くで鍛冶屋を開いてる」サイモンがひと呼吸おいた。「というか、開いていた。もう久しく会っていない」

「そこからあたってみましょう」アミリアは机の上の手紙を片づけた。「これからすぐにでも」

「いい考えだ」サイモンは椅子に背を戻した。「ジョージ・デイヴィスの殺害に使われたナイフについても疑問点がある。彼の父親に答えてもらえるかもしれない」

「あのナイフのなにが問題なの？」アミリアは尋ねた。

「なにがとは言えないんだが。暗かったし、気が動転していて、しっかりと確かめられなかった」サイモンは暗いほうがあの晩を思い起こしやすいとでもいうように目を閉じた。

アミリアはこちらを見られていないのをいいことに、その顔をじっくりと眺めた。彫りの深い輪郭、もの憂げな唇。それも自分の唇と触れ合った唇だ。船上で過ごした日々に刻まれた目尻の皺。睫毛の下の隈が驚くほど濃くなっていた。サイモンはいまもどうにかマリエールの信頼を取り戻そうと思い悩んでいて、アミリアはそんな彼をどうにかして助けたかった。そのために新たな道筋を見つけて少しでも前進したい。

「柄の部分が特徴的だった」サイモンが目をあけた。「どこかで見たような気がするんだ」

ひょっとして、あなたのお父さまの抽斗のなかとか？　アミリアはその考えを声に出すのは控えた。「ジョージ・デイヴィスの父親が鍛冶屋なら、ナイフに詳しいはずだものね。あなたがおっしゃったように、尋ねてみたらなにかわかるかも」

サイモンが立ちあがった。「尋ねに行こう」

アミリアも黙って立ちあがった。

サイモンが先へ進むよう身ぶりで勧めた。「御者に待つよう言ってある」

アミリアは肩越しにちらりと見返し、なにをさしおいてもついてくると思われているのだとサイモンの自信に呆れた。ジョージ・デイヴィスを殺した人物を見つけるためなら、地の果てまでも出かけかねないことを見抜かれている。しかも今回の行き先はコヴェント・ガーデン？　そう聞かされれば自然と足どりもはずむ。大好きな地区だ。

アミリアの浮かれ気分はタビサのごわついたスカートの衣擦れの音で萎んだ。軽やかに歩く女性も、浮かんでいるように進む女性もいるけれど、タビサのように時刻表どおり運行している列車のごとく前進する女性もいる。おばは片側に杖をついて決然と立ちはだかった。

「ごきげんよう、侯爵さま。アミリア、ロトン・ロウはどうだったの？」

これは試験で、アミリアはみじめにしくじってしまいそうで不安になった。このような場合にはともかくよけいなことは言わないほうがいい。タビサは一日じゅう家にいた。公園でのレースについてはきっとまだ耳にしていないはず。「楽しかったです。いい気分転換になりました」

「気分転換」タビサがさらにまた杖を握りなおした。「ロトン・ロウで気分転換したなんて、大方の人々のご意見とは相反するわね」

アミリアは眉をひそめた。「相反するとは言いすぎでは。わたしもほかの方々と同じように楽しむ術は知っています」

「ええ、あなたは楽しむ術を知っているわよね」タビサが小さく舌を鳴らした。「レディ・サザーランドから、あなたがどれほど楽しんでいたのかはお聞きしたわ。きょう、あなたは庶民の騎手や馬丁見習いの男の子みたいに乗馬道で馬を駆けさせていたとか。なんてことをしてくれたの！　エイムズベリーの家名を考えなさい」

アミリアは子供のようにすぐさま言いわけした。「ハムステッド夫人だって馬を駆けさせてましたわ！」

「だからどうだと言うの？」

「夜明けまえにあそこで馬を競わせている人々は大勢いますよ」サイモンが言葉を差し挟んだ。「都会で身体を動かせる場所は少ないですから」

「では真昼には？」タビサが訊いた。

サイモンが押し黙った。

「いないでしょう」タビサの叱責は非難の眼差しよりはまだましだ。アミリアはその隣に立ち、おばの不機嫌そうな顔つきの威力をひしひしと感じた。「ウィニフレッドはそろそろあなたの真似をする年頃よ。あの子を正しい道へ導けるように気をつけなさい」

わたしは彼女が進みたい道へ導くだけのこと。アミリアは口にこそ出さずに心のなかだけに留めたけれど、その信念は揺るがなかった。社交界やほかのなにかのために娘を型にはめるような母親にはなりたくない。ウィニフレッドは娘で、姪で、友人で、音楽家で、芸術家でもある。社交界に登場する以外にもいろいろなことができる。ハイド・パークで馬に乗って競走したければ、すればいい。そうしたらアミリアはフェンスのそばに陣どって声援を送るつもりだ。

「レディ・エイムズベリーはこのところマリエールをずいぶんと助けてくれています」サイモンが口添えした。「ウィニフレッドにとっても、すばらしいお手本になるはずです」

タビサが銀色の眉を上げ、アミリアはおばの機嫌をとろうとしてくれているサイモンに笑みを向けた。

サイモンはもっともらしく続けた。「マリエールにはつらい社交シーズンになってしまったので、レディ・エイムズベリーのお力添えはありがたいかぎりです」

タビサの憤りはようやくやわらいで、励ますようにサイモンの肩を軽く叩いた。「妹さんをそんなに気遣って、あなたはいいお兄さんだわ。それに、アミリアをかばうとは、よき友人ね」思いやり深い祖母の顔が、屋敷を取り仕切るきびしい老婦人に変わった。杖をアミリアのほうへ向ける。「きょうはもう、お行儀よく過ごしなさい」

「人混みにまぎれてしまいますから、ご心配なく、おばさま」アミリアは高らかに答えた。「誰もわたしには見向きもしませんわ」

サイモンがアミリアの髪のほうに顎をしゃくった。「それはちょっと」

アミリアは玄関広間の外套掛けからいちばん大きな帽子をつかみとって、かぶった。「これでどうかしら」

タビサが空咳まじりに送りだす言葉をつぶやいた。

17

親愛なる　レディ・アガニ

わたしは両足ともに左に向きがちで、肝心なときに煩わしくて困っています。舞踏場でのダンスでは爪先をぶつけ、公園を歩けば、みっともなくつまずいてしまいます。母はわたしに身ごなしを磨かなければ、庭の花々のようにいつかしなびて、忘れ去られてしまうと言うのです。気品を身につけられる方法を教えていただけませんか？

かしこ

両足が左利き　より

親愛なる　両足が左利き　様

気品ある女性と言われる理由は数多あります。たくさんの衣類を編みながら、十人ぶんの料理をこしらえ、しかもまっすぐに矢を放てる女性がいれば教えてください。そんな女性たちがいるのならぜひ知りたいです。そしてあなたは上手に動けない女性とのこと。海で泳いだり、お菓子を焼いたり、絵を描くことはどうでしょう？　なんであれ、できることを磨いてください。時間があれば、頭の上に本を載せておく練習もお試しあれ。

秘密の友人　レディ・アガニ

コヴェント・ガーデンは街並みも、音も、色彩も、ロンドンらしさが表れていてアミリアのお気に入りの場所のひとつだ。馬車の踏み段を下りて息を吸いこむと、活気が軟膏みたいに肌から染み入ってきた。

ここに市が立つ日は花や果物や野菜であふれ、午前三時には早くも売り物を用意する商人たちの姿がある。この辺り一帯は、日の出から日没まで、まっとうな人々からいかがわしい人々もいて、あらゆることが起こりうる可能性に満ちている。大きなかごを頭に載せている女性たち、たくさんのものを積んだ荷車を牽くロバたち、そのあいだを猫のようなすばしっこさで駆け抜ける子供たち。

アミリアがサイモンと歩を進めるにつれ、音や匂いがますます強烈に感じられてきた。呼び売りの声と同じくらいに、桃の甘い香り、薔薇の酔わせるような芳しさ、ジャガイモやカブの土臭さにアミリアは気を引かれた。人の大きさほどもある箱を運んでいる男たちは遠くの通行人にまで聞こえそうなくらい甲高い口笛を吹いている。

けれど角を曲がったところで不愉快な声を耳にして、アミリアはつと立ちどまろうとした。足がもつれ、何歩かよろけてとまった。

「やはりふたりはお友達でしたか」

アミリアがくるりと振り返ると、サディアス・キングが凶暴な野良犬のごとくあとをつけてきていた。今回はひとりだというのになぜかいっそう恐ろしげに見える。瞳は真っ黒で温かみがなく、驚いたアミリアを面白がるように口もとをゆがめていた。どこからあとをつけ、どこまで話を聞いていたのだろう。キングは人混みにまぎれてあとをついてきた。夜更けに出没する亡霊のように、どこからともなく現れる。

「ミスター・キング」サイモンの声はこわばっていた。「あとをつけてきたのか？　きみがレディ・エイムズベリーのあとをつけていたのはわかっている。そのようなことはきょうかぎりにしてもらいたい。これきりに」

サイモンはいつもと変わらず丁寧な口調だったものの、アミリアがこれまで聞いたことのない凄みのようなものを帯びていた。

ミスター・キングはその点にはまるで気づいていないらしくサイモンの言葉を聞き流した。にやりと笑って、口に含んだ嚙み煙草をあらわにした。「仲良しのお友達のようじゃないか。どうしておれに嘘をついたんだ？」

「嘘なんてついてないわ」アミリアはふるえをこらえて言い返した。「ベインブリッジ卿とは古くからの家族ぐるみのお付き合いだと言ったはずよ」

「ミスター・デイヴィスと同じようにか」キングがサイモンを見やった。「あなたの妹さんはあの男の親しいご友人だったのだから。よもや借金の返済をお忘れではなかろうとも」

サイモンがキングを見返した。「妹は彼の友人ではなかった」

「正確には、千ポンドだ」キングはサイモンが元海軍将校でも、侯爵でもなく、自分から金を借りているただの男にすぎないとでも言いたげに念を押した。

骨に食いついた狂犬みたいだとアミリアは思った。

サイモンが荒く息を吐いた。「ミスター・デイヴィスはうちの厩で働いていた使用人だったんだ」

「あなたの妹さんはそうは思ってなかったろう」ミスター・キングが地面に唾を吐いた。

「もっと大事な男だったはずだ。もうみんな知ってることじゃないか」

「キング、おまえはわが一族を脅そうというのか？」

「そんなことをしているつもりはございませんよ、侯爵どの」キングは手の甲で口をぬぐった。「返済していただいて手打ちといたしましょうと、ご提案しているだけで」

「つまり、私がデイヴィスの千ポンドの借金を払えば、私にも家族にも、レディ・エイムズベリーにも、もう近づかないと言いたいのか？」

先ほどと同じ凄みを帯びた口ぶりだったが、キングは意に介していなかった。アミリアは身を硬くした。このままでは嵐が巻き起こる。サイモンは急速に垂れこめてきた雨雲のようになっている。

ミスター・キングが愉快げに眉を上げて驚いてみせた。「そのとおり。よくおわかりで」

サイモンがキングの上着の襟もとをつかみ、そのまま握りこぶしを絹地に食いこませた。

その手の大きさと力強さにアミリアはたじろいだ。自分には何度も試練のような心地よさをもたらしていた彼の手が、このコヴェント・ガーデン地区の通りではミスター・キングとその口が垂れ流す風評をぶちのめす武器となった。

「もしまた通りすがりにでも妹の名前を口にすれば、この街では二度と商売ができなくしてやる」サイモンの緑色の瞳はミスター・キングの顔に了解のしるしを探していた。「馬も競馬も賭けも、どこかほかのところでやればいい。貴族はもうおまえの名を聞けば黒死病のごとく避けるだろうからな。それと、レディ・エイムズベリー？」サイモンはちらりと目をくれた。「彼女が通りでおまえと出くわすようなことがあれば、私の耳に入り、どんな手を使ってでもおまえを見つける」

ミスター・キングが目をしばたたいた。この急展開に言葉もなく呆然となっていた。脅したつもりが脅されている。それも脅しを匂わせているだけではない。サイモンは口に出したことは守る。力ずくの手段もためらわないことはこれであきらかだ。

サイモンがキングの下襟をさらにきつくつかんだ。「わかったか？」

「ああ……はい、侯爵どの」

サイモンが手を放し、ミスター・キングは上着を引きおろして直した。

アミリアは周りを見まわした。いまの出来事に気づいていた人はいないようだ。あるいは気づいていたとしてもそしらぬふりをしているのだろう。コヴェント・ガーデンは、労働者も商人も盗人もいて、ロンドンでは唯一このようなことがまかりとおる界隈なのかもしれない。

ミスター・キングが帽子のつばに触れた。「レディ・エイムズベリー」

それからほとんど全力疾走で遠ざかっていったので、アミリアはその後ろ姿をただぼんやりと見ていた。

「行こうか」サイモンが腕を差しだした。

アミリアはそちらに向きなおった。「えっ、そうね。もちろんだわ」

「怖がらせてしまったのではないといいんだが」少しおいてサイモンが言い添えた。

「ええ、そんなことはないわ」

「カードゲームについてぼくが言ったことを憶えているだろう？　その顔を見ればわかる」

サイモンが息を吐いた。「せめても、ああしなければならなかった理由をわかってもらえればそれでいい。キングのような男たちには礼儀や理屈は通用しない。力ずくでわからせる以外に手がないんだ。向こうはぼくがそこまではできないものと高を括っていたんだろう」ちらりと横目でアミリアを見やった。「たぶん、きみもだろう。だが、それは違う。大切な人々を守るためなら、ぼくはどんな手段を使うこともためらわない」

サイモンの言うとおり。アミリアはじつのところ怖気づいていた。正確に言うなら、サイモンにというより、彼の逞しさに。これまで気づけなかったのが信じられない。サイモンはその手でロープを結び、固定し、舵を握っていた。大きくて、皮膚がざらついている力強い手。それなのに、自分にはほんとうにそっとやさしく触れてくれた。

自分もサイモンにとって大切な人々のひとりということなのだろうか。

そう思うと、なにも考えられなくなってしまいそうなので、アミリアはどうにか頭を切り替えようとした。

「わかってるわ」差しだされた腕を取った。「完璧に。それに、あなたがしてくれたことに感謝してる。そうでなければわたしが自分でなにかしていたはず――日傘を持ってさえいれば」

そんな冗談で空気がなごみ、ふたりはまたミスター・デイヴィスの鍛冶屋へ向かって歩きだした。

その鍛冶屋はベッドフォード・ストリートのはずれの角地にあり、裏手が鍛冶場となっていて、ドルリー・レーンからもさほど離れていなかった。扉の上に〝デイヴィス　金物〟と掲げられ、その下に小さな文字で〝金属細工〟と記されている。正面の窓の内側にナイフや、小さな道具類がずらりときれいに吊るして飾られていて、そのなかでもアミリアは鳥かごに興味を引かれた。店構えからするととても働きやすそうな場所に見えるけれど、そうだとするとアミリアはまた新たな疑問が湧いた。ジョージ・デイヴィスはどうして父親のあとを継がなかったのだろう？　その疑問をサイモンに投げかけた。

「ジョージは働くことより馬が好きだったんだ」サイモンはいまもロンドンの侯爵ではなく船長であるかのようにしじゅう風に吹かれて緩んでしまうクラヴァットを締めなおしにかかった。ミスター・キングとの一件のせいでいつも以上に乱れている。「少年の頃から出世欲が強かった。鍛治屋では満足できなかったんだろう」入り組んだ結び目をこしらえるのが面倒になったらしく、締めなおす代わりに首から布を引きはがしてしまった。

「わたしにやらせて」アミリアは細かな手作業が得意なので、サイモンのクラヴァットをすんなり結びなおせた。「貴族の一員として旦那さまと呼ばれたかったのかしらね。マリエールの関心を引こうとしたのを手がかりと考えるなら」

サイモンは店の窓に映った姿でクラヴァットの結び目を確かめ、出来栄えに満足したようだった。「そうだったのかもしれないとぼくも考えていた」

「もうすぐわかるわ」

サイモンがトマス・デイヴィスに会いたい旨を伝えると、店員に呼ばれてすぐに奥の鍛治場から本人が出てきた。息子のジョージと同じように、トマスも赤毛で、明るい銅色の髪の生えぎわに白いものが交じっていた。サイモンを目にすると、目尻に皺を寄せて笑みを浮かべた。手は鉄か金属細工の油で黒ずんでいる。そういった染みは完全に取り去れるものなのかがアミリアにはわからなかったけれど、トマスは挨拶をするまえに前掛けで手をぬぐった。

「サイモン・ベインブリッジ！　お久しぶりではないですか。たしか……」太い指で月日を数える。「何年ぶりなのか長すぎて思いだせませんな」その声は皺だらけの手と同じように深みがあり、老齢ではあるけれど活力がみなぎっている。「侯爵どの、なにかご用ですかな？」

「息子さんのジョージのことはほんとうに残念だとお悔やみを申しあげたかったので」サイ

モンは言った。「ぼくたちによく尽くしてくれました」

アミリアもお悔やみの言葉を述べた。

「おそれいります」トマスの笑みが沈んだ。「お宅の厩で満足して働いていれば、きょうもまだ生きていたんでしょう」舌打ちした。「どこまでも満足できないせがれでした。いくらでも求めるいっぽうで」

「なにかやっかいごとに巻きこまれたわけではなかったのですか？」サイモンが尋ねた。

「警察はそうではないと言ってました。通り魔の犯行だろうと。ですが、ジョージがやっかいごとをかかえていたのは確かです」トマスはかつては赤毛だったはずの生えぎわを撫でつけた。「せがれは私のところには金の無心には来なかった。物乞いみたいに金持ちを追っかけてる暮らしを私が毛嫌いしているのを知ってたからです。ところが、殺される一週間まえに金がいると言ってきた。私のところに来るとは、相当に追いこまれていたんでしょう」

サイモンがアミリアのほうをちらりと見て、またトマスに目を戻した。「いくらいると言ってたんです？」

「千ポンド」

「出したんですか？」サイモンがさらに訊いた。

「いや、出しませんでした。そんな余裕はありませんし、もしあったとしても出さなかったでしょう。どうせ競馬か女につぎこんでたんでしょうから」

またもジョージのポケットに入っていた金額と同じだとアミリアは考えずにはいられなか

った。ジョージはそのお金を手にしていたけれど、父親からではなかったのなら、誰から借りたの？

トマスがかぶりを振った。「せがれはこの店の誰よりも速く馬に蹄鉄を打てた。それに、馬を飛ぶように駆けさせていた。あなたもご存じのはず」

サイモンがうなずきで応じた。

「その才能の使い道をどこでどう間違ってしまったんだか」トマスが続ける。「鍛冶屋はさほどのものではなくても、死ぬよりはましだ。私にはそれがわかってるんです」

沈黙がおりた。どんなことでも死ぬよりはましだ。

少しおいて、サイモンが口を開いた。「息子さんは馬の専門家としてとても評価されていました。ミスター・デイヴィス、それは誇れることです」

息子への誉め言葉に老父は目を上げ、アミリアはサイモンにまた少し心が引き寄せられた。逞しい肉体にもまさる細やかな思いやりにあふれた人。妹とジョージとの関係についての私情は脇において、トマスになぐさめをもたらした。

サイモンが店の正面の窓を指し示した。「すばらしいナイフが並んでいますね」

「ええ、ありがとうございます。この街ではどこにも負けない品揃えですよ。なにかお探しですか？」

「ええまあ」サイモンは言葉を濁した。「柄が凝っているものを探しています」

「あらゆる種類の柄と刃のものがあります。ここにないものは作れますし」トマスが鍵の掛かった戸棚のほうへ案内した。「ジュニア!」店員を呼んだ。「鍵を持ってきてくれ」

家族経営の鍛冶屋なので、あの若者はジョージ・デイヴィスの兄弟なのだろう。父親とは違い、ジュニアは身だしなみに気を遣っているらしく、手も作業でたこができてはいてもきれいだった。父親が鍛冶場で働いているあいだ、店をまかされているのだろう。

トマス・デイヴィスがやけにのんびりとしているジュニアから鍵をひったくった。「よこしてくれ。私があける。侯爵どののお好みはだいたい察しがつきますんで」

最初の抽斗はポケットナイフや狩り用の道具といった普段使いのナイフが揃えられていた。トマスが三段目と四段目の抽斗を開くと、そこに入っているナイフをサイモンがようやくまじまじと眺めはじめた。

象牙の柄のものや、模様が彫り込まれているものもある。トマスによれば、ほとんどが頭文字(イニシャル)か言葉が彫られているのだという。

「たとえば、これなどは」トマスが木製の幅広の柄が付いた輝く銀のナイフを丁重に取りあげて見せた。「ご自身やご家族へのすてきな贈り物になりますよ」

サイモンはそのナイフを裏返した。「とてもよいですね。溝付きの柄で、もう少し大きめのナイフはありませんか——装飾ももっと凝ったものは?」

トマスが色褪(いろあ)せた頬ひげを掻いた。りんごのように赤く浮き出た頬以外はそのひげに覆われていて輪郭もよくわからない。「ここにはないですな。異国のものならそういったものもあるでしょう。あるいは蒐集(しゅうしゅう)品として」

サイモンはうなずいた。「そのようなナイフに心当たりはありませんか？」

トマスは首の後ろに手をやり、考えこんだ。「思いつくのはファコンくらいのもんだが、ロンドンではどこにあるのやら」

「なるほど」サイモンの声には思い当たるふしが聞きとれた。

「すみません」アミリアは言葉を挟んだ。「ファコンとはなんですか？」

「スペインで作られているナイフで、肉切り包丁くらいの大きさがある」トマスが親切に説明を加えてくれた。「ガウチョ、つまり南米のカウボーイが使ってます。装飾が凝らされていて、ナイフを収めるさやも華やかなんです。ピカデリーのナイフの蒐集家、ヒューゼンを訪ねてみるといいかもしれません。すばらしいナイフや剣をたくさん持ってますから」

「ありがとう、ミスター・デイヴィス」サイモンは新たな情報を得られてうれしそうだった。

「とても参考になりました」

「どういたしまして」トマスは後ろのポケットから手袋を取りだした。

「ミスター・デイヴィス、息子さんについて、もうひとつだけ伺ってもよろしいかしら？」

トマスが息をついた。「もちろんですとも」

アミリアはひとりの客が出ていくのを見届けてから尋ねた。「息子さんが交際されていた女性をご存じですか？　というのも、たまたま先日、劇場にオペラを観に出かけたときに息子さんにお会いしたんです。一緒にいた女性について話されていたのではと思ったので」

「オ、ペ、ラ」トマスは一語ずつはっきりと発した。「いかにもあのジョージらしい。せがれはウォリック・ストリートに洒落た下宿屋を持っていたので、あす、私が荷物を引き取りにいくことになってます。その近くに付き合ってる娘さんもいました。あなたが見かけたのはその女性では」トマスがウインクをするとちょっとだけ息子のジョージに似ていた。「ジョージは、ちょっといい女なんだなんて言ってました」手袋を手のひらに打ちつけた。「マーガレット。彼女の名前です。私は会ったことがありませんが」

アミリアはぐっと息を吸いこんだ。息子がマリエールとグレトナグリーンへ駆け落ちしようとしていたことをトマスは知っていたのかを確かめたくて尋ねたのに、思いもよらず、ジョージがマリエール以外の女性と付き合っていたことが判明した。アミリアはそれとなくサイモンの様子を窺った。

侯爵は黒っぽい眉をひそめて、不穏な言葉を発しかねない気配を漂わせている。

アミリアはさっさと会話を締めくくろうとした。「ええ、きっとその女性ですわね」新たな客が店に入ってきたので、ちょうどよいきっかけになるとほっとした。「これ以上お時間を取らせては申しわけないわ。ほんとうにありがとうございました」

また馬車に乗りこむなり、アミリアはサイモンの不安を鎮めようと腕にそっと手をかけた。

「トマス・デイヴィスは息子さんとは近しい間柄ではなかったのね。マーガレットという女性のことも勘違いかもしれないわ。マリエールの名前を間違えて憶えていたのかも」

サイモンが草の葉ほどにも細く目を狭めた。

「そうでなければ、ジョージはあなたの妹さんとお付き合いするまえにその女性と交際していたんでしょう」アミリアは自分の耳にも浅はかでへたな言いわけに聞こえた。「彼があす、息子さんの荷物を引き取りに行くということは、きょうならそこに使用人もいるのよね。話を聞きに行きましょうよ」

サイモンが御者に新たな行き先を告げ、こわばった顔で座席に腰を戻した。

一拍おいて、アミリアはまたもなだめようと口を開いた。「まだそれほど不埒な話だと決まったわけではないわ。まったくの誤解かもしれないんだから」

「そういった場合はたいがい不埒な話に間違いないものだ。そもそも人生とはそういったものだと言ってもいいだろう」

アミリアはサイモンの疑い深い言いぶんに眉をひそめた。彼らしくない。

サイモンは侯爵というより船長らしいそぶりで濃い髪を掻き上げ、帽子を頭に戻した。

「すまない、アミリア。マリエールが関わる話となるとどうも気が立ってしまって」

「わかるわ」

「妹に悪く思われているのが耐えられないんだ。ロンドンのほかの人々にどう思われようがかまわないが、妹はぼくのただひとりの家族だから。父もいるが、きみも対面して、わかっただろう」

アミリアはうなずいた。「うまくいってないのね？」

「以前はまだましだった。母が亡くなるまでは」

アミリアは詳しく尋ねたかったけれど口をつぐんだ。サイモンの母である公爵夫人は愛人とともに列車の事故に遭って死んだとタビサおばから聞かされている。公爵夫人は結婚生活に満たされていなかったのだろう。公爵のほうはどうだったの？　尋ねられるはずもない。代わりにアミリアはこう言うにとどめた。「残念ね」

「誰のせいでもなく、父自身の問題だ」サイモンは馬車の窓の外を眺めた。「父はぼくの母を遠ざけた。当然のようにマリエールとぼくにも同じことをした」

「そもそもどうして結婚なさったのか、お訊きしてもいい？」

「ありがちな話だ。父は最上の爵位があれど銀行預金は目減りしていた。母のほうはじゅうぶんな資金はあっても称号がなかった」サイモンは肩をすくめた。「その両家が手を携え、ロンドンでもかつてなかったほど盛大な結婚式が開かれた。父は誓いどおり、完璧な公爵として生きている」苦々しげに含み笑いをする。「だが、それだけのことだ。結婚しても父はろくに家にいなかったから、残された家族の絆はおのずと深まった。母は自分の時間をほとんど子供たちと過ごすことに費やし、どんなときも三人で助け合っていた。ぼくたちは母の子供で、母はぼくたちを愛してくれていたけれど、ほかの人々と同じように欲望も持っていた。それを夫以外の相手で満たしていたわけで、きみも知ってのとおり、そうしたことはわれわれの社会では特別なことではない。そのことで父は憤慨した」

ジョージに憤慨したように？　そんな疑問が頭をよぎり、アミリアは考えるのをやめられなかった。ありえないこととは思いながらも、そばに見える物売りの荷車から垂れさがっている果実のように心に引っかかっていた。公爵が夫人をどうにかしてそのような事故に追いこんだ可能性はないのだろうか？「タビサおばから恐ろしい列車の事故だったと聞いたわ」

「そのとおりだ。車軸が壊れていて、車輪が滑って、列車が脱線した」サイモンは遠くのどこかにその列車や、母や、その両方を探すかのように窓の外を眺めている。

アミリアは新たに入手した情報に集中しようと思いなおした。サイモンと父親の問題は推測しなければいけない余地が多すぎて解明しようがない。殺人事件をひとつ解決するだけでもとてもむずかしいのに、さらに新たな問題を考えている余裕はない。でもだからといって、ありえないこととは言いきれない。公爵の爵位を有する人々はとてつもない権力を持っている。車輪を、そして人をも無きものにすることもできるのだろう。アミリアはそんな考えをいつかまた取りだすときまで頭の隅にしまっておくことにした。

18

親愛なる　レディ・アガニ

世間では女性より男性のほうが博識だと言われています。それならどうしてわたしは知りたいことがあると女性の使用人に尋ねているのでしょう？　彼女たちはほかでは聞けない事柄もよく知っています。あなたはこの矛盾について説明できますか？　わたしにはできません。

かしこ

女たちだけが知っている　より

親愛なる　女たちだけが知っている　様

世間ではいろいろなことが言われており、そのなかには真実もあれば、そうではないこともたくさんあります。男性も女性も知識を持っているのは同じです。ただし、女性には概して見落とされがちなさらなる特性があります。耳を傾ける能力です。聞くことは自然と養われる能力で、必ずしも学校や本で、ましてや男性だからといって身につくものでもありません。あなたが必要とする情報を女性の使用人が知っているのも、それが理由なのかもしれません。

秘密の友人　レディ・アガニ

ウォリック・ストリートのジョージの住まいはちょうど荷物の入れ替えの最中だったので、アミリアとサイモンはその場所をすぐに特定できた。近侍らしき男性がふたりで大きな旅行鞄をなかに運び込もうとしていて、入口付近で神経質そうな家政婦らしき女性となにやら揉めていた。近侍たちは裏口からでは狭くて鞄を運び込めないと訴え、女性は玄関口を傷つけられてはたまらないと気を揉んでいるらしい。近侍たちが引きさがらないとわかって、女性は仕方なく踏み段のほうによけたものの、なにかが玄関口にぶつかる音がすると金切り声をあげた。

女性はふくよかな腰に握った両手をあてている。「ちゃんと前を見てちょうだい！」

サイモンとアミリアは笑みを交わし、馬車を降りると、直接訪ねたほうが家政婦に快く受け入れられるだろうと判断して、ベインブリッジ家の従僕をさがらせた。

家政婦はアミリアたちに気づくと、屋敷の指揮官といった態度から温かく訪問者を迎え入れる家政婦に様変わりした。瞳の色は穏やかなグレーで、同じように濃いグレーの髪を白い帽子の内側にまとめあげている。アミリアが名刺を差しだすと、暖かな夏の陽射しではなく、吹雪から逃れてきた人々を迎え入れるように応対した。「まあ、なんてことでしょう」建物のなかへと案内する。「どうぞ、どうぞお入りください」

「ようこそ、ようこそおいでくださいました！　わたしはアンガー夫人です」幸せに満ちた春を思わせるほがらかな声だった。

「ありがとう」サイモンが言った。「ここはミスター・デイヴィスが住まわれていたお宅ですよね。彼は数年まえまでうちの使用人でした。それで、ここでのことを少し伺えないかと思いまして」

「もちろん、お話ししますわ、侯爵さま」家政婦は階段を見上げて、旅行鞄がぶじ運び込まれたことに満足したそぶりで、居心地のよさそうな客間にふたりを案内した。そこには小さなテーブルがふたつと、使い込まれているものの上質な家具調度が揃い、書棚もひとつ設えられていた。家政婦がふたつのうち少し大きいほうのテーブルの椅子を示した。「こちらでいかがでしょうか？」

「ええ、ありがとうございます」アミリアは腰をおろした。「お話しする時間を取っていただいて感謝します」

「いえ、こちらこそ光栄です」アンガー夫人がきっちりとしたドレスをぴんと伸ばした。いくらまっすぐにしてもしたりない女性なのだろうとアミリアは見定めた。等間隔に並べられた本から袖の皺まで、均整をとることに重きをおいているのは間違いない。

「ミスター・デイヴィスについてはよくご存じのことと思います」アミリアは続けた。

「家政婦として旦那さまを存じあげているだけのことですが」とは言いながらも、アンガー夫人の笑みは今回の一件を含めてほとんどの事柄には通じていることを表していた。「わたしの仕事は知ることではないのですが、働きだしてからこの十年で、これほどたくさんの方をお迎えする社交シーズンはありませんでした。ミスター・デイヴィスは大変な人気者でしたので」最後のひと言には誇りが感じられた。

「馬についての知識の豊富さにおいてはたしかに名を馳せてらしたわ」アミリアは調子を合わせた。「あらゆる立場の方々とお知り合いだったのでしょう。ただ、なかにはいかがわしい方々も含まれるのはなにより恐ろしいことですが。ここにもそういった方が訪ねてこられたのでは？」

「こちらはりっぱなお宅です」アンガー夫人はそうではないことをほのめかされて少しむっとしていた。「旦那さまは家のなかに通される方には細心の注意を払っておられました」

「ではむろん、こちらの取り仕切りをまかせられる方にもというわけですね」サイモンはいかにも侯爵らしい笑みを浮かべてみせた。

アンガー夫人は誉め言葉に気をよくして、少しだけ深く椅子に坐りなおした。皺の寄った両手をテーブルの上で組み合わせる。

「レディ・エイムズベリーはミスター・デイヴィスが犯罪に巻きこまれた可能性をおっしゃりたかったのでしょう」サイモンが続けた。「ご存じだと思いますが、ミスター・デイヴィスは劇場の近くで殺害されました。通り魔の犯行だと見られています。とはいえ念のため、ここでどなたかと揉めていなかったか、彼を傷つけようとする人物がいなかったのかをお聞かせ願えませんか？」

アンガー夫人はその返答をしばし考えこんだ。「旦那さまは馬と競馬については確固たる信念をお持ちでしたが、ご友人がたもそれは同じでした。その話題になると、議論が白熱するんです。ミスター・デイヴィスは精通なさっていましたから、みなさんがその判断を尊重されていました。ご自分の見解に揺るぎない自信をお持ちでした」

そういった男性ならたくさん知っているとアミリアは心のなかで思った。「では使用人たちとの関係はいかがでした？」

「大方の紳士と同様に、うまくやられていましたよ」家政婦は両手を揉み合わせて、アミリアではなく自分の手もとを見ていた。「高い期待をかけて、それに応えるよう望んでおられました。叱責なさるくらいに」

ジョージもかつては使用人だったのだから、意外な話だった。自分が主人の立場になれば、よけいに使用人を思いやれるものではないのだろうか。とはいえ、出世するなりほかの人々を見下し、弾丸を込めた銃のごとく権威を振りかざす人々もたしかにいる。ジョージもそのひとりだったのかもしれない。

「ですが、女性たちにはべつなんです！」アンガー夫人は熱っぽく続けた。「いつも笑顔で冗談を飛ばしていました」家政婦もまたそのような対応を受けていた女性たちのひとりだったのだろう。「旦那さまは女性たちから好かれていました。女性の使用人たちの前では甘くてとろけそうな言葉しか口にされませんでしたから。本物の紳士ですわ」

アミリアがうなずくと、アンガー夫人は同意を得られて満足そうだった。「劇場にオペラを観にいらしていた晩も、わたしやほかの女性たちに楽しく接してくださいました。お父さまのお話では、とりわけ親しくなさっていた女性がいらしたとか。マーガレットというお名前の」アンガー夫人が片方の眉を上げ、アミリアは家政婦の額の皺までが並列であることに気づいた。「その方をご存じですか？」

アンガー夫人は頭のなかで人々を呼び起こしていた。ここにも情報や日付を食器棚の皿のように頭にしまいこんでいる女性がいた。「レノルズ家のレディ・マーガレットでしょうね。音楽の才能が豊かなお嬢さんですわ。ピアノを弾く才能に秀でてらして。サセックスからこちらに来られて、ベルグレイヴィアに家を買われるまで、この近くに住まいを借りておられたんです。その頃に、ミスター・デイヴィスはよく連れてこられていました――もう一年まえになりますかしら。彼女のお父さまは伯爵です。そしてやはり馬の愛好家で。ご一家が引っ越されてからお付き合いは途絶えていたのでは。わたしが最後に聞いた話では、レディ・マーガレットは国外でクラシック音楽を勉強なさっているとか」

レディ・マーガレット。興味深い情報だ。マリエールと同じように、称号を持つ女性。しかも父親はサイモンの父親と同じように馬の愛好家だという。

廊下で佇んでいたメイドがさりげなく咳ばらいをした。

「どうしたの、ルイーズ？」アンガー夫人がアミリアとサイモンに目顔で詫びて立ちあがり、ドアロへ向かった。「旅行鞄のこと？　あれは収まらないとあの人たちに言ったのに」廊下で会話が続いている。

サイモンがひそひそ声で言った。「聞いただろう？　あの男はやはりもともと――」

アミリアは黙るよう、しいっと合図した。家政婦とメイドがテーブルのほうに歩いてくる。ルイーズが軽く膝を曲げてお辞儀をした。濃い睫毛の下の青い瞳がきれいで内気そうな若いメイドだ。でも、ひと目で愛らしい顔立ちが見てとれる。

「ミスター・デイヴィスについてルイーズが少しお知らせできることがあるようですわ。割れた花瓶の片づけをしていて、たまたまレディ・マーガレットについてわたしたちが話していたのが聞こえたそうで」アンガー夫人がルイーズにちらっと非難がましい目を向けた。ルイーズが家政婦の視線を受けて数センチ縮こまった。

「こんにちは、ルイーズ」サイモンはうなずくように挨拶し、メイドが顔をわずかにほころばせた。「もう少し詳しい話を聞かせてもらえるとはありがたい」

「光栄です、侯爵さま」ルイーズが小声で答えた。

「こちらにどうぞ」サイモンが椅子を引いた。

ルイーズは浅く腰かけて、テーブルに目を据えた。

メイドがなにも話しだそうとしないので、アンガー夫人がせきたてた。「ほら、さっさとなさい。なにを話しにきたのか言わないと」

「そうでした！」ルイーズはテーブルから目を上げた。「わたしがお話ししたかったのは……ぜひお伝えしておきたかったのは……」アンガー夫人のわざとらしい空咳に、ルイーズは唾を飲みこんで、あらためて話しだした。「アンガー夫人のおっしゃるとおりです。ミスター・デイヴィスはレディ・マーガレットとお会いになるのをやめてしまわれましたが、そうなさりたかったわけではないんです。レノルズ卿にそのように仕向けられたからで」

「仕向けられたというのは……」アミリアは先を促した。

「ミスター・デイヴィスがもうお会いになれないよう、すぐに引っ越されてしまったんです」ルイーズは説明した。「丸一年はこちらにおられるはずだったのですが、お嬢さんが交際なさっているのを知って予定を早められたんです。伯爵はお嬢さんをミスター・デイヴィスのそばにいさせたくなかったようです」

アンガー夫人が胸の前で腕を組んだ。「どうしてそんなことをあなたが知ってるの?」

「クリスティーンから聞いたので」ルイーズが声をひそめた。「レノルズ家のメイドです」

家政婦がため息をついた。「まったくあなたたちは。互いにお仕えしている家の噂話をするものではありません」

「すみません、でもほんとうなんです」ルイーズは柔らかな丸みを帯びた顎をふるわせた。

「お伝えすべきだと思ったので」

「聞けてよかったわ。ありがとう」アミリアは新たな情報に考えをめぐらせた。ジョージ・デイヴィスは紳士になりたがっていて、そう呼ばれるにふさわしい地位は得ていた。それでも、狡猾な手を使ってでもその地位を確実なものにしようと、称号のある令嬢との婚姻をもくろんだのだろう。お金目当ての縁談を求める貴族はいくらでもいるし、競馬で全財産をすってしまった人々も大勢いる。ある意味では、ミスター・デイヴィスにそのようなたくらみを抱かせた要因はロンドンの社交シーズンの娯楽とも言える。

「そのとおりだ、ありがとう」サイモンが励ますように穏やかな声で言うと、ルイーズはためていた息を吐いた。「そのご一家は悩ましい問題を片づけて、平穏な暮らしを取り戻せたということだろうか？」

「そう思います、侯爵さま。ですが、以前のようにはわたしもクリスティーンと会えていません」大きな目が沈んだ。「彼女も引っ越してしまったので」

「とても有益な情報をありがとう」サイモンはジョージがろくでなしだとのかねてからの疑念を裏づけてくれたルイーズに微笑んだ。その喜びが伝わらないはずもなく、メイドは口角を上げて笑みを浮かべた。「おふたりともお時間を取っていただいて感謝します」サイモンは立ちあがり、アミリアもあとに続いた。

「なにかまたございましたら、いつでもお尋ねくださいね」アンガー夫人が玄関へと導いた。「あと数日は忙しくなりそうですが、このままではミスター・デイヴィスが浮かばれません。ロンドンから卑劣な犯罪者を消し去るためにわたしにできることがあれば、なんでもいたしますので」家政婦のグレーの瞳は気遣わしげだったが、上階から物音が響くと、すばやく階段へ憤った目を向けた。

すぐさまサイモンとアミリアはその場をあとにした。

馬車のほうへ向かうあいだもサイモンの足どりから義憤が手にとるように伝わってきた。

足を踏みだすたび、やはり自分は正しかった、思ったとおり、正しかったんだとでも言っているみたいに。ふたりが馬車に乗りこんで従僕が扉を閉めるなり、アミリアの想像どおりだったことをサイモンがみずから証明した。「やはりぼくは正しかった。思ったとおり、ジョージ・デイヴィスは称号が目当てで妹に言い寄っていたんだ」自負心がふくらみすぎて息苦しくなってしまったとでもいうようにクラヴァットを緩めた。

「そうかもしれないけど、だからといって公爵さまのお嬢さんにまで言い寄ろうとするなんて」アミリアはサイモンの困惑顔を見た瞬間に、口にした言葉を後悔した。つらい記憶をよみがえらせてしまったのに違いない。フェリシティ・ファーンズワースはまさにそれが理由で、しかもそれだけのためにサイモンと婚約したのよね？　未来の公爵夫人の称号を得るために。

「きみの言うとおりだ」サイモンの声音がさがった。「マリエールはもう愛する人とは結婚できないかもしれないな」

「まだわからないわ」アミリアはなるべく明るい声で言おうと咳ばらいをした。このように重苦しい話題では簡単にはいかないけれど。「どんな人生が待っているかなんて誰にもわからない」

サイモンはかぶりを振ってその言いぶんを一蹴した。「それが正しいかどうかを証明するには、この馬車をどこまで走らせなければならないのやら」

アミリアはサイモンとの議論も、意見の相違も、反論されることすらも楽しんでいた。仲たがいすればするほど、活気づいてくる。サイモンの眉間に皺を刻ませられたら、さらに愉快になれる。侯爵さまだろうと、自分と同じでなんでも正解がわかるわけではないことを誰かが教えてあげなければ。ボクシングの試合で得点（ポイント）をあげるみたいに、アミリアは自分が優勢に立てるのを面白がっていた。

　だからこそ、ふたりの関係についてだけは自分の見立てが間違っていればいいと願ってしまうのがよけいにふしぎなのだけれど。

19

親愛なる　読者のみなさま

つまらない意見を持つ男性ほど女性からの助言を必要としているのは広く知られている事実です。先日、わが妻はなし様へのわたしの回答がお気に召さなかった男性の方々より、撤回を求める投書を多く頂戴しました。残念ながら、撤回することはできません。まず、わたしが既婚かどうかは、お便りへのわたしの助言とは関係のないことです。次に、ご提案した考えはいまも変わりありません。真の問題は、わたしの助言ではなく、当のお手紙をくださった方がほのめかされていた女性への暴力行為についてであることは言うまでもありません。それなのに、投書をくださった方々は誰もその点にはふれておられない。親愛なる読者のみなさま、沈黙は黙殺です。

秘密の友人　レディ・アガニ

翌日、アミリアは図書室でグレイディとともに殺到している投書への回答を見直していた。グレイディはともかく読みつづけている。空いているほうの手でこめかみをさすりながら。

　グレイディがその紙を机の上に戻すと、手で触れていた顔に黒っぽい汚れが付いていた。アミリアは微笑んだ。グレイディにはずっと変わらないところがふたつある。ずんぐりとした指がいつもインクで汚れているのと、仕事柄、猫背ぎみなことだ。どこにいても、編集室に坐っているか、印刷機に前のめりになっているみたいで、浅い縁なし帽から薄褐色の髪が少し飛びだしている。

「きみはぼくをクビにさせようとしてるのか？」

　アミリアは椅子の背にもたれた。「あなたが責任者なのかと思ってた」

「こんな状態が続けば、そう長くとどまれそうにない」グレイディがぼやいた。

「わたしの助言には賛同できないわけ？」挑むように訊いた。

「いや。その正反対さ」グレイディは読んでいた紙をほかの回答と一緒に鞄に押し込んだ。

「まったくおっしゃることはごもっともだとも。ただし、読者がいくらか減るのは覚悟しなければ」

「かえっていくらか増えるかも」アミリアは言い添えた。

　グレイディはともに過ごした子供時代を思いださせるような少年っぽい笑みを浮かべた。

「アミリア、きみはいつだってべつの見方をするのが得意だったよな。きみのそういうところが好きなんだ」鞄をぽんと叩いた。「でもほかの男たちはどうだろう？　同じように思う男はそういないだろう」

「ありがとう、グレイディ。感謝してる」アミリアはコーヒーを飲んだ。グレイディはこうして午後に訪れたときには必ずコーヒーを望む。忙しすぎるわりには報われず、つねに元気づけられる一杯を必要としているけれど、お茶では一日を乗りきれるだけの活力は得られないと本人は思っている。「ジョージ・デイヴィスが殺された事件についてはどう？　なにか情報が入ってない？」

「殺人事件が多すぎて、いちいち追いかけてもいられない有様だ」グレイディはコーヒーを水のようにがぶがぶ飲んだ。「きみと侯爵どのがその事件に特別な関心を抱いているのはわかっているから、新たな情報がないかと聞き耳を立てるようにはしている。だが、これまで聞いているかぎりではごくありふれた事件だ。通りすがりに刺された、それもわかりやすくすっぱりと。べつに洒落のつもりじゃないんだが。とはいえ、一点だけ不可解な点がある」グレイディはカップを置き、スコーンをむぞうさに黒っぽい液体に浸けた。「きみが言うように、そのナイフがめずらしいものなら、犯人はどうして死体に刺しっぱなしにしていったんだ？」スコーンを齧（かじ）った。

「鋭い指摘ね。ふつうなら持ち主がすぐに特定されてしまうと考えるはずだもの」

グレイディはスコーンの残りをまたコーヒーに浸けてカップから取りだして、考えこんだ。

「邪魔が入ったのかも」アミリアは仮説を立ててみたものの、頭にくすぶっていたのはそれとはまたべつの問題だったので、そこに忘れていたナイフについての疑問が新たに加わった。もともと引っかかっていたのは、あの事件現場でサイモンが死体のそばからなにか光るものを取り去ったことだ。宝石くらいの小さなもの。たとえば女性が身につけるようなものだったとしたら？　サイモンがそれを隠したのは、その女性が疑われるのを避けるため、もしくはマリエールをこれ以上傷つけたくなかったからとも考えられないだろうか？　妹を守るためならサイモンはなにをしてもふしぎではない。「グレイディ、殺人犯が〝彼〟ではなくて〝彼女〟ということは考えられないかしら？」

グレイディはスコーンを嚙み砕きながら考えこみ、さらにコーヒーを喉に流しこんだ。「可能性はある。あの通りにいるのは男も女もみな食いぶちを懸命に稼いでいる人々だ。花売りの女性が妙な態度だったと言ってたよな。魔が差した物盗りの犯行だったのかもしれない」

「だけどサイモンが死体のポケットから千ポンドを見つけたのよ」アミリアは首を振った。「通り魔の強盗による殺人事件とは思えない。個人的な動機がある気がする。そう感じるの」

「きみがそう感じるのなら、そうなんだろう」グレイディは両手で膝を打った。「きみを思いとどまらせようなどという気はさらさらない」微笑みが皮肉っぽい笑みに変わった。「だが『じゃじゃ馬馴らし』を忘れるなよ。思いどおりには事は運ばない」

アミリアは口をはっと手で押さえた。ええ、ちゃんと憶えている。つまり結末まではっきりと。残念ながら、あのお芝居は期待していたようなものにはならなかった。

アミリアの強い希望で、両親は宿屋で『じゃじゃ馬馴らし』を上演したが、内容はアミリア自身が大幅に書き換えたものだった。その頃アミリアはイングランドの田舎での暮らしに息苦しさを覚えはじめていた。年を重ねるごとに、小さな村の人々の目が自分に注がれているのをひしひしと感じるようになった。彼女はどの若者を伴侶に選ぶのか、彼女を娶る気概のある若者は誰なのかというように。故郷では自分にとって唯一の好ましい選択肢だった親友のグレイディは、手筈が整いしだいロンドンへ旅立とうとしていた。それでも去るまえに、グレイディが上演の手助けをしてくれたのが『じゃじゃ馬馴らし』で、シェイクスピアの原作からのまずもっとも大きな変更点がその題名だった。

『暴君を手なずけて』まさにこの題名にふさわしい内容に芝居を書き換えた。じゃじゃ馬のキャタリーナではなく、ペトルーチオのほうがキャタリーナに手なずけられるという設定だ。アミリアは姉妹で姉妹役をとても楽しく演じ、グレイディはペトルーチオを、そして彼の友人たちがルーセンシオ、ホルテンシオ、バプティスタを演じた。それもすてきな衣装を身に着けて！　母が何週間もかけてこしらえてくれたものだった。全員が心から楽しんで演じた。ところが、不満を抱く村人たちもいた。上演中に席を立って出ていってしまった男性がひとり。さらにふたりが野次を飛ばし、ほかにも不満の声を洩らす人々がいた。そんなわけで、アミリアの劇作家としてのデビュー作は、大勢のなかで腹を立てた数人によって台無しとなった。

アミリアはグレイディの鞄を見やった。お悩み相談欄の回答者の仕事も同じ結末を迎えることにならなければいいけれど。「ええ、憶えてる。とても大切な教訓だったもの」

「男性と女性についてかい？」

アミリアは頭を掻いた。「いいえ、毛織のズボンについて。ものすごくかゆかった。あなたたちはよくあんなものに耐えられるわね。でもまあ、これに比べれば……」しかめ面でたっぷりとしたスカートを見下ろした。「それほど悪くもないのかしら」

　グレイディは温かな深みのある笑い声を響かせて立ちあがり、レディ・アガニに新たに寄せられた手紙の束を指差した。「いいかい、きょうの回答はお手柔らかに頼むぞ」

「もちろん」アミリアは手紙の束に触れた。「ぜんぶ女性たちからだもの」

「どうしてこんなことになったのやら」グレイディは眉が隠れるくらい帽子を深くかぶった。それでもガラスの破片みたいに髪がぱらぱら飛びだしている。「うちの雑誌のお悩み相談欄に女性よりも男性が手紙をたくさん書いてくることがあろうとは想像もしてなかった。奇跡としか言いようがない」

「聖(セント)アガニとでも名乗ったほうがいいのかしら」アミリアはいたずらっぽく眉を上げた。

　グレイディが帰りしなにじろりと肩越しに見やった。「そういうのは冗談でもやめてくれよな」

　それから一時間ほどは、お節介な人々、舞踏会の衣装、不似合いな髪型といった得意分野のお悩みにアミリアはせっせと回答を綴った。ほんとうにどうしてこうも女性たちは社交シーズンに悩まされているのだろう！　若い女性たちが自分の行動にいちいち気を煩わされなければいけないなんて嘆かわしいことだ。きょうのお手紙の束には、高慢なおば（自分も身に沁みている）、熱意あふれる母親、年配の付添人についてのお悩みはごくわずかだった。

　当然ながら、窮屈なドレス、足に合わない華奢な靴、巻き髪の崩れについての不満も見られた。アミリアは最後に書いた回答の紙を折りたたんで、この女性たちのように社交シーズンを過ごさずともよいのは幸運だとしみじみ思った。エドガーが遺してくれた称号と資産のおかげで、社交界の男性たちの目を気にすることなくロンドンの美しい夏を楽しめる。

レディ・アガニ宛てに手紙を殺到させている男性たちはまたべつにして。

ドアロでジョーンズが静かに身じろぐ音がした。「奥さま、ハムステッド夫人が客間でお待ちです。お邪魔にならぬよう、お知らせを控えておりました」

アミリアは微笑んだ。「ありがとう。すぐに行くわ」

キティの様子が早く知りたくて、机の上をすばやく片づけた。最後に話したときには、友人の足首は桃くらいに腫れあがっていた。妻のけがにいきりたっていたオリヴァーは自分を許してくれたのだろうかとアミリアは気がかりだった。キティに会えれば、それもわかる。

親友は足首を痛めたばかりとは思えないくらい、このうえなく美しかった。薄いグレーの地に藤紫色の縞模様が入ったドレスをまとい、婦人帽の青いリボンは顎先にかかるくらい大きな蝶形に結ばれている。すてき。自分が同じようにしたら、顎にスープの染みが付いているように見えてしまうだろう。

「キティ、来てくれるなんて思わなかった」アミリアはキティのドレスにほぼ覆われてしまっている長椅子の向かいの椅子に腰をおろした。「足首の具合はどう?」

キティが靴のほんの少し上までドレスの裾を持ちあげた。桃くらいの大きさだった足首はプラムくらいに小さくなっていた。「だいぶよくなったわ」

「それで乗馬用の手袋のほうは？」アミリアはだいぶ汚れていたはずの親友の手袋を思い返した。

「あれは処分するしかなかったの」キティがいらだたしそうに小ぶりの鼻に皺を寄せた。「もったいなかったわ」

　物を大切にしようとする親友にアミリアは感心した。キティはロンドンの人々からあこがれられている着こなし上手なのに、衣類をうまく使いまわし、ほとんどのご婦人がたとは違って何度も身に着けることもためらわない。着られなくなったドレスはたいがいスカーフやショールや手提げ袋（レティキュール）に作り替えて使っている。「引っ越しの件はどうなったか訊いてもいい？」

「オリヴァーはその話題をひとまず控えてる。でも、お義母（かあ）さまは違う。すぐに引っ越すようせかしてるわ」

　アミリアは首を捻った。「急に田舎の地所を改修するように言いだしたのはなんだか妙だと思わない？　どうしていままでなければいけないのかしら？」

　キティは美しいブロンドの眉を片方だけ上げた。「お義母さまについてはもうなにが妙なのかもわからないわ。それに赤の他人に譲り渡そうとしているわけではないし。オリヴァーには遅かれ早かれ、いずれそこが自分のものになるとわかっていたわけでしょう。わたしとしてはなるべく遅いほうがいいんだけど」

　アミリアはなにか見落としているような気がして、頭を掻いた。

「でも、わたしはそのことでここに来たのではないの」キティはドレスの裾を撫でつけて、きょうばかりは飾り気のない自分の靴に眉をひそめた。「じつは自分の悩みごとにはもう飽きちゃって。ジョージ・デイヴィスを殺した犯人について、それにサイモン・ベインブリッジについても、あなたのほうがどうなっているのか聞かせて！　秘密で進行中なんて言わないでよね」

アミリアは侯爵との関係についてもさりげなく質問に含める友人の手並みに感心した。

「進展はあったわ、どちらについても」頭をかしげた。「それにしても、わたしが訊かれるまで話すのを忘れていたなんて、信じられない」

キティがグレーのレティキュールをアミリアの膝のほうに向けて振った。「早く話して、そうしないとこれであなたをぶってしまいそう」

アミリアは笑って、もったいぶるのをやめた。「わかったわ。サイモンにキスをした」

キティが眉根を寄せた。「つまり、サイモンがあなたにキスをしたのよね」

「いいえ。ああ、でも、たしかにそうね。あの人はわたしの手にキスをしたわ、冗談っぽく。それで、わたしがキスをし返したの。ただし、冗談っぽくではなくて」

キティが真相は見たくないとでもいうように目を覆った。「嘘でしょう、アミリア。そんなことはしなかったのよね」

「したわ」

「あの方はなんて言ったの？」

「よかったと認めた」アミリアは感触を呼び起こして唇が疼いた。「もちろん、わたしが心地よかったのを伝えたあとにだから、ご親切でそう返してくださったのかもしれないけど」

「ちょっと整理させて」キティは肝心な点を確かめなければというように姿勢を正した。「あなたはあの方にキスをしただけではない。あの方に楽しめたのかどうかを尋ねた」

「そのとおり」

キティは嘆息した。「わたしはこれからあなたに対してどうすればいいの？」

「ジョージ・デイヴィスを殺した犯人がどうすれば見つけられるのかを考えて」

キティは腕組みをした。「了解。新たにわかったことを教えて」

アミリアは友人がまだ知らないことについて説明した。レディ・マーガレット、ファコンというナイフ、殺人犯が女性かもしれないという新説についても。

キティは即座に同意してアミリアを驚かせた。「わたしたちは事件現場の近くにいた女性をふたり知ってるわ。花売りと、彼女が見たと話していたご婦人。そのご婦人のほうはもしかしたら赤いかつらを着けて変装していたのかもしれない。もしそのファコンとかいうナイフがそんなに大きなものだとすれば、女性でもそれで男性を倒せるのかも。それにミスター・デイヴィスは男性としてはさほど大きいほうではなかったし」キティの声は話すうちに確信に満ちてきた。「殺してしまった女性は慌てていてナイフを残していったのかも。まえにも殺人を犯したことがあるような人なら、そんな失敗はしなさそうよね。しかも、サイモンはまだ証拠品をなにか隠している……」

アミリアもその仮説に確信が強まってきた。

キティが心を決めたように膝の上で小さな両手を組み合わせた。「わたしたちが解決すべきだわ。その花売りにガーデン・パーティの注文をしましょう。お知り合いになるのよ。説得すれば――もっと重要なのはお金でしょうけど――あのときのことについてなにか話してくれるでしょう。ひょっとしたら彼女も事件に関わっているかもしれないし」

「キティ、それは名案だと思うけど、ガーデン・パーティってどういうこと？」

キティが立ちあがった。「なに言ってるの、あなたが開くのよ」

20

親愛なる　レディ・アガニ

わたしはガーデン・パーティを開くのが好きなのですが、思いどおりにうまくできたためしがありません。じゅうぶんなお料理、音楽、余興を用意しても、楽しむより細かなことがどうしても気になってしまいます。どうすれば満足のいくひと時を過ごせるのでしょう？

かしこ

気難しくて楽しめない　より

親愛なる　気難しくて楽しめない　様

ガーデン・パーティとはそもそも気楽なものであるはずです。友人たちと野外で過ごせるだけでもすばらしいことなのでは。あなたはたくさんのことをしようと詰めこみすぎているのかもしれません。計画を練るのはほどほどにして、もっと楽しんでください。満足のいくひと時を過ごすにはケーキと会話があればじゅうぶんです。

ドルリー・レーンへ向かうあいだに、キティはアミリアにガーデン・パーティを開くべき理由を説明した。ジョージ・デイヴィスを殺した犯人を突きとめるには、容疑者を一堂に集めれば新たな情報を得られるかもしれない。それに、あまりに長く喪に服していたアミリアにはそろそろパーティを開くのにふさわしい機会ではと言う。キティはアミリアに反論の余地を与えずに、そうすべきだと断言した。社交界への復帰を知らしめるには、心配りの行き届いたガーデン・パーティにまさるものはないと。いまは社交シーズンの真っ盛りで、そのうえさいわいにも近々雨が降りそうな気配はない。

アミリアは友人の提案を受け入れた。喪が明けてからまだ一度もパーティは催していない。家で客を招いた催しと言えばウィニフレッドの演奏発表会くらいのもので、演奏した本人はほんとうに楽しそうだった。ウィニフレッドは少女から大人の女性へ成長しているさなかで、いろいろなことを経験しはじめている。そろそろ彼女の友人たちも招いてガーデン・パーティを開いてもいい頃だ。アミリア自身もそういった催しを必要としていた。

ウィニフレッドと同じように、ただ生きるだけではなく活気ある日々を過ごしたい。アミリアはもう一度人生の当事者に戻りたかった。つまり仕事だけでなく、意欲を持って生きていきたい。自分の人生ではなく読者の人生にばかり意識を向ける日々を過ごしてきた。実際に、この二年は週刊誌のお悩み相談欄の回答者という仕事だけが生きがいだった。もうほかのこともしてもよいのだとすれば、ガーデン・パーティもそのうちのひとつだ。

「形式ばったものでなくていいの」キティが励ますように言った。「むしろ、形式ばらないほうがいいのよ。女主人が花束をこしらえて、バスケットにお菓子を用意して、気のおけない友人たちを招いて、愉快な午後を過ごしましょうという感じね」

アミリアはちらりと友人に目をくれた。いかにも簡単そうに聞こえるけれど、自分はキティのように来客のもてなしが得意なわけではない。いま挙げられたことを一度にこなそうとしただけで、裏側では竜巻並みの大わらわとなるだろう。

キティがこちらの考えを読んだかのように続けた。「わたしがお手伝いするし、タビサもいるんだから。あなたがまずやらなければいけないのは招待客名簿を——」

「そこにわたしが疑わしいと思っている人たちを入れなければいけないわけよね」

「どんなに愉快な殺人犯たちのパーティにするかはあなたにまかせるわ」キティがぼそりと言い添えた。

「殺人犯たちだけではだめよね。ケーキもないと」キティが笑ってくれないので、アミリアは友人の脇を軽く突いた。「ちょっとした冗談よ。全員の動きに目を配れるように小規模のパーティにしましょう。安全が第一だもの」

「衝動的な殺人だったとすれば、いまのところその可能性が高いわけだけど、また同じようなことが起こるとは思えない。でも用心するに越したことはないものね——」キティが関心の矛先を変えた。「——お花については、その花売りに相談してみましょう。手に入るもので揃えなければだけれど、わたしはスイートピーがいいと思う。薄紫、白、ピンクのスイートピーをとびきり優美な花瓶に飾るの。ティーカップは純白。あと、ケーキの塔には薔薇水の糖衣をかける」

そんな具合に、会話は殺人事件からお菓子のことへ移り変わった。キティには生まれながらに来客のもてなしの才が備わっている。キティにとって催しの準備は歩いたり呼吸したりするのと同じくらいにたやすいことだ。アミリアがうっかりしていると、急遽(きゅうきょ)決まった催しにぜひ加わろうと社交界の人々がこぞってエイムズベリー家の庭に押し寄せかねない。

アミリアはできることなら家族に来てほしかった。先日、母に正式に喪が明けたことを手紙で知らせたばかりだ。母はとても喜んで、ぜひ近々訪ねたいと返事をくれたけれど、近々とはだいぶ先であるのはわかっていた。夏は宿屋〈フェザード・ネスト〉の繁盛期で、家族はほとんど家を空けられない。そしてアミリアもお悩み相談欄の回答者の仕事があるので、メルズに帰郷するのはとても無理だった。いずれにしてもいますぐには。

フランシス・レイニアは数日まえにアミリアがサイモンとともに話を聞いたときと同じ場所にいた。ドレス一枚をまとっただけの細身の背をぴんと伸ばして誇り高く立ち、夕方近くの陽射しを受けて首筋が汗ばんでいる。青紫の紫陽花(あじさい)と同じ色の瞳のフランシスは陽光のなかで、いくつものかごに詰められた花束に引けをとらない光彩を放っていた。

「とてもきれい」キティがささやいた。「あんな色のダリアは見たことがないわ」

アミリアは友人をちらりと見やり、今回の計画でも同行してもらえたのはどれほど心強いことかと考えた。キティにとってなにより目がないのは帽子で、その次が花で、僅差で三番目に続くのが靴だ。

「伯爵夫人」ミス・レイニアが驚いたように上擦った声で挨拶した。「またおいでくださったのですか」

「ミス・レイニア」アミリアは挨拶を返した。「きょうは友人を連れてきました。ハムステッド夫人です」

ミス・レイニアがそれに応えるまえに、キティは花について話しだしていた。「ほんとうに、これほど色鮮やかなダリアは見たことがないわ。ピンクと紫と赤がまじり合ってる。このような奇跡をどうやって成し遂げられたのか、伺ってもよろしいかしら？」

警戒するようにもの憂げだったミス・レイニアが一転して熱っぽく話しだした。花束が入ったかごのそばに腰をかがめて栽培法を詳しく説明しはじめ、キティも隣にしゃがんでその言葉に真剣に耳を傾けた。ミス・レイニアは花を聖杯であるかのように手にして、ゆっくりとキティのほうに掲げてみせた。キティが満足げな吐息をついた。

アミリアはもっと肝心なことに話を進めたくて、ふたりの会話が終わるのをじりじりと待った。早くガーデン・パーティを開く段どりをつけて、ジョージ・デイヴィスを殺した犯人を見つけなくてはいけない。きっと犯人を突きとめられるはずだと、マリエールもサイモンも自分を頼りにしてくれている。大切なふたりの友人を失望させたくはない。

それでも、キティなら自分とサイモンではできなかったことができると、つまりミス・レイニアの信頼を得られるとわかっていたので、アミリアは黙ってじっと待った。そうしてようやく辛抱した甲斐があり、ふたりの会話が終わった。ふたりの女性のあいだには本物の友情が花のように芽吹いたようだ。

「よろしければ、こちらの花かごを持ち帰りたいわ」キティがそう言って立ちあがった。「メイフェアで羨望を集められるでしょう」

「もちろんですわ、ハムステッド夫人」ミス・レイニアはにっこり笑って、キティが差しだした硬貨を受けとった。「すばらしく飾っていただけるのは間違いありませんし」

「もうひとつお願いしたいことがあるの」キティはいつものように相手に親しみを感じさせるさりげないそぶりで身を近づけた。「レディ・エイムズベリーがちょっとした催しを、じつはガーデン・パーティを開くことになっていて、紫と白とピンクのスイートピーで飾りつけられたらすてきだとわたしは思うの。急な話で申しわけないのだけれど、お願いできないかしら？」

ミス・レイニアがいったん押し黙ってしまったので、キティの顔に不安げな表情がよぎった。すると、花売りはなめらかな身ごなしで、スイートピーが入っている金属製のバケツの蓋をあけた。にっこり笑う。「こちらに」指でさっと花々をかすめた。「ちょうどまだ取っておいたんです」

キティは吐息をついた。「まさにわたしが求めていたものだわ。ええと、注文したいのは……」指を折って数える。「テーブルに花束を八つと、入口の門にふたつ、小径にはあの美しい紫陽花を飾りたいし、楽団の周りにはたくさんの薔薇を」

「楽団？」アミリアは言葉を差し挟んだ。

キティが問いかけを手で振り払うようなしぐさを見せた。「そういった催しでは必ず誰かが歌うものなのよ。あなたもそれくらい知ってるでしょう」

アミリアはそうだったような気はするものの、キティのようにあたりまえのこととは思っていなかった。喪に服して一年目は社交界の催しとはいっさい関わりがなく、二年目もほんのたまに出席する程度だった。それに〈フェザード・ネスト〉での暮らしを振り返ってもロンドンで生かせるような経験はあまりない。これから学ばなければいけないことがまだあるのは確かだ。でも自分にはキティという完璧な教師がついている。

キティがミス・レイニアのほうに顔を戻した。「このようなお願いはめったにしないし、ご迷惑でなければいいのだけれど、できればぜひ、パーティの飾りつけもお引き受けいただけないかしら？」花売りのためらいを見てとって、すぐさま言葉を継ぐ。「レディ・エイムズベリーのお宅の庭師はパーティに慣れていないのよ。とても目端が利くとはいえ、それだけ歳もいってるから」

「そうなのよ」アミリアも口添えした。「無理をさせたくもないし」

ミス・レイニアは下唇を噛んで、引き受けるべきかを考えこんでいる。

「準備にかかるのはほんの一日、せいぜい二日だわ」キティが後押しした。「それに、パーティが終わればすぐにドルリー・レーンに戻ってくれてかまわないし」

ミス・レイニアがうれしそうに笑った。「それならお役に立てそうですわ」片手を差しだした。「お引き受けします、ハムステッド夫人。いつ、どちらへ伺えばよろしいんでしょう？」

アミリアはキティとともに段どりを説明した。ミス・レイニアにはあすの午後に来てもらい、パーティまで二日のあいだに準備をしてもらう。エイムズベリー家の庭師たちも手伝うので、庭を美しく生まれ変わらせてほしいと頼んだ。たしかに急な依頼とはいえ、キティが帽子を替えるのと同じくらい天候しだいで催しが変更されるロンドンでは、こうしたガーデン・パーティもけっしてめずらしいことではない。エイムズベリー家には使用人たちがいて、アミリアの友人たちは時間を持て余している。突然開かれることとなったパーティは夏の午後にうってつけの催しだ。

ミス・レイニアと別れてキティの家へ戻る道すがらも、パーティについての話し合いは続いた。親友は招待状、料理、もてなしのあれこれについて、アミリアが幼児であるかのように説明した。こうしたことにはまるで無能なのだとキティに思われているのかもしれない。でもそれから何分か話を聞いているうちに、たしかにそうとも言えるのではないかという気がしてきた。

「招待状はきょうじゅうに発送して、心に響くような言葉を選んで。『このところは好天に恵まれる日が続いておりますので、明後日のわたしの庭園での気楽な集いにご出席くだされば幸いです』」キティは両手の指を尖塔のように合わせた。「『ぜひおいでくださり、刈り込まれたばかりの生垣を眺めながら散策し、愉快な音楽を聴きながらレモネードをお飲みください』そんなところかしら」落ち着きなく両手を組み合わせる。「考えてみれば、わたしが書いたほうがいいのかも」

「言わせてもらえば、わたしは毎日何十通ものお手紙を書いてるんだけど」アミリアは小さく舌を鳴らした。「ちょっとした招待状くらい、なんとかなるわ」

けれど一時間後には自分のその言葉に疑問を投げかけることとなった。紙を前にしても書くべき文言がなにも浮かばず、キティがその日の午後に提案してくれた言葉を思いだそうとしてもなかなか正確に呼び起こせなかった。午後の催し？　パーティ？　園遊会？　キティはなんて言ってた？

「レディ・マリエールがおいでです」ジョーンズが告げた。「手が離せないとお伝えいたしましょうか？」

「そんなのだめよ！」アミリアは気のまぎれる訪問をありがたく思った。「お通しして、いいわね？　ちょうどお尋ねしたいこともあるし」

マリエールがにこやかな表情で淡い青色の居間に入ってきた。瞳はサイモンと同じ緑色だけれど、少し薄茶がかっていて、溌溂とした明るさに満ちている。さっと部屋のなかを見まわし、花の絵と背の高い窓に目を留めた。「なんて美しいお部屋なの。色彩がすてき」

「ありがとう。うららかな春の日の空にこそふさわしいのでしょうけど」小さな書物机のそばにある椅子をそれとなく勧めた。この部屋にある木製の家具とカーテンと同じ白い椅子で、それ以外の椅子は緑色の更紗の張りぐるみだ。「どうぞ坐って。あなたの助けが必要なの」

マリエールが椅子に坐ると、黒い巻き毛がほつれて額にかかった。潑溂としたしぐさでその髪を払いのけた。「もちろん、なんでもお手伝いするわ」

「ささやかなガーデン・パーティを開くんだけど――あなたも招待するわ」

「すてき！」マリエールは声をはずませた。「野外でのパーティは大好きなの」

アミリアは微笑んだ。そんなふうに意気込まれるとこちらまでついうれしくなる。「ええ、わたしもそう。だけど招待状が……うまく書けなくて。パーティ、園遊会、午後の催し、なんて書けばいいの？　こういった催しを開くのはずいぶん久しぶりで」笑みが薄れた。「というかじつは、開いたことがなくて」

マリエールは少し考えてから答えた。「あなたが探している言葉は、〝集い〟ではないかしら」

「それだわ！　集い」アミリアは繰り返した。「ありがとう」たしかにキティはそう言っていたので、さっそくその言葉を書きとめた。「二日後よ。お兄さまと一緒に出席してもらえるかしら？」

「兄については推測で答えるわけにはいかないわ」マリエールが呪いの文句のようにゆっくりと言う。「あなたもきっとご存じのように、兄は好きなように行動するから。わたしは隣人に付き添ってもらうわ。よき友人で、書類仕事でいつも家にいる男性だから」

「完璧ね」アミリアは、ミスター・フーパーに付き添ってもらうのはマリエールの気をまぎらわせるためにも名案だと思った。もう少し気まずい話題を持ちだすまえに空咳をした。「ジョージが死んだ晩について新たな事実がわかってきたわ」

マリエールが机越しにアミリアのほうに腕を伸ばし、ぎゅっと手を握った。「調べてくれると信じてた」

「サイモンが手伝ってくれてる」アミリアは言い添えた。

マリエールが手を離した。「手伝うという名目で干渉しているのではなくて？」

「そう言いたくなる気持ちはよくわかるわ」アミリアはため息をついた。「あの方のお手伝いがいつも役に立つわけではない。でも今回は、ジョージの殺害に使われたナイフについての情報を得られたわ。装飾が施された大きなナイフ。ファコンと呼ばれている。あなたは見たことがない？　ジョージの知り合いでそのナイフを持っていた人がいるのではないかしら。さやにも派手な装飾が施されていたはず」

マリエールは首を横に振った。「憶えがないわ。そんなナイフを見ていれば忘れないはずよね」

「お金についてはどう？」アミリアは質問を重ねた。「オペラを観に出かけた晩に、彼の上着のポケットにお金が入っているのに気づかなかった？　ちょっと変だと思うくらいに」

マリエールは困ったように顔をゆがめた。「強盗に遭ったというの？」

「そういうわけではなくて……」

「それなら、彼が泥棒だとでも」マリエールは怒りを発して兄と同じように声が低くなり、目を翳らせた。

アミリアは自分への誤解を解こうと両手を上げた。「どう言えばいいのかしら。ともかく、殺された晩にジョージが上着に千ポンドを入れていたのは事実なの。わたしはその理由を突きとめたいだけ。劇場に来るまえに紳士の倶楽部で賭けをしていたのかもしれないし、あとで競馬に賭けるつもりだったのかもしれない」

「わたしにはわからない。あの晩はうちに来て、わたしが支度をするあいだに父と話してたわ。カンバーランド卿とレディ・ジェインが彼女のおばさまと一緒に馬車で到着して、わたしたちはそれからすぐに出かけたの」

「あなたのお父さまもいらしたのね？」アミリアは尋ねた。

「ええ、父はカンバーランド卿をとても気に入っているから」マリエールは説明した。「カンバーランド卿のおじにあたる方とわたしの父が知り合いなの。子供の頃は一緒に遊んでいたんですって。本心では父はわたしをカンバーランド卿と婚約させたかったのよ。名家だと思いこんでるから」

そうだとすればどうにか公爵に近づく機会を見つけて、ジョージ・デイヴィスとそのときなにを話したのか、それに彼が殺されたこととなにか関わりがあるのかを突きとめなければいけないとアミリアは胸に留めた。考えられる繋がりはお金だけだ。ジョージはたいして持っていなかったとしても、公爵には有り余るほどある。かつてジョージは公爵のもとで働いていた。仕事での繋がりということもありうるのだろうか。「ジョージがまたあなたのお父さまのために働いていたとは考えられない？　公爵さまが彼にお金を払っていたとか」

「ありえない」マリエールはきっぱりと否定した。「最後のレース以降、父はジョージとも競馬とも縁を切った。ジョージがわたしに好意を寄せてくれているのも気に食わなかったのよ。彼をできるだけ遠ざけようとしていた」

「そう」アミリアは息を吸いこんだ。

「どうしたの？」マリエールがためらった。「あ、そういうことね。父がわたしからジョージを引き離そうとしたと」かぶりを振った。「それで手切れ金を払ったんじゃないかと、あなたはそう思ってるのね」

「可能性はあるわ」アミリアはマリエールの顔に浮かぶ表情の変化を見つめた。驚き、とまどい、怒り、哀しみ。親族の裏切りは、友人や敵対する相手からの仕打ちよりも身にこたえる。関係を破壊し、今後のすべてを変えてしまう劇薬。

「ああ！」マリエールがぽっかりと口をあけた。「だけど、ジョージの上着にお金が入っていたとすれば、それを受けとったということなのよね」

そうだとすれば、ジョージはマリエールが思っていたほど彼女を愛してはいなかったということだ。

21

親愛なる　レディ・アガニ

なぜあなたは安っぽい雑誌に執筆などしているのですか？　掲載されているのは薄っぺらな記事と大げさすぎる物語ばかり。あなたがほんとうに淑女なら、そのような雑誌に関わるのは恥ずべきこと。これ以上執筆を続けて、われわれを惑わせるのはおやめいただきたい。

心を込めて

れっきとした一貴族　より

親愛なる　れっきとした一貴族　様

貴族の方からお便りをいただくのはいつもながら光栄です。繰り返し申しあげますが、わたしは筆をおくつもりはございません。わたしからすれば、当雑誌の記事はきわめて興味深く、物語は面白いものばかりです。あなたがおられる客間が退屈すぎるのではありませんか。そちらがもっと楽しめる場であれば、わたしも雑誌をめくらずにそちらを訪れることでしょう。その日まで、ご友人、わたしはこちらで思うぞんぶんに書きつづけます。

秘密の友人　レディ・アガニ

翌日、アミリアはベインブリッジ邸を訪ねたくてうずうずしていた。マリエールがきのうの帰りしなに、お金の件を父親に確かめてみると約束してくれたのは頼もしかった。サイモンではたしてその真相に迫れるのか信用できなかったからだ。

いいえ、それは少し違う。サイモンを信用していないわけではない。ただ、すべてを自分に話してくれるとはアミリアには思えなかった。父親のこととなると、サイモンは口が重くなり、その理由も定かでない。でも、マリエールとはジョージを殺した犯人を見つけるという共通の目標があり、相手がたとえ公爵だろうと怯んではいられない。マリエールはきょう父親と話してわかったことをアミリアに伝えてくれると約束していた。

だからこそ、アミリアはウィニフレッドとビーにいらだちをつのらせていた。マリエールとのお茶の時間に間に合うように戻ってくるにはすぐにも出かけたかった。アミリアはさっさと着替えをすませた。午後の買い物に出かけるためにレティーが選んでくれたのはスカートが当世風にふんわりとした黄色いドレスだ。レティー曰く、針金で出来たクリノリンとペチコートでスカートを広げるのがお洒落なのだという。アミリアは急いでいたので文句も言わずにその提案を受け入れたのに、肝心の少女たちが姿を消してしまった。ウィニフレッドの寝室、子供部屋、厩まで捜したけれど、どこにも見当たらない。庭に出ていくと、ミス・レイニアがあずまやの飾りつけに取りかかっていた。ウィニフレッドのお気に入りの場所で、パーティではなおさらそこで楽しいひと時を過ごせることだろう。

それにしても、美しい催しの舞台は着々と整えられていて、アミリアは庭園をうっとりと見渡した。エイムズベリー家の使用人たちの有能さにいまさらながら感心させられた。〝集い〟というひと言からすべてが動きだし、管理人から馬丁に至るまで全員が協力して準備に取り組んでいる。テラスには特大の植物と鉢植えの花が美しく取り揃えられ、居心地よく集えるように椅子が配置されている。わずか三段下りたところに広がる中庭も完璧に手入れされていた。低木や花が咲きほこる茂みが幾何学模様を浮きあがらせるように刈り込まれ、生垣は見事な迷路を形づくっている。噴水は清掃中で、アミリアはお気入りの泡のなかにそびえ立つ愛と美の女神アフロディーテのそばを通りかかったときにふと、白くきらめくものに目が留まった。

あの白いあずまやがミス・レイニアの手により紫の藤の花で薄紫色に彩られていた。すばらしい出来栄えで、ウィニフレッドとビーがこっそり隠れるにはぴったりの場所でもある。ただし、どんなにたくさんの花に囲まれていても笑い声は隠しきれず、数メートル離れたところからでもふたりがそこにいるのがわかった。

ふたりがあずまやのなかのベンチに腰かけて雑誌か本を眺めているのをアミリアは見つけて微笑んだ。周りに目をやると、そばの池でミス・レイニアが石を並べ替えていた。

アミリアは足音を忍ばせてあずまやに歩み寄り、いきなり顔を突きだした。「こんにちは、お嬢さんがた」

「きゃっ！」ウィニフレッドが甲高い声をあげた。「驚かせないで」

ビーは眺めていたものを脇の下に隠した。

「ごめんなさい」アミリアは笑った。「驚かせるつもりはなかったの。待ちくたびれてしまったんだもの。買い物に行くはずだったわよね」

「時間を忘れちゃってたわ」ウィニフレッドが申しわけなさそうに言ってから、ビーのほうに笑みを向けた。ビーはなにかを脇の下にさらに押しこんだ。

アミリアがふたりに読んでいたなにかを隠されてしまったのはこれで二度目だ。それもだいぶ慌てた様子で。「なにを読んでいたの？」

「なにも」ビーが即座に答えた。

「腕の下になにを挟んでるの？」アミリアは粘り強く尋ねた。

「これは……その……ふたりで見つけたもの」ビーがちらっとウィニフレッドを見やった。

「ええ、ふたりで見つけたの」ウィニフレッドも口を揃えた。「捨てられていたから」

アミリアはほんとうに困惑した。「あなたたちがなにを読んでいてもかまわないわ。だから、見せてもらえないかしら」

ふたりとも動かない。

「ねえ、見せて」アミリアはせかした。「いいでしょう」

ビーが脇の下から雑誌を取りだした。

その書体、見出し、挿絵。これってまさか？　見間違えようがない。レディ・アガニのお悩み相談欄ならどこにあろうとさすがに見ればわかる。思わず小さな悲鳴を洩らした。「まあ！」

「うちの家政婦が読んでる雑誌なのよ」ビーが慌てて口走った。「毎週読んでる。ごみ入れのそばにあったから、たぶんもう読み終えたんだと思って。だけど、もとのところに戻しておくわ。誓います。お願いだからお父さまには言わないで」必死で頼むビーの顔は赤らみ、そばかすがよけいにきわだって、下唇がふるえている。

「どうしてわたしがグレイ卿に告げ口するの？」アミリアは尋ねた。

「下劣な読み物だから」ビーはそわそわと三つ編みの髪を指に絡ませた。「淑女は読んではいけないものなのよね」膝から目を上げた。「でも、とても面白い物語が載ってるの」

「ちょっといい？」アミリアもそういった風評は耳にしていたものの、あらためて怒りが沸き立った。いかにもグレイ卿が言いそうなことだ。「善良なたくさんの淑女がその雑誌を読んでいるわ。レディ・アガニにはそういった女性たちからお手紙が寄せられているんだもの」

「わたしもそう言ったの！」ウィニフレッドが言葉を挟んだ。

ビーが少し表情をやわらげて、わずかに笑みを浮かべた。「今週は、〝わが妻はなし〟様への回答に苦情を寄せた男性たちへのお返事が書かれてる。これがまた傑作なの」

「とても賢明な回答なのよね！」ウィニフレッドが声をはずませた。

「彼女は賢い人なのよ」ビーが言い添えた。

アミリアは胸の奥でなにかが動くのを感じて、思わず顔がほころんだ。初めはエドガーが死んでしまって、なにかやることがほしくて、お悩み相談欄の回答者を引き受けた。つまり逃げ場。時間を持て余すのにも、そうした時間を費やすのにふさわしいことをするのにも、不慣れだった。あらゆる意味で、秘密の筆名は息苦しさから逃れる手段だ。でも、ウィニフレッドとビーの読者としての感想を聞けて、レディ・アガニが社会の制約に苦しんでいる少女や女性たちにひとつの道筋を与えているのだと気づかされた。レディ・アガニが慣習にしたがうことを拒むたびに、同じようにしてもいいのだと勇気を与えている。

「とはいえ、ウィニフレッド、わたしに隠しごとをしなくてもいいでしょう。それも読み物のことなのに」アミリアは娘にウインクした。「わたしも物語については次はどうなるのかとはらはらしながら待ってるんだから」雑誌のほうに顎をしゃくった。じつは掲載されている恋愛小説の最終話が待ちきれなくて、発売日の五日まえに持ってきてほしいとグレイディに頼んだこともあったけれど、聞き入れてはもらえなかった。「倫理にもとるものでないかぎり、子供は読みたいものはなんでも読んでみるべきだというのがわたしの持論よ。そうやって読み書きの能力は養われるものだから」

「まさにビーが望んでいることね」ウィニフレッドがベンチから飛びあがるように腰を上げた。「作家になりたがってるの」

「できれば」ビアトリスがはにかんで言う。「できれば、作家になりたい」

「それならできるだけたくさん読むことね」アミリアは声をひそめた。「それも、幅広く」

ウィニフレッドが友人ににっこり笑いかけた。「最高の女性だって言ったでしょう」

「さあ、手袋と帽子を取ってらっしゃい。玄関広間で待ち合わせね」アミリアはふたりをテラスのほうへせきたてた。「わたしはミス・レイニアとちょっと話があるから、それが終わったらすぐに出かけましょう」

少女たちは屋敷のなかへ駆けだしていき、アミリアは池へ向かった。午前中に仕上げられたものを見るかぎり、ミス・レイニアは庭園を設計する才能に恵まれている。とはいえ、ただ造園の技能を発揮してもらいたくてこの仕事を頼んだのではない。ジョージが殺された晩についてできるかぎり聞かせてもらうのがそもそもの目的で、そのための時間はきょうとあすだけにかぎられている。

「ミス・レイニア、あずまやを見てきたところなの」アミリアは美しく彩られたあずまやを示した。「すばらしい出来栄えだわ」

「まだ完成していません」ミス・レイニアは手袋をした指を小さな鍬(くわ)のように動かして土を掻きながら答えた。「お嬢さんたちがご覧になりたいと言うので、わたしはそのあいだにこちらの雑草を片づけてしまおうと思いまして」ちらりと目を上げた花売りの頬をひと筋の汗が伝い落ちた。「そこらじゅうに生えてます」

「うちの庭師頭のテイバーはもう若くないんだけど、池で魚に餌やりをするのが好きなの。

代わりの人を雇う気にはなれなくて」アミリアは石造りの長いベンチに腰かけた。「ちょっと木陰で休まない？　暑いでしょう」

フランシスは麦わら帽子を脱いで、汗ばんだ灰褐色の髪を後ろに撫でつけてから、またかぶり直した。「ではちょっとだけ。やることがたくさんあるので。まだ切り花の飾りつけにも手をつけていません」

「どうか焦らないで」アミリアは力を込めて言った。「ここで催しをするのはだいぶ久しぶりなの。二日間で庭園のすべてをきれいにするなんて無理だもの。古びた領主館よね。わたしはそんなところがかえって気に入っているんだけど」

「ですが、パーティの準備は必要ですわ」

「小規模の気楽な催しよ」アミリアは肩をすくめた。「少しくらいの雑草に我慢できない友人たちがいたとすれば、べつの友人を探せばいいだけ」

「わたしはあなたのご友人のハムステッド夫人が好きです」

「わたしも。彼女もパーティに来るわ。あなたと初めてお目にかかった晩にわたしと一緒にいた紳士、サイモン・ベインブリッジも」アミリアはひと息ついた。「あの晩のことについて、ひとつ訊いてもいいかしら？」

フランシスは身をこわばらせた。「ええ、もうぜんぶお話ししましたけど」

「はっきりさせておきたいことがあるの」アミリアはフランシスの不安をやわらげようと微笑んだ。「あなたは、上等なドレスのたぶん貴婦人らしき女性がミスター・デイヴィスと話していたと言ってたでしょう。でも、彼が上流階級の紳士と話していたのを見たという人もいるの」顎を指で打った。「そうだとすれば、その女性と男性は一緒にいたのではないかと思ったのよ。しかも別れてからべつべつにミスター・デイヴィスと話をしたのかしら」

「憶えてません」フランシスが首を振った。「その男性はどんな方だったのでしょう?」

「金髪で、上等な身なりだったと」アミリアはそれとなく言った。

「そのような男性は見ていません」

「酒場の給仕係の女性が話してくれたの」アミリアは言い添えた。

フランシスは鼻で笑った。「ルーシーですか? 彼女が言うことはあてになりません。チップを稼ぐためならなんでも言いかねませんから」

あの会話のあとでたしかにサイモンはチップを渡していた。ルーシーのおしゃべりはすべて侯爵のふところ目当ての戯言(ざれごと)だったの? アミリアにはそうとは思えなかった。作り話にしては詳しすぎた。それに、酒場の主人もなにか知っていることを隠しているようなそぶりだった。だからルーシーをさっさと仕事に戻らせたのではないだろうか。

「もしなにか思いだしたら、なんでもいいから教えてもらえる?」

フランシスは軽くうなずいて、池のほうに目を向けた。「そうします」

「ありがとう」アミリアが屋敷に戻ると、ウィニフレッドとビーが買い物に出かけたくてやきもきしていた。やきもきしているのはこちらも同じだ。ウィニフレッドは成長している。母親と午後をともに過ごす時間はしだいに減り、ビーのような友人たちとますます過ごしたがるようになっていくのだろう。

アミリアはそんな寂しさを頭から払いのけて、ウィニフレッドとビーを連れてウエストエンドでの宝物探しの買い物にめぐった。リージェント・ストリート、ボンド・ストリート、ペル・メル街のあちこちで足をとめ、新しい婦人帽を買ったり、アイスクリームを食べたり、マジック・ショーを見物したりした。それから、約束どおり、御者にフリート街へ向かうよう指示して、安全なエイムズベリー家の馬車のなかからせわしない新聞業界の中心地を少女たちに眺めさせた。そこは大人の男性たち、少年たち、馬、それに言うまでもなく新聞、雑誌、冊子であふれかえっていた。通りのひびや隙間にまで言葉が詰まっているかのようで、たまにそうした言葉の波が馬車のなかにも流れこんできて、その日の重大ニュースがアミリアの耳に否応なしに打ち寄せてきた。

グレイディが働いている建物に馬車が通りかかると、アミリアは小さな窓に顔を寄せて見上げた。いまこのときも、誰かが自分の回答をまとめて、週刊誌のお悩み相談欄に掲載する作業をしているのだろう。目の前の通りを走る馬車に当のレディ・アガニがふたりの少女と一緒に乗っているとは知る由もなく。

ビーは熱心にその界隈を眺めていた。馬車のなかにまで漂ってくる印刷したての新聞の匂いを薔薇の香りを嗅ぐように吸いこんでいる。この少女がいつか新聞記者となって、筆名ではなく実名で記事を書く日が来るのかもしれない。アミリアは唇を噛んで笑みをこらえた。グレイ卿のお気に召しはしないだろうけれど。

馬車がメイフェアへと向きを変えて走りだし、あとは帰るだけとなった。一軒の店の窓辺に見事な船の模型を見つけるまでは、アミリアはほんとうにそう思っていた。模型の船体は濃い褐色で、白帆がぴんと張られ、鮮やかな旗が掲げられていて、これほどりっぱな帆船は見たことがなかった。アミリアは馬車の屋根を叩いた。「停めて、お願い」

ウィニフレッドが身を寄せてきた。「どうしたの？」

アミリアは指差した。「あれよ」

少女たちは帆船を見て、声をあげた。

「まさにわたしたちが求めていた船だわ」アミリアは言った。

「だけどちょっと……大きすぎない？」ウィニフレッドが訊いた。少なくともウィニフレッドくらいの大きさはありそうだ。

ビーが目を瞬いた。

「大きくないわ。というより……すてき」アミリアはレティキュールをつかんだ。「見にいきましょう」

従僕が馬車の扉を開き、三人は大きな帆船がある小さな店へ向かった。アミリアはウィニフレッドがこんなにも興奮しているのを見たのは久しぶりだったし、じつを言えば、自分も興奮していた。ウィニフレッドがじっくりと船を眺め、腕を伸ばしたものの、目に見えない覆いが掛けられているかのように触れはせずに帆のそばで手をとめた。でもアミリアは我慢できず、美しくぴんと張られた幅広の縞模様の帆布にわずかに手をかすめた。ほんとうに外洋を航海しているかのように見える。

「こちらの逸品にお目が留まりましたかな」店主が近づいてきた。長身で手脚も長く、褐色の角張ったひげをたくわえている。「海の精セイレーンのように、たくさんの子供たちを寄り道させてしまうんです」

「動くの？」ウィニフレッドが訊いた。

「動くのか？」店主が小さく舌を鳴らすとひげがひくついた。「動かないものをお売りしているとでも？」ロープの結び目を撫でた。「こちらはエドワーズ提督がみずから作られた、ロンドンでも最上の帆船模型です」

エドワーズ提督。その名前にアミリアの耳はぴくりと反応した。サイモンの友人であり、先月にはアミリアにとっても尊敬する人物となった。エドワーズ提督は英国海軍で活躍しただけでなく、みずから造船会社〈順風（フェア・ウインズ）〉を設立した。この模型も提督が指揮していた本物の帆船と同じように水上を進めるのだとしたら、これほどすばらしいものはない。

アミリアは帆船を眺めた。ヴィクトリア・パークが目に浮かんだ。よく晴れて風も穏やかな日の美しい帆船レース。アミリアの船が先頭を行く。グレイ卿の船は汀線に浮かんでいる。ウィニフレッドが声援を送っている。アミリアはにっこり笑った。なんてすてきな光景。

「これをいただくわ」

店主がとまどい顔で口をあけた。「奥さまが？」

「ええ、そうよ。これを買いたいの」アミリアはレティキュールを開いた。「おいくらかしら？」店主が価格を答え、アミリアはレティキュールの口を閉じた。「よろしければ、わたし、アミリア・エイムズベリー宛てに請求書を届けていただけないかしら」

「かしこまりました、奥さま。こちらは本日、お届けにあがります」

「その必要はないわ。馬車で来てるから」アミリアが窓の外に合図すると、使用人が駆けつけた。「従僕と一緒に運んでくださいな」

帆船模型が茶色の包装紙にくるまれ、手押し車で運ばれるあいだ、ウィニフレッドとビーは両手を握り合わせて跳びはねるのを我慢していた。ふたりは今度のヴィクトリア・パークでのレースにその帆船を出場させられると舞いあがっている。アミリアも同じ気持ちだった。このような遊び道具を手に入れたことはなかったし、初めてペパーミント・キャンディを味わおうとしている少女のような気分だ。少女時代は働くのがあたりまえで、宿泊客をもてなす余興以外は、遊びの競技には縁がなかった。でもいまは？　アミリアはビーとウィニフレッドのうれしそうな顔を見やった。一度くらい少女時代に舞い戻ったみたいに帆船レースを楽しんでみるのもいいわよね。

22

親愛なる　レディ・アガニ

わたしは針金で出来たクリノリンが大好きです。とても軽いし、すばらしく好ましい姿を形づくってくれます。しかも、ドアの幅を広げなければいけないので、大工さんに仕事をもたらしているのですから。それなのに、おばは、もし強風に煽られたら淑女の足首が見えてしまうのでみだらな代物だと考えています。あなたは良識あるご婦人です。どのようにお考えですか？

かしこ

足首くらいかまわない　より

親愛なる　足首くらいかまわない　様

わたしのクリノリンについての見解はきわめて複雑です。軽いのはよいと思うのですが、足首があらわになることよりも、深刻な危険を及ぼすものではと懸念しています。現に、火がついてしまったり、馬車の車輪や機械に巻きこまれたりといった話を耳にします。それにもしすぐに逃げださなくてはならない場合には？　いえ、その場合には走って逃げるよりも隠れるほうが得策かもしれません。本欄の読者のみなさまなら、筆者がどちらの策を選ぶのかはおわかりのことでしょう。

秘密の友人　レディ・アガニ

アミリアはベインブリッジ邸に着いて、サイモンが留守であるのを知り、認めたくはないけれどやはりちょっぴりがっかりした。マリエールによれば兄は晩に帰ってくるというものの、とりあえず、ふたりで客間へ向かった。きょう最後の訪問者を三十分まえに送りだしたばかりだと言い、マリエールは安堵の息をついた。今シーズンに社交界に初登場したマリエールの人気ぶりを物語る大勢の訪問者にミス・ピムは鼻高々でも、マリエール本人は見るからに疲れきっていた。なにしろジョージ・デイヴィスの死を哀しんでいるそぶりなど見せずに、訪問者に応対しなければならない。

マリエールはふうと息を吐いて、がくんと肩を落とした。「きょうもやっと終わったわ。ベッドで毛布にくるまって何日もじっとしていたいと思いながら、お客さまをもてなさなければいけないなんて、あなたには想像もつかないでしょう」目をしばたたいた。「いいえ、あなたならわかるのよね」

「ええ、でも、わたしの場合はまた事情が違ったから。エドガーとわたしは結婚していて、ふたりの関係はみなさんがご存じだったんですもの」アミリアは親身にそっと彼女を抱きしめてから、長椅子に腰をおろした。「公爵さまはいまもあなたとジョージ・デイヴィスとの関わりはいっさい認めておられないのよね？」

目を狭めたマリエールは冷静沈着なサイモンとそっくりに見えた。「それどころではないわ。父はわたしをみなさんの目に晒（さら）すことで噂が流れるのを阻止しようとしている」ドアのほうにちらりと目をやった。「もう何日もミス・ピムが影のようにわたしにつきまとってる」

「公爵さまに頼まれて？」

「間違いないわ」

アミリアはその返答について考えてみた。公爵の立場からすれば悪い手ではない。おおやけの場で娘になんでもないふりをさせること以上にジョージ・デイヴィスとの関わりを否定するのによい手立てがあるだろうか？　でも、父親なら、傷ついている娘を平気で見ていられるもの？　アミリアにはマリエールの哀しみの深さが理解できた。心から惹かれていた男性を失ったのだ。たぶん初めて愛する切なさを知ったあとで。

そうした考えがアミリアに十六歳のときの記憶を呼び起こした。心を奪われて、結婚すると信じていたのに宿屋から去っていったアイルランドの男性パトリック・キングズリーのことを。赤い縮れ毛の二十九歳の男性で、アミリアは彼の訛（なま）りの強い英語を聞くたび頬を染めていた。アイルランドの丘陵を鬱蒼とした谷の連なりのようだと話して聞かせてもらったのをきっかけに恋心が芽生えた。パトリックはお尻のポケットに詩人の言葉を忍ばせていて、アミリアに思いも寄らずアイルランドへのあこがれを抱かせた。当時から旅に興味があったので、イングランドの田舎から離れられるのなら、冥界の河まででもパトリックについていっただろう。

でも結局、ある月曜日の朝、アミリアがアイルランドを皮切りに世界を旅してまわりたい願いを熱っぽく訴えると、パトリックはやさしく笑いかけて旅立った。きみはそのようなことを考えるにはまだ若すぎるから、本で冒険をするだけにしておいたほうがいいと言い捨てて。彼の訛りはもうまるで魅力的には感じられなかったけれど、グレイディはこの一件に、十二歳で家を出たと話していた男がそのように撥ねつけるのは筋が通らないと疑問を投げかけていた。アミリアはいまでもアイルランドには行ってみたいのだけれど……。

マリエールのほうに意識を戻した。「ジョージ・デイヴィスに手切れ金を払ったのか、お父さまに訊いてみた？　その返答が新たな手がかりになるかもしれないから」

「訊いたわ」マリエールも同じ長椅子に腰をおろし、低い声で続けた。「反対に、おまえは手切れ金を払わなければならないような相手とどうして関わったのかと尋ねられた。わたしを愚か者と呼んだのよ」両手をぎゅっと握りしめる。「父は間違ってない。もしジョージがあのお金をもらっていたのなら、家族に言われていたように、あの人はろくでなしだったのかも。そして、わたしはばか娘だったということ」

アミリアはマリエールの両手に触れて、しっかりと握った。「あなたはとても聡明な女性よ。仮にジョージがろくでなしだったとしても、それがあなたにどう関係しているというの？　自分を責める必要はないし、ジョージのことも必ずしも責められないわ。お金の威力はあなどれない。持っていない人にとっては人生を変えるほどのものなのだから」

マリエールが微笑んだ。「あなたと話しているといつも気が楽になる」

アミリアは微笑み返した。

ドアがノックされ、ミス・ピムが部屋に入ってきた。

「レディ・マリエール」ミス・ピムの声はうららかで生気に満ち、早朝の小鳥のさえずりのようだ。「お邪魔してごめんなさいね、でもミスター・フーパーの新しい牝馬が到着したのよ。すぐに知らせてきてほしいと頼まれたものだから。彼はとても張りきってる。見にいらしたらいかが？」

マリエールの目が明るく輝いた。「いいかしら、アミリア？」

「ええ、もちろんだわ」マリエールがどれほど馬好きなのかはわかっているし、アミリアもある計画を思いついていた。「行ってきて。きょうはウィニフレッドとのお買い物で歩きまわったから、ちょうど身ぎれいにしたいところだったの。その時間が取れなくて」

マリエールがミスター・フーパーの馬を見に出かけたあいだに、アミリアはミス・ピムの案内で、もうひとつの客間と堂々たる肖像画の展示室を通り抜けて化粧室へ向かった。そのなかでわざとがさごそと音を立ててレティキュールを開きつつ、足音に注意深く耳を澄ました。人の気配が消えると、ドアをあけて、ひそやかに左右を見まわした。二階の廊下はがらんとしていた。さらに階段を上がれば、家族それぞれの私室が並んでいるはず。

サイモンはなにかを隠していて、それを明かしてもらおうと時間と機会をじゅうぶんに与えたのにいっこうに聞けないのだから、あの晩ジョージ・デイヴィスの死体のそばから彼が取り去ったものを自分で確かめざるをえないとアミリアは決意した。マリエールによればサイモンは夜まで戻らず、ほかの家族も出かけているなら、捜すのはいましかない。サイモンが取り去ったのは小さくてきらきらしていて、価値あるものに違いなかった。そうでなければ、隠しはしない。それになんであるかを話してくれたはずだ。家族か、友人か、関わりのある女性のものなのかもしれない。誰かをかばっているのだとしたら、それは誰なの？

アミリアは音を立てないように階段を上がった。煉瓦造りの大邸宅で、廊下は暗く、頼りは寝室の窓から洩れ射している光だけ。どの寝室も数時間まえにはきれいに整えられて、いまはこうして見るかぎりメイドやほかの使用人の姿はない。アミリアは歩道のようなペーズリー織の絨毯の複雑な模様に視線を据えて緊張をまぎらわせて進んだ。

廊下の先にマホガニーの両開きの扉が現れた。扉は少しだけ開いていていて、部屋のなかの大きな四柱式のベッドと厚いカーテンが垣間見えた。立ちどまって、いつもサイモンが漂わせている潮風のほのかな匂いを吸いこんだ。

いよいよね。考えてはだめ。行動するのみ。

勇気を奮い起こし、肩越しに後ろをちらりと確かめてから、すばやく部屋に入って、壁にぴたりと背をつけた。胸が呼吸で波打っている。こんなにもどきどきしたのは生まれて初めて。いいえ、一度だけ、殺人犯に自分が狙われていると思ったときにもとても恐ろしい思いをした。自分にとってその次に恐ろしい男性がサイモンということになる。アミリアは用心ない。

深く部屋のなかを見まわした。しかも男らしい迫力では誰もサイモンには敵いそうにない。

どこを見ても、男っぽさを思い知らされずにはいられない。この部屋でなによりも威風堂々と感じられるのがベッドで、さらには狩猟の絵が彫り込まれた着替え用の衝立や、熊皮の敷物もある。どこからどういうわけでこの部屋に行き着いたのかをつい考えずにはいられない。

集中しないと。

自分のためにここにいるのではない。サイモンのためでもない。自分の読者のひとり、マリエールのために来たのだから、細心の注意を払わなくてはいけない。サイモンはなにか隠していて、それを見つけられれば、なにかがわかる。宝飾品である可能性が高い。暗い通りできらきらと輝いていた。女性が身につけるもの？　マリエールのもの？　そうだとすれば、警察に見つけられたくなくて隠したとしても理解できるけれど、でもそれならどうして自分に明かしてくれないのかがアミリアにはわからなかった。

いかにも宝飾品をしまっておきそうな螺鈿（らでん）細工が施されたクルミ材の箱があったので、そこから捜すことにした。指輪、カフスボタン、飾りピン——これといって変わったものはない。抽斗には母親の髪の毛が収められたロケットが入っていた。サイモンの髪と同じで黒い。アミリアはすぐにロケットを閉じた。ここでサイモンが大切にしているものを探っているなんて間違っている。わたしはいったいなにを考えていたの？

ドアのほうに踏みだして、ぴたりと足をとめた。だめ。こうせざるをえなかった。サイモンが隠しているものを見つけるためにここに来た。それが目的だったはず。証拠品を思い出の品々と一緒に置いておくだろうか。考えないと、考えて。部屋を見まわし、小さな机に目が留まった。そこだけ鍵が掛かっていた。なにか隠してあるとすれば、そこだ。

あけるのはさほどむずかしくなさそうな鍵だった。アミリアが編み上げられた赤褐色の髪からピンを抜くと、巻き毛が少しほつれて垂れた。実家の宿屋では鍵を置き忘れたまま部屋のドアを閉めてしまったり、鍵をなくしたりする宿泊客が大勢いた。アミリアはそうした部屋のドアの鍵をあける達人だった。

ヘアピンを鍵穴に差す。押しこんでねじり、またねじる。できた！　小さな机の抽斗が開いた。

便箋、ベインブリッジ家の印章、海軍関連の書類。アミリアは微笑んだ。母親からの手紙はピンク色のリボンで束ねられている。さらに奥に手を伸ばして探ると、なにかが動いた。羽目板。手をちょっと振り動かすと、その羽目板が少しずつ開いた。上げ底になっている！　二重の抽斗。

よく見ようとしゃがむと、スカートが黄色い陽光の輪のように広がった。暗闇でなにかがきらめいた。アミリアはそれを取ろうと手を伸ばした。「痛いっ！」馬蹄形のネクタイピンで、ダイヤモンドが六粒とエメラルドが三粒あしらわれていた。緑と白――ベインブリッジ公爵家の紋章の色。サイモンが隠したのも無理はない。事件現場に父親がいた証拠になると思ったのだろう。

「きみはいったいどういうつもりなんだ？」

アミリアはくるりと後ろを振り返った。

サイモンがドア口に立っていた。

なにか言わなければと思っても、言葉が出てこない。いったいこの状態でなにが言えるというの？　なんのためになにをしているのかはあきらかだ。いま手にしているのは、ジョージ・デイヴィスが殺されたあとサイモンが持ち去った証拠品のネクタイピンなのだから。尋ねるのはこちらのほうだ。「どうして、警察の捜査の大切な証拠品になるものをあなたは隠したの？　あなたのお父さまのものなのよね？」

サイモンはゆっくりとドアを閉めた。「あらためて訊く。きみはぼくの寝室でいったいなにをしているんだ？」

「あなたが事件現場で光るものを取り去ったのを見たの」アミリアはピンを掲げてみせた。「これよ。あなたが話してくれなかったから、わたしはここに捜しに来た」威厳を保ちつつ、ゆっくりと歩きだそうとしたものの、スカートが広がりすぎていて、足を滑らせた。新たな装いを試してみたら、こうして文字どおり痛い目に遭うことになる。ロンドンの流行に乗る努力はもうこれが最初で最後にしよう。

サイモンが大股で机のほうに歩いてくる。

この位置から見ると彼がいつもよりさらに長身に感じられた。ああ、それに侯爵さまはひげを剃ったほうがよさそうね、まだ午後四時半だけど。

サイモンが片手を差しだした。

「ありがとう――」アミリアは立ちあがる手助けをしてくれるのかと思いこんで口を開いた。

「ピンを」

「えっ？　どういうこと？」ピンを後ろに隠した。「マリエールにはあなたがこれを持っていた理由を知る権利があるわ」

サイモンがしゃがむと、夏のそよ風のような匂いがふわりと漂った。暗緑色だった瞳は嵐を予感させる鉄灰色に変わっていた。しかもいかめしい顎にはわずかなふるえが見てとれる。

「ピンをよこすんだ」

「だめ」

サイモンの目が狭まった。「ならばきみから取りあげるだけのことだ」

「すんなりとはいかないわ」アミリアは奥歯を嚙みしめた。

「それでいいのか？」サイモンがそれとなくアミリアの剝きだしの肩を見やった。「奪いとれとでも？」

アミリアの顔が熱く赤らんだ。きょうのドレスはスカートが広がっているだけでなく、ボディスの襟ぐりも深い。胸がいまにもこぼれでてしまいそうなくらいに。レティーの言うなりになって着飾らなければよかった！　当然ながらこのドレスはすぐにお古としてレティーに引き継がれるので、メイドにとっては女主人に着せて手放してもらうのがきっとほんとうのもくろみだ。現にアミリアは帰ったらすぐに侍女にあげてしまうつもりだった。

咳ばらいをして、なるべく真剣な声を保とうとした。「まず、これがどんなもので、どうしてあなたは持ち去ったのかを話して」

「そうすれば、返してもらえるのか？」

「ええ」

サイモンはアミリアと並んで床に坐った。「きみに話そうと思っていた。もう少し時間がほしかった。それだけのことだ」

アミリアは背中でネクタイピンを握りしめた。「なんのための時間？」

「ジョージ・デイヴィスが殺された晩に、どうして死体のそばに公爵のピンがあったのかを解き明かす時間だ」

「やっぱりあなたのお父さまのものだったのね！」

「一八五四年のアスコット競馬で優勝した記念に発注したものだ」サイモンは脚を伸ばした。「以来、馬をレースに出走させるときには必ず、クラヴァットにしっかりとこのピンを付けていた。父がそれをジョージ・デイヴィスに渡したとは思えないんだ」

「ジョージが盗んだと言いたいの？」

サイモンは肩をすくめた。「たぶん。ぼくは父に避けられていて、尋ねることができなかった。でも、尋ねてみるよ」

「きのう、マリエールがお父さまにジョージのポケットに入っていたお金について尋ねたの。あなたのお父さまはジョージにお金を渡したことを否定なさらなかった。それどころか、手切れ金を受けとりかねない男とどうして関わったのかと彼女に尋ねたそうよ」

「そうやってうやむやにするのが公爵のやり口だ」皮肉のこもった口ぶりだった。

アミリアは困惑した。「どういうこと？」

「父が関わると、愛する人々がいなくなる」サイモンは目をそらした。

アミリアは寒波に襲われたかのような心地で悟った。サイモンは母親の死に父親が関与したと思っている。子供としての直感なのか、ほかにもなにか根拠があるの？　サイモンの母親は愛人とともに列車の事故で死んだ。公爵になら人々を追い払うくらいは簡単なことなのだとしても、列車を破壊できるものだろうか？　どうしたらそんなことができるのか想像もつかない。「ああ、サイモン」

こちらを向いたサイモンはもう経験豊かな海軍の将校の顔ではなかった。父親に心を傷つけられた息子で、これまでアミリアには気づけなかった少年っぽさが表れていた。船上で過ごした年月がしっかりと顔に刻まれてはいるものの、自分がもっとも恐れていることをアミリアに知られたと悟った目は大きく開いていた。サイモンはどれくらいのあいだ、その胸のうちで孤独な葛藤を続けてきたのだろう。父の関与を疑いながら尋ねられないつらさはどれほどのものだったことか。

「証拠もないし、公爵が関与していることが確かめられるまでは、母を亡くしてからぼくが感じてきたような思いをマリエールには味わわせたくない。疑念は人を変える。それもいいほうにではなく」サイモンは首を振り、黒い髪の房が片方の眉にかかった。「マリエールとぼくにとって望ましいことじゃない。まずはぼくが妹の信頼を取り戻さなくては」

「もちろんだわ。不確かなことや推測をあてにはできない。ジョージ・デイヴィスが殺された晩について、お父さまに尋ねてみる必要があるわ。わたしも同席させてもらえないかしら」

「ぼくを信用できないのか？」サイモンが傷ついたような表情を浮かべた。

「信用してるわ」とっさに口走ってから、本心だとアミリアは気づいた。サイモンはネクタイピンについて話してくれなかったけれど、それには正当な理由があった。公爵が関わっている証拠もない状態でマリエールの耳には入れたくなかったからだ。「でも、いまのマリエールはあなたを信用していない。わたしが同席する必要があるのよ。今度はあなたにわたしを信用してもらわないと」

サイモンがゆっくりとうなずいた。「わかった」

アミリアはふたりの関係の変化――深まり――を感じて、気が安らいだ。サイモンに秘密の筆名を知られていて、自分はサイモンのつらい過去を知っていて、ふたりは信頼しあっている。互いに正直でいられるし、弱さも見せられる。そうした相手がいることは自分にとって、どちらにとっても、つねに正しい行動を求められる人々にとっては救いだ。アミリアはサイモンにネクタイピンを返した。「あなたの寝室に忍びこんで、ごめんなさい」

「状況が違えば、まったくかまわなかったんだが」ふっと口もとを緩ませた。

「またわたしの顔を真っ赤にさせたいのね」

サイモンが頭を傾けた。「顔を赤らめたきみはきれいだ」

アミリアは膝の上に視線を落とした。

サイモンが立ちあがり、ネクタイピンを机に置いてから、アミリアを引っぱり立たせた。

アミリアが少しぐらついたので、サイモンが腰をつかんで支えてくれた。「おっと」

彼の手の温かみがドレスの布地を通して肌に染み入り、アミリアはその感触とキスのことしか考えられなくなった。成熟した大人の女性の自覚は頭から吹き飛んでいた。彼の身体、欲望、自分自身の欲望についても、もっと知りたくてたまらない好奇心旺盛なういういしい小娘に戻ってしまった。心を奪われないように向きを変えた。

サイモンに顔を戻された。

アミリアは動かなかった。あとは彼がどうするのか、なにも起こらないのかのどちらかだ。

サイモンが頭をかがめ、目を探るように見つめた。無言で許しを求めている。サイモンはその答えを見つけて、目的地へ地図をたどるかのようにアミリアの輪郭を手でなぞった。うなじで手をとめ、軽く息を吸いこむ。「薔薇だな。そうだろうと思ったんだ」

アミリアはふたりのあいだの濃厚な香りを押しつぶしてしまうくらいに抱き寄せてほしかった。それでも意志の力で懸命にこらえて、ただじっと立っていた。

「ベインブリッジ卿」閉じたドアの向こうから声がした。「お部屋にいらっしゃるの?」

アミリアは胃が跳びはねた気がした。薔薇やキスといった考えはいっきに吹き飛んだ。

声の主は完璧なミス・ピムだった。

23

親愛なる　レディ・アガニ

わたしにはある従姉妹がいます。仮にすばらしきエヴリンと呼びましょう。彼女は、わたしにとってはパーティで出迎えてくれるどころか招待状を送ってもらうことすら望めない知人としか呼びようのない方々から、晴れやかな催しや舞踏会や演奏会に招かれて歓待されています。母はつねにわたしたちを比較するので、もううんざりです。どうすればわたしがエヴリンと張り合えるというのかわかりません。あなたならおわかりでしょうか？

かしこ

二番手　より

親愛なる　二番手　様

人気と当人のすばらしさを混同してはいけません。その女性はたしかにたくさんの場に招かれているのかもしれませんが、だからといって彼女のほうが優れているので

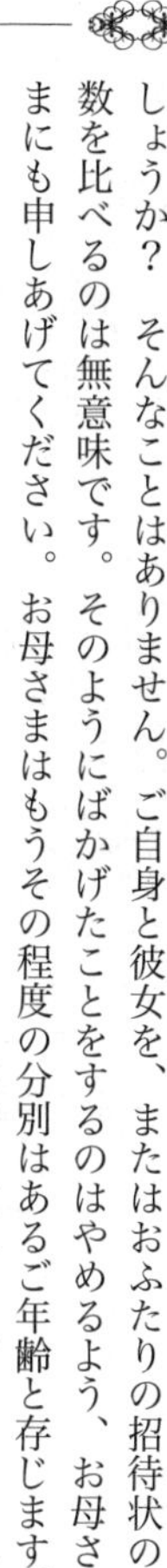
しょうか？　そんなことはありません。ご自身と彼女を、またはおふたりの招待状の数を比べるのは無意味です。そのようにばかげたことをするのはやめるよう、お母さまにも申しあげてください。お母さまはもうその程度の分別はあるご年齢と存じます。
秘密の友人　レディ・アガニ

アミリアは伯爵未亡人なので、同年代のほかの女性たちが強いられている多くの決まりごとを守る必要がない。娘がいて、称号があり、裕福で、おまけに評判には非の打ちどころのない夕ビサおばまでそばに控えている。とはいえ、男性の寝室にいるところを見られたら？　さすがに礼節にもとるだろう。しかもドアの向こうにいるのはあのミス・ピムだ！

「ああ、いる」サイモンの声はかすかにふるえていた。「なんです？」

「お見かけしたように思いましたので」ミス・ピムの気品にあふれた声はどことなく得意げだ。「ずいぶんと早いお戻りですのね？」

「大事な手紙を投函するのを忘れていたんです」サイモンは紙を手にして、わざとかさかさと音を立てた。

「わたしが出しておきますわ」ミス・ピムが申し出た。「このドアをあけてくだされば」

アミリアはぽっかり口をあけた。

サイモンが不安をやわらげようとアミリアの肩を軽く叩いた。「いまは無理です、ミス・ピム。気分がすぐれないので。ご用件だけお知らせください」

「近侍を呼びましょうか？」

アミリアは激しく首を振った。

「いや！」サイモンが大きな声で返した。「けっこうです。どのようなご用件なのです？」

「レディ・エイムズベリーのことですわ」ミス・ピムがドアにささやきかけるように声を落とした。「少しまえにこちらにいらしたのに、姿が見当たらなくて。でも馬車はまだ外で待機しています。あなたが見かけておられないかと思ったので」

アミリアは両手で顔を覆った。こうするだけで消えてしまえたらいいのに。

「ああ、レディ・エイムズベリーなら」サイモンはまるで動じずに答えた。「帰ってきたときに外でお見かけしましたよ」

外で？　いったいどういうつもり？　これから誰にも見られずにどうやって外に出ろというのだろう。客間まで戻るだけでもむずかしいのに。

「そうでしたのね」ミス・ピムの声には非難の思いがありありと表れていた。「そこまでは考えませんでしたわ」

「裏手に向かわれましたよ。厩のほうに」

「あの方もやはりミスター・フーパーの雌の仔馬をご覧になりたかったのね」ミス・ピムが言う。「それなら、茶器は片づけさせますわ」

ミス・ピムは歩きだし、すぐにその足音がとまった。

「それと、なにかご要りようのものがあればなんでもお申しつけくださいね」と言い添えた。

「そうさせてもらいます」

サイモンとアミリアはそれからしばし押し黙って待った。ミス・ピムがそこからいなくなったと確信が得られると、アミリアは小声で言った。「どうやって外に出ればいいの？　魔法の絨毯でもお持ちなのかしら？」

「いや、だがこの部屋にはバルコニーが付いている——それに木も。もっと若い頃はぼくも何度も登った木で、とても頑丈だ。大きすぎもしないし、小さすぎもしない」

アミリアは二重窓の外を覗いて、綱渡りのロープを見定める曲芸師のようにそこにあるものを眺めた。カーテンをおろす。「要するにこういうことね。わたしにバルコニーを乗り越えて、木を伝いおりて、この三階から地上の中庭に着地しろと？　あなたはどうかしてるわ」

「中庭じゃない。庭の生垣だ。それに、下の階にもバルコニーがある。だから、正確に言えば、バルコニーからバルコニーに下りて、そこから木を伝いおりて、生垣に着地する」サイモンがにやりと笑った。「ぼくも最後までお供するとも」

それが良いことなのか悪いことなのかがアミリアにはわからなかった——落下しかけても助けてもらえるとすれば良いことかもしれないけれど、そこを誰かに見られたら悪いことになる。まだ午後も半ばなのだから、誰かに見られないとはかぎらない。とはいえ屋敷の側面は背の高い木々に隠されている。その向こう側から誰かに見られる可能性はきわめて低い。

「ミス・ピムを出し抜くには急いだほうがいいだろう」

サイモンのひと言がアミリアの心に火をつけた。すばやく靴を脱いで脇にかかえる。「このドレスにこんな靴ではとても無理だわ」ほつれた髪を耳の後ろに撫でつけた。「木登りならとっても得意なのに、こんなかさばるもののせいでご覧にいれられないのがほんとうに残念」スカートに触れた。

「うまくやる必要はない。木を下りられさえすればいいんだ。ぼくが先に行こう」サイモンはバルコニーに出て、周りに目を走らせた。それからアミリアにも出てくるよう手招きした。

石造りのバルコニーは細長く、足をつけるとひんやりとしていた。そこに出られる窓はほかになく、ひと息つける場所というより壁面の装飾として設けられたバルコニーなのだろう。アミリアが忍び足で端まで進むと、サイモンは猫のような身軽さで二階のバルコニーに下りた。それとも誰にも見つからないように家を抜けだそうとしている少年のようなと言うべきなのかも。

初めてではないのは確かね。アミリアが下を覗くと、サイモンが両腕を上げて待ちかまえていた。

「大丈夫だ」サイモンが請け合った。「ぼくが案内する。靴をこっちに投げてくれ」

たしかにそんなに遠くはない。靴が二階の石造りのバルコニーに落ちたのを見て自信を得られたわけでもなかったけれど。アミリアは息を吸い、サイモンが両腕を伸ばして待ちかまえている階下を目指してバルコニーの壁面をまたいだ。ああもう、早くしないと彼に下穿きを見られてしまう。アミリアはサイモンの両手に支えられながら、その身体を滑り降りるように静かに着地した。心臓が早鐘を打ち、あまりに大きな鼓動をサイモンに気取られていませんようにと祈った。このようにかさばるドレスでなければ、軽々とできたはずなのに、教会の鐘のなかの梯子を下りたような心地だった。一歩間違えれば、ディンドン鳴らしてしまいかねないような。

スカートがよじれていたのでまっすぐに直し、深呼吸をした。なんとかなる。なんとかしないと。

「言ったとおりだろう？　なかなかよかった」サイモンが称えた。

アミリアはそっけなくうなずいた。次は木だ。

サイモンの言うとおり。成熟した木で、枝は長いけれど太くはない。少年ひとりくらいの重さならじゅうぶん支えられるとしても、大人ふたりでは――アミリアはちらりとドレスを見下ろした――しかもこの姿では、どうなのだろう？

そんな考えを察したようにサイモンが言葉を継いだ。「これはオークの木だ。きっとうまくいく」

オークは強さを象徴する木だ。だからこそクロムウェルの時代にはこの木の下で結婚式が執り行なわれたという。きょうはまさしくその強靭さをわたしたちが試せるというわけね。

「そうね。この木を信じましょう」

一本の枝がバルコニーまでまっすぐ伸びているおかげでたやすく手が届く。そこにサイモンが乗り移っても一瞬だけしなった程度だったので、少しは安心できた。サイモンがひざまずいて枝を揺らしながらじりじりと幹に行き着き、振り返って待っている。

アミリアはサイモンの自信のある目つきに、自分にもきっとできると励まされた。地面は見ずに枝をつかんで足を掛けることに気持ちを集中した。ポトン。バルコニーの床を見下ろすと、靴がそこに落ちていた。このままではまずい。ベインブリッジ邸のバルコニーにわたしの靴がある理由をどう説明すればいいの？　アミリアは靴を胸もとに押しこみ、コルセットに挟まっていてくれることを祈った。

まずは身を乗り上げなければいけない。乗り上がれたとしても、このドレスがまた足手まといだ。今シーズンの流行のドレスほど装飾が凝っているわけではなくても、ふだん身に着けているものよりはだいぶかさばる。かさばりすぎ。

すかさずサイモンがバルコニーのほうに戻ってきた。「引っぱり上げるか？」

「その必要はないわ。木の登り方ならわかってるから」こんなばかげたドレスを着てさえいなければ。結局、それから二度試して、三度目に成功した。枝に乗り移ると思いがけず、膝の下にまとめたドレスのスカートがざらついた樹皮に当たる痛みをやわらげてくれた。このドレスにもひとつは利点があったわけだ。それに木の葉の陰に隠れられたので、剝きだしのバルコニーにいたときよりも誰かに見られるかもしれないという不安も薄らいだ。

アミリアはサイモンの動きを追った。あとは枝を少しだけ登ってから、幹を伝って生垣に下りれば、木の下で彼が待ち受けている。みずから脱出して自由を勝ちとったように思えて、アミリアは自分の強さと身軽さに得意な気分になり、枝をつかんで少しずつ進んだ。子供の頃の運動神経を取り戻せてきたみたい。

子供の頃はよくグレイディと木に登っていた。それに納屋にも。酔っぱらいの靴紐をいたずらでひとつに括ってしまったら、高いところへ逃げなくてはいけなかった。酔っぱらいが木の下で自分たちを待ちぶせているあいだに寝こんでしまうまで、ふたりで馬小屋の屋根に腰かけていた。日が暮れて地面に下りたときの踏み心地や、家へ駆け戻りながら吸いこんだ夜気はけっして忘れられない。このあと硬い地面に着地した瞬間にもあのときと同じような安心感を得られるのかも。

木の幹に手が届いて、ほっと息をついた。

「ベインブリッジ！　ここでお会いするとは」

アミリアは凍りついた。

「フーパー！」サイモンの声はふだんより十倍は大きかった。「フーパー、わがよき隣人の友よ。ここで会えるとはうれしいな」

なんてこと！　ここで姿を見られるわけにはいかない。

「えっと、こちらこそ」ミスター・フーパーは口ごもった。

アミリアはびくんと身を引き、その拍子に胸もとからサテンの靴がぽろりと落ちた。手で口を押さえて悲鳴をこらえたものの、サイモンがふっと息を呑む音が聞こえた。

「あれはなんだろう？」ミスター・フーパーが訊く。

「なんでもない」サイモンがおそらくは靴を隠すためにもぞもぞと足を動かした「クルミじ

ゃないかな」

クルミがオークの木から落ちる？　へたな言いわけ。

サイモンが咳ばらいをした。「新しい雌の仔馬を見に来たんだ」なおもアミリアをかばうとやけに大声で話しつづけた。「どこにいるんだ？」

「裏手に。レディ・マリエールと一緒ですよ」

サイモンが含み笑いをした。「驚きもしない。妹は半径五十マイル圏内ならどこにでも馬を見にいく」

「彼女は馬のことをよくご存じだ」ミスター・フーパーは感心して言った。「たまに人より好きなのではないかと思ってしまうくらいに」

「恥ずかしながら、それはぼくも同じだ。子供の頃はふたりでポニー馬のそばにばかりいて、友達のように思っていた。だから、海軍に入ったら、妹に友達を取られてしまったというわけだ」

その言葉にアミリアは胸が詰まった。ふたりの母親は亡くなり、公爵はほとんど留守だった。兄と妹が動物を友達のように思っていたのも当然だろう。自分と同じように馬に慣れ親しんでいたジョージと出会えて、マリエールは夢が叶えられたかのように感じていたのに違いない。そして過保護な兄が去り、ジョージがマリエールの心の隙につけ入ったということなのだろうか。

「ぼくに言わせれば、悪友ならむしろいりませんよ」ミスター・フーパーはそう返して、草を踏みしだいた。「では行きませんか？」

「先に行ってくれ」サイモンが促した。「すぐにあとを追うので」しばしの間をおいて、小声で言った。「アミリア、なにを落としたんだ？」

「ごめんなさい、靴が滑り落ちてしまって……」アミリアは残りの靴をコルセットの内側に押しこんだ。「気にしないで。誰も見てない？」

「ちょっと待て」足音を聞き、さらに少しおいてサイモンが言った。「いまならいい、だが急いで」

「急げと言われても」アミリアはぼそりとこぼした。「これだとカタツムリくらいにしか進めないのよ」

「マリエールだ」サイモンが声をひそめた。「新しい雌の仔馬に乗ってこっちに来る。つまりはフーパーも」

えっ、だめ、えっ、だめ。アミリアは声に出さずに繰り返し、じりじりと木の幹に寄った。マリエールだけならまだましだ。友人なのでよけいなことは訊かないだろう。でも、ミスター・フーパーは？　彼に見つかるまえに木から離れなくてはいけない。感じのよい若い紳士で隣人でもある。ここにいるのを見られてはまずい。サイモンの寝室よりはましだとしても。

木の幹につかまろうとして、ざらついた樹皮に手が擦れた。ちくりとして怯んだ。「いたっ」

「アミリア！　大丈夫か？」

「平気」アミリアは答えた。「かすり傷だから」けれど両腕を木の幹にまわして枝を足で押しやったとたんに平気ではないことがわかった。痛みから思わず木の幹を手放すと、ドレスが引き攣れて破れ、しかもサイモンの腕のなかへアミリアはゆっくりと落ちていった。さいわいにも、受けとめてもらえたものの、ふたりで仰向けに地面に倒れこんだ。

サイモンが息を呑む音が聞こえた。それから空のほうから自分に呼びかける声がした。めまいがとまって目の焦点が合うまでに少し時間がかかった。アミリアは瞬きをした。正確には空のほうではなく、馬上からマリエールが呼びかけていた。アミリアは目を細めた。なんてこと。マリエールの横にはミスター・フーパーの姿もあった。

24

親愛なる　レディ・アガニ

娘が今シーズンに社交界に初登場し、当然ながら、関心を寄せてくださる様々な殿方と舞踏場で多くの時間を過ごしております。わたしは娘に、通りで不相応な殿方に出くわしたら、そしらぬふりをしてもなんら問題はないと言い聞かせているのですが、娘は挨拶を返すのが礼儀だと申します。どうすればそのような振る舞いを正せるのでしょう？

かしこ

拒絶は許される　より

親愛なる　拒絶は許される　様

拒絶は上流社会では容認されていますが、挨拶をなさるとはお行儀のよいお嬢さんだとわたしは思います。たとえば前夜に同じ時間をともに過ごされた紳士ならば、通りで出くわしてご挨拶をするのは当然ではありませんか？　お嬢さんの振る舞いに問題があるとは思えません。むしろ、上流社会こそ、上流という言葉の意味をあらためて考えてみるべきなのでは。

秘密の友人　レディ・アガニ

アミリアはこれまでにも何度も窮地に陥っていた。レディ・アガニのお悩み相談に寄せられた手紙に回答するための調査で、まずいときにまずい場に居合わせてしまったせいで。読者が店やお針子や、ロンドンのどこかの通りについても、とりわけやっかいな問題を申し立ててくれば、自分自身の目で確かめなければいけない。この仕事には機転が欠かせず、さいわいにもアミリアの頭はすんなりともっともらしい言いわけを生みだせた。ロンドンのいかがわしい地区で姿を見られたとしたら？　その片隅にあるパン屋さんのジャムがウィニフレッドの大好物なの。就寝していてあたりまえの時刻に家をこそこそと出るところを見られたら？　不眠症なので新鮮な空気を吸いに出たの。ロトン・ロウで片鞍に横乗りしているのではなく馬にまたがっているのを見られたら？　内心ではごく自然なことだと思いながらも、バランスを取りにくかったのでと言いわけをした。ほんとうに、いくらでも思いつけた。

ところがきょうは――まったく思い浮かばない。倒れたときに頭を打ったのだろうか。それとも、手のかすり傷が思った以上に重傷なのかも。あるいはめまいのせいで頭が目の前のものを見るのを拒んでいるのだろうか。マリエールとミスター・フーパーが説明を待っている。

「レディ・エイムズベリー」自分の下からサイモンの上擦った声がした。

それで身体が動いた。

「まあ！」アミリアはサイモンの胸の上から転がり落ちた。彼が息をついた音が聞こえた。サイモンがゆっくりと起きあがり、アミリアのけがを確かめるように眺めまわした。「どこか痛くないか？」

「なにがあったの？」マリエールが問いかけて馬から降りた。

「大丈夫よ」アミリアはサイモンに答えて、素足をスカートの下に引っこめた。

サイモンがアミリアの両手をつかんだ。木の樹皮で切れた片手は血が滲んでいる。「手当てをしなければ」

マリエールがかすり傷を見つめて、先ほどと同じ言葉を繰り返した。「なにがあったの？」

アミリアは苦い経験から沈黙よりなにか言ったほうがよいことを学んでいた。今回もそうであるのを祈りつつ咳ばらいをする。「木にぶつかったの」

「それでベインブリッジ卿のほうへ……」ミスター・フーパーは言いよどみ、頭の空白を埋めようとしているかのようだった。

「そうなんだ」サイモンは答えて、アミリアを助け起こした。「レディ・エイムズベリーがこちらに来るのが見えたので受けとめようとした」

「わたし――まあ」マリエールがアミリアのドレスの裾が破れているのを見つけた。その目がさらに肩のほうへのぼった。「あなたの靴！」

アミリアはとっさに胸もとを押さえたものの、靴はもうそこになかった。

「そっちだ。落ちてる」サイモンが教えてくれた。

アミリアは彼の視線の先を追った。一メートルくらい離れた木の陰に左右のどちらの靴も落ちていた。ドレスの埃を払う。きれいなドレスだったけれど、このような災難に遭ったからには即刻、ごみ入れ行きだ。着飾っても頭痛を引き起こしたり、けがを負ったりしたのではなんの意味もない。アミリアが木の陰へ歩いていって靴を履くと、ミスター・フーパーは靴ではなく下穿きでも身につけるところを見てしまったかのように顔をそむけた。「せっかく新しい馬を見られる機会を逃したくなくて走りだしてしまったのだけれど、ありがたいことに連れてきてくださったのね」

当の馬が頃合いを見計ったかのようにいなないた。

「またお目にかかれてうれしいですわ、ミスター・フーパー」アミリアは続けた。「美しい雌の仔馬ですのね。あなたが馬の愛好家なのがよくわかります」

「ええ、愛好家ですよ。レディ・マリエールは本物の専門家ですが」ミスター・フーパーは称賛のこもった甘く穏やかな声で言い、マリエールから手綱をあずかった。「ぼくが選んだ馬を気に入ってもらえてうれしいかぎりだ」

「気に入ったどころか」マリエールは馬の頭を撫でた。「うらやましいくらい！　まだ仔馬なのに、きょうの風と同じくらい穏やかで」

ミスター・フーパーがうれしそうな笑顔を見せた。

アミリアは穏やかでおとなしいながらも強さを秘めたその馬は持ち主とよく似ていると思った。ミスター・フーパーは態度が控えめで、気恥ずかしげに濃青色の目を相手の頭上にずらしがちだし、うぬぼれたそぶりは窺えない。長男ではないのでさほど世慣れしてもいない。のんびりしていられるぶん、兄たちほど催しものに歓迎されもしない。彼の花嫁になる女性に与えられるのは名家の評判とささやかな小遣い程度だ。

「同感だな」サイモンが言った。「すばらしい馬だ。出走させるつもりなのかい？」

「いや」ミスター・フーパーは含み笑いをした。「そうしたいのは山々ですが、いまですら競馬場は混み合っている」

言いたいことはアミリアにもわかった。競馬は上流階級の人々のあいだで信じられないくらい人気が高まっていて、ミスター・フーパーが出走させたところで子供が巨人たちを相手に戦うようなものだ。アミリアの目には、この男性にそこまで貪欲に戦える気概があるとは思えなかった。

「あら、わたしはぜひ出走させるべきだと思うわ」マリエールが言葉を差し挟んだ。「競馬場は混み合っているかもしれないけど、過熱しすぎとも言えるわ。思いあがりで」

先ほどまでの含み笑いが笑い声に変わり、ミスター・フーパーは手綱を手に巻きつけて持ち直した。「厩まで一緒に行きませんか？　この馬についての計画をお話ししたい」

サイモンが黙って目だけでアミリアの意向を問いかけた。

アミリアはまだ頭がぼんやりしていたものの、承諾した。エイムズベリー家の馬丁からとても有益な話を聞けたのだから、ベインブリッジ家の使用人からもジョージ・デイヴィスに関する情報がなにか得られるかもしれない。「ええ、行きましょう」

ミスター・フーパーが馬の手綱を持ってサイモンと先に進み、アミリアはその後ろからマリエールと並んで歩いた。何分かして、マリエールが肘に触れてきた。「木にぶつかったの？ほんとうはわたしの兄に襲われかけたなんてことはないわよね？」

思いがけない問いかけにアミリアは笑いをこらえた。「いいえ、襲われてなんていないわ」襲われるどころか、キスすらまともにしてくれたとは言いがたい。

「疑ったわけではないんだけど、兄はあなたといるとちょっと変だから」マリエールはもの思わしげにアミリアをちらりと見やった。「確かめておきたかったの」

「変？」アミリアは訊き返した。「どんなふうに？」

マリエールが唇を嚙んだ。「なんていうか……くつろいでる」かぶりを振り、髪の房が額にかかった。「それもちょっと違うわね。つまり、いつもはいかにも公爵の息子という感じなの。勲章を授けられた海軍の英雄で、いまは侯爵。だけど、あなたといるときの兄は、気が緩んでいるのよね。フェリシティ・ファーンズワースとの一件以来、そんな姿は見ていなかったから」

アミリアはサイモンと知り合ってまだ時はさほど経っていないが、ともにいくつもの嵐を切り抜けている。殺人事件、結婚、恐ろしい危険な人物について話し合うには、ふつうなら保とうとする礼儀作法も気にしてはいられなくなる。ちょうどよいきっかけを得て、いちばん尋ねたかったことが自然と口をついた。「お兄さんは彼女を愛していたのね？」

「ええ」マリエールが哀しげな笑みを浮かべた。「兄は認めないでしょうけど、一度はわたしたちの母のようになっていたわけ。情熱的に、人を愛して、頑固になってた」肩をすくめる。「フェリシティとのことがあって、その情熱が慎重さに変わった。用心深くなったの。でも、わたしには相変わらずね。高慢な兄だわ」

ふたりはほんの何拍か押し黙り、前方の男性たちの話し声だけが聞こえていた。「今回はお兄さんがそんなふうになるのも仕方がないんじゃない？」

「そうかもしれないけど」マリエールは認めた。

ベインブリッジ家もフーパー家も、馬と世話係たちのために同じように美しいU字形の厩を設えていた。フーパー家は馬房が四つ、ベインブリッジ家は六つで、上階が宿舎となっていて、窓台に植木箱が飾られ、紋章も掲げられている。馬がいて、人々が働いていて、ひとつの小さな村のようだ。

マリエールが歩調を落とした。「例のお金の件は兄に話した？　父が手切れ金を渡したかもしれないことについて」

「話したわ。もう少し待つようにと言われた。彼が公爵さまと直接話すつもりだと」マリエールが反論しようとしたので、アミリアはすぐに続けた。「わたしも同席するつもり。だから、あなたにすべて報告する」

「それでなにができるというの？　同席するだけで」

アミリアはその問いかけを手で払いのけた。「なにか突きとめてみせるわ」

マリエールは笑みを浮かべ、フーパー家の開け放された馬房のほうに曲がって進んだ。

「ふしぎとあなたならできそうな気がする」

ミスター・フーパーがかご一杯のりんごを持ってきたので、マリエールがそちらに駆け寄って、赤く熟したものを選んで雌の仔馬に与えた。年配の馬丁が微笑ましそうに眺めている。馬を愛でるマリエールに心ほだされずにいるほうがむずかしい。ロンドンのどこにいるときよりも幸せそうで、彼女の馬の扱いにはミスター・フーパーも感心しているらしかった。

「ほんとうはここでゆっくり楽しんでいたいんだけど、ほかの方々にこのドレスを見咎められるまえに家に帰って着替えないと」アミリアはマリエールとミスター・フーパーに告げた。

「ガーデン・パーティではお会いできるわよね?」

「楽しみにしているわ」マリエールは完璧なりんごを見つけて、戦利品のように掲げてみせた。

「ええ、とても楽しみです」ミスター・フーパーも口を揃えた。「では、レディ・エイムズベリー。ベインブリッジ卿」

「事件の調査の真っ最中にガーデン・パーティを催す時間があるとはな」ベインブリッジ家の厩のほうにまわり込みながらサイモンがささやいた。

「わかってないわね。ジョージが殺された晩に居合わせた人たちを一堂に集めれば、なにか新たな事実がわかるかもしれないし、ひょっとしたら犯人を突きとめられるかも」

サイモンが腕組みをした。「きみとキティのたくらみがかえってオリヴァーを引っ越しに駆り立てることにならないかな。キティ、パーティ、花だろう？　オリヴァーに見抜かれてしまうんじゃないか？」

「あんなに疎い人に？　それはないわね」アミリアは首を振った。「磨き立ての窓すら見通せないわ。目の前に見えているのはいつも本だもの」ひと息つく。「せっかくだから、あなたの家の馬丁たちにもジョージ・デイヴィスについて訊いてみましょうよ。新たな手がかりを与えてくれるかもしれない」

サイモンが賛同し、ふたりで中庭の美しい石造りのベンチへ向かうと、そこでひとりの男性が井戸の桶からカップに水を汲んでいた。

サイモンが男性のほうに顎をしゃくった。「うちの馬丁頭のターナーだ。ジョージ・デイヴィスとは誰より親しくしていたんじゃないかな。デイヴィスと敵対する人物についても知っているかもしれない」

「あるいは恋人についても」アミリアは言い添えた。

ターナーは太鼓腹で猫背ぎみの男性で、薄いひげを生やしている。感じのよさそうな顔つきで、目を上げると、待っていた友人を出迎えるかのように笑みを浮かべた。「侯爵さま、ご婦人と乗馬にお出かけですか？」

「いや、どうかそのままで」サイモンはベンチのほうを手ぶりで示した。「休憩の邪魔をするつもりはなかったんだ。まだ時間があるなら、ジョージ・デイヴィスについてちょっと話を聞かせてくれないか。先日殺されてしまって、いろいろとわからないことが出てきたものだから」

ターナーがベンチに腰を戻した。「そうでしたか。なんでもお訊きください」

「彼がここを辞めるまで一緒に働いていたんだよな?」サイモンは続けた。

「彼のぶんまで働いていましたよ」アミリアが眉をひそめたのに気づいて、ターナーは説明した。「失礼しました、ご婦人。死んだ人間を悪く言いたくはないんですが、われわれ同様に公爵さまもよくご存じのことなので。あの男が辞めさせられたのもそのせいなんです。デイヴィスは贅沢を覚えてから変わった。調教した馬が勝って、つけあがってしまった。わしらを見下すようになったんです」

デイヴィスが解雇された理由がほかにもあるのをアミリアは知っていた。マリエールから好かれたせいだ。でも、ターナーはそれを知らない。仕事仲間への嫉妬心から、そのような物言いに駆り立てられているわけではないのだろうか。教え子がその道の達人になるのはそうよくあることではない。とはいえ、ターナーは嫉妬深い人物のようには見えなかった。

「デイヴィスは勝つことを楽しんでいた」サイモンは馬丁見習いの少年がそばを通りすぎるのを待って言葉を継いだ。「過剰なくらいに。そのせいで敵をつくっていたかもしれない。復讐をもくろむような敵を」

「どうでしょう」ターナーが肩をすくめた。「時流に乗っていましたからね。敵より友人のほうが多かったんでは。彼のような男の周りにはみな群がりたがる」

「ご婦人がたも？」アミリアは問いかけた。

ターナーが問いかけられたことに驚いたように眉を上げた。「ええ、そりゃもう、ご婦人がたも。ご婦人はみんな勝者が好きなのではありませんか？」

「気がかりな女性がいるの」アミリアは声をひそめた。「レディ・マーガレット。ひょっとして、彼からその名前を聞いたことはなかったかしら、ここで働いていたときに」

ターナーは猫背だった背を伸ばし、肩をいからせた。「レディ・マーガレット？　聞いた覚えはありません。デイヴィスが付き合っていた女性になんの関わりがあるんでしょう？」

アミリアが言いわけしたくなるほどに馬丁頭は気分を害していた。

「ありがとう、ターナー」サイモンが引き返そうと足を踏みだした。「なにか思いだしたことがあればぜひ知らせてほしい」

「わかりました」ターナーはうなずいた。「では、ご婦人」

声が届かないところまで行き着くと、サイモンが唸り声を洩らした。「また行きづまったな」

「行きづまってはいないわ。道を見失っただけ」

「探るべき新たな道筋を見つける必要がある」サイモンが言う。

「あすはガーデン・パーティよ。なにか見つかるわ。きっと」

サイモンが苦笑いを浮かべた。「キティの新しいドレス以外に？」

アミリアは自分の皺だらけのドレスを見下ろした。「新しいドレスが必要なのはわたしのほうね。これをタビサにどう説明すればいいのかしら」

「きみの得意技じゃないか」サイモンは馬車の扉を開いた。「なにか思いつけるさ」

数分後、なにも思いつけないうちに肩が痛みだした。転んだときにどこか捻ってしまったのかもしれない。それでも手のかすり傷の血はとまった。それがせめてものよい知らせだとすれば、玄関広間を通り抜けるより早くタビサに見つかったのは悪い知らせだ。呼びとめられたというほうが正確だけれど。

「アナグマと格闘してきたの、アミリア？」タビサが杖の柄に身を乗りだした。「それとも仔ヤギかしらね？」

「木にぶつかったんです」アミリアは日傘を外套掛けに戻した。さいわいにもこれだけは傷ひとつ付いていない。「誰にも見られていませんわ」

タビサが目を狭めた。いま、わたしが見ているけれど、とでもいうように。

「このドレス」アミリアはばかげたドレスを身ぶりで示した。「わたしの不運な事故の原因はこれなんです」

「信じがたいわね」タビサがつぶやいた。「けれども、あなたの言うとおり、似合ってはいないわ」

「ありがとうございます——えっ、なんですって？」アミリアはむっとした。「レティーは洗練されていると言ってました」

タビサは片手を上げて説明を打ち切らせた。「ハムステッド夫人が客間で待ってるわ。あなたのクリノリンとドレスと振る舞いのどこがいけないのかを詳しく説明してあげたいけれど、時間がないのよ。あなたのお友達に時間がないの。すぐに引っ越すようにと子爵夫人に言い渡されたそうだから」

アミリアは思わず小さな叫び声を発した。

「すぐに着替えてらっしゃい。上階で会いましょう」

アミリアはうなずいて、一段飛ばしで階段を上がった。

すぐにレティーも寝室に入ってきて、破れたドレスを脱ぐのを手伝った。泥だらけの靴に侍女は驚きの声をあげた。「どうなさったんですか！」

アミリアはため息をついた。「話せば長くなるわ。お願いだから訊かないで。そんなぞっとさせられるものは二度と見たくない」床に落ちた黄色いドレスを指差した。

レティーはなにも言わず、代わりにまるで飾り気のないドレスを選んだ。

さすがね。わたしがどんな目に遭ったのかをちゃんと察してくれている。

侍女は黙々と着替えを手伝った。アミリアは泥で汚れた靴までタビサの目が届かなかったことに安堵しつつ新たな靴に足を入れた。

レティーに腕をつかまれた。「奥さま、髪が！」ドアのほうを向く。

アミリアは鏡に目をくれた。あら大変。これではたしかにアナグマと格闘したと思われても仕方がない。髪の半分はピンで留まっているものの、あとの半分は後ろに垂れてしまっている。完璧なミス・ピムに見られずにすんでほんとうによかった。これをあのご婦人が目にしていたら驚きのあまりスプーン形の帽子が折れ曲がってしまっていたかもしれない。

レティーが魔法のように手早く直してくれた。赤褐色の髪は器用に何度かねじって巻かれてまとめあげられた。さらに十数本のピンで留められると、アミリアは急いでタビサおばとキティが待つ客間へ向かった。

「お待たせ」息を切らして告げた。「ぜんぶ聞かせて」

キティはしっかりとドアが閉じたのを確かめてから、事情を説明した。彼女の夫の父親である子爵がライチョウの狩猟期となる八月までに田舎屋敷の屋根の修繕をすませるよう望んでいて、そのためには誰かがいますぐそこへ向かわなければならない。子爵夫人は夫とそこへ向かうつもりはさらさらない。息子のオリヴァーはどのみちロンドンの社交シーズンに関心はないので、両親の意向にそむく理由もない。「彼はこう言ったのよ。『もう五回もパーティに出たのだから、じゅうぶんじゃないか？』」キティは膝の上で小さな両手を握りしめている。「わたしのことをまったくわかってないんだわ」

アミリアは長椅子の上でキティのそばに寄り添い、その手を自分の手で包みこんだ。「彼はちゃんとわかってる。ちょっと疎いだけ」

「ひとりで過ごす時間が多いから、世の中のことには疎くなってしまうのよ」タビサが言葉を補った。

「レディ・ハムステッドはあすのガーデン・パーティには出席してくださるの？」アミリアは尋ねた。

キティが軽く鼻息を吐いた。「ええ」

「それなら、わたしたちにとって最後の踏んばりどころね」タビサが杖で床をついた。「計画を練らなければ。それも巧妙な策を」

アミリアはこめかみを揉んだ。もとはと言えば、ジョージ・デイヴィスを殺した犯人を見つけるために計画したパーティだ。同時に親友の問題も解決するなんてことができるの？　考えるのよ、アミリア、考えて。あなたは毎日みなさんのお悩みの解決に取り組んでいるのだから、これくらいはたやすいことのはずでしょう。そんなふうに考えてみると、ある疑問が湧いた。これがレディ・アガニに寄せられたお悩み相談だとすれば、こう尋ね返していただろう。『どうしていまでなければいけないのか、ふしぎだと思わない？　レディ・ハムステッドは社交シーズンが終わるのを待たずにあなたたちを引っ越しさせようとしている。オリヴァーに田舎の地所を継がせたいのはわかるけど、どうしていまなの？　なにかほんとうの事情があるのではないかしら？」

キティが小さく鼻息を吐いた。

「たしかにそうね」タビサがアミリアに指を向けた。「ハムステッド卿は三十年もその地所を取り仕切ってきたのよ。どうしてあと一カ月くらい待てないのかしら」

「そこだわ」アミリアは指をぱちんと鳴らした。「わたしたちは向き合う相手を間違えているのかもしれない。今回のやっかいごとの発端は、あなたの義理のお母さまではなくて、義理のお父さまのほうにあるのかも」

キティが小ぶりの鼻に皺を寄せた。「そうかもしれないけど、お義父さまはわたしの知る人々のなかで、誰よりもやっかいごととは縁遠い方なの。わたしのいとしいオリヴァーを除けばだけど」

キティがオリヴァーに腹を立てていられたのはたったの十秒――最短記録ね。

「わたしたちがいままで考えていなかった方向よね」アミリアは続けた。「あす、探ってみましょう」

いたって簡単な計画を説明した。ハムステッド子爵から、ご本人が田舎屋敷へ戻れない理由をどうにか聞きだして、キティが取るべき策を見つける。

「次善の策は用意しているの？」タビサが訊いた。

「最初の計画をしくじらなければいいんです」

25

親愛なる　レディ・アガニ

わたしは赤毛です。いろいろな方法を試しましたが、髪の色はまったく変わりません。これではつねにもっとも不人気の女性となっても当然です。あなたに見ていただくために髪の毛を同封します。どうか助けてください。できることはなんでも試してみたいのです。

かしこ

赤毛のままでは死んだも同じ　より

親愛なる　赤毛のままでは死んだも同じ　様

あなたのおっしゃるとおり、同封してくださったのは赤毛です。赤褐色でも、金色でも、苺(いちご)色でもありません。赤です。鉛の櫛で梳(と)かすと色が暗くなると勧める回答者もおられるでしょうが、わたしはそのようなことは申しません。あなたの髪はそのままで美しいのです。どうか、どこぞの紳士淑女ならぬ下劣な人々の言葉を信じないでください。

翌日はアミリアがこれ以上には望めないくらいのすばらしい天候となった。陽射しが暖かく、そよ風は軽やかで、白い雲がふんわりと浮かんでいる。クリスマスの贈り物をあける子供のようにテラスの両開きの扉を開くと、おとぎ話のなかに入りこんだような景色が広がっていた。ミス・レイニアの仕事の賜物だ。青紫と白、それにピンクもところどころに鏤められた花々の壮麗な眺めに目を奪われた。亜麻布が掛けられたテーブルには花瓶に挿したスイートピーがあふれんばかりに飾られ、きれいに刈り込まれた生垣の迷路が中庭を取り巻くようにジグザグに延びていて、飛びだしてしまっている葉や枝はまったく見当たらない。それに、あずまやのすばらしさといったら！　こっそり隠れるにはぴったりのその場所でウィニフレッドがきょうの午後のほとんどを過ごす姿が目に浮かぶようだ。

アミリアはクリーム色のテーブルクロスに手を滑らせて、ふっとなつかしさを覚えた。パーティは大好き。とてもなつかしい。この二年はすっかり忘れていたけれど、ようやくそんな思いを取り戻せた。人々が集えば、すばらしいことが、かけがえのないひと時が生まれる。たしかに催しから完全に遠ざかっていたわけではない。喪に服して一年後にはたまに出席できるようになった。それにウィニフレッドの演奏会では、娘の演奏に気を揉む母親の心境を思い知らされたものの、忘れがたい時を過ごせた。だけど、こんな日を迎えられるなんて！

アミリアは中庭を眺めて、にっこり笑った。これこそがパーティで、家族を思い起こさずにはいられない。人々が集って分かち合える楽しさは何物にも代えがたい。たとえ殺人犯を見つけるためのパーティだとしても。

「なかなかすてきじゃないの」シダ植物にまぎれてしまいそうなミント色のドレスをまとったタビサがテラスに出てきた。アミリアより頭ひとつぶんは長身なので、難なく全体を見渡せる。「いいえ、とてもすてきだわ、それにそのドレスも。あなたにピンクが似合うとは思ってもいなかったけれど、似合ってる」

アミリアはテーブルクロスから手を離して、自分のドレスをさっと撫でた。正確にはピンクではなく藤色で、襟ぐりと腰まわり、それにシニョンにした髪にも淡いピンク色の薔薇飾りがあしらわれている。それでも、ふだん好んで身に着けている暗めの色のドレスよりは明るくて女性らしさがきわだち、ガーデン・パーティにふさわしい。当世風にスカートはふんわりしているけれど、たっぷりとふくらんでいるほどではない。「じゅうぶんな誉め言葉ですわ、おばさま。ありがとうございます。ミス・レイニアを見かけませんでした？」

「軽食を並べるのを手伝ってるわ。ケーキのお皿にブーケを合わせたいからと言って」タビサが身を寄せると高価なオーデコロンの香りがした。「彼女の目配りは見事ね。どこで見つけてきたの？」

「ドルリー・レーンで」アミリアは答えた。「オペラを上演していた晩に花を売っていたんです」

「まったく驚かされること」タビサは苦笑いしつつも、言葉とは裏腹に気に障るどころか感心すらしているそぶりだった。「いずれにしろ、わたしたちには欠かせない切り札になるわ」

ぢょうどそこに角の向こう側からウィニフレッドとビーが二羽の色鮮やかな蝶のごとくオーガンジーのドレスと笑い声をはためかせながら現れた。

アミリアは思わず微笑んだ。

「グレイ卿のお嬢さんとは和解したようね」タビサが言う。

「彼女が児童労働規制法の反対者ではないかぎり、うまくやっていけそうですわ」アミリアはドレスの薔薇飾りを直すふりをした。「あの子たちがわたしたちに隠していたものを見つけたことはもう、ご報告してましたかしら」

タビサが鉄製の鉤のようにアミリアの腕をつかんだ。「まだ報告していないのはわかってるくせに。言いなさい」

アミリアはくすりと笑った。「あの子たちはレディ・アガニのお悩み相談欄を読んでいたんです。それだけのことで、なにも心配するには及びません。無害な楽しみですわ」

タビサは杖の上で両手を組んだ。きょうはドレスを縁どる黒い四角形の幾何学模様に合わせて艶やかな黒い杖を手にしている。「無害な楽しみですって？　ふんっ！　ロンドンで起こっている浮ついたやっかいごとの半分はレディ・アガニに責任があるのよ。彼女が殿方たちになにをしたかわかる？　だだをこねる赤ん坊にさせてしまったのだから。彼女の回答が子供たちに与える影響は計り知れないわ」タビサはあずまやへ向かうウィニフレッドとビーの姿を目で追った。「反乱が起きるかも」

アミリアはもう含み笑いではなく声をあげて笑っていた。タビサはなによりも規範を重んじる。規律と秩序が好きだ。レディ・アガニは規律と秩序に逆らう。タビサがレディ・アガニの助言を許しがたいと考えるのも無理はない。だからこそ、ぜったいに真実を知られないようにしないと。

執事のジョーンズがテラスに出てきて、三人組の演奏者たちが楽器とともに到着したことを知らせた。

「庭園の入口へ案内して」アミリアは指示した。「わたしもすぐに行くわ」

「わたしは軽食の準備のほうを見てくるわね」タビサがジョーンズを追って屋敷のなかに消え、アミリアは演奏者たちを迎えるために入口へ向かった。赤毛で額が広く濃い青色の瞳の美しい女性、とても長身のヴァイオリン奏者の男性、その兄弟としか思えないコントラバス奏者の三人組が門の前に立っていた。男性たちはどちらもオリーブ色の肌で頬骨が高く、しなやかな長い指をしているけれど、女性だけはあきらかに親族ではない。アミリアは三人をテラスへ案内し、準備に取りかかったのを見届けて、招待客を出迎えに向かった。

まずベインブリッジ家の馬車が到着し、サイモン、マリエール、ミスター・フーパー、ミス・ピムが降りてきた。サイモンは相変わらず落ち着き払った侯爵然としている。心得顔でアミリアに軽く頭をさげ、どんなことも見逃さない気構えを示した。アミリアもこっちこそそのつもりであるのを目顔で伝えてから、もっと目に快い侯爵の美しい妹、マリエールのほうを向いた。

容姿端麗で怖いもの知らずなところは兄とそっくりなので、その年齢を忘れてしまいがちだ。でも、マリエールはたしかに若く、中庭を眺めているその姿をアミリアは目にして、つくづくそう思った。赤いドレスと日傘と同じくらいに頬を染め、剝きだしの肩はいかに陽射しにさらされていないのかが見てとれる。あらためて考えてみれば、サイモンがこの妹を世の中から守りたくなる気持ちも理解できた。アミリアもウィニフレッドに同じように感じていて、そんな思いがたまに度を越えて暴走してしまうこともある。

「ミス・ピム」タビサが来客を迎えるためにアミリアの傍らに現れた。「またお目にかかれてよかったわ。ベインブリッジ家でのお勤めを終えてもロンドンに残っていただけたらいいのだけれど」

「レディ・タビサ」ミス・ピムが膝を曲げ、アミリアにはとうてい身につきそうにない完璧な挨拶を返した。「若いお嬢さんがたのお役に立てるあいだはロンドンにいるつもりです」

「それなら、ずっとだわね」タビサはいかにもうれしそうに微笑んだ。「すばらしい知らせだわ」

アミリアは瞳をぐるりと動かしそうになってこらえた。どのみち、そんな暇もなくカンバーランド卿もやってきたので、紹介の労をとった。「カンバーランド卿、ようこそ。ベインブリッジ卿と、妹さんのレディ・マリエールはもうご存じですわね」

カンバーランド卿は礼儀正しく頭を垂れ、マリエールにじっと目を据えた。「いつもながらお目にかかれて光栄です」

「そしてこちらがミスター・フーパーです」アミリアは言い添えた。

「ええ、存じています」カンバーランド卿はミスター・フーパーをちらっと見ただけでマリエールに目を戻した。自分の評判を損なうのではなく高めてくれる相手にしか興味がないらしい。「レモネードでもお持ちしましょうか？」

「また会えてよかったです、カンバーランド」ミスター・フーパーは声が消え入り、軽食のテーブルのほうを見やった。「ぼくもお持ちしますよ」

サイモンがふたりの紳士の肩をつかんだ。「みんなで行こう。着いてどれくらい経ったかな？　二分くらいか？　もう喉がからからだ」マリエールはアミリアにちらりと困惑の目を向けてから、しぶしぶ紳士たちのあとを追った。

タビサはサイモンがほかの紳士たちと軽食のテーブルへ向かうのを見て、小さく舌打ちするように息を吐いた。「用心しないと、侯爵は自分のときと同じように妹の恋路まで台無しにしてしまうわね」

「ほんとうに」ミス・ピムがタビサのほうを向いて眉を上げた。「あの方にそばにいられては、ふさわしいお相手を見つけるのはむずかしいわ」

「妹さんを守ろうとされているベインブリッジ卿はごりっぱだと思います。妹さんを心から心配なさってますもの」アミリアはつい強い口調になった。ミス・ピムを嫌う気持ち、それともサイモンへの好意の表れなのだろうか？　前者のほうであることを祈った。

「それでは犬と同じでしょう。でも、犬はパーティに連れてこられないわ」タビサは遠ざかっていくサイモンのほうへ杖を向けた。「あの忠犬には、次のパーティへの出席は遠慮していただかなければ」

「同感ですわ」ミス・ピムが微笑んだ。

ちょうどキティが義理の両親と到着したので、アミリアはありがたいきっかけを得てその場を離れた。完璧なミス・ピムとこれ以上話していたら、自分がやり玉にあげられかねない。キティは裾の広がったスカートから細くくびれた腰まで濃い菫色の渦巻き模様に縁どられた空色のシルクオーガンジーのドレスを見事に着こなしていた。子爵夫人もそれに次ぐ美しさで、髪を高く結い上げ、身体の曲線がきわだつ目に鮮やかなドレスをまとっている。キティが通ったあとに花が咲きほこるとすれば、子爵夫人がそのあとを通れば、咲きほこった花が怖れをなしてしおれてしまいそうだ。子爵夫人は見定めるような目でパーティ会場を見渡した。お気に召したかどうかはもうすぐわかる。

子爵のほうは息子のオリヴァーによく似ているとアミリアは思った。褐色の髪、好奇心に満ちた目、親しみを感じさせる笑み。ただし父親のほうがもう少しお洒落だとアミリアは結論づけた。その点は子爵夫人の努力の賜物なのだろう。ただしパーティについては息子と同じで無関心と見える。そうだとすればやはり妙だとアミリアは考えた。それなのにどうして田舎の地所を急いで息子に継がせようとしているの？　きょうはそれを突きとめなければいけない。

「ようこそ、お運びくださってありがとうございます」アミリアは女性たちのほうに手を向けた。「比べようのないくらいすてきなドレスですわ」

「レディ・エイムズベリー」レディ・ハムステッドが挨拶を返した。「どなたがこちらをおとぎ話の世界に仕立てられたのかを伺ってもよろしいかしら？　今度はわたしのお庭をぜひ手がけていただきたいわ」

「ミス・レイニアです」アミリアはキティにいたずらっぽく笑いかけた。「ハムステッド夫人にご推薦していただきました」

レディ・ハムステッドがキティの腕に手をかけた。「あなたは最上の人々を知ってるのよね」

キティはアミリアとくすりと笑い合ってから、義理の母のほうを向いた。「最上の方から学んでいますので」

男性たちがサイモンのところへ挨拶に向かうと、アミリアは言葉を継いだ。「レディ・ハムステッド、あなたこそあらゆる方をご存じなのでは。ある方についてお尋ねしてもよろしいでしょうか？」

レディ・ハムステッドが顎を上げた。「おっしゃってみて」

「レディ・マーガレット・レノルズ」アミリアはジョージ・デイヴィスの住まいの家政婦から聞いた名前を告げた。「国外で音楽を学ばれていると聞きました。ご存じのように、ウィニフレッドも音楽の才能に恵まれています。その方が戻ってこられたら、ご指導を受けられないかと思いまして」

「どのような話を聞かれたのかしら？」レディ・ハムステッドが不満げに息をついた。「音楽の勉強というのは方便なのよ。児童養護施設とは口にできないものね」グレーの瞳を大きく広げて明かした。

キティが息を呑んだ。「つまり、わたしがいま考えているとおりのことなのかしら？」

「ひとつしか考えようがないわよね」レディ・ハムステッドは驚いているキティをなぐさめるようにぽんと手に触れた。子爵夫人自身は驚かせたことや憐れみで心苦しそうなそぶりはない。得意げに痛ましい真相を語りだした。「レディ・マーガレットはたしかに音楽の才能に恵まれていたわ。少女の頃は見事な演奏を披露して人々をほんとうに楽しませていた。ところが、社交界に初登場した年を最後に、秘密の恋人との戯れのせいで姿を消した。その情事で子を宿して、すぐに旅立たなければならなかったという話よ。ご家族はいっさいなにも語らずに隠し通した。生まれた子は遠い親戚にでもあずけられて、本人はクリスマスには戻ってくるかもしれないけれど、音楽の才能はどうなっているかしらね」

「その恋人のお名前は――」アミリアは尋ねようとした。

「憶測でものは言えないわ」レディ・ハムステッドが頬骨と同じくらい鋭い声で遮った。「尋ねようとも思わないし」

アミリアからすればこれもまた見解の違いだ。

「レディ・マーガレットはどこでその男性に出会ったのかしら」キティが考えこむふうに言

った。

「レディ・マーガレットはそのシーズンに人気を集めていたし、最近は望ましくない殿方がいくらでも舞踏場にもぐり込めてしまうから。ほんとうに好意を抱いてくださっているのか、詐欺師なのかも見分けがつかないわ」レディ・ハムステッドは鼻息を吐いた。「残念ながら、レディ・マーガレットは手痛い教訓を得たということね」

レディ・マーガレットはまさに手痛い教訓を得て、ジョージ・デイヴィスがその教訓を与えた相手だった。ふたりの情事は、デイヴィスが、馬を優勝させるだけでは得られない地位を手にするために称号を目当てに女性たちを誘惑していた証し。心苦しいけれどマリエールにも伝えるべきなのだろう。伝えなくてはいけない。事実をすべて知らなければ、哀しみを乗り越えて前へは進めないのだから。

でもいまはまずミス・レイニアのもとへ行かなければならなかった。中央の噴水の脇でレイニアが手招きしている。そぶりからして、急を要する用件らしい。「ちょっと失礼します。ぜひ軽食をお楽しみくださいね」

アミリアは人々の小さな輪を縫うようにして、おそらくは彼女にとっていちばん上等なシルクの縁飾りが付いた洒落た褐色のドレス姿のミス・レイニアのところへ向かった。地味なドレスとエプロン姿で花を売っているときよりずっと晴れやかで、このパーティのために細やかに飾りつけてくれた芍薬に負けないくらい美しい。「ミス・レイニア、この中庭はほんとうにすてき。うれしくて言葉に言い表せないくらいの出来栄えだわ」

「ありがとうございます、奥さま。ですが、お話ししなければいけないことがあるんです」ミス・レイニアは用心深そうな低い声で言った。「ドルリー・レーンで女性を見たとお話ししましたよね？　赤紫色のマントをまとっていた女性を。その方があそこに」ミス・レイニアが上げようとした手をアミリアはつかんだ。

「指差してはだめ。どこにいるか教えて」

ミス・レイニアはテラスのほうに顎を向けた。「あの歌手です」

アミリアは三人組の演奏者たちに目を凝らした。「あの歌手？　貴婦人に見えたと言ってなかった？」

「そうなんですけど、あの女性です。あの髪は見間違えようがありません。あの色のことをお伝えしたのは憶えておられますよね？　百年経っても忘れられない色だわ」

その歌手はそばにいれば目を惹かれずにはいられない独特な美貌に恵まれた女性だった。赤毛に、艶めかしい身体つきで、おまけに天使の声を持っている。その前を通る人々は引き寄せられるかのように足をとめる。「憶えてるわ。でも、あなたは彼女が急いでいたとも言ってた。しっかりと見たわけではないのよね。たしか、あなたは花を落としてしまったと」

「落としてません」ミス・レイニアは思いめぐらすように顔をしかめた。それからぱっと目を大きく見開いた。さらに光が射した瞳は菫色からラベンダー色に変化した。「わたしが花を落としたのではなくて」アミリアの困惑顔を見て、ミス・レイニアは説明を続けた。「わかりません？　ケープ式の外套の男性。彼が勝手に花束につまずいたんです。つまり、あの晩、すぐそばにもうひとり急いでいた男性がいたんだわ」

アミリアは以前の会話を思い起こした。赤毛の美しい女性がいたと話していた。ミス・レイニアもその女性については憶えていたけれど、どちらもそこを通ったケープ式の外套をまとったべつの男性との関連までは考えようとしなかった――いままでは。「ジョージ・デイヴィスが殺された晩に、またべつの男性も、そこにいたということね」

ミス・レイニアがゆっくりとうなずいた。

「彼の特徴をなにか憶えてる？　背の高さ、体形、身なりとか？」アミリアの口から質問が次々にこぼれ出た。

「わたしが見たのはケープ式の外套をまとった後ろ姿だけです」上等な身なりを装って劇場を訪れる人々ならいくらでもいる。その男性がジョージ・デイヴィスの殺害に関わっていたとすれば、完璧に変装していたのだろう。

アミリアの頭にシェイクスピアの『お気に召すまま』が思い浮かんだ。世の中は舞台で、男も女もそこで演じているだけのこと。舞台を出たり入ったりしている。でも、何者かがジョージを舞台から追いだそうと念入りな計画を立てた。その人物を見つけだし、仮面をはがして、殺人犯の正体をあきらかにしなくてはいけない。

26

親愛なる　レディ・アガニ

わたしたちのきょうだいのなかで男の子はひとりだけで、ことのほか愛されています。賢くハンサムで両親のいちばんのお気に入りです。でも、わたしたち姉妹にも目を向けるのは両親にとってそんなに大変なことなのでしょうか？　わたしたちはよい娘であるよう懸命に努力していますし、唯一の男の子ほど賢くはないとしても、それぞれにほかに秀でているところがあります。でも、両親はわたしたちの能力には気づいていないようなのです。どうすれば関心を向けてもらえるのでしょう？

かしこ

セバスチャンの姉妹たち　より

親愛なる　セバスチャンの姉妹たち　様

ああ、男きょうだい！　そのようなお便りは嘆かわしいかぎりです。息子だけが生涯可愛がられ、姉妹と両親は等しくその男子を崇(あが)めるばかりという罠に陥りがちです。

彼の知性にとって、それにあなたがたの知性にとっても、これほど好ましくないことはありません。そのようなことはすぐにやめましょう。そして、両親に関心を向けてもらおうなどという考えも捨ててください。ほかに取り組めるものを見つけましょう。科学でも、芸術でも。それこそが有意義な時間の使い方です。

秘密の友人　レディ・アガニ

ウィニフレッドとビーがあずまやに引きこもってタルトを三つとボンボンをふたつと特大のひと切れのケーキを楽しんでいるのを確かめてから、アミリアは歌手のほうへ近づいていった。折悪しく、歌手は見事なアリアを熱唱している真っ最中で、大方の聴衆が身じろぎもせずに耳を傾けていた。アミリアは芝地のほうへ進路を変えた。そちらには三人組の演奏を聴かずにゲームを楽しんでいる招待客たちがいて、ハムステッド家の人々の姿も見えた。ハムステッド子爵が片手にレモネードを持ちながら、もう片方の手で器用にラケットを選んでいる。アミリアはすぐに手助けしようと近づいた。

「お手伝いしますわ、子爵さま」そう申し出た。

「ありがとう」子爵が飲み物を手渡し、アミリアはそれをそばのテーブルに置いた。「このゲームを試したことはあるかね？」

「何度か」アミリアは前かがみに少しだけそばに寄った。「でも、じつはあまり得意ではないんです。前回試したときには、レディ・タビサの帽子を撥ね飛ばしかけて、もう彼女の見えるところではやらないと約束させられました」

ハムステッド子爵はくっくっと笑った。「さいわいにも、きょうはじゅうぶんな広さがある」

「そのうえ名手もいらっしゃいますし」アミリアは微笑んだ。「本邸のハムステッド館では野外での競技をたくさん楽しまれておられるのでは？」

「ああ、たしかに。よく楽しんでいた。またやれるだろう」子爵のくつろいだ顔が憂いを帯びた。ハムステッド館の名に記憶を呼び起こされたのか、いくらか若返ったように見えた。褐色の目がやわらぎ、目尻の皺も薄れた。夫人のおかげで見かけは洗練された紳士となっても、その目の奥には狩猟や釣りや田舎ならではの趣味を楽しんでいた冒険心あふれる男性の顔がひそんでいる。

「息子があの地所をしっかりと手入れしてくれれば……」アミリアがそばに敷かれた毛布の上へ視線を移すと、当のご子息オリヴァーが夢うつつといったふうに雲を眺めていた。

ハムステッド子爵もそちらに目を向けた。「オリヴァーは……機械類にはまるで関心がない。学術的なことに興味を奪われていて」

オリヴァーの隣に坐っているキティがアミリアたちの視線に気づいた。子爵から話を聞きだす計画に着手したのを知って、すぐさまこちらにやってきた。「ずっとこのゲームをしたかったんです」キティは子爵のラケットのほうに顎を向けた。「チームを組むお相手が必要なのでは？」きれいに整えられた眉を上げる。「それとも対戦相手かしら？」

「覚悟しておくように、ハムステッド夫人」ハムステッド子爵はラケットを握った手をさっと返してみせた。「私は息子のようにきみを甘やかしはしないぞ」

「甘やかすだなんて！」キティは腰に両手をあてた。「わたしのほうがオリヴァーを甘やかしてますわ」

自分の名前を聞きつけ、オリヴァーが伸びをして、まだ眠たげな目でのんびりと歩いてきた。襟を整えつつ、アミリアを見て眉をひそめた。「父上、まさかレディ・エイムズベリーと戦おうなどと考えておられませんよね。彼女はとんでもないずるをしますよ。クロッケーで痛い目に遭わされた」

アミリアはふんと鼻息を吐いた。「そんなことないわ。ただの負け惜しみね」

「では挽回戦といこう。いかがかな？」ハムステッド子爵が提案した。「女性対男性で」

オリヴァーの悪い冗談になのか、子爵に競技の技量を見くびられたことになのかはわからないものの、キティがむっとして顎をこわばらせた。「受けて立つわ」

ラケットを選んでから、アミリアとキティ組と子爵とオリヴァー組がネットを挟んで向き合った。オリヴァーが前かがみに爪先に触れ、柔軟体操を始めた。

それくらいでうまくやれるとでも思ってるのかしら。オリヴァーは運動より書物に長けているのだから、アミリアはキティと組んで難なく勝てる自信があった。ちらりと見るとキティもいたずらっぽい笑みで同じように考えていることを暗に告げた。

ハムステッド子爵が重心を左右に移し替え、ラケットを高く上げて素振りをしている。

「若い頃はどんなものでも打ち返せた。容赦しないぞ――」と、小さな叫びを洩らしてラケットを落とした。

芝地の向こうからレディ・ハムステッドが悲鳴をあげた。ふだんでは考えられないそぶりでスカートを絡げ持ち、足首や膝のほうまであらわにして、駆けてくる。

アミリアは虚を衝かれてたじろいだ。ハムステッド子爵夫人が早歩きどころか走る姿などこれまで見た憶えがない。それも、おおやけの場なのに？　招待客のほとんどは三人組の演奏に耳を傾けている。そうでなければ多くの人々の視線を集めていただろう――これまでとは違う理由で。

「どうしたの？　心臓？」レディ・ハムステッドが尋ねた。「オリヴァー、椅子を持ってきて」

ハムステッド子爵が夫人の手をつかんだ。「大丈夫だ。首筋を捻ってしまっただけだ。しばらくやっていなかったから」

「ほんとうに？」レディ・ハムステッドは気を揉んでいた。

オリヴァーが芝地用の椅子を持ってきた。「どういうことなのか説明してもらえませんか。父上は心臓が悪いのですか？」

「なんでもない」ハムステッド子爵は坐るのを拒んだ。「たまにちょっと動悸がする。それだけのことだ」

「なんでもないことはないでしょう！」レディ・ハムステッドが声をあげた。

「大ごとにしないでくれ」ハムステッド子爵が諫めた。

レディ・ハムステッドは周囲の視線に目を走らせた。音楽に気を取られている招待客たちを見やり、声をひそめながらも続けた。「お医者さまは理由もなくお薬を処方しないわ」オリヴァーのほうを向く。「わかるでしょう。あなたのお父さまは心臓を整えるためにお薬が必要なの。それにあなただって、坐りっぱなしで本ばかり読んでいたら、いつかそうなるのよ」

「だから、わたしたちがハムステッド館へ引っ越すことを望んでらっしゃるのですか？」キティの声はやけに甲走っていた。「それで、オリヴァーに運動をさせようと？」

アミリアはついぷっと噴いてしまい、ぴたりと口を閉じて、ラケットを眺めるふりをした。オリヴァーが運動したり汗を流すような仕事をしたりする姿はとても想像できない。重い本を持ちあげるのも運動のひとつに入らないとすれば。けれどこれで子爵夫人が息子夫妻に引っ越しを強く勧めていたのに、子爵本人はそう乗り気でもなさそうだったわけがわかった。

「そうすれば、わたしたちはロンドンのお医者さまの近くで暮らせるわ。万が一……」レディ・ハムステッドはぐっと息を吸いこんだ。

オリヴァーが困惑しきった顔で母から父に視線を移した。

「おまえのお母さんは大げさなんだ」ハムステッド子爵の揺るぎない眼差しには説得力がある。「私くらいの年代になれば誰でも、たまに医者にかからなければならない問題を少しはかかえているものだ。だいたい、医者からはハムステッド館で暮らしてもかまわないと言われている。医者がいるロンドンでずっと暮らすというのは、おまえのお母さんの考えだ」

キティは困惑している夫にかまわず、みずからの懸念についてさらなる説明を求めた。

「それで、オリヴァーについてはどうなんです？　お義母さまがおっしゃるように、オリヴァーにもそのような病の心配があるのでしょうか？」

「医者が言うには運動で悪化をふせげるそうだ。完全に予防できるとは言わなかったが。そこのところはわが最愛の妻の推論にすぎない」子爵は妻の手を握った。「それもたぶん希望的観測だ」

オリヴァーが褐色の髪がぼさぼさの頭を振った。「どうしてぼくに話してくれなかったんだろう？　なんでごまかすんです？　ぼくでは頼りにならないとでも？」

オリヴァーの声には傷ついた思いが表れていて、アミリアは胸が痛んだ。オリヴァーはやさしい男性だが気がまわらない。キティがそばにいなければ、ずっと本や研究に没頭していて、つまり妻がいればそれでじゅうぶんで、ほかのことはなにも見えていない。オリヴァーに関心を向けさせるのはむずかしい。たぶん本人もそれをいま自覚したのだろう。

「あなたを心配させたくなかったの」レディ・ハムステッドは夫に取られていた手を引き戻し、息子の肩に触れた。「あなたのためを思ってのことだったのよ」

「ぼくのため？」オリヴァーは信じられないとでも言いたげな口ぶりだった。「ぼくは三十二ですよ、母上。それなのに子供扱いだ――妻にも。ぼくたちは母上から言われたからではなく、自分たちで決断します。父上に言われたからでもなく。あなたがたを心から愛していますが、自分たちの将来について指図は受けません」

レディ・ハムステッドはなにか言いかけたが、夫にとめられた。「息子よ、おまえが正しい。おまえの将来だ。自分で決めればいい」

「キティとともに」オリヴァーが妻の手を取った。

アミリアは心のなかでオリヴァーの背中を叩いた。彼のこのようなところには心から好感が持てる。妻の前ではまるで締まりのないふぬけでも、彼女を守ろうとする気持ちは人一倍強い。キティと彼女の考えを尊重していて、アミリアにとってもそれはとても重要なことだった。

キティ本人にとっても。キティはあらためて感じ入った目で夫を見ていた。この二年、アミリアはふたりの愛情深い眼差しを散々目にしてきただけに、なにかがまた深まったのが見てとれた。

「医者が運動を勧めるのなら、ダブルスで女性たちと戦いましょう。父上さえよろしければ」オリヴァーは邪魔な椅子を脇に退けた。

「考え違いもたいがいに――」レディ・ハムステッドが言いかけた。

「すばらしい考えだ」ハムステッド子爵が言う。「心拍数が上がるのは間違いない」

子爵夫人が鋭敏な眼差しで事が決したのを見きわめた。顎を上げると、首筋が浮きあがった。「あなたのお父さまになにかあったら、あなたをけっして許さない」伏し目がちにキティを見る。「あなたもよ」そう言い捨てると、中央の噴水のほうへ悠然と歩き去っていった。

「気にしなくていいんだ、ハムステッド夫人」子爵が申しわけなさそうな顔でキティに告げ、地面からラケットを拾いあげた。「妻は私のために最善だと思うことをしてくれているだけなのだ」

「そしてぼくは自分たちのために最善だと思うことをしなくてはいけない」オリヴァーはきっぱりと言った。

「つまり、ハムステッド館へは引っ越さないということかな？」ハムステッド子爵が訊いた。

アミリアは自分と同時にキティも息を呑んだ音を耳にした。

オリヴァーが妻のほうを向く。「キティ、きみはどうしたい？」

キティは身じろぎもせずに答えた。「もちろん、このロンドンにいたいわ」

「それなら、そうしよう」

キティは感極まって夫に抱きつき、唇に口づけた。

父親の子爵は目をそらしたが、アミリアはふたりの熱々ぶりを見慣れているので、微笑んだ。キティがこれからもロンドンにいられる。それだけでじゅうぶんだった。親友がそばにいてくれるなら、どんなにまた熱烈な場面を見せつけられようと耐えられる。

「じつを言えば私も、ともかくいまはまだ田舎屋敷を離れがたかった。ライチョウの狩猟シーズンはこれからだし、屋根の修繕についてもまだいろいろとやっておきたいことがある」

ハムステッド子爵は羽根(シャトルコック)を放り上げ、ラケットで打った。「自分で修繕を見届けたい」

オリヴァーもキティとぞんぶんに抱き合ってから父のそばに戻った。「そうだろうと思ってました」

ハムステッド子爵がうれしそうにうなずいた。「ありがとう、息子よ」

オリヴァーもうなずきを返した。「然るべきときがきたら、地所を引き継ぐ準備を始めます」

ハムステッド子爵がアミリアのほうに羽根を打ち込んだ。「だが、それはきょうではないということだな」

27

親愛なる　レディ・アガニ

わたしはとてもやっかいな、しかも有力者でもある敵をつくってしまいました。ロンドンのりっぱな客間に招かれるたび、その女性に望みをくじかれてしまうのではと心配しています。わたしは誓って善良な人間ですが、彼女はわたしを懲らしめるためにそうではないと言うでしょう。ただでさえ得られる機会は乏しかったのに、このような問題をかかえていては、希望は無きに等しいものとなりそうです。なにかご指南いただけないでしょうか？

かしこ

友人が敵に　より

親愛なる　友人が敵に　様

迎合なさらないあなたを称えます。誰かに立ち向かうのは、しかも相手が手強く、あるいは有力者であればなおさら、容易なことではありません。そうだとすれば客間

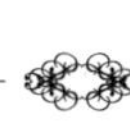

でどのように対処すればよいのか。あなたは聡明な女性と拝察いたします。臆することなく、そのままで。勇気を持って、かつ親切に。それを心がけるだけで、ご自身も驚くほどの成果を得られることでしょう。

秘密の友人　レディ・アガニ

アミリアとキティは白熱した接戦に一点差で勝利をもぎとり、もうひとつ勝ちとったものについて語り合うために、ふたりで軽食のテーブルについた。キティがロンドンにとどまることになったという勝利について。ウィニフレッドとビーにも負けないくらいにはしゃいでいた。当の少女たちのほうはお菓子を食べるのにはさすがに飽きたらしく、小鹿みたいに芝地を跳ねまわっている。アミリアはそうした行動を心配してはいなかったけれど、タビサが立ちあがってテラスの端へと歩きだしたので、少女たちがそれに気づいて庭園を跳ねまわるのをやめた。あのタビサおばなら、やすやすと殺人犯に罪を白状させることもできてしまいそうだ。

「気がかりはオリヴァーのお母さまよ」キティがうれしそうだった顔を曇らせた。「ほんとうにお怒りのようだった」

アミリアもそれについては否定できなかった。子爵夫人は夏でも水を凍らせかねないくらい冷ややかな目でキティを見据えていた。

「ただでさえ、お義母さまとうまくやっていくのは大変なのに」キティが続ける。「きょうから家族での晩餐の時間がどうなってしまうか想像できる？　お茶に毒を盛られないように気をつけなくちゃ」

「たしかに復讐を企てかねないご婦人ではあるわね」

「友よ、言ってくれるわね」キティが腕組みをした。「よいことを言えそうにないなら、なにも言わないほうがましだとお母さまから教えられなかったの？」

「母はこう言ってた。『正直に話しなさい。そうしないとほかの人に勝手なことを言われてしまうから』」アミリアは肩をすくめた。

「さもありなんね」

三人組の演奏が佳境を迎え、キティとアミリアも自然と話をやめて耳を傾けた。聴衆は静まり返り、歌手の声に魅了されていた。人々の動きも時もとめてしまう迫力を持つ歌声だ。

そうするあいだにアミリアはこのような状況でいったいどうすればあの歌手に話しかけられるのだろうと考えた。それでもどうにかして内密に話を聞かなければいけない。歌手を見つめ、演奏を中断させる手立てはないかと思いめぐらせた。軽食を勧めるとか？

「すばらしいですよね？」カンバーランド卿がそばに来て、薄い唇をゆがめてささやいた。ミスター・ウェルズも一緒だ。「オペラの『ボヘミアの娘』で彼女を知ったんです。すばらしい歌声でした。魅力的な女性ですし」

「カンバーランド卿、ミスター・ウェルズ」キティが挨拶した。「またお会いできてうれしいですわ」

カンバーランド卿が頭を垂れた。「ハムステッド夫人。いつもながらお目にかかれて光栄です」

ミスター・ウェルズが芝居がかったしぐさで帽子を脱いだ。「こんにちは、ハムステッド夫人。レディ・エイムズベリー。ロトン・ロウでのあなたがたのレースについて、どれだけ多くの方々から尋ねられたと思います？　十数人からどころではない。足首の具合はいかがですか？」

「おかげさまでよくなりました」キティが答えた。「お気遣い、ありがとうございます」

アミリアはカンバーランド卿の先ほどの発言のほうに話を戻した。「あの歌手をご存じなのですね？」

カンバーランド卿が顔を上向かせ、アミリアは彼がご婦人がたからすてきな紳士だと見なされているわけがわかった。もったいぶるようなことはしない、わかりやすい人物だ。「才能については存じています。それであなたも彼女をこちらに招いたのでは」

「演奏者の手配は抜かりのないレディ・タビサにまかせました」アミリアはそう答えて、はっと気づいた。わざわざ演奏の邪魔をするまでもなく、まずはタビサおばに三人をどこで見つけてきたのかを尋ねればいい。

「レディ・タビサはなににおいてもきわめて有能なご婦人です」カンバーランド卿が肩越しにその姿を探した。「どちらにおられるのかな？　ご招待のお礼をまだ申しあげていないので」

招待客名簿を作成し、あの事件の関係者をできるかぎりここに集めたのはアミリアだった。だから、理屈から言えば、感謝されるべきは自分のはず。でも、そんな思いはおくびにも出さなかった。

「ぜひお目にかかりたい」ミスター・ウェルズが低い声で言い添えた。「まだお会いしたことがないのです」

キティが蹄鉄投げ遊びの会場を身ぶりで示した。「あちらで、ベインブリッジ家の人たちとゲームを楽しんでおられるわ。レディ・エイムズベリーにご紹介いただいては」

名案ね。家族ぐるみの友人たちとのゲームなら、ちょっとくらい中断させても差しさわりはない。それならすぐにも夕ビサおばにあの歌手について尋ねられる。「ちょうどよかったわ、ハムステッド夫人。わたしもおばと話したいことがあったので。少し失礼するわね」

キティはその場に残って三人組の演奏を聴きつづけ、アミリアはミスター・ウェルズとカンバーランド卿を芝地へと導いていった。ミスター・ウェルズが歩きながら芝地や凝った生垣の迷路について質問するあいだも、カンバーランド卿はマリエールのほうに目が向いていた。アミリアが噴水に通りかかって説明を始めても、カンバーランド卿は気もそぞろに足をとめようともしなかった。ちょうどうまく蹄鉄を投げたマリエールのほうへそのまま進みつづけ、アミリアとミスター・ウェルズも追いつこうと足を速めた。

「レディ・マリエールは狙いをつけるのがすばらしくうまい」カンバーランド卿が笑った。「たしかに」ミスター・ウェルズも同調した。「蹄鉄投げを楽しまれているようだ」

「きっと馬に関わることならなんでもお好きなのね」アミリアはくすりと笑った。「ゲームまで」

「ロトン・ロウでアンジェリカに乗っていただけるよう、ぜひともお誘いしなくては」カンバーランド卿が言う。「五年まえにアスコット競馬で優勝した馬なのです」

「アンジェリカ」ミスター・ウェルズが繰り返した。「強い競走馬だった。優勝したレースは私も見ていましたよ」

「レディ・マリエールも喜びますわ」アミリアはミス・ピムとミスター・フーパーが軽食をとっているテーブルを通りかかって、頭を傾けて挨拶した。「ひょっとして、ミスター・デイヴィスがアンジェリカの調教を?」

「ミスター・デイヴィス?」カンバーランド卿が眉根を寄せた。「そうだったかな。憶えてません。アンジェリカは父の馬でして。ぼくが競馬に関心を持つようになったのは最近なんです」

それもきっとマリエールの気を引きたくてなのよね。マリエールがミスター・デイヴィスに惹かれたのも無理はない。ほかの選択肢がこのような男性だとすれば、実務経験があり、わかりやすく話せて、気さくに笑ってくれるミスター・デイヴィスのほうに魅力を感じた気持ちもよくわかる。

「デイヴィスはアンジェリカの調教をしていましたよ」ミスター・ウェルズが言葉を挟んだ。「名のあるレースで勝ちはじめた頃の一頭だったはずです。その後、引く手あまたの調教師となられた。じつは、その頃に私が彼をクイックサンド号に引き合わせたんです」ミスター・ウェルズはカンバーランド卿の反応を待ったが、なにも得られなかった。「翌年のオークス・ステークスに優勝したのがクイックサンド号でした」

競馬についてはミスター・ウェルズのほうがカンバーランド卿よりも知識が豊富だ。それにロトン・ロウでの出来事を振り返ってみても、情熱を注いでいるのがよくわかる。かたやカンバーランド卿はきわめて飽きやすいたちのように見受けられる。

金属音が響いて、マリエールがまたも蹄鉄を杭にうまく投げかけた。アミリアは拍手を送った。「すごいわ！　完璧な一投ね」

マリエールが軽く頭を傾けて応えた。「兄に勝たせるわけにはいかないわ――それとレディ・タビサにも」眉をひそめた。「あの方はこのパーティに備えて練習なさったの？　それともわたしの腕がなまってるだけ？」

「運動が得意な殿方でもご婦人がたでも、残念ながらレディ・タビサにはそうたやすく太刀打ちできないわ」アミリアは声をひそめて続けた。「野外競技の猛者なんだから」

「よく言うわね」タビサがそばの椅子に立て掛けてある杖をそれとなく示した。「あなたの競争心こそ、時どき危険を感じるわ」

アミリアは杖をおばに手渡した。「だからこそ、わたしたちは最強のチームなんですわね」

サイモンがカンバーランド卿を手招いた。「きみも投げてみないか？」

マリエールが蹄鉄を差しだし、それだけでカンバーランド卿を引き入れるにはじゅうぶんだった。「もちろんです。ともにどうですか、ミスター・ウェルズ」

カンバーランド卿とミスター・ウェルズとマリエールが蹄鉄投げに取りかかったので、アミリアは三人組の演奏者についてタビサに尋ねる機会に恵まれた。「タビサおばさま、あの歌手について伺いたいんです。どなたなんです？」

タビサは誇らしげに三人組のほうを見やった。「見事な歌声でしょう？ 彼女の名はミス・フェアチャイルド。ギブスン兄弟の演奏でよく歌っているの。きょうはチェロ奏者が欠けていて心配だったのだけれど、問題はなさそうね。美しい演奏だわ」

「ミス・フェアチャイルド」サイモンが繰り返した。「何年もまえにマリエールが彼女から歌のレッスンを受けていました」

アミリアはサイモンの肘に触れた。「すぐにされたら？ わたしも彼女にご挨拶しておきたいわ」

「我慢なさい、レディ・エイムズベリー」タビサが唇をすぼめた。「お邪魔してはいけないわ。もう歌は終わりに近づいているし、最後の楽章が聴かせどころなのだから」

「ええ、終わるまでは待ちます」アミリアはサイモンとともに三人組のほうへ踏みだした。「心配なさらないで、おばさま。教会の鼠みたいにおとなしくしますから」と言うなり蹄鉄を踏んづけてしまった。「きゃっ！」手で口を押さえた。「たったいまから」

数歩離れてから、サイモンがひそひそ声で話しだし、アミリアの耳に温かい吐息がかかった。「きみは彼女の歌声を称えようとしているわけではないだろう。なにが目的なんだ？」

アミリアが答える間もなく、ひとりの貴婦人に会話を遮られた。レディ・ジェイン・マーシュが穏やかな顔を紅潮させて進路に立ちはだかった。「レディ・エイムズベリー、このたびはご招待くださってお礼申しあげます。今シーズンはお知り合いになれて、ほんとうによかったですわ」

「わたしもです。いらしてくださってありがとうございます」アミリアは礼儀として何分くらいなごやかに言葉を交わせばミス・フェアチャイルドのもとへ歩きだせるのだろうかと見積もった。歌声は着実に高まっていて、この曲が終わったあとのいっときを逃したくない。

「こんにちは、侯爵さま」レディ・ジェインが膝を曲げて挨拶すると、白いドレスの襞飾りがさらさらと衣擦れの音を立てた。「レディ・マリエールもいらしてますの？」

「こんにちは」サイモンが顎をしゃくった。「妹は蹄鉄投げを楽しんでいますよ」

レディ・ジェインはサイモンが示したほうを見やった。マリエールがそこでカンバーランド卿とミスター・ウェルズとともにゲームを楽しんでいる。レディ・ジェインがそれを見て口もとをわずかにゆがめた。「蹄鉄投げはとても面白そうな競技ですものね。わたしもぜひ挑戦したいわ」

アミリアは彼女を気の毒に感じた。マリエールには称号ばかりか財産もある。かたやジェインは称号のほうしかないせいで、せっかくの美貌もやや見劣りしてしまう。ただし、その状況から考えると彼女についてはほかの人々とは違って確実にひとつ言えることがあった。ミスター・デイヴィスには生きていてほしかったと思っている人物だということだ。マリエたはずなのだから。

とはいえ、レディ・ジェインを容疑者から完全に外してしまうのは早計だ。マーシュ家はギャンブルで資産を失ったそうだし、ジョージ・デイヴィスも同じように賭けごとに熱中して頻繁に賭けていたらしい。でもだからといって、ジョージがマーシュ家の没落に関わっていた可能性はあるのだろうか？　資産を失ったのはだいぶ昔の話で、新参者のジョージが関わっていたとは想像しづらい。「ええ、ぜひ試されてください。でも、手袋には気をつけて」アミリアは言い添えた。「草で染みが付いてしまってはいけないので」

「紳士のどなたかに持っていてもらいますわ」レディ・ジェインは気だるげな目を獲物を狙う狐のごとく狭めた。それからまた目を見開いて、サイモンとアミリアにちらりと笑みを浮かべた。「よい一日を」

「ほんと、紳士を気どるにはよい一日よね」アミリアはレディ・ジェインが立ち去るやサイモンにささやいた。「あなたのおそばにも称号を持つ女性がひとりどころかふたりもいる」

「さらには屈強なおばうえまでもが」サイモンがタビサを示して言った。

アミリアはゲームの参加者の交代を見つめた。「おばさまは援軍を求めているのね。ミス・ピムが加わったわ」拍手が起こり、三人組の演奏が終わったらしい。「あら！　急ぎましょう」

「なにを急ぐんだ？」サイモンが訊いた。「まだなにも説明を聞いていない」

「ミスター・デイヴィスが殺された晩に女性と言葉を交わしているのを見たとミス・レイニアが話していたでしょう。彼女がその女性なの」アミリアはできるかぎり早足で歩き、サイモンも難なく歩調を合わせた。「要するに、殺人犯かもしれないわけ。キティとわたしは犯人が男性とはかぎらないと考えてる」

「ミス・フェアチャイルドが？」サイモンが訊き返したとき、ちょうど歌に聴き惚れていた聴衆に取り囲まれてミス・フェアチャイルドが柔らかな笑い声をあげた。アミリアにとっては進路を阻む人垣ができていた。招待客たちもアミリアも天使の声を持つ豊満な美女に少しでも近づこうとしているが、その理由は異なる。アミリアは彼女に、ドルリー・レーンで夜遅くにジョージ・デイヴィスといったいどんな話をしたのか、それ以上にそのときのジョージの様子はどうだったのかを尋ねたかった。

「彼女にあの男を殺さなければいけない理由などあるだろうか？」サイモンが疑問を投げかけた。「それに、ミス・レイニアが見た女性は貴婦人だったはずでは？」

アミリアはその問いかけを手で払いのけた。「暗かったし、わたしに言わせれば、貴族かどうかなんて見分けがつくものかしら。ミスター・デイヴィスは複数の女性の気を引こうとしていた。彼女もそのうちのひとりだったのかも」

「お母さま！」

ミス・フェアチャイルドのもとへ急いでいるアミリアをとめられる言葉があるとすれば、まさにそのひと言だった。ウィニフレッドがどこからか助けを求めている。

「どうしたのかしら」アミリアは振り返ったものの、娘の姿は見当たらなかった。「ウィニフレッド？　ウィニフレッド？」考えるのよ、考えて、考えて。最後にあの子を見たのはどこだった？「あずまやだわ！」

アミリアは芝地を横切って駆けだし、サイモンも並んで走りだした。コルセットに締めつけられているせいで思うように駆けられず、あずまやの前に着くと腰をかがめて荒い息をついた。「ウィニフレッド？」

サイモンがカーテンのように垂れた紫色の花を掻き分けて、あずまやのなかを覗いた。

ウィニフレッドは友人に寄り添っていて、心配そうな空色の目をこちらに向けた。「ビーが蜂に刺されたの！」

アミリアはふたりのいるベンチに近づいた。蜂の針が重篤な症状を引き起こしかねないことは知っているけれど、今回はそのような状況ではなさそうだった。蜂に刺されたのは腕で、その周りの皮膚が少しだけ赤らんでいる。

ビアトリスが痛みに声をあげた。

「蜂の針は抜いたほうがいい」サイモンの声は穏やかで冷静だ。「ぼくにまかせてくれ」

サイモンがすでにその場所をほとんどふさいでいたので簡単ではなかったけれど、アミリアはなるべく脇に退いて空間をこしらえた。

サイモンがビアトリスのそばにひざまずく。「まえにもやったことがある。心配いらない。さっさと片づけてしまうから、そうしたら、きみはまたレディ・ウィニフレッドと遊べるんだ」

ビアトリスもいまアミリアと同じように感じているに違いなかった。必要なことをしてくれる親切な人。アミリアもすでにもう何度も助けられ、疑う余地のないくらい彼を信頼している。

ビーがゆっくりとうなずき、サイモンはものの数秒で蜂の針を抜いた。

ウィニフレッドがサイモンと入れ替わってそばに寄り、友人を抱きしめた。「ビー、楽になった？」

ビーがうなずき、その額に髪の房がかかった。「ええ、ありがとう。だけど、わたしにはもう蜂(ビー)ではなくて、新たな呼び名が必要ね」

みなで笑い声をあげ、ビーの傷口を洗うために屋敷のなかへ向かった。

28

親愛なる　レディ・アガニ

一週間まえにチャールズ・ストリートですれ違った男性のことを考えずにはいられません。ふわふわの茶色っぽい毛のテリア犬を連れ、口ひげがとてもすてきでした。互いに笑みを交わしたのですが、わたしは母と一緒でお話しすることが叶いませんでした。以来、母とはべつにチャールズ・ストリートを何度も歩いているのですが、お会いできていません。あなたがわたしの手紙を取りあげてくだされば、その方がまた同じ通りに現れてくれるかもしれません。逃してしまった機会を取り戻せることだけを願っています。その願いが叶わなければ、胸が張り裂けてしまいそうです。

かしこ

眼鏡娘　より

親愛なる　眼鏡娘　様

ご存じのように、本欄は縁結びのお手伝いはしておりませんが、あなたのお手紙はわたしの心に残りました。そこで全文をご紹介させていただいたのです。やり直しの機会を願わずにいられる人がどれほどいるのでしょう？　ほとんどいないのでは。口ひげの紳士さん、もしこれをご覧になられましたら、どうかテリア犬をくだんの通りへお散歩に連れていってください。眼鏡のお嬢さんがあなたとの再会を待ちわびています。

秘密の友人　レディ・アガニ

ビーが傷口を洗って、ウィニフレッドとアイスクリームを食べられるまでに落ち着いた頃には、ミス・フェアチャイルドは休憩をとりにどこかへ消えてしまい、アミリアは話を聞く機会を逃してしまった。その場にとどまっていた演奏家の兄弟に話しかけてみると、ミス・フェアチャイルドが庭園の迷路に興味を抱き、少し歩いてくると言っていたことを聞きだせた。すぐさまアミリアはサイモンとそちらへ向かい、入り組んだ迷路の道筋のひとつに入っていった。

明確な目的があるとはいえ、その迷路はエイムズベリー家の庭園のなかでもひときわ美しく手がけられた一角なので、気をそらされずにいるのはむずかしかった。銅色と緑色のブナの木でエイムズベリー伯爵家の紋章の図柄が形づくられている。道筋は何本もあるものの、そのなかで反対側に抜けられるのは迷路の中心を突っ切る一本だけだ。

アミリアは迷路の道筋を知り尽くしていた。エドガーが死んでしまってから、暗号を解読するかのようにこの迷路のなかで長い時間を過ごしていたからだ。問題は、間違った方向へ進むほどすてきな場所に行き着けることだった。芳しい花々、水しぶきをあげる噴水、見事な装飾が施されたベンチ。わざと間違ったほうへ曲がって、回り道を楽しむことすらあった。いまミス・フェアチャイルドにそのときの自分と同じことをされては見つけるのにどれだけかかるかわからないので、正しい道筋を選んでくれているよう願うしかない。

「ぼくが前回ここに来たときにはエドガーと一緒だったんだ」サイモンがぼそりと言った。その顔を見るまでもなく、声から笑みが感じとれた。「いつのこと?」

サイモンは船から陸地を望む船長みたいに遠くを見るような目になった。「二十年近くまえになるかな。まだほんの子供だった」生垣の長い連なりを見下ろす。「あの曲線形のベンチはまだあるのかな?　タツノオトシゴが付いてるやつだ」

アミリアは微笑んだ。「あるわ」

「見にいってもいいかな?」

「もちろんよ」アミリアは肘を差しだした。「案内して」

「エドガーは長男ではなかったから、何時間も姿が見えなくても誰にもなにも言われなかった。お兄さんはそれほど気楽に過ごせなかった。ぼくもだが」サイモンは落ちている枝をまたいだ。「でも、エドガーが池にいる魚や蛙(かえる)や人魚について熱心に語るものだから、ぼくはついついここに長居してしまっていた」

「人魚?」

サイモンが肩をすくめた。「ぼくたちは船乗りにあこがれていた。正確には海賊に」

「わかるような気がする」アミリアは笑った。

「彼がぼくに悪影響を及ぼしたというわけだ」

「その反対ではなくて?」

「間違いない。きみには信じてもらえないかもしれないが」観賞用の池のそばにあるベンチに行き着いて、サイモンがふうと息を吐いた。「まさにここで、ふたりで船を浮かべて遊んでいた。エドガーには時間がたっぷりあった――そのときには本人はそう思いこんでいた」

アミリアは押し黙った。ガーデン・パーティのおしゃべりが遠くで賑やかに続けられているけれど、こちらでは風音すら静かだ。頭上に不穏な雲が立ちこめてきて、灰色の覆いを広げ、美しく手入れされた草の茂みのどこかにいる蛙の鳴き声が響いている。

サイモンが身をかがめて、ベンチに刻まれたEAとSBの頭文字(イニシャル)を指差した。エドガー・エイムズベリーのEAと、サイモン・ベインブリッジのSB。背を起こし、迷路に入ってから初めてアミリアのほうを見た。「たぶん、自分が思っているほど時間がある人間なんて誰もいないんだよな」

そろそろ向きを変えて、正しい道筋に戻らないといけない。ミス・フェアチャイルドを見つけて、ジョージ・デイヴィスを殺した犯人を突きとめる。それなのに、アミリアはそうはせずにサイモンを見つめ返した。

彼の言うとおり。アミリアも心の底では人に与えられた時間については同じような思いを抱きながらも、そしらぬふりで日々の暮らしを送っていた。エドガーが急逝してから、つねに翼の付いた時の馬車に追い立てられているような気がする。年齢や経験や立場とは関係なしに、命とははかなく、いつ尽きるともわからないものだと知ったから。サイモンも同じように感じていたということ？　それならもうとうに頑なな考えは捨て去れているというの？

アミリアは愚かではないし、愚かになるつもりもない。すでに一度、せっかちで知りたがりなせいで、しくじっている。二度と繰り返さない。身も心も全力で抑えつけなければならなかったけれど、そのままただじっと立ちつくし、彼が動きだすのを待った。でも、ああ、あの唇。見つめないようにするのはむずかしい。想像を働かせないようにするのも。

サイモンの手が顎に触れた。

アミリアは目を閉じた。たぶん見なければ、破廉恥にも抱き合うようなことにはそそられずにすむはず。ふたりでベンチに倒れこんでしまえばといった考えに惑わされることもない。彼ならきっと、自分が未亡人ではなくただの女性のように、老嬢ではなく社交界に初登場した令嬢みたいに感じさせてくれるなんて想像にそそのかされずにいられる。それにたぶん

――

呻き声に物思いは遮られた――甘やかな声ではない。

アミリアはぱっと目をあけた。

サイモンが顔をしかめている。「聞こえたか？」

それにこたえるようにまた呻き声がした。

「誰かが苦しんでいるように聞こえる」サイモンはぐるりと見渡した。「だが、どこから？」いい質問だ。近くからとしか考えようがない。この道筋から聞こえたのではないのは確かだ。突きとめるにはべつの道筋に行ってみるしかない。

サイモンも同じ結論に至り、ふたりで来た道を引き返した。あらためてべつの道筋を進みだしたものの、行く手を阻むように草に覆われていた。突き当たりまで行かずに引き返し、また新たな道筋に踏みだした。今度はたちまち道幅が広くなり、そびえ立つような高い生垣に囲まれた四角い広場に出てしまった。

「先ほどの声は屋敷の方角から聞こえてきた。行ってみよう」サイモンがジグザグに次の道筋へと進み、アミリアもあとに続いた。

その先には、矢を持つキューピッドを象（かたど）った小さな噴水と赤い薔薇の花壇があった。もっとも屋敷寄りにあり、エドガーが生前にアミリアを案内してくれた唯一の道筋でもある。薔薇の花びらのぴりっとした匂いが充満し、進むにつれ、ここの薔薇だけでロンドンの最高級の香水をすべてまかなえるのではと思うくらいに濃厚な香りがさらに強まっていく。

サイモンがつと足をとめ、アミリアはその頑強な背中にぶつかった。すぐさまあとずさったものの、彼の荒い息遣いが聞きとれた。

「なにか聞こえる」サイモンが小声で言った。

またも呻き声がした。咳も聞こえた。

「そうね」アミリアは応じた。「さっき聞こえた声だわ」

さらにまた曲がりくねった道筋に沿って足を速めた。アミリアはこんなにも長くいらだたしい迷路だったとはすっかり忘れていた。いまはなおさら、さっさと進めるように使い勝手のよい刈り込み鋏があればいいのにと思う。道が狭まり、そのうち直線になった。角を曲がり、さらに曲がる。新たな薔薇の花壇とともに倒れて呻き声をあげている人の姿も見えてきた。でも、ミス・フェアチャイルドではなかった。洒落た身なりでガーデン・パーティに出席していた男性。

「カンバーランド卿！」アミリアは思わず呼びかけた。

カンバーランド卿が瞼をあげ、懸命に目の焦点を合わせようとした。

「大丈夫か？」サイモンが尋ねた。

カンバーランド卿がサイモンの声がしたほうを向こうとして苦痛の叫びをあげた。

「動くな」サイモンが周囲に目を走らせた。「助けを呼ぼう。すぐに来てくれるだろう」

アミリアはそばにひざまずいた。「なにがあったの？」

「蹄鉄が飛んでいってしまった。それで拾いに来たんだ」カンバーランド卿は帽子が脱げて、きっちりしていた髪の分け目がなくなり、金色の髪が額にかかっている。「迷いこんでしまったようだ」

アミリアは彼の頭に深紅の染みを見つけ、そこにそっと触れて、わかりきっていることを確かめた。「血だわ」

「転んだのかな」カンバーランド卿が言う。「ぼくは転んだのか？」

足を踏みはずしてそのようなけがを負いかねない高さのある噴水からはだいぶ離れている。倒れていたのは草むらのなかだ。そばの木々の枝は掻き分けられたように垂れさがっている。とはいえ、カンバーランド卿の上着にもズボンにも木の葉は付いていない。「ええ、だけどどうして頭を打ったの？」アミリアは尋ねた。

「誰か見なかったか？」

サイモンが生垣の切れ目に踏みこんで覗いた。「誰か見なかったか？」

まだうまく頭が働かないらしい。カンバーランド卿は答えずにおうむ返しに言った。

助けを呼んでこなければとアミリアは立ちあがった。サイモンは人か物を捜すのに忙しそうだけれど、なにを捜しているの？　アミリアは声に出して尋ねた。

「わからない」サイモンは声を落とした。「地面にただ頭をぶつけただけとは思えないんだ」

カンバーランド卿はジョージ・デイヴィスを殺したとはまず考えづらい人物だ。いったい誰がなんの目的で彼を傷つけるというのだろう？　「誰がこんなことをするというの？」

「ほかに迷路に入った人物がひとりいることはわかっている。ぼくたちは彼女を捜していたんだからな」

「ミス・フェアチャイルド？」アミリアは小声で訊いた。

カンバーランド卿が上体を起こそうとしたが、あきらめた。「めまいがする。治まらないんだ」

「助けを呼んでくるわ」アミリアは請け合った。「うちの厩にいるミスター・ドーソン。彼なら対処の仕方を知ってるから」

「ぼくが呼んでこよう。きみはここにいてくれ」サイモンはアミリアに異を唱える間を与えずに走りだし、数分後にミスター・ドーソンを連れて戻ってきた。エイムズベリー家の馬たちに治療が必要な場合にはできるかぎりの手当てをしてくれている人物だ。彼の後ろからさらに何人かが付いてきて、最後に大きな肩掛け鞄をかかえてやってきたのが、ミスター・ウェルズだった。

「従僕からあなたの鞄をあずかってきました」ミスター・ウェルズが治療道具の入った鞄を掲げてみせた。

「そこを空けてくれ」ミスター・ドーソンが指示した。「それをここに」

「いったいどうしたっていうんだ?」ミスター・ウェルズが訊いた。

「ウェルズ? いらしたのですか?」カンバーランド卿が訊き返す。

レディ・ジェインがその輪のなかに加わった。「まあ、なんてこと!」

カンバーランド卿はジェインの声を耳にして髪を撫でつけようとした。

「だいぶ強く打っている」ミスター・ドーソンが言う。「じっとなさっていてください。しゃべらずに」

全員があとずさり、ミスター・ドーソンが空いた場所に入ってけがの具合を確かめた。ほかの紳士たちも顔を揃えているので、カンバーランド卿はもう泣き言は洩らさなかったが、頭のこぶはやはり相当に痛そうだ。ミスター・ドーソンに布をそこに当てられたときにはびくりとたじろいだ。

ミスター・ドーソンがその布を剝がし、染み込んだ血の量を確かめた。「頭は大きな打撃を受けることがあります。今回もそうでしょう。レディ・エイムズベリー、もっと布をお願いします。包帯が必要です」

アミリアは治療道具が几帳面に揃えられた鞄のなかから指示されたものを取りだした。金槌まで入っているのには驚かされたけれど、考えてみればミスター・ドーソンは馬の手当てをしているのだから、蹄鉄やそれを取りつけるための道具は欠かせない。「包帯を巻くあいだ、わたしが湿布を押さえていましょうか？」

「気を失いはしませんか？」ミスター・ドーソンがふさふさの白い眉の下から見定めるようにアミリアを見た。

「しませんわ。ご存じのように、わたしは田舎育ちですもの。もっとひどいものだって見てますから」じつを言えば、血よりも、たったいまも殺人犯が自分の庭をうろついているかもしれないと想像するほうがぞっとした。もちろん、キティとこのパーティを計画したときにそうなることは考えていたものの、カンバーランド卿が殴り倒されたとなると、話はまたべつだ。アミリアはあやしい人々から話を聞きだしたかっただけで、招待客を傷つけることになるとは考えていなかった。まだ陽も高い午後のガーデン・パーティの最中にいったい誰がこのように恐ろしいことをするというのだろう？　よほど追いつめられている人物としか思えない。

だけど、どうして？　どうしてそんな恐ろしいことをしなくてはいけないの？　カンバーランド卿はちょっとした洒落者で、鼻につくところといったらそれくらいのものだ。アミリアはパーティでの彼の行動を思い返してみたけれど、これといって気になる点は見られなかった。アスコット競馬で彼の馬がまえに優勝したというので、アミリアがジョージ・デイヴィスの名を持ちだし、カンバーランド卿はその馬でロトン・ロウに出かけなければという話をしていた。そう考えてアミリアはあることが、というかひとりの人物が思い浮かんだ。レディ・ジェイン。彼女はカンバーランド卿がマリエールに関心を寄せていることが気になっていたようだし、いつの間にかここにいる。今回の一件とジョージ・デイヴィスの殺人事件は関係がないのかもしれない。レディ・ジェインは見るからに動揺していた。自分が引き起こしてしまったことだから？　アミリアはそれとなく彼女のドレスに目を走らせたけれど、襞飾りや羽根飾りにみじんも乱れはなかった。カンバーランド卿にけがを負わせたとすれば、装いがどこかしら汚れているだろう。少なくともドレスの裾は汚れているはず。

「ひとまずはこれで」ミスター・ドーソンが言った。「屋内にお連れしてください。紳士のみなさん？」

「自分で歩ける」カンバーランド卿は強気な口調で言ったものの、とても歩けそうには見えなかった。立ちあがろうとして、左右にふらついた。

「おやおや」ミスター・ドーソンが諫めた。「無理をしてはいけません。お若いみなさんのお力をかりましょう」カンバーランド卿が男性の招待客たちに支えられて屋敷へ向かうと、ミスター・ドーソンが鞄に治療道具を詰め直した。

サイモンがその隙に問いかけた。「出血の原因はどのようなものと考えられるだろう？」

ミスター・ドーソンが肩越しに振り返り、男性たちに連れられていくカンバーランド卿の後ろ姿に目をくれた。「強い打撃ですな。あのようにふらつくのはかなり強烈な打撃を受けたのでしょう。快復するまでには数日、それ以上かかっても仕方ありません」

「誰かからということだろうか」サイモンがさらに訊いた。「故意ではなかったとしても」

ミスター・ドーソンがゆっくりとうなずいた。「ありうることです。それ以上はご説明のしようがありませんが」

「ミスター・ドーソン、たとえば……女性でもあれくらい強い打撃を与えられるのかしら？」

「女性でございますか、奥さま？」ミスター・ドーソンが困惑顔で下顎をふるわせた。「どうしてそのようなことを？」

どうしてというより、この一件にはふたりの女性の顔が頭に浮かんだからとしか言いようがない。ミス・フェアチャイルドとレディ・ジェイン。ミス・フェアチャイルドは近くにいたはずで、レディ・ジェインも直前までカンバーランド卿と一緒にゲームを楽しんでいた。さらに言うなら、どちらもジョージ・デイヴィスが殺された晩にも事件現場近くに居合わせた。つまり、ミスター・ドーソンは言葉を濁したとはいえ、打撃を与えた人物が女性の可能性もないわけではないということだ。

「カンバーランド卿の様子を見てきます」ミスター・ドーソンが続けた。「移動はしばらく無理かもしれません」

アミリアはうなずいた。「もちろん、必要なだけうちで休んでいただきましょう」ミスター・ドーソンが引き返していき、サイモンがアミリアの肘に手をかけ、声に出さずに口を動かして〝凶器〟と伝えた。アミリアも了解のうなずきを返し、ふたりでのんびりとミスター・ドーソンから何歩か遅れて歩きだした。

あのようなけがを負わせるのに使われた道具を見つけなければいけないし、時間はあまりない。陽射しはすでに不穏な雨雲に取って代わられ、いつ本降りになるとも知れない小雨がぱらつきはじめていた。雨粒が額に落ちて、また落ちた。ミスター・ドーソンが前を進み、サイモンは生垣の片側を、アミリアも反対端を歩きながら、カンバーランド卿を倒すのに使われた物がないか目を走らせた。けれどそれらしき物はなにも見つからないまま、ただ雨に打たれて迷路の入口に戻り着いた。雨はだんだん激しくなり、ガーデン・パーティの出席者たちも三人組の演奏者たちもみな姿を消していた。

アミリアは悪態を呑みこんだ。ミス・フェアチャイルドと話す機会をまたも逃してしまった。

29

親愛なる　レディ・アガニ

わたしは今シーズンに二度も騙されてしまいました。しかもまだ六月だというのに！　一度目は、ダンスをご一緒した殿方がのちに商店で働いている人だと判明し、二度目は、訪問してくださった殿方が五男坊だと知りました。このように欺かれないようにするにはどうすればよいのでしょうか？　わたしはどうやらどんなに未熟な役者にも騙されやすいようです。

かしこ

信じやすいベッシー　より

親愛なる　信じやすいベッシー　様

今シーズンに二度も騙されたとはお気の毒ですが、あなたのお手紙を拝読するかぎり、三度目が起こる可能性はきわめて低いのでは。まず気づくことが間違いを繰り返さないための第一歩です。注意を払えば思いこみをふせげます。あなたはなにに惑わされるのでしょう？　礼儀正しさ？　美辞麗句？　すてきな容姿？　そうしたものには気を引き締めてかかれば、これからはきっとよりよいベッシーになれることでしょう。

秘密の友人　レディ・アガニ

さいわいにもカンバーランド卿は問題なく歩けるまでに快復したが、アミリアは念のためミスター・ドーソンに送り届ける付き添い役を頼んだ。そしてもし迷路で倒れたときの状況について彼から思いだせたことを聞けたなら、戻りしだい報告してくれるよう約束を取りつけた。

ミスター・ドーソンを送りだしてから、タビサがつぶやいた。「あなたが初めて開いたパーティで、人が殴り倒されるなんて。驚くほどのことでもないのでしょうけど」

「おばさま、わたしが殴り倒したわけではありませんわ」アミリアはむっとして言い返した。

サイモン、マリエール、ミス・ピム、ミスター・フーパーが上着を取りに戻ってきて、アミリアとタビサは会話を中断した。

「天候のせいで早く切り上げなくてはいけないのは残念ね」マリエールが肌の色とすばらしく調和したクリーム色のショールを肩に巻き直した。「すばらしいパーティだったわ。だけど、カンバーランド卿はお気の毒。足を踏みはずして転んでしまうなんて」

けがの程度については招待客に広まっていないことにアミリアはほっとした。「ミスター・ドーソンによれば、心配なく治るそうよ」

「ところで、ミス・フェアチャイルドを見かけなかったか？」サイモンが妹に訊いた。「話す機会がないまま、あの事故が起こってしまったので」

「あら、わたしは話せたわ」マリエールが言う。「先ほどの騒ぎで、お兄さまに報告するのを忘れてた」ミスター・フーパーとミス・ピムのほうを向いて説明を加えた。「わたしがずっとまえに歌を教えてもらっていた女性なの。でも、何年教えてもらっても、わたしの声では意味がなかったみたい」

「きみの歌声はさぞ美しいだろうとも」ミスター・フーパーが高らかに告げた。「鳥のように」

「せいぜいオウムだわ」マリエールが笑った。「ともかく、ミス・フェアチャイルドはオペラの劇団で歌っているの。コヴェント・ガーデン劇場でマクベス夫人を演じているんですって。すばらしいでしょう？　彼女は昔からあの劇場にあこがれていて、ついに主役の座を射止めた。今夜も上演があると言ってたわ」

サイモンがアミリアのほうを向いた。「それで彼女はあの通りにいたわけだな」

「どういうこと？」マリエールが訊いた。「どの通り？」

サイモンがタビサのいぶかしげな視線に気づいて話題を変えた。「たいしたことじゃない。レディ・エイムズベリーとの話のなかでちょっと出たことだったから。早く家に帰って服を乾かしたほうがいいんじゃないか、エリー」

「あなたとレディ・エイムズベリーのほうがずぶ濡れだわ」ミス・ピムが指摘した。「どうしてそれほど長く外にいらしたの？」

「ほんとうに」タビサが目を狭めてふたりを見つめた。

「ウィニフレッドとビーがまだあずまやにいるかもしれないと思って見にいったんです」嘘ではない。実際に、アミリアは少女たちが屋敷に入ったのかどうかを確かめていた。それだけではなかっただけで。カンバーランド卿を倒した凶器を捜していて遅くなったとはミス・ピムに言えるはずもない。

「当然ながら、ぼくは彼女に付き添ったので」サイモンは雨風を避けようと襟を立てていたので、まさしくいまも船長みたいに見える。「ではまた今夜ということかな？『マクベス』を観にいくだろう？」

アミリアは彼の意図を読みとって即座に了承した。雨が降ろうとも、ミス・フェアチャイルドに会いに行かなくてはいけない。ロンドンの雷雨ごときに怯んではいられない。アミリアはタビサの反応を窺った。おばは話題の転換にまだとまどっているらしい。「おばさまもご一緒にいかがかしら」

「それなら、わたしもご一緒していい？」マリエールが傘で兄を軽く突いた。「ミス・フェアチャイルドのお芝居を観てみたかったの。お兄さまだってわたしのおかげで行けるわけよね」

「そうとも言える」サイモンは妹の軽口がうれしそうで、兄と妹の気安さを少しだけ取り戻せたようだ。「ぜひ一緒に行こう。きみもどうだろう、フーパー」

「ありがとうございます。ですがあいにく、無理なんです。今夜は父の来客をもてなさなければいけない」ミスター・フーパーは残念そうに顔をゆがめた。「でもぜひまた、べつの機会に」

「わたしも暖炉と良書との約束があるのよ」タビサは寒そうに両肩をさすった。「このような日に外出しようとは思わないわ」

「ではまた今夜」サイモンが帽子のつばに触れた。

「今夜に」

一同が去ると、タビサがさっそく質問を開始した。「また劇場へ行くの？　あなたがそれほどの愛好者だったとは知らなかったわ。侯爵とそんなに長い時間を過ごしたがるのには、ほかに理由があるのではないかしら？」

アミリアは顎を上げた。「どんな理由があるというんです、おばさま？」

「わたしはおばあさんかもしれないけれど、あの殿方が魅力的なことくらいはわかるわ。若いお嬢さんなら、のぼせあがってしまうでしょうね」

「魅力的な殿方なのは認めますけど、わたしはのぼせあがってなんていません」それとなく見つめてしまうくらいのことで。

「よかったわ」タビサはきっぱりと満足げに応じた。「ベインブリッジ卿のような殿方に熱をあげるなんて無謀というものだもの」

「どうしてです？」アミリアにもそう思う理由はいくつもあったものの、タビサの見解を聞いておきたかった。

「あの方には責務がある。あなたもよね」タビサが灰色のきっちり整った眉を上げると、青い瞳が冷ややかにきらめいた。「乗り越えられるものではないわ」

つまり、なにを言ったところで認められようがないということだ。それならなにも言いはしないとアミリアは胸にとどめた。「呼び鈴を鳴らして、火を熾して、ホットチョコレートを持ってきてもらいましょう」

「名案ね」

タビサおばと飲み物を味わって軽い夕食をすませてから、アミリアはサイモンとの夜の外出のために着替えた。正しくはただの外出ではなく、調査だ。今夜出かける目的はマリエールにもすぐにわかるだろう。じつのところ、ジョージ・デイヴィスが殺された通りの話が出たときにマリエールがすでに察していたとしてもふしぎではない。それで一緒に行くと言いだしたのだとしても、アミリアは兄と妹のわだかまりが消えるよう、関係が修復されつつあると信じたかった。マリエールが劇場に同行したがったのは、ただ芝居が観たかったのか、恩師をなつかしんでいるだけのことかもしれないけれど。

レティーが銀冠をアミリアの髪に差しこんだ。緋色のドレスにとてもよく調和する深紅のルビーがあしらわれた髪飾りだ。「奥さま、とてもすてきです」

アミリアは顔を上げ、鏡に映った宝石を見つめた。ほんとうにすてき。小さなダイヤのシャンデリアにぶらさがった大きなルビーが赤褐色のねじり上げられた髪の房を輝かせている。喪が明けてからこれほど色鮮やかな衣装をまとうのは初めてで、自分の生きいきとした姿に心もはずんで感じ入った。裕福な伯爵夫人の務めを担う決断をしてよかったと、ミス・フェアチャイルドに教えられたわけだ。

ミス・フェアチャイルドはいまマクベス夫人を演じているので、その衣装からミス・レイニアは彼女が劇団員ではなく、本物の貴婦人だと思いこんでしまったのだろう。そうだとすれば、自分も人目につかずにロンドンの通りでジョージ・デイヴィスを殺した犯人を捜しまわれるはずだと自信が湧いた。つまるところ、誰もみな上流婦人だとしか見ていない。読者のために真実を突きとめようとしているお悩み相談欄の回答者ではなく。

「レティー、衣装選びに長けたあなたがいなければ、わたしはどうなっていたことか」アミリアはレティーの柔らかい肩をきゅっとつかんだ。「あなたが侍女でなければ、わたしはまだ垢抜けない綿布のドレスで新しい衣装を買うのをためらって、予定が真っ白になっていたはず」

「とんでもない話ですわ」レティーが笑った。

「ほんと」アミリアは頭を傾けて、光輝く宝石を眺めた。「でも、あなたはわたしがきれいに見えるように苦心してくれている。言い表せないくらい感謝してるの」

レティーはにこやかな表情から真顔になって、年齢以上に達観したアーモンド形の目を向けた。「奥さま、楽しんでらしてくださいね。あなたにはその権利がおありなのですから。

お幸せでいてくだされればそれでじゅうぶんですわ」

アミリアはさっと侍女を抱きしめてから、客間で待っているサイモンのもとへ急いで向かった。サイモンも上等な身なりだったけれど、アミリアの鮮やかな装いとは対照的に、クリーム色のクラヴァット以外は黒と白で落ち着いた色調にまとめられていた。アミリアが部屋に入っていくと、サイモンがあでやかさに息を呑んだ。

「赤いドレス姿のきみをずっと見てみたかったんだ」

「それで？」アミリアはそわそわしないように両腕を脇にぴたりとつけた。

「期待は裏切られなかった」

かすれがかった声で言われ、アミリアは背筋がぞくりとした。うぶな娘だったなら、すでにもう自分のそばに彼が来ているものと早合点していたかもしれない。サイモンはまだ部屋の向こう側にいるのに、アミリアの鼓動は速まっていた。「マリエールはどこ？」

サイモンがアミリアの髪に飾られたルビーをじっくりと眺めつつ言う。「頭痛がするからと家に残ることになった。きょうの午後の雨で風邪をひいたのではないといいんだが」

「マリエールらしくないわね。ほんとうに大丈夫そうだった？」

サイモンはようやくアミリアの装いを眺めるのをやめて眉をひそめた。「妹の侍女から伝言を受けたので、部屋に行ってみたんだ。ドア越しに話したかぎりではちょっと疲れている声だったが、大丈夫そうだった」

「わたしたちのほんとうの目的に気づいていたのかしら？」アミリアは訊いた。「ミス・フエアチャイルドと会おうとしていると。ミスター・デイヴィスが殺された晩に彼女となにを話していたのかを突きとめようとしていることを」

「ああ、たしかに……」サイモンの声は途切れた。「ぼくがちゃんと妹に確かめるべきだったんだが。問いつめているように思われたくなかったんだ。ぼくと妹の最近の関係はきみもわかっているだろう」

「気持ちはわかるけど、これはマリエールが望んでいたことなのよ。頭痛どころではなくて、もっと具合が悪いのかも」アミリアは顔のそばで揺れる巻き毛の房を払いのけた。耳の後ろに撫でつけてしまいたいのをどうにか我慢した。「わたしたちふたりだけで出かけるのでは、タビサからなにか言われるでしょうね」

「前回はなにも言ってなかったじゃないか」

「あのときはふたりきりではなかったし、おばはわたしが付添人だと思ってたのよ」

「きみが？　付添人？」サイモンは笑った。「主よ、すべての未婚のご婦人がたを救いたまえ」

アミリアは顎を上げ、しっかりと睨みつけるためには見上げなければならなかった。「わたしは未亡人よ。ご存じのように、付添人を務めても当然だわ」

「だがきみは三十歳にも達していない」

だから事がややこしくなるのよね。けれどアミリアはそれを認めてサイモンを調子に乗らせたくなかった。なにか思いつけないかと頭を掻いた。「レティー。レティーを連れていくわ。彼女なら口が堅いから。ぜったいに誰にも言わない」

「タビサがお望みなら」

「望むに決まってる」

さっそく事情を伝えるとタビサはそうするよう求めた。

おばは本を脇に置いた。「サイモン、あなたは家族ぐるみの友人で、どうしても必要というわけではないけれど、エイムズベリー家の評判を考えると気をつけるに越したことはないわ。しかもそのようなおおやけの催しに妹さんが同行されないとなれば」

「承知しています」サイモンは応じた。

レティーは付添人役を頼まれたことに困惑していたものの、ボウ・ストリートへ向かう道すがら『マクベス』に出演するミス・フェアチャイルドを観にいくのだと聞かされて活気づいた。劇場にあこがれてはいても、アミリアが喪に服しているあいだは足を運ぶ機会がなかったからだ。日常の催しには何度も同行していたけれど、今回のような外出に付き添うのは初めてとなる。レティーはそれからずっと今夜観る芝居について話しつづけた。「もちろん、ガーデン・パーティでミス・フェアチャイルドの歌はお聴きしましたが、演じるお姿を観られるなんて!」レティーが両手を握り合わせ、サイモンはただひたすら笑みを浮かべていた。

「ひと言も口を開かないとお約束します。教会の鼠みたいにおとなしくしていますので」

アミリアも微笑んだ。レティーにはいろいろな特技があるけれど、そのなかに教会の鼠みたいにおとなしくしていることは含まれていない。破廉恥な出来事、有名人、噂話が大好きだ。その三つがすべて揃う晩におとなしくしているのはたやすいことではないはず。それでもアミリアは侍女に劇場に来る機会を与えることができてうれしかった。「人目を引かないように慎重に行動しなくてはいけないの。あなたを頼りにしてるんだから」

「おまかせください」頃合いを見てさりげなく消えるのが得意なレティーは請け合った。

夜の上演開始時刻のだいぶまえに劇場に到着し、レティーはふたりからじゅうぶんな距離をとってあとに続いた。観客席の王室の紋章が付いた赤いビロードのカーテンの隙間から覗きこみたくてうずうずしているのは間違いない。知り合いのメイドと出くわすとさらに後方に遅れて、楽しげにおしゃべりを始めた。アミリアはその隙を見て、上演まえにミス・フェアチャイルドの楽屋を訪ねる計画を侍女に伝えた。

サイモンが劇場の支配人を脇に連れだしてミス・フェアチャイルドの居所を尋ねているあいだに、レティーがささやいた。「レディ・マリエールがミス・フェアチャイルドからレッスンを受けていたなんて信じられません。イングランド一の歌手ですもの。またレッスンを再開なさるんでしょうか？　それで侯爵さまは彼女とお話しなさろうと？」

「そうではなくて……個人的なお話なの」アミリアは説明した。「ここでお友達とおしゃべりしてて。すぐに戻るから」

「わかりました」レティーはそれ以上はなにも尋ねなかった。「では奥さま、もちろん、お手伝いが必要なときにはいつでもお声がけください」

支配人がアミリアとサイモンを狭い通路に導いて小さな楽屋が連なる場所へと進み、いちばん奥の部屋をノックした。「ミス・フェアチャイルド。きみにお客さまだ。ベインブリッジ卿が来られている」

「少しお待ちください」ドアの内側から声がした。数秒後、ドア口に現れたミス・フェアチャイルドはアミリアの記憶にある以上に美しかった。くすみひとつない肌で、広い額にも皺やシミは見当たらない。鮮やかな赤毛に至るまでまさに磁器のお人形のようだけれど、笑みには生身の女性の温かみが感じられた。

ミス・フェアチャイルドはサイモンに訪ねてもらえたのがうれしそうだった。「侯爵さま。お久しぶりです」青い瞳をさっとアミリアのほうに移す。「レディ・エイムズベリー。わたしの歌にご満足いただけたならよいのですが。雨が降りだしたので、レディ・タビサが引きあげるようにとおっしゃられて、わたしからお尋ねすることができませんでした」

「満足したどころではないわ」アミリアは声をふるわせないように気をつけて称えた。この女性の美貌と才能に魅了されずにいるほうがむずかしい。ふと、うっとりとして浮かれてしまうレティーの気持ちもちょっぴりわかるような気がした。

「残念ながら昼間はなかなか話す機会がなかったので」サイモンが続けた。「ただでさえ忙しい晩にお邪魔して申しわけない」

ミス・フェアチャイルドがにっこり笑うと、くっきりとふたつのえくぼが現れた。ふっくらとしてなめらかな顔に唯一刻まれたのがそのえくぼだ。「もったいないお言葉ですわ、侯爵さま。なにかお役に立てることがございますか?」脇に動いて、ふたりを小部屋のなかへと勧めた。「レディ・マリエールがレッスンの再開をお望みとはとても思えませんけど」くすりと笑った。

部屋の大部分が縦長の鏡と衣装掛けに占められ、片隅にあるたった一脚の椅子に靴が一足置かれている。そばのテーブルには化粧道具や櫛やヘアピンが散らばっていた。

サイモンも笑い声を響かせた。「ああ、それはありえないな。別件で、というかある人物のことでこちらに伺ったんだ。ミスター・ジョージ・デイヴィス。競馬に入れ込むまえはマリエールの馬の面倒をみてくれていた。何年もうちで働いていた人物だ」

「憶えてますわ」ミス・フェアチャイルドが細い眉をきつくひそめ、一瞬だけ険しい顔つきを見せた。「以前から、彼はお嬢さんに好意を抱いているのではと感じていました。つい先日、ドルリー・レーンにご一緒に来られていたのでやはりと思ったんです」

サイモンがちらりとアミリアを見てから言葉を継いだ。「つまり、ふたりを見かけたと」

「見かけたどころではありません。ミスター・デイヴィスとはお話ししましたもの」ミス・フェアチャイルドは気になる点を見つけたらしく、鏡に顔を近づけて、頰紅を肌になじませた。「あの方がちょうどおひとりでいらしたので、わたしはレディ・マリエールから手を引くようにと忠告したんです。必要ならば、ご家族にもお伝えすると」サイモンのほうに向きなおった。「侯爵さま、あの晩、彼は妹さんにとても近づいていて、評判を穢されるおそれがあったので。わたしの言いたいことはご理解いただけると思いますが、近づきすぎていたんです」巻き毛の頭を振る。「おふたりが親密な関係になることに、わたしは賛成できませんでした。あなたも同じお考えでは」

サイモンが同じ考えであるのはアミリアにもその表情から見てとれた。ジョージ・デイヴィスがまだ生きていれば、サイモンが殺しかねなかったかもしれない。ジョージがすでに死んでいることをふたりにちゃんと思いださせておくにはちょうどよい頃合いだとアミリアは見定めた。「その晩にミスター・デイヴィスは殺されたんです。ひょっとして、ご存じなかったのでは」

ミス・フェアチャイルドはぽっかりと口をあけた。「まったく知りませんでした。もう長らく新聞を読んでいないので。春のコンサートにこのお芝居の上演もあって忙しかったんです。仕事仲間の女性から殺人事件があったので帰り道には気をつけるようにと言われていたんですが、殺されたのがミスター・デイヴィスだとは思いませんでした」

「事実なんだ」サイモンが念を押すように言った。「まさにこの通りで刺されて倒れていたところを、あろうことか、マリエールも目にしてしまった」

「なんてこと！」ミス・フェアチャイルドが声をあげた。

「彼と話したのが何時くらいだったかわかるかしら？」アミリアは尋ねた。「レディ・マリエールのために彼がどのように最期を迎えたのかについて情報を集めているの。心のなぐさめになるかもしれないから」アミリアはミス・フェアチャイルドの表情を注意深く観察した。美しい女性だけれど演技が巧みな女優でもある。しぐさや歌声で人々の心を思いどおりの方向へ導くことができるのかもしれないし、事件が起こった日のドルリー・レーンにも、きょうのガーデン・パーティにも居合わせていた人物だ。とはいえ、彼女がジョージ・デイヴィスを殺す理由がどこにあるというのだろう？　話を聞くかぎり、ミス・フェアチャイルドはマリエールを守ろうとしていた。かつて自分が教えていた令嬢を守るためにそこまでする？たぶん、そこが重要な点だ。

ミス・フェアチャイルドがカールした睫毛を天井のほうへ上げて質問の答えを考えている。「劇場はまだはけてなかったわ。彼はひとりで歩いていたので、早く出てきたんでしょう。わたしは内密に話すために道の端に引っぱっていった。どうかしていると彼に言い返されたけど、わたしがなにを見てどう解釈したのかを伝えました」ミス・フェアチャイルドは顔をしかめ、天井からサイモンへ視線を移した。「一瞬、暴力をふるわれるのではと思ったんです。腕をつかまれて、きつく握られたから。痣が残ってしまったくらいに……そもそも、馬に容赦なく鞭をふるう人だったもの」

「父があっさり彼を解雇したのも、まさにそれが理由だった」サイモンの声は怒りでざらついていた。

「それから、わたしはその場を離れた」ミス・フェアチャイルドがすっきりとした顔に戻ってアミリアのほうを見た。「わたしはもともと役者ではなく歌手なんです。でも、お芝居をしている人は見ればわかるし、ジョージ・デイヴィスがまさにそうでした。紳士を演じていたけれど、本物ではなかった。野蛮な変わり者でした。死んだのはお気の毒だけれど、レディ・マリエールがもうあの人の演技に騙されずにすむのなら安心だわ」

「それはたしかに言える」サイモンはべつの誰かからそのような言葉を聞けてほっとしたようだった。「まったく同感だ」

アミリアも胸のうちで同意した。マリエールのためにはそうでなければよかったけれど、その願いは叶わなかった。現に今回の調査でわかったことがあるとすれば、それはジョージがやはり信用できない人物だったという事実なのだから。

30

親愛なる　レディ・アガニ

あなたは胸を躍らせることの多い日々を送られているのではと拝察いたします。わたしもそのような日々を送るにはどうすればよいのでしょう？　私の社交シーズンはどうしようもなく退屈です。すぐにでも胸を躍らせることを見つけなければ、気が滅入って死んでしまいそうです。

かしこ

退屈に飽きあき　より

親愛なる　退屈に飽きあき　様

わたしもかつては客間でふさぎこんでいました。それで本欄の回答者を引き受けたのです。ですから、わたし自身が役に立った助言をお伝えしましょう。新たなことへの挑戦を恐れるな。誰でも往々にして、まずは撥ねつけてしまいがちです。できない、するべきではない、してはならないというように。頑なな否定の気持ちを乗り越えられれば、新たな扉が開きます。扉の向こうにはよいことが待ち受けているとお約束します。

秘密の友人　レディ・アガニ

『マクベス』の上演はすばらしかったものの、アミリアは楽しめなかった。ジョージ・デイヴィスについてはいろいろとわかってきたが、彼を殺した犯人の手がかりはつかめていないということばかりが気になっていた。糸口をほどこうとするほどに、ほどかなければならない糸口が出てくる。ジョージのような男性が殺された理由はいくらでも考えられる。でも、まさしく嘘のない誠実なマリエールにはそのほんとうの理由を知る権利がある。だから自分がそれを突きとめなければいけない。干し草の山から針を探しているかのようで、埒が明かない。探せども答えはいっこうに見つからず、新たな干し草が見えてくるだけ。

レティーがダービー競馬の観戦者みたいに座席から腰を上げて喝采を送る姿を見て、アミリアはいつの間にか芝居が終わって幕が下りていたことに気づいた。うわの空で拍手を送り、芝居を褒めたたえるレティーの言葉を聞きながら、馬車へ向かった。

夜気が湿った外套のように感じられ、アミリアはぶるっと身をふるわせてサイモンの手をかりて馬車に乗りこんだ。すぐさまレティーが膝掛けの毛布をご用意しますと申し出てくれたけれど、アミリアは断わった。寒さが新たな可能性をひらめかせてくれるかもしれない。

なにもひらめかなかった。

サイモンが身を寄せた。「今夜はまったくしゃべらないじゃないか。なにを考えてるんだ？」

「ジョージ・デイヴィス」アミリアはかぶりを振った。「調べるほどに、わたしが殺していてもふしぎはなかった人物に思えてきたわ。少なくとも、犯人の気持ちはわからなくもない」

サイモンが口もとをゆがめた。

「事実だもの」本心とまでは言えないけれど。

「ミスター・デイヴィスは被害者だ。彼がなにをしたにしろ、死んでいいわけがない」

もちろん、サイモンの言うとおり。ジョージがなにをしたとしても、彼を殺した犯人は裁かれなければいけない。ただアミリアはその犯人を突きとめられないことにいらだっていた。

「それに、どうしてマリエールが通りで彼の遺体を見つけなければならなかったんだ」サイモンの瞳はパイプから出る煙のようにくすんだ緑色をしている。「打ちひしがれた妹を見るのがどれほどつらかったか、きみにわかるだろうか」

わかるわ。だからこそ、アミリアはできるかぎりのことをしてきた。マリエールの手紙を見せられたときから、サイモンが妹を失うことをどれほど恐れているかはわかっていた。殺人犯が捕まるまで、そのような苦悩は消えないだろう。「わかってるわ」アミリアは微笑んだ。「妹さんはほんとうに恵まれてる」

サイモンが首を振った。「時によりけりだな」

「たいがいはでしょう」アミリアは驚いたふりをした。「少なくとも半分くらいは」

サイモンがアミリアの手をぽんと打ち、そのまま手を重ねた。手袋をしていても、ぬくもりが伝わってくる。ふたりは助け合う同志。その絆は固くて、力を与えてくれる。アミリアは一緒にいてこんなにも気分の上がる相手は初めてだった。苦難にも立ち向かえる勇気をくれる。ジョージを殺した犯人を見つけるという苦難にも。ちょうどまた決意を新たにしたところで馬車が屋敷の前に停まった。

アミリアはランタンをぶらさげた従僕のベイリーを目にして驚いた。「こんな時間になにをしているのかしら？」

「銀貨を捜しているのかもしれません」レティーが低い声で言った。「ジョーンズはいつも銀貨を落としてしまうので」

「なにか捜しているようだな」サイモンも会話に加わった。

アミリアは目を凝らした。「なにを捜しているのか突きとめましょう」

レティーは母親のパティ・アディントンに観てきたお芝居について報告したくて急ぎ足で屋敷のなかに入ってしまったので、サイモンとアミリアはベイリーのほうに歩み寄っていった。

ベイリーが頭の高さにランタンを持ちあげるとカランという音がして、温かみのある顔が明かりに照らされた。「奥さま。ベインブリッジ卿」

「こんばんは、ベイリー」アミリアは従僕を安心させようと穏やかな声で言った。というのも、従僕の引き攣った口もとからすでに緊張が見てとれたからだ。「こんな時間にどうして屋敷の外に出ているの？」

「蹄鉄です」おそらく通常の務め以外によけいな仕事を増やされたせいで従僕の声にはいらだちが滲んでいた。「きょうのゲームを手伝っていた者がなくしてしまったようで、ひとつ足りないんです。ジョーンズさんからはそれしか聞かされてません」

「あす捜しましょう」アミリアはできるだけ明るい笑みを浮かべてみせた。「睡眠をおろそかにするほどのことではないわ」

「日中のほうが捜しやすいだろう」サイモンも口添えした。「あらぬところへ飛んでしまったのかもしれないし」

その言葉からアミリアはべつの考えが浮かんだ。蹄鉄があらぬところへ飛んでしまう以外に消える理由はあるのだろうか、と。「ベイリー、従僕の誰かがこの辺に蹄鉄が落ちたのを見たということ？　だからあなたはここで捜してるの？　蹄鉄投げをしていた場所からだいぶ離れてるわよね」

「そうではないのです、奥さま」ベイリーは眉をひそめた。「きょう、招待客のみなさんがゲームをされているのを見ていたので、どこかに置き忘れられているのではと。侯爵さまがおっしゃるように、あらぬところへ飛んでしまったあとで」

「それで、もうどれくらい捜しているの？」アミリアは不安を隠しきれない声で訊いた。迷路での出来事を振り返るうちにある人物がふと思い浮かび、その人物があの場に見当たらなかったことに気づいた。それもマリエールにとても近しい人物だ。いまこうしているあいだにも、マリエールに危険が迫っている可能性がある。

「十五分くらいです。きっともうすぐ見つけられます」ベイリーはアミリアの不安を憤りと取り違えたらしく、真剣な面持ちで答えた。

「いいえ、無理だわ。もう捜すのはやめて屋敷に戻りなさい。ベインブリッジ卿とわたしはすぐにここを出ないと」

「奥さま？」ベイリーが問いかけた。

「どうしたんだ？」同時にサイモンも訊いた。

「わからない？」アミリアは唾を飲みこんで声のふるえを抑えようとした。「カンバーランド卿は蹄鉄で殴られた。だから、ひとつ足りないのよ。迷路のなかで彼を襲うのに使われた凶器だったんだわ」

サイモンが了解して目を見開いた。「なるほど」

「しかもそれだけじゃない」アミリアはか細い声で続けた。「あの方がけがをしたのは、マリエールと関係しているのかもしれない。彼女に危険が及ぶ可能性がある」

サイモンにそれ以上の説明は不要だった。すでに察しがついているのかもしれない。「行かなくては」

数分後にベインブリッジ邸に到着するとサイモンは馬車が完全に停まるのを待たずに飛び降りたので、アミリアはひどく気遣わしげな従僕に付き添われてそのあとを追った。玄関扉は開いていたから執事を待つまでもなかった。廊下でべつの従僕とともに呆然とこちらを見ている執事にはかまわず、アミリアはあっという間に階段を駆けあがっていったサイモンを目で追った。早くも二階から寝室が並ぶ三階へ至ろうとしている。アミリアもすぐに駆けあがりはじめた。

「どちらへ行かれるのかな？」

アミリアはくるりと振り返って、あやうく転びかけた。スカートを足首が見えるほど絡げ持ったまま、ベインブリッジ公爵と向き合った。「マリエールの様子を見に」

「いや、それはご遠慮願いたい」公爵は強い口調で言った。「娘は体調がすぐれないし、もう夜更けだ」

「承知しています。でも、お嬢さんは困ってらっしゃるかもしれないんです」アミリアは懇願するように言った。「わたしを信じてください」

ふと、ひょっとして今夜のマリエールの不可解な体調の急変には公爵が関わっていたのだろうかとアミリアは疑念を抱いた。サイモンが母親の死に公爵が関わっていたと信じているとすれば、今夜もその父親がマリエールを家にとどまらせたとも考えられるのでは？　けれどそのような疑いは公爵が顔を曇らせて自分の脇をすり抜けていった瞬間に消え去った。公爵は一段抜かしで階段を上がりはじめた。

アミリアもすぐさまあとに続いた。

ふたりが目にしたのは、がらんとした寝室の真ん中に立つサイモンの姿だった。「いない」サイモンは信じられない思いに満ちた声で言った。

公爵が大股で息子の脇を通り抜け、部屋のなかを歩きまわりだした。「マリエール！」

「いないんです」サイモンが繰り返した。

「ミス・ピム！」公爵が呼ばわった。廊下に顔を突きだしてまたも大声で呼んだ。「ミス・ピム！」

「今夜、最後に見たときのご様子は憶えておられますよね？」アミリアは尋ねた。

「見た？」公爵はウェーブのかかった髪を掻き上げた。「娘を見てはいない。体調がすぐれないので早めに部屋に戻ったとミス・ピムから聞いた。それなのにどこに行ったというんだ？　メイドや付添人もなしにか？　いったいどうなっているのだ？」

「公爵さま」ミス・ピムが息を切らして部屋に入ってきた。きっちりまとめあげた髪は片側に傾いている。夜遅くに呼びつけられることには慣れていないのだろうから無理もない。

「お呼びですか？」

「娘が寝室から消えた」公爵の声はふるえていて、冷静さを失いかけているのが見てとれた。

「どこにいるんだ？」

ミス・ピムが眉根を寄せた。「ありえません。わたしにベッドに入るとおっしゃったんです」スカートを箒さながらにはためかせて先ほど公爵が歩きまわったところをまた捜しはじめた。「わけがわかりませんわ。どこへ行かれたというのです？」

「見つけるのがきみの仕事だ」公爵は目をしばたたいた。「屋敷内を捜せ」

「公爵さま」ミス・ピムがなにか言いかけた。

「すぐに！」公爵は命じた。「ぐずぐずしている時間はない」

ミス・ピムが足早に部屋を去り、アミリアはドアを閉めた。「もっと落ち着いてお話しできればよかったのですが、おっしゃるとおり、一刻を争う問題なので」動揺しているふたりの男性に挟まれて、アミリアは自分だけが冷静なように思えた。「ジョージ・デイヴィスが殺された晩に、あなたとのあいだでなにがあったのかを教えていただきたいんです。いますぐに知らなくてはいけないことなので」

公爵は拒もうとしたが、サイモンが機先を制した。「あなたがあの晩に彼と話していたのはもうわかってるんです、父上。事件現場であなたの馬蹄形のピンを見つけました。なにを話し、なにをしたのかを教えてください。マリエールの身にかかわることなんです」

「おまえはなにを言っているのだ？」公爵がわめき声をこらえるようにして言った。「マリエールが危険だと言うのか？」

「わたしが開いたガーデン・パーティで、カンバーランド卿がけがを負いました。大事になりかねないけがでした。レディ・マリエールと親しくされていたあの方に嫉妬した人物が関わっているのだと思います」そうはっきりと言葉に出したとたん、それ以外の可能性はアミリアの頭からすべて消滅した。その仮説が的を射ていることはふたりの男性の目に浮かんでいる懸念と同じくらいにあきらかだ。いったいわたしはいままでどこを見ていたの？

「お願いです、父上」サイモンが懇願するように言った。

公爵は息子の目から必死さを読みとったらしく、もう拒むそぶりもなく語りだした。「オペラが上演された日の夕方に、私がデイヴィスにあのピンを渡した。彼はマリエールとの交際を続けると脅しをかけてきた。宝飾品ごときであの男をなだめられると考えた私がばかだった。脅しに拍車をかけさせるだけのことだったのに。しかも、あれほどすぐに行動に出てくるとは考えもしなかった」

「いつです？」サイモンが訊いた。

「あの晩すぐにだ」公爵はかぶりを振った。「書付で呼びだされて、劇場近くの安酒場で会った」

あのバーにいた上流ぶった紳士が公爵だったとは！　たしかに給仕係の女性が語っていた容姿と合致している。口ひげに特徴があり、帽子をかぶっていたとしてもこの髪の色は隠しきれない。

「金が必要だというから、くれてやった。それだけのことだ」公爵は息子と目を合わせた。

「信じてもらうしかない」

「どうやって信じろと？」サイモンが訊いた。

「断言できる」公爵はサイモンの目を見据えた。「彼の死に関して、おまえから責められるようなことは私はなにもしていない」鋼色の目がうっすらと潤み、公爵はすぐさま瞬きでそれを払いのけた。「お母さんに起こったことについて、おまえが私に責任があると考えているのは知っている。ずっとまえからだよな」

サイモンは目をそらした。

アミリアは親子だけで話す時間を与えたいとは思いつつも、いまはそんな余裕はなかった。サイモンがそしらぬふりをしても、公爵はかまわずに話を続けた。遠くを見るような目は海水に似た色を湛えている。「私にとっておまえのお母さんは出会った瞬間から特別な存在だった。大らかに笑い、大らかに泣く。そしてピアノを弾けば……天使たちも歓喜しそうな音を奏でていた」公爵はなつかしそうに瞳をきらめかせた。「あれほどすばらしい女性に出会ったことはなかった。それでも私はほかの良家の令嬢たちに対するのと同じように、父が母にそうしていたように接した。距離をおいて」公爵は吐き捨てるように最後のひと言を口にした。「おまえのお母さんは距離をおくことを望んではいなかった。彼女が望んでいたのはぬくもりだ。思いやり。愛。だからそうしたものを求めてほかの男の腕に飛びこんだ」公爵はひと息ついた。「それは認める。だが、彼女の死について、私がおまえから責められるいわれはない。私は後ろめたさですでにじゅうぶんな罰を受けている」

サイモンがいかにも驚いたふうに父の目を見やった。「妻の死に後ろめたさを感じているんですか？」

「当然ではないか」公爵が尋ねられたことすら信じがたいといった口ぶりで応じた。「私は教えられたとおりにしていれば、結婚生活は安泰だと思いこんでいた。なによりも危険なことをしているとは考えもせずに。そのように接するのがあたりまえだと信じていた。そうでなければ、彼女がほかになぐさめを求めはしなかったはずだ」

だからこそ公爵はフェリシティに裏切られた息子サイモンを咎めたのだろう。三月の春の訪れのように、アミリアの頭のなかでくすぶっていたものが晴れた。公爵はサイモンがフェリシティをほったらかしにしていたせいで破談になったと思っているが、事実とは異なる。サイモンはフェリシティに熱をあげていたけれど、彼女が熱をあげていたのはサイモンの称号に対してだった。フェリシティはサイモンの母親とはまるで違う。

「知らなかった」サイモンの声は少年のようにあどけなかった。

「言わなかったからな。言えるわけがないだろう。おまえたちのために強い父親でいたかった」

「強くなくてよかったんだ」サイモンが言う。「父親でいてくれさえすれば」

「いまならわかる。だからここにいる」

一拍の間があき、そのあいだに親子の関係がよい方向へ一歩進んだのがアミリアには感じとれた。亀裂は大きいものの、時間と根気があれば、父と息子の隔たりはきっと埋められる。

水を差したくはなかったけれど、アミリアはマリエールのために口を開いた。「公爵さま、ミスター・デイヴィスにお金を渡したとおっしゃいましたよね。わたしたちが事件現場で見つけたのはそのお金だったんだと思います。でもどうして渡したのですか？」

公爵は両手をポケットに突っこんだ。「ほかに選択肢がなかった。私が金を渡さなければ、ミスター・デイヴィスはマリエールを連れて国境を越え、スコットランドの彼の親類のもとに身を寄せて結婚許可証を申請すると言ってきた」

「それで金を払わされたんですね？」サイモンは嘆息した。「ただのちんけな盗人だ」
「彼はギャンブルの借金を返せずにいて、すぐに金が必要だったのだ。あの晩に
サディアス・キング！　あの男が幕間に借金の返済をもう待てないとデイヴィスに言った
のに違いない。ジョージ・デイヴィスの知り合いでそのような大金を用意できる人物は公爵
だけだった。それですぐに呼び出しの書付を届けさせたのだろう。ところが、べつの問題が
ジョージを待ち受けていた。思ってもみない人物がそこに現れたのだ。
「おまえも、ジョージがここで働いていた頃、マリエールからどれほど気に入られていたか
は憶えているだろう」公爵が続けた。「私がたとえ金を渡さなかったとしても、時間をかけ
れば、あの男はマリエールを説得してここから連れだせていたかもしれん」
「すでに説得していました」アミリアは断言した。「お金を渡す意味があったのかどうかは
わかりません。わたしにわかるのは、あなたが彼を刺したのではなかったということ。つま
り、ほかの人が刺した。そしてわたしはそれが誰なのかに心当たりがあります」
サイモンが両方の手のひらをぴたりと合わせ、指先を唇にあてた。「それはいったい誰な
んだ？」
アミリアは歩いていき、カーテンを開いた。思ったとおり。サイモンの部屋と同じように、
マリエールの寝室にもバルコニーが付いていて、いったん階下のバルコニーに下りて、さら
に地面までたどり着ける。バルコニーに出られる扉はわずかに開いたままで、そこから吹き
込むそよ風にひんやりと足を撫でられた。「ミスター・フーパー」

31

親愛なる　レディ・アガニ

既婚婦人たちは不要な関心を避けるのは簡単だと言います。ともかく好ましくない紳士とはダンスを踊らず、話をせず、見もしなければいいのだと。わたしはすべてそのとおりにして、しかも容赦なく率直な物言いをするのですが、やっかいな相手をうまく撥ねのけられません。気を引くようなことはいっさいしていないのに、なおもまとわりつかれています。どうすればよいのでしょう？

かしこ

不機嫌なフランチェスカ　より

親愛なる　不機嫌なフランチェスカ　様

この問題の要因はあなたではなく、彼のほうにあります。やっかいな相手はすげない態度を取っても阻止できないので、さらなる手段を講じざるをえません。あなたのお母さま、お父さま、お姉さま、ご兄弟、耳を傾けてくださるどなたかにご相談ください。その方にすぐにこの問題にともに取り組んでもらい、やっかいな相手とふたりきりで会ってはいけません。その後の経過をまたぜひお知らせください。撃退できますよう、お祈りしています。

秘密の友人　レディ・アガニ

「ミスター・フーパー」サイモンがおうむ返しに言った。「フーパー船長のご子息が？」

「そんなことがありうるのか？」公爵も訊いた。「われわれの友人であり隣人だ」

「そして、あなたのお嬢さんに恋しています」アミリアは脇に退き、自分がまず目にしたものをふたりにも見せた。がらんとした邸宅、明かりのついた窓、そこにはあの頼りなげな息子も住んでいる。この社交シーズンにお呼びのかからないミスター・フーパーはほとんどの時間を父の書類仕事に費やしていた。けれどひとりだけ、彼にも目を向けてくれる人物がいた。マリエールだ。ほかの女性たちは戦争の英雄を好むけれど、マリエールはやさしさを重視する。ミスター・フーパーは遠くからマリエールを見ていて恋に落ち、少しずつ距離を縮めて、ついにはいつの日か彼女をほかの男性に奪われることに耐えられなくなってしまった。

「きみは勘違いしているのではないかな」公爵はカーテンのそばに歩いていき、窓の外を覗いた。サイモンもその横に並んだ。「彼の父親は女王陛下から勲章を授けられた英国海軍の船長だ」

「勘違いなどしていません」アミリアは言った。「わたしたちがカンバーランド卿を見つけたとき、あの迷路にいなかったのは彼だけでした。マリエールに関心を寄せているカンバーランド卿を妬(ねた)んでいたんでしょう。しかも、今夜は彼のお父さまのお客さまをもてなすと言っていたのに、馬車は一台も見当たりません」

「なんと、きみの言うとおりだ」サイモンがささやきにも満たない低い声で言った。

「彼がマリエールをどこに連れ去ったのか突きとめないと」アミリアは口ぶりほど落ち着いてはいられなかった。内心ではマリエールを見つけなければと焦っていた。「わたしの仮説が正しければ、彼はマリエールに恋してしまって、強引にでも求婚を承諾させようとしているのかも」

「まずは家を訪ねてみよう」サイモンが大股でドアへ向かった。「使用人が行き先を知っているかもしれない」振り返ってアミリアがついてくるのを確かめた。それからまた歩きだそうとして、ミス・ピムにぶつかりかけた。

「まあ、失礼しました」ミス・ピムが詫びた。

「私の娘を見つけたのか？」公爵が訊いた。

「いえ、残念ながら」ミス・ピムは両手を丸めて腰にあてている。「まったくわけがわからなくて」

サイモンが彼女の顔を指差した。「あなたはロンドン一、無能な付添人だ」そう言うと脇をすり抜けて部屋を出ていった。

アミリアはほとんど笑みを隠すだけのためにうつむき加減であとに続いた。これまでずっとこの女性の前では自分が劣っているような気分にさせられていたので、サイモンのひと言で一矢を報いたように思えた。

「サイモン！」アミリアはすでに階段を下りかけていた後ろ姿に呼びかけた。

サイモンは階段を下りきって待っていた。「フーパーを見つけたい。どうしても見つけなければ」

「家にいるとは思えないわ」アミリアはサイモンと一緒に玄関を出て、フーパー家の街屋敷へすぐさま角を曲がった。「でも、あなたが言ったように、使用人がなにか知っているかも」

石造りの邸宅の前に着くと、サイモンは玄関扉を騒々しく叩いた。

年配の男性が夜遅くの訪問者にむっとした目で扉を開いたが、すぐに相手がサイモン・ベインブリッジだと気づいて、驚いたように眉を上げた。「侯爵さま」脇に退いた。「お入りください」

「カーター」サイモンがマリエールの痕跡を探して玄関広間に目を走らせた。「下の息子さんのフーパーはご在宅だろうか？　話をしたいんだが」

「おそれながら留守にしております」留守の理由を説明する言葉を選んでいるかのように褐色の眉をひそめた。「朝では間に合わない急用がおありとのことで。旦那さまの牡馬で出かけられました」

「冗談だろう」サイモンが蒼ざめた。

「いいえ、めっそうもございません」

「どなたかとご一緒に？」

吊り上がった眉を見るかぎり、執事は困惑しているらしい。「そのようには見受けられませんでしたが」

「ぶしつけな頼みなのは承知しているし、長年の隣人でなければむろん言えなかっただろうが、お若いほうのフーパーの部屋を見せてはもらえないだろうか？」サイモンは三階まで螺旋状に続いている階段のほうに踏みだした。「どこに行かれたのかを知ることがとても重要なんだ。大事に至りかねない」

「失礼ながら、私からはお答えしようのないことでございます」執事はためらいがちに言い、咳ばらいをした。「フーパー船長にお尋ねしてみます。客間でお待ちくだされば……」

サイモンがその申し出を退けようとしたが、アミリアは彼の肘に触れた。「とてもいい考えだわ」

執事はふたりを二階の客間に案内した。フラシ天の絨毯が敷かれ、金の額縁の絵画が並び、灯されていなくても美しいシャンデリアがある。壁ぎわのテーブルに置かれたとても大きなランプが灯されると部屋が明るくなった。「こちらで少々お待ちください」

執事が去ると、サイモンは部屋のなかを歩きだした。「とてもいい考えだと？　どういうつもりなんだ」

アミリアは唇に指をあててみせた。「寝室のある階に少しは近づけたでしょう？」

サイモンはその言葉の意味を読みとった。「ああ、そういうことか」

「ついてきて」アミリアはささやいた。「こういうことはもう慣れたものだわ」

フラシ天の絨毯はさらに上階まで延びていて、さいわいにもほとんど足音を立てずにミスター・フーパーの部屋を探すことができた。アミリアとサイモンの邸宅ほど大きくはないし、廊下も狭く、寝室は八部屋程度のものだった。

遅い時間なので、ほとんどの部屋のドアが閉じられていた。二部屋のドアがわずかに開いていて、明かりが洩れているのはそのうちの片方だけ。ベインブリッジ邸の中庭に面している部屋だ。「そこ」アミリアはひそひそ声で伝えた。

サイモンがドアの隙間からなかを覗いた。アミリアにも来るよう手ぶりで合図し、ふたりとも部屋のなかに入ってドアを閉めた。サイモンが大きな窓のほうに歩いていき、カーテンを開いた。「ここからぼくの妹の行動を観察できるわけだな」

「しかもきっと実際にそうしていたのよね」アミリアはミスター・フーパーの書物机に視線を移した。ひとつだけ開きかけている抽斗に目が留まった。いやな予感を覚えて、さらに抽斗を引く。ガラスのかけらの下に、ヘアピン、手袋、黒い髪の毛が収められていた。

「それはなんだ?」肩越しからサイモンが問いかけた。

アミリアは横に動いた。

サイモンが息を詰まらせて言った。「ばかな」

「マリエールのものなのね?」

サイモンがうなずいた。

「大丈夫よ」アミリアは請け合って、部屋を調べつづけた。「妹さんは見つかるわ」

暖炉の上にはフーパー船長の肖像画が、息子の日常に実在する父親に劣らず大きくそびえ立つように飾られている。ミスター・フーパーはほかの兄弟たちのように父親の足跡を追うことはできなかった。身体が弱く、そもそもそのような気質でもなかったのだろう。代わりに計算と帳簿付けに勤しむしかなかった。そうした役割に憤慨していた。父親に対しても。だから、父が海賊船から奪いとったファコンというナイフでジョージ・デイヴィスを殺した。アミリアはそう推理して、あらためて息を吸った。「ファコン。彼のお父さまのナイフだったのね」

サイモンが顎をこわばらせた。「そういうことだったのか。どうして結びつけられなかったんだろう。海軍にいたというのに」

アミリアはちらりと目を上げた。「わたしは海軍のお仲間には入れていただかなくてけっこうよ」そのとき階下から急に執事の声が大きく聞こえて、びくりとした。誰かと話している。相手はフーパー船長だろうか？　もうあまり時間がない。

アミリアは部屋のほかの部分をざっと見まわした。なにもかもがあるべき場所に収まっている。不自然なところは見受けられない。クローゼットのなかの衣類はきちんと片づけられ、小さな書物机の上も書類すらなくすっきりしている。書棚の本は整然と並んでいる。アミリアは唇を噛んだ。なにかあるはず。若い女性を自宅から連れだしてきたことを示す手がかりが。

ベッド脇の小卓に置かれたアイボリー色の二枚の紙に目が向いた。一枚には大きなインクの染みが付いている。アミリアはすぐにその紙を調べたが、なにも書かれていなかった。

サイモンが肩越しから覗きこんだ。「白紙か」

「まだわからないわ」アミリアは冷えた暖炉のそばにしゃがんで、指で灰をすくいとった。アイボリー色の紙のところに戻って、その炭を軽く擦りつける。どこかの住所が現れた。サイモンのほうに目を上げて、微笑んだ。

サイモンが探るように緑色の目で見つめ返した。「きみは何者なんだ、アミリア・エイムズベリー？」

「知りたい？」アミリアは片方の眉を上げてみせた。

近づいてくる足音に会話は遮られた。

サイモンが紙を厚地の外套のポケットに押しこみ、アミリアの手をつかんで厚みのあるカーテンの裏に引き入れた。アミリアは心臓が破裂しそうに思えて、なかなか呼吸を鎮められなかった。心が乱れているのは近づいてくる足音のせいではなく、サイモンのせい。海の匂いがして、本物の波打ちぎわでのほうが、まだいまよりはしっかりと立っていられそうな気がする。仕方なく彼の腕につかまった。サイモンがすぐに状況を察して、片腕で抱きかかえるように支えてくれた。これで彼の指のあいだから床に溶け落ちてでもしまわないかぎり安全だ。

「帰られたのでしょう」使用人らしき若い男性が部屋に入ってきた。「待ちきれなかったのでは」

「私はできるかぎり迅速に対応した」執事の声には忸怩(じくじ)たる思いが滲んでいた。「フーパー船長が待っておられる。なんとご説明すればいいのだ？」

「礼儀知らずな方々で、帰られたようだと申しあげればよいのでは」

「熟睡されていたところを起きていただいたというのに」執事は舌打ちした。「嘆かわしい」

ドアが閉まり、アミリアはほっと息を吐いた。危ういところだった。いまの自分とサイモンほどではないけれど。密着しているのはいやがうえにも意識せざるをえなかった。肌があらわになっている背中をサイモンの硬い胸にぴたりと張りつけて、温かな手で腰を抱かれている。どちらも動かなかった。使用人たちが三階から去るのを待っていた。ほんとうにそれだけ？


それだけだとアミリアは自分に言い聞かせた。彼の筋肉質な胸板や、息遣いの速さや、手の力強さを記憶に刻もうとしているわけではない。いま振り返ったらどうなるのか考えようとは思わない。彼の黒い髪が自分の額をかすめたり、あの柔らかい唇と自分の唇が触れ合ったり、ひげが生えかけた顎がこの首に擦れたりなんてことは想像していない。

サイモンが手を放した。「下りていったな」

「ええ」思いのほか声がふるえてしまい、アミリアはそれから数分は黙ったまま、サイモンのあとについてその寝室を出て、薄暗い使用人用の階段を下り、がらんとした厨房を通り抜けた。

外に出て裏口の扉を静かに閉めると、ふたりはまっすぐベインブリッジ家の厩へ向かった。

「この住所なら知っている。ベイジングストークの馬車宿だ」

アミリアは追いつこうと足を速めた。「どうしてベイジングストークに？」

「馬を休ませるためだろうな。サウサンプトンの波止場へ向かう途中で。そこからならどこへでも行ける」

サウサンプトンはサイモンにとってはなじみのある港町らしかった。ミスター・フーパーはそこから船でマリエールを連れて旅立つ計画なのかもしれない。なんてこと！　アミリアは新たな不安に胸を衝かれた。

サイモンも同じ気持ちなのに違いない。ただちに手助けを求めた。遅い時刻にもかかわらず、厩の上の窓から馬丁が顔を覗かせた。「御者を頼めないだろうか。すぐに……」

慌ただしく動きまわる物音がして、数分後にはその馬丁がほかにも眠そうな目をしたふたりを連れて下りてきた。「悪いが、ベイジングストークに急用ができた。ぜんぶで六頭用意してほしい。すぐに発ちたい」

「かしこまりました」男たちが急いで厩へ入っていく。

サイモンもそのあとを追った。「帰るなら、いま言ってくれ。ふたりでいるところを見られたら……」

「心配ないわ」アミリアは自分のドレスをちらりと見下ろした。よりにもよって赤いドレスを着ているなんて。「このドレスを隠せるものはないかしら？」

サイモンは周囲を見まわして、そばの衣類掛けから男物の上着を手にした。「これでどうだろう？」

アミリアはうなずいて、馬車に馬が繋がれているあいだにその上着の袖に腕を通した。古めかしい御者の上着で、肩に巻く小さなケープと立襟が付いている。ちょうど都合がいいわ。

「フーパーが妹に手を出すようなことをしていたら、殺してやる」サイモンが歯を食いしばった。「神に誓って」

アミリアは励ますように言った。「なにもしていないでしょうし、なにもしないわ。そうでなければ、旅立とうとなんてしないでしょう？」首を振った。「だってあの人は彼女を愛しているんだもの。少なくとも本人はそう思いこんでる。だから妹さんは安全よ。いずれにしても、いまのところは」

32

親愛なる　レディ・アガニ

あなたはナイフの使い方をご存じですか？　銃についてはいかがでしょう？　あなたは相当に文芸かぶれ（ブルー・ストッキング）のご婦人に違いないので、そういったものをブーツに隠しておられるのではと想像しています。そうなのですか？

かしこ

あなたには青靴下がお似合い　より

親愛なる　あなたには青靴下がお似合い　様

わたしはどちらについても使い方をよく知っています。ブーツに隠しているのかについては、親愛なる読者のみなさまの豊かなご想像におまかせします。

秘密の友人　レディ・アガニ

今夜は劇場で貴重な時間を無駄に費やしてしまったけれど、六頭の馬たちがそのぶんを埋め合わせてくれた。雷鳴のごとく蹄の音を轟かせ、地面をふるわすほどの全速力で田舎道を駆け抜けていった。サイモンとアミリアは深夜零時をだいぶ過ぎて、紙に書かれていた住所にあるベイジングストークの馬車宿に到着した。こんな時刻だというのに、宿屋は賑わっていた。アミリアたちが馬車を降りたときにも、先に到着していた馬車からちょうど馬がはずされているところだった。

アミリアはその場の雰囲気に溶けこむのを得意としている。宿屋の前面の窓から、エールを飲んでいる酒好きの客が見えた。その男性の前に空の皿があるということは、夜食をすでにたいらげてしまったのだろう。宿屋の亭主はおそらく寝ていて出迎えには現れなかったので、わりと楽に動きまわれるかもしれない。

サイモンがさっそく入口の扉のほうへ向かおうとしたので、アミリアは引きとめた。「気をつけて。ミスター・フーパーはマリエールと強引に結婚しようとしているのかもしれない。ふたりが付添人なしでいるところを知り合いに見られたら、そのもくろみが叶えられてしまう。慎重に事を進めないと」

サイモンがいらだたしげに息を吐いて、落ち着きを取り戻した。「わかった」

「ベインブリッジ！」すぐそばに停められた馬車から男性が大きな声で呼びかけた。「きみなのか？」

アミリアは上着の襟をさらに引きあげてサイモンから離れた。自分が口にした忠告どおり慎重に行動しないと。

「テイス」サイモンが呼びかけ返した。「会えてよかった」とは思えない口ぶりだった。早くマリエールを捜したくて仕方がないのだろう。

そうだとすれば、自分が先に捜しはじめてはいけない理由はないとアミリアは判断した。

「こんな夜遅くにどうしてベイジングストークに？」テイスが訊いた。「明朝の船に乗るのか？」

アミリアはサイモンが答えるまで待っていられなかった。その隙に人目を引かないようにこっそりと入口の扉を通り抜けた。赤いドレスを着ていようと、レディ・アガニなら人目を忍ぶ調査はお手のものだ。肝心なのは目立たないこと。つまり、知らない場所でも知っているかのように振る舞わなくてはいけない。顔は上げずに落ち着いた足どりで。そう心がけてアミリアは進んだ。

裏階段の吹き抜けに行き着いた。この細く高々と延びる階段を使えば人目を気にせずに動きまわれる。ただし、表側とは違って真っ暗なので、アミリアは手摺り（てすり）にしがみつくようにして見知らぬ建物のなかをのぼっていった。

まず三階まで上がってしまって、捜しながら下りてこよう。一歩ずつ、じりじりと上がる。かさばるスカートを踏まないように気を遣った。それにペチコートが音を立てないように。どんなに気をつけていても静まり返った暗がりのなかで硬い布地の擦れる音がする。

二階に着いて次の階段へ曲がろうとして、枕をかかえた若い女性と出くわし、小さな悲鳴をあげられてしまった。「まあ！　驚かせないでください」

アミリアは驚きの声を呑みこんで、この危機をうまく生かそうと機転を働かせた。ミスター・フーパーは宿屋の亭主に夫婦を装っているに違いないので、フーパー夫人の侍女のふりをするのが唯一の安全策だ。「ごめんなさい。驚かせるつもりはなかったの。フーパー夫人のお部屋を探していて」

若い女性は落とした枕を拾いあげた。「わたしは嵐にもすぐびくついてしまうんです」

「嵐がまたこちらに来そうだとか」アミリアは女性からけげんな目で上着を見られているのに気づいて言葉を継いだ。「フーパー夫人の装飾品を馬車に取りにいったら御者が外套を貸してくれたの」ポケットから自分のルビーが嵌め込まれた銀冠を取りだしてみせた。「もう雨が降りだしてしまうと心配してくれたんでしょう」

若い女性は髪飾りを見るとにっこりして不揃いの歯をあらわにした。「もう降りだします。イングランドの女王がヴィクトリアさまであるのと同じくらい確かですわ」上階を指差した。「五号室ですよ。もうひとつ上がらないと」

「ありがとう」アミリアは階段をさらに上がり、小窓のところでいったん足をとめた。サイモンはまだテイスと外にいる。なにしてるのよ。こちらはもうマリエールの居場所を突きとめられたのだから、彼にもなんとか友人を振りきって急いで来てもらわないと。

さいわいにも、あと少しでミスター・フーパーを捕まえられるところまできている。でも、どうやって？　自分ひとりで部屋を訪ねてノックするわけにもいかない。ほかにどのような選択肢があるというのだろう？　アミリアはよい案がふってこないかと廊下に立ちつくした。

ところが名案がふってくる代わりに、五号室から哀れっぽい声が聞こえてきた。

アミリアは凍りついた。マリエールの声に違いない。

じりじりとドアに近づきながら、高鳴る鼓動をどうにか鎮めようとした。このままではミスター・フーパーに薄い木製のドアの内側から気づかれてしまいかねない。息を凝らし、一心に耳を傾けた。

なにも聞こえない。

先ほどの声は妄想だったの？　いいえ。マリエールの声だった。それなら、ミスター・フーパーはどこにいるの？

もしかしたら、いま彼はここにいないのかもしれない。マリエールはひとりで部屋に閉じこめられていて、どうにかして逃れようとしているのだろうか。きっとそれで声が聞こえたのだろう。いずれにしても、どうにかしないと。そのためにここに来たのだから。サイモンもすぐに駆けつけるだろうし、この上着にはナイフが入っている。まさにこのようなときのために、サイモンが渡してくれたのだ。こんなふうにふたりがばらばらになってしまったときのために。自分の独断で、こうなったわけだけれど。

アミリアは五号室のドアを少し開いた。片隅にあるオイルランプが灯されていて、部屋にうっすらと明かりが広がっている。瞬きをして目を慣らそうとした。ベッドにも、椅子にも、誰もいない。使い古されたような足のせ台もある。どこにも人の気配はない。

アミリアは部屋のなかに踏みだした。静寂。自信を得て、さらに進んだ。また呻くような声がして、左右を見た。クローゼットのなかから聞こえる。

そちらに踏みだした。

背後でドアが閉じる音が響き、アミリアは心臓ががくんと沈んだ気がした。しまった。自分を叱った。ドアの外側にも気を配っていなければいけなかったのに。どんな悪人が潜んでいるともわからない場所だ。

「きみか」いらだたしそうな声だった。「ここまで追ってくるとはな」

戦いに挑む兵士のようにうなじが総毛立った。「ミスター・フーパー」アミリアはマリエールと自分の身を守らなければと決意し、落ち着いて声の主と向き合った。「わたしたちはあなたを捜していたのよ。早まったことをするまえに、見つけられてよかった」

「わたしたちとは誰のことだ？」ミスター・フーパーがアミリアから閉じたドアへ視線を移した。

「もちろん、侯爵さまよ」フーパーの瞳は罠にかかったライオンのように獰猛(どうもう)な琥珀色にきらめいている。顔が汗ばみ、額に髪が張りついていた。首筋から脈動が速まっているのも見てとれる。「もうそろそろ上がってくるわ」ほんとうにそうであることをアミリアは祈った。

「嘘をついているな」

「窓の外を見て」アミリアは勧めた。「侯爵さまの馬車が停まってるから」

フーパーはこちらから目を離さずに窓のほうに歩み寄り、薄いカーテンを開いた。さっと見下ろす。「見当たらない」

アミリアは肩をすくめた。「仕方ないわね。暗いもの」すばやく部屋に目を走らせた。「レディ・マリエールはどこ？」小さな衣装部屋からまた物音がした。閉じているドアを蹴ったような音だ。「クローゼットのなか？　愛する女性にすることではないわよね」

ミスター・フーパーが眉間に皺を寄せた。投げかけられた言葉に困惑しているのか、葛藤する思いがあるのか、その両方だろうか。さらに何度かアミリアと窓に視線をさまよわせた。

「あなたが彼女を愛しているのは知ってるわ」アミリアは笑みをこしらえて、自然に見えるようにと願った。「だから連れだしたのよね。一緒にいたいから」

フーパーはやや激しすぎるくらいにうなずいた。「そうだ。ずっとまえから愛していた」

「それならどうして正しい手順をとらなかったの？」アミリアはクローゼットのほうにさりげなく踏みだした。「彼女との結婚について、ベインブリッジ卿とわたしにお手伝いさせてもらえないかしら」

フーパーはアミリアの足の動きには気づいていないようだった。「どうしてそんなことを？」

「あたりまえでしょう」声が上擦り、アミリアは唾を飲みこんだ。「そう思わない？　あなたたちは昔からの知り合いなんだし、彼女のお父さまは社交界に登場してすぐに娘の結婚が決まることを望んでおられるわ」

「彼女は望んでいない」フーパーはもう一度最後に窓の外を見下ろしてからカーテンを戻した。「本人に尋ねたんだ」自嘲ぎみに笑った。「彼女にとってぼくは友人で、それ以上には思っていない」

アミリアは手を振ってその言葉を退けた。「あの年頃のお嬢さんがたにはまだ自分が求めているものがわからないのよ」

「ジョージ・デイヴィスを求めているのはわかっていたじゃないか」フーパーが声を荒らげた。

「ジョージ・デイヴィス。ふん。結婚相手としてはあなたの相手にもならないでしょう」

アミリアはお世辞がわざとらしすぎたかと心配したけれど、フーパーは真に受けたようで、うれしそうにすら見えた。「彼女とはそもそも結婚できなかった人だわ。馬の調教師で、そもそもは彼女の家の馬丁だったんだから」

「ぼくもそう言ったんだ！」

「それであなたはどうにかしなければと思ったのよね」アミリアは片方の眉を上げた。「紳士として」ぼんやりと口をあけたフーパーをなだめようと言葉を継いだ。「誤解しないでね。そうしてくださってよかったと思ってるんだから。ただ、ふたりがしばらくお付き合いされていたのは悔やまれるけど」

フーパーはズボンに手のひらを擦りつけて汗染みをこしらえた。「おおやけの場で彼女があの男と親しくしている姿をとても見ていられなかった。見過ごせないだろう。ぼくの妻になる女性ならばなおのこと。兄弟たちにはいつまでもばかにされることになるだろうし」唾を飲みこんだフーパーは一瞬やけに子供っぽく見えた。「デイヴィスや彼の友人たちのせいでぼくがないがしろにされ、彼女にあっさりあしらわれてしまったときに、このままではいけないとわかった。あの晩にああするしかなかったんだ」

「わかるわ」アミリアは落ち着いた声で応じたものの、内心では確証を得られた瞬間に恐ろしさでふるえが走った。クローゼットのほうにさらに一歩進んだ。「でも、どうやって誰にも見られずにそんなことができたの？」

ミスター・フーパーが目を大きく見開いた。「人目にふれないのは得意なんだ。日常の風景にまぎれていた。あの辺りはとても裕福な人々も、ひどく貧しい者たちも、あらゆる人間たちが入り交じっている。紳士、淑女、宿無し、娼婦。あの通りには誰がいてもおかしくない。誰でもだ」

「人殺しでも……」アミリアは声に出して言った。ほかの劇場帰りの客と同じように、ケープ式の外套をまとった殺人犯でも。ただし、その人物は用心深いミス・レイニアに目撃されていた。

「ああ、人殺しでもだ」

「なぜ、お父さまのナイフを使ったの？」アミリアは尋ねた。

「はて、どうしてだろうな」フーパーの声はアミリアの耳にざらついて聞こえた。「父のものだと見抜いたのはきみだけとみえる。スコットランド・ヤード（ロンドン警視庁の通称）があれを入手したところで、手がかりにもならなかったわけだ。父に会ったことがあれば誰でも、海賊船から奪いとったという武勇伝は知っているだろうに。ラ・グラン・アルゼンティーナ号に乗りこんで、奪いとった一本のナイフで十人のガウチョを叩きのめしたという話だ。親愛なる父上は、ぼくが思っていたほどの著名人ではなかったらしい」

「お父さまに罪をかぶせようとしたのね」アミリアにはそうとしか考えられなかった。そうでなければ、特徴的なナイフをわざわざ事件現場に残してくるはずがないでしょう？ 凶器をそのままにするなんて、おそらくは女性が激情に駆られてやってしまったことだと想像していたけれど、もっとよく考えていれば、わざと残していったものだと気づけたのかもしれない。

「ああ。高慢な父から逃れて花嫁を娶れたなら、最高の結末だった」フーパーはアミリアの啞然とした顔を見て表情をやわらげ、いらだたしそうな目尻の皺も消えた。「レディ・エイムズベリー、きみには勲章を授けられた軍人一家で育つとはどういうことなのか想像もつかないだろう。ぼくは父からずっと出来損ないのように扱われてきた。家族の会話に加わろうとすれば、片づけるべき書類仕事があるだろうと追い払われる。二流の会計士ぐらいにしか思われていない。本の虫だとぼくを呼ぶ」フーパーは両脇に垂らした手を握りしめた。「侮辱だ」

「その仕返しに、あなたはお父さまの悪名高いナイフでジョージ・デイヴィスを殺した」

「あのナイフはとても役に立った」フーパーが声を張りあげた。「役者のように装ったマントの下に隠していた。デイヴィスは劇場から早々に出てきたので、これはついていると思ってあとを追ったんだ。ところが、女性が彼に近づいてきた。彼はその女性を振り払うようにして酒場に入ってしまったので、ぼくは待たなければならなかった」

「辛抱強いのね」

「ああ」フーパーはうなずいた。「昔からいつも辛抱強く、じっと機会が来るのを待っていたからな。あの男が酒の臭いをさせて店から出てきたときには、心が決まっていた。いましかないと」薄気味悪い笑みを広げた。「思っていたほど大変じゃなかった。いや、長年父から聞かされていたほどにはと言うべきかな。ナイフはすんなり入った。どうってこともなかった」

アミリアは胸が悪くなったが唇を引き結び、平静をとりつくろった。ミスター・フーパーは説明するのを楽しんでいる。彼にとっては自分が成し遂げたことを自慢できる初めての機会だ。ほんとうは兄弟たちにも聞かせたかったのに違いない。「カンバーランド卿については？　あの方を倒したのもあなたなのよね？」

ミスター・フーパーはふうと息を吐いて前髪をそよがせた。「カンバーランド卿ねえ。称号に不似合いな男だな。マリエールに取り入ろうとしているのがみえみえだ。不愉快きわまりなかった。レディ・ジェインが投げた蹄鉄をあいつが迷路に捜しに入っていったので、ぼくもついていって、かがんだところを自分の蹄鉄で殴り倒した。だがまぬけにもあいつが豚みたいに血を垂れ流したものだから、蹄鉄を外套に隠さなければならなかったんだ」

それで、あのときにはもうあなたは迷路にいなかったのね。血の付いた蹄鉄を隠すために屋敷から外套を取ってこなければならなかったから。

アミリアはマリエールの身の安全が自分の行動にかかっているのを思い起こして唾を飲みこんだ。ひとりでこの男性と素手で戦いたくなければ、マリエールを救いだせるまで時間を稼がなければいけない。

けれどそれ以上の質問を考える時間はなかった。クローゼットからドスンという音がして、ドアが開き、猿ぐつわを嚙まされて縛られ、むっとした顔で床に坐っているマリエールが現れたからだ。アミリアと同じようにクリノリン付きのペチコートでスカートが広げられた華やかなドレス姿だ。

アミリアは事情を察した。衣装が物語っている。今夜マリエールは劇場へ向かうつもりだったのだ。

マリエールがなにか叫んだが、布を嚙まされているので言葉は聞きとれなかった。

アミリアはミスター・フーパーをちらりと見やった。フーパーは当惑と憤怒が相まって顔をゆがめている。のっぴきならない現実を突きつけられていた。ジョージ・デイヴィスを殺したことを認めたばかりか、公爵の令嬢をクローゼットに閉じこめていたことが露呈したのだ。罠に掛かったと怖気づいて、悪くすれば自暴自棄になりかねない。

「そこに入ってろ！」フーパーはマリエールを蹴ろうとして、空振りした。またも足を振りあげる。

アミリアはとっさに上着からナイフを取りだした。意外に重い。「やめて。後悔することになるわよ」

フーパーが振り返った。

いまさらながら、アミリアはこの男性が長身だったことを思い知らされた。そのくらいのことでは怒りは揺らがなかったけれど。マリエールが暴力をふるわれたのが許せなくて、怒りでとてつもない力が駆り立てられていた。その力は肩から指先にまでみなぎった。アミリアはナイフを握りしめた。

フーパーが冷酷そうにせせら笑った。「愚かな女め」

「あなたこそ愚かな男ね」アミリアはナイフを振りあげた。もしまた彼がマリエールに手出ししようとしたら、このナイフを振りおろさなければならないと思うと身がすくんだ。「わたしの友人にそのようなことはさせないわ。どんなことをしてでも、あなたをとめてみせる」

フーパーが突進してきた。アミリアは横に動いてかわした。ちょうどドアが開いたままのクローゼットの脇に立てたので、片手でマリエールを引っぱり立たせた。もう片方の手に握ったナイフはミスター・フーパーに向けている。マリエールは猿ぐつわを嚙まされて縛られているとはいえ、ふたりで立ち向かうほうが有利だ。協力して戦えるはず。

ミスター・フーパーはベッドに歩み寄り、枕の裏から小さな銃を取りだした。その銃をむやみにアミリアのほうに突きだしてくる。彼の行動に心情が如実に表れていた。マリエールをなんとしてでも独り占めしたかったのだろう。「ナイフで遊んではいけないと教わらなかったのか？」

フーパーは部屋の入口のドアを背にして立っていた。アミリアとマリエールには見えているものが彼には見えていなかった。怒りに燃えて部屋に入ってくる侯爵だ。サイモンは指を唇にあて、ふたりに態度に出さないよう目顔で伝えた。

けれどふたりの目に浮かんだ安堵は隠しきれなかったのだろう。

ミスター・フーパーがくるりと振り返り、ふたりの目の表情が変化した理由を知った。

サイモンから顎に強烈な一撃を食らい、フーパーの手から銃が吹っ飛んだ。

アミリアはすぐさまその銃を拾いあげ、床に手脚を広げて倒れたミスター・フーパーに突きつけた。「女性を甘く見てはいけないと教わらなかったの？」

エピローグ

　翌日、アミリアはサイモンとマリエールとともにエイムズベリー邸でお茶を飲みながら昨夜のおぞましい出来事を振り返り、タビサが熱心にその話に耳を傾けた。明け方にこっそり屋敷に戻ろうとしたところをタビサに見つかってしまったので、事情を打ち明けざるをえなかった。アミリアはあとで説明する約束をして、ひとまずベッドに入ることを許され、いまあらためてこの席についていた。

　ミスター・フーパーを巡査に引き渡してから帰路についたので、戻り着くまでに時間がかかってしまった。できることなら一日じゅうでもベッドで寝転んでいたかったけれど、男であれ女であれ、親の務めの先延ばしは許されない。朝の散歩に出かけなかったのを心配したウィニフレッドが、こっそりとはとうてい言いがたい勢いで正午にベッドに上がってきて、起こされてしまった。眠れない夜を過ごしたのだと伝えると、ウィニフレッドは謝りの言葉を残して部屋を出ていった。でもアミリアは夢のなかでも昨夜の情景が頭をめぐりつづけていたのでなおのこと、もう眠りには戻れなかった。まさにその情景をいまサイモンが話している。

「そこで、レディ・エイムズベリーが銃を拾いあげて、ミスター・フーパーに突きつけたんです」サイモンは説明し終えて、長椅子のクッションに背をもたせかけた。「彼はいま牢獄で審判の時を待っています」

タビサが驚いた顔でアミリアのほうを向いた。「あなたは銃の扱いに覚えがあるの？」

「しっかり握って、まっすぐ撃つくらいのことなら」

「あなたって人は、アミリア」タビサは目をしばたたいた。「けがをしていたかもしれないのよ」

ひょっとしてタビサおばは涙をこらえているの？　アミリアは胸がじんとした。叱りつけながらも、自分を心から案じてくれている。

「それについては議論の余地がある」サイモンが不満げに口を挟んだ。「ぼくを待っていてくれれば、もっと安全だったはずだ」

マリエールがドレスにこぼれ落ちた菓子屑を払った。「レディ・エイムズベリーは終始、冷静に対応できていました。わたしが保証します」

アミリアはサイモンのほうにちらりと得意げな笑みを向けた。

「あのミス・ピムが、ミスター・フーパーの度を越えた好意に気づけなかったとは意外だわ」タビサは美しい銀の漉し器を使って二杯目のお茶を注いだ。「とても……勤勉な女性のようなのに」

アミリアはちょうどよい機会とみて話を変えた。「失礼ながら男女関係においては母親の直感にまさるものはありませんわ。わたしは最初からなにかおかしいと思ってたんです」

サイモンがタルトに手を伸ばした。「最終段階の最初からということなら、きみの言うとおりだと認めよう。きみの母親としての感性がいかんなく発揮された」小さな菓子を口に放りこんだ。

アミリアは鼻に皺を寄せ、侯爵に舌を突きだしてやりたいところをこらえた。

そのとき、頃合いを見計らったかのようにウィニフレッドが部屋に入ってきた。アミリアは母親の腕の見せどころかもしれないと喜んだものの、残念ながら少女の関心はまったくべつのことにあるらしかった。青と白のドレスに似合う婦人帽をかぶり、その後ろから先日購入した特大の帆船模型が部屋に引き入れられてきた。

「ベインブリッジ卿、レディ・マリエール」ウィニフレッドはすばやく膝を曲げて挨拶をしてから、アミリアのほうを向いた。「お茶を飲み終えたら、帆船レースに行くのよね？」

アミリアはぴんと背を起こし、カップを受け皿に戻した。「きょうだったかしら？」

「四時から」ウィニフレッドがせかすように言う。「忘れてたの？　あなたがグレイ卿をやりこめてやるわって言ったのに」

「アミリア・エイムズベリー！」タビサが叱りつけた。

サイモンとマリエールが含み笑いをした。

「そんなことを言ったかしら？」アミリアは立ちあがった。「それなら、約束は果たさなければよね」両手を腰にあてた。「どなたか、ご一緒していただけるかしら」

サイモンとマリエールが同時に立ちあがった。サイモンが妹の腕を取る。「われわれが喜んで」

ふたりがすっかり兄と妹らしくなって、アミリアはうれしかった。きのうのうちにわだかまりが晴れて、ベインブリッジ家の人々の関係はあきらかに改善された。これでようやく、一家は前へ進めるだろう。「タビサおばさまは？」

タビサは杖のほうをつかんで、自力で長椅子から立ちあがった。「あなたがグレイ卿と帆船レースで戦うのをわたしが応援するとでも本気で思っているの？」

「そうではないんですか？」アミリアは一応訊いてみた。

タビサはもともと高い頬骨を上げて満面の笑みを浮かべた。「ええまあ、そういうことになるかしらね」杖を兵士のように持ちあげた。「いざ進め」

新しい杖だとアミリアは気づいた。濃紺で持ち手の部分に黄金の羅針盤が付いている。タビサは羅針盤の蓋を開いた。「わたしが勝利への道案内人よ」

謝辞

わたしはこのシリーズを書くことで、重要なものと、残すべきものについてあらためて考えさせられています。英国の小説家ヴァージニア・ウルフはこのような言葉を残しています。「歴史書は戦争のことばかり、伝記は偉人のことばかり」さらに言うなら、安価な週刊誌とお悩み相談欄もまた歴史です。ですから、その物語に日の目を見る機会を与えてくれた編集者のミシェル・ベガにまず感謝します。さらに、つねに支え、助言をくれた編集助手のアニー・オダーズにも感謝を。原稿整理編集者のランディー・リプキンはわたしの作品をとてもよいものにしてくれました。制作担当編集者のジェニファー・ラインズはさらにまた美しい本を生みだしました。わたしの本が読者と書店に届くように尽力してくれているのは宣伝広報担当のステファニー・フェルティとヒラリー・タクリです。あなたたちは魔術師です！装幀デザイナーのリタ・フランジー・バトルがまたも見事なカバーを仕上げてくれました。エージェントのアマンダ・ジェインはわたしの人生に欠かせない穏やかな人です。エレナ・ハートウェル・テイラーはわたしからの馬に関する質問のすべてに根気よく答えてくれました。きっともうわたしはあなたの馬には乗らせてもらえないでしょう！　いつも頼りにしている友人であり編集者のエイミー・セシル・ホームにも感謝を。図書館員のジェイン・ヒーリーと博物館員のメリッサ・ゴドバーは地元でわたしの本を支援してくれています。わたしの本を快く取りあげてくださるウェブサイトの執筆者たち、読書会や、フェイスブックのグループの主催者の方々、本を読んで感想をインスタグラムで伝えてくれるみなさんにも感謝します。お茶飲み友達のダイアン・ケレンバーガー、ボニー・オーウェン、シンディー・リディック、スーザン・プラウティ・ウォルシュと、わたしにとって安らぎの場である〈プラム・デラックス〉のすばらしい仲間たちに。わたしとこのシリーズに手を差し伸べて支えてくれる推理作家たちに。わたしの本を読んで広めてくれる、アーナーマン家の家族に。まだ叶えられてはいないのにわたしがニューヨーク・タイムズ紙のベストセラー作家だと吹聴しつづけている姉ペニー・ドースに。そんなにも自分を信じてくれる人がいるわたしは恵まれています。ほんとうにあらゆることにおいて、姪のサマンサ・シュローダーに。姉サンディ・ロバーと兄ジェイムズ・エングバーグの愛と励ましに。わたしとこのどうかしている頭を愛してくれる娘のマデリンとメイジー、夫のクウィンティンに。あなたたちとこのような旅ができて、わたしはとても幸せ者です。

訳者あとがき

本書は、英国ヴィクトリア朝時代のロンドンを舞台にしたメアリー・ウィンターズによる〈伯爵夫人のお悩み相談〉シリーズの第二作となります。

前作で連続殺人事件を解決してからわずか一カ月。主人公の若き伯爵未亡人アミリアは引き続き、週刊誌のお悩み相談欄の人気回答者レディ・アガニという秘密の仕事に意欲的に取り組んでいます。寄せられるお悩みの解決に欠かせない調査の相棒は、美貌と抜群の衣装センスを兼ね備え、社交界の女性たちから羨望を集める親友のキティ。さらには前回の事件の解決をきっかけに最強の〝友人〟となったベインブリッジ侯爵のサイモンもまた、いまやアミリアの秘密を知る貴重な人物です。

ところが、今回はそのサイモンの妹マリエールがレディ・アガニ宛てに駆け落ちについて相談する手紙を書いたことから、サイモンが最愛の妹をろくでなし男と別れさせるため、アミリアに協力を懇願します。それまでいたって冷静沈着だった侯爵が突如として過保護な兄となってしまった変貌ぶりに、アミリアは半ば呆れつつ、これもレディ・アガニの読者のためと協力を承諾。愛する男性とオペラを観に出かけるマリエールを見張るため、アミリアもサイモンとともにドルリー・レーン劇場へと向かいます。兄妹関係はぎくしゃくしていたもののの、どうにかぶじ観劇を終え、帰路につけるかと思いきや、夜闇に包まれたドルリー・レーンの路地で、マリエールとサイモンの兄妹の絆を引き裂きかねない殺人事件に遭遇する事態に。サイモンは妹の人生に関わるその殺人事件をみずから解決しなければと決意し、アミリアも兄妹関係の修復を願うとともに、持ち前の探究心から事件の調査に乗りだすのです。

とはいえ、アミリアの日常もけっして平穏とは言いがたく、殺人事件の調査にだけ専念できるわけではありません。なんとしてもロンドンにいてもらわなくては困る親友のキティが田舎への引っ越しを迫られる危機に立たされているうえ、亡き夫の姪でいまや実の娘も同然のウィニフレッドは思春期に差しかかって新たな友人となにか隠しごとを持っているもよう。さらに、社交界では誰もが認める重鎮のタビサおばは、ウィニフレッドの支援者として、または野外競技でチームを組む相手としてはとても頼りになるものの、アミリアにとっては秘密の仕事をぜったいに知られてはまずい人物。しかも侯爵へのアミリアの微妙な感情に薄々勘づいているようなふしもあり……。

本書の特筆すべき魅力は、いわばよそ者として慣習だらけの社交界に加わった、けっして完璧ではない主人公アミリアの目を通して描かれる、ヴィクトリア朝時代のロンドンの匂いでしょう。田舎育ちで思いがけず莫大な資産と〝レディ〟の称号を得て、憧れの街で暮らすこととなったアミリアの言動や思考は、当時の洗練されたロンドンを体現する完璧なキティ、社交界の生き字引のような夕ビサ、生粋の貴族であるサイモンとのやりとりのなかで、ひときわ爽快かつチャーミングに感じられます。週刊誌のお悩み相談の回答者レディ・アガニとしての筆鋒の切れ味もますます冴えわたり、男性読者たちからクレームが殺到するほど。著者は謝辞で、安価な週刊誌もお悩み相談欄もりっぱな歴史のひとつと述べており、レディ・アガニの回答に当時の暮らしぶりを活写しようとした思いが窺えます。

本書では大衆向けの週刊誌ながら貴婦人がお悩み相談の回答者となったことから、投書を寄せる人々が庶民から上流層にまで広がっていますが、アミリアが事件の調査で向かう先々からも、そうした身分も境遇も多様な人々が暮らす街の風景が見えてきます。劇場、ウェストエンドの酒場や裏通り、コヴェント・ガーデン、競馬倶楽部、鍛冶屋、壮麗なタウンハウスの庭園でのクロッケー大会、ハイド・パークの乗馬道、ガーデン・パーティ……。

なかでも今回の事件現場となるのが、現存するロンドン最古の劇場、シアター・ロイヤル・ドルリー・レーンとその裏通りのドルリー・レーンです。かのエラリー・クイーンの四部作の探偵名に使われていることでもご存じの方は多いはず。こちらの劇場は幽霊の目撃談の多さでも昔からよく知られていました。「灰色の服の亡霊」はとりわけ有名で、本書でサイモンが語っているように、壁の修繕作業中（一八四八年）に発見された〝胸に短剣が刺さった骸骨〟がこの亡霊なのではと噂されていたそう。もっとも、この劇場に現われる幽霊はおおむね吉兆と言われていたようなので、サイモンの語りに誘われて灰色の服の亡霊がそこを通りかかっていたなら、この晩に上演されたオペラもさぞすばらしい出来だったのではないでしょうか。その後に起こった事件からすれば、趣味の悪い冗談になってしまったわけですが。

アミリアとサイモンがマリエールを見張るため、ドルリー・レーン劇場を訪れて観るのが、ヴェルディの中期の傑作オペラ『リゴレット』です。作中でアミリアによって語られるこのオペラのあらすじにやや首を傾げた方々もおられるのでは。本書では、公爵に請われてダンスのお相手を務めた既婚婦人（チェプラーノ伯爵夫人）が、道化師に呪いをかける父親（原作では娘を誘惑した公爵をもともと憎んでいたモンテローネ伯爵）の娘であるかのように書かれており、終幕も〝道化師がべつの娘の父親である同志とともに公爵を狙って放った銃弾〟に道化師の娘が倒れるという、いっそう劇的な結末となっています。一八六〇年当時、実際にロンドンで『リゴレット』がどのような演出で上演されたのかは定かでありません。ですが、本書でのあらすじは、つまるところ道化師が自分の首を絞めてしまったことを簡潔に伝えようとした著者の意図による改変であり、原作で道化師の娘を殺めた刺客については、その名前スパラフチーレ（イタリア語で射撃手の意）から〝銃弾〟の一語により表現したものと訳者は解釈し、原文どおりに訳出しています。

〈伯爵夫人のお悩み相談〉シリーズ前作の『追伸、奥さまは殺されました』（原題：*Murder in Postscript*）は、二〇二四年エドガー賞（アメリカ探偵作家クラブ賞）のメアリ・ヒギンズ・クラーク賞（発表は五月）にノミネートされており、第二作として本国アメリカで今年二月に刊行されたばかりの本作にもすでに多くの好評が寄せられているようです。着実に評価が上昇中の著者メアリー・ウィンターズの次回作にますます期待が高まります。

二〇二四年三月

村山美雪

コージーブックス

伯爵夫人のお悩み相談②
前略、駆け落ちしてもいいですか？

著者　メアリー・ウィンターズ
訳者　村山美雪

2024年　5月20日　初版第1刷発行

発行人　成瀬雅人
発行所　株式会社　原書房
〒160-0022 東京都新宿区新宿 1-25-13
電話・代表　03-3354-0685
振替・00150-6-151594
http://www.harashobo.co.jp
ブックデザイン　atmosphere ltd.
印刷所　中央精版印刷株式会社

落丁・乱丁本はお取り替えいたします。
定価は、カバーに表示してあります。
 ISBN978-4-562-06139-6 Printed in Japan